말
고픈
날들

이동숙 소설집

말
고픈
날들

차 례

늘 말이 고파 허기졌더랬습니다.

이발사가 대나무밭에 구덩이를 파고 외쳤다지요.

임금님 귀는 당나귀 귀라고.

그녀도 작은 마음 귀퉁이를 열고 조심스레 외쳤답니다.

나 말 고프다.

나 말 고프다, 라고요.

공연히 눈물이 삐죽 나오네요.

그래도 마음은 후련합니다.

올려다본 하늘이 참 이쁜 날이네요.

이쁘고 푸른 하늘을 얼마나 더 볼 수 있을지요.

그러할지라도 오늘 살아있어 참 감사한 하루랍니다.

2023. 6.
이 동 숙

화이트
크리스마스

크리스마스 전날 눈이라도 오려는지 하늘이 점점 어두워지고 그러잖아도 가라앉은 집안이 깊은 침묵 속으로 빠져들고 있었다.

"불이야!"

갑자기 행랑채의 소죽을 끓이던 아궁이에서 불길이 솟아올랐다. 동네 사람들이 먼저 보고 소리를 쳤고 정신없이 불길을 잡았다. 다행히 불길이 시작하려는 순간 발견을 해서 큰 화재로는 번지지 않았지만, 넋이 나갈 정도로 놀랐다. 행랑채 배상 아재가 소죽을 쑤다가 잠시 자리를 비운 사이에 아궁이 옆에 있던 불쏘시개에 불이 번졌고 처마 끝이 약간 타는 정도에서 수습할 수 있었다. 다들 정신이 채 들기도 전인데 대청마루에 있는 전화벨이 다급하게 울렸다. 엄마다.

"셋째가? 너거 아부지 가셨다. 절차 밟아서 집으로 갈 건데 물축골 작은 집하고 고제 국자 고모네 기별해라."

"여보세요? 엄마! 엄마."

엄마는 정신이 없는지 셋째의 말은 듣지도 않고 수화기를 놓았다.

크리스마스 전날 대구 동산병원에 입원해 계신 아버지를 간호하던 엄마에게서 걸려온 전화였다. 수술실에 수술하러 들어갔던 아버지가 아래채에 불길이 솟던 그 시간에 돌아가셨다. 불을 끄러 왔던 동네 사람들이 숨죽여 수군거리는 소리가 들린다.

"아유, 뭔 이런 일이 있어. 이 집 대주가 정 떼고 갈려고 그랬나?"

"설마요."

"아냐, 이생에서 정 많았던 사람이 정 떼고 갈려고 그랬을 거야."

"암튼 이만하기 다행이지 뭐요. 정말 불이 크게 났으면 어쩔 뻔했소?"

"맞아."

아버지는 두 해 전에도 대구 동산병원에 간 경화로 한 달 보름을 입원했었다. 그때도 의료진들은 얼마 못 버티실 거라며 마음의 준비를 하라고 했다. 하지만 의료진들을 진단을 비웃기라도 하듯이 아버지는 자리를 털고 일어났다. 완쾌되지 않은 몸으로 큰언니의 혼사를 서둘렀다. 여기저기 매파를 넣어 중신을 부탁하고 몇 번인가 선을 보고는 마지막으로 서울 성수동에서 자그마한 사업체를 하는 집안의 차남과 선을 봤다. 큰언니는 선을 본 성수동 차남과 서둘러 약혼식을 하고 그해 가을 아버지는 첫째 딸의 손을 잡고 예식장을 들어갔다. 힘 있는 걸음은 아니었지만 지켜보는 이들의 가슴을 울컥하게 하는 의지력을 보이기도 했었다.

대구에서 작은 사업체 경리로 근무하던 셋째를 찾아 면회를 오기도 했는데, 미숫가루를 만들어서 들고 환하게 웃으시곤 회사 앞 가게에서 맥주 한잔을 사주기도 했었다. 그 날 면회 온 아버지의 팔짱을 끼고 회사 정문을 나서는 모습이 참 다정하고 좋아 보였다고 직원들이 부러워했다. 아버지는 딸들을 예뻐했지만, 대학진학은 시키지 않았다. 아들은 절대로 교회를 가면 안 되는 것처럼 딸들도 고등학교까지만 이라는 어떤 원칙이 있는 같이 딸들의 대학진학을 반대했다. 셋째도 오빠가 졸업한 기독교 계통의 인문계고등학교를 나왔는데 대학을 보내지 않았다. 간신히 등 떠밀려서 주산과 부기를 익히고 대구에 있는 작은 사업체에 경리로 취직을 했다. 오빠가 결혼하기 전에는 딸들이 다 집에 있었다. 아버지 생각엔 과년한 딸들을 밖으로 돌려서는 안 된다는 생각인데 시누이 많은 집으로 어렵게 시집온 올케를 배려해서 첫째 딸은 서울 외갓집에서 운영하는 금성관광에 경리로 취직을 시키고, 둘째는 부천에 있는 한국미술에 연이 닿아서 취직을 시켰다. 셋째가 받은 월급은 아버지가 기분 좋을 때 아버지 팔에 매달려 대문 밖에서 몇 발짝 가기 전에 아버지가 호주머니에서 꺼내주던 용돈보다 작았다. 숙소는 직장 기숙사였는데 쉬는 날 시골집에 가기 위해서는 시내버스를 타고 성당동 시외버스 주차장까지 가서 다시 시골로 가는 버스를 타야 하는 번거로움이 있었다. 버스를 타는 것도 힘들고 여기저기 들러서 시골에 도착하면 차멀미로 정신을 차리기가 힘들었다. 대구에서 택시로 가면 한 시간 조금 넘어서 도착할 수가 있어서 몰래몰래 택시를 타고 집엘 가기도 했다. 어려서부터 잔꾀가 많았던 셋째는 첫 월급부터 아버지한테 봉투째 맡겼다. 아버지는 셋째의 월급봉투가 그리도 좋았는지 온 동네 소문을 내기도 했다. 셋째의 월급은 아버지가 셋째의 몫으로 계를 들어주었다. 물론 셋째는 월급보다 더 많은 용돈을 아버지로부터 비공식적으로 받았고 또 엄마에게서도 약간의 생활비를 공식적으로 받기도 했다. 하지만 얼마 못 가서 그 직장도 부도가 나서 문을 닫았고 굳이 직장을 다녀야 한다는 생각도 없었기 때문에 다시 시골집으로 와서 쉬고 있는데 아버지가 돌아가신 거다.

우리가 모두 아버지의 회복으로 안도하고 있었을 즈음에 어쩌면 아버지는 자신이 오래 살지 못할 거라는 사실을 인지하기라도 한 듯이 여기저기 흩어져 사는 딸들을 찾아갔다. 엄마나 오빠, 우리 식구들은 아버지가 잘 회복되기에 이대로 건강을 되찾나 보다 했는데, 이번에는 맹장이 터져 며칠이 지나면서 복막염이 되고 시간이 너무 지체돼서 수술실에서 복부를 열었다가 수술도 하지 못한 채로 눈도 감지 못하고 돌아가셨다. 아버지는 크리스마스를 앞두고 바쁜 대목이라 배가 아픈 것을 대수롭지 않게 생각을 했고 크리스마스와 연말이고 하니 그냥 참은 것이 화근이 될 줄은 몰랐다. 의료진들은 무슨 시험이라도 하듯이 의과대 학생들을 수술실 벽 쪽으로 세우고 수술을 집도했다. 맹장이 터져서 치료 시기를 놓치면 복막이 되고 복막염이 더 시간이 지체되면 온 장기에 염증을 일으키고, 그로 인해 환자가 사망할 수도 있다는 이야기를 수술하기 전에 오빠에게 설명하고 수술 중 어떤 불상사가 일어나도 일체의 이의를 제기하지 않겠다는 수술 동의서를 받고서 수술을 집도했단다. 병원에 모시고 갔던 오빠가 수술실로 불려 들어가고 아버지 편히 가시라고 큰 절로 인사를 하고 눈을 감겼단다.

기별을 받은 물축골 작은아버지가 제일 먼저 도착을 하고 고제 고모부 고모도 뒤를 이어 대문을 들어섰다. 안방 장롱을 들어내고 옷가지들을 한곳으로 정리하고 안방을 마른걸레로 닦아내는데 종일 웅크리고 있던 하늘에서 눈이 내리기 시작했다. 눈은 점점 더 쌓여가고 대구 병원으로 걸어서 가신 아버지가 새벽 두 시쯤 눈길을 열고 구급차에 실려서 집으로 오셨다. 수술을 위해서 병원으로 갔었고 병원에서 돌아가셨으니 객사라며 집안에 들일 수 없다고 문중 어른들이 반대를 했다. 오빠가 자기가 이씨 집안 장손이고 상주로서 아버지를 안방으로 모시겠다고 완강하게 설득을 해서 안방으로 모시고 병풍을 둘렀다. 유품 속에서 아버지의 신발을 찾았으나 신발은 없었다. 다락 선반에서 한 번도 신지 않은 아버지의 새 구두를 꺼내서 노둣돌 위에 올리고 향불을 피웠다.

엄마가 병원에서 연락했는지 그믐날과 열나흘에 집에 들러서 보시를 받아가 재를 올리던 북상 암자 주지 스님이 그 오밤중에 대문으로 들어섰다. 엄마는 집안의 무슨 일이든지 북상 주지 스님과 의논을 했었다. 엄마는 평상시에도 보살들이 입는 회색 바지를 입을 때가 많았다. 고모들에게 전해 들은 이야기인데 북상에 있는 그 암자는 엄마가 보시해서 세운 절이라고도 했다. 아버지가 아프고 입원을 하는 일이 생기자 그 정신없는 가운데서도 아버지의 회복을 부탁했고 북상 암자에서 기도 중이던 스님에게 아버지의 죽음을 전화로 다시 알렸고 극락왕생을 빌기 위해 집으로 오기를 요청했을 것이다. 병풍이 둘러쳐진 안방 중앙에 스님이 좌정하고 앉아서 목탁을 두드리며 경을 외우고 오빠가 곡을 하고 그제야 아버지의 죽음의 기운이 온 집안으로 스며들기 시작했다. 그때부터 오빠가 아버지를 대신해서 경주 이씨 14대 종손으로서의 위치를 확고히 세우는 모습을 보였으며 장례 내내 문중 어른들도 오빠의 의견대로 따르기 시작했다. 눈은 그칠 줄 모르고 쌓이는데 마당에 전깃불을 달고 대문에도 불을 달아서 환하게 밝히고 아래채에서는 초저녁에 불을 끄려 경황 중에 달려왔던 동네 아주머니들이 집으로 돌아가지도 못하고 아버지를 기다렸고 모여서 상복을 짓기 시작했다. 조용한 손바느질 움직임 속에 시간이 자꾸만 흘러갔다.

　갑자기 대문 밖에서 찬송 소리가 들렸다.

　"기쁘다. 구주 오셨네. 만백성 맞아라. 온 교회여 다 일어나 다 찬양하여라. 다 찬양하여라. 다~~ 찬양 찬양하여라."

　순식간에 찬송은 끝이 났다. 딸들이 다니는 교회 전도사님이 성가대를 인솔해 집 앞에 와서는 마당에 불이 켜있고 대문도 열렸으니 딸들이 교회 학생회를 다니니까 새벽 송을 기다리는 줄 알았나 보다.

　"자, 기쁘다. 구주 오셨네! 크고 경쾌하게 합시다! 하나둘 시~~~작."

　새벽 송을 불렀다. 패기 있고 의욕이 넘치는 젊은 전도사님이 조금만 신경 써서 살폈으면 금방 집안에 무슨 일이 있나 보다 알 수도 있었을 것이다. 경주 이씨 13대 종갓집에서 교회를 다닌다는 일은 어림없는 일이었다. 위로 오빠를 보고 그다음부터 내리 딸 넷을 보았는데 첫딸이야 재산 목록이라 귀했지만, 그다음도 또 그다음도 딸을 낳자 두 살 터울이라 고만고만한 딸들을 엄마가 종일 돌볼 수가 없어서 교회가 운영하는 유치원에 보내기 시작했다. 할아버지 대까지 독자로 내려오다가 오빠를 얻고 또 아들을 보기 위해 아이를 낳았지만, 딸들만 넷을 보았다. 마지막으로 막내아들을 얻을 수 있었다. 큰딸은 유치원을 3년씩이나 다녔으며 둘째도 2년씩이나 유치원으로 가야 했다. 셋째는 낳자마자부터 독감에 걸리고 독감이 백일해로 심해지는 바람에 유치원으로 쫓겨 가지 않고 집에 있을 수 있었지만 넷째까지 다 교회가 운영하는 유치원을 졸업했다. 그리고 마지막으로 낳은 막내아들까지도 교회 유치원을 졸업했다. 유치원에 정식으로 입학하지 않은 그 셋째도 엄마가 큰딸 등에 업혀서 동생 보라고 시키면 큰딸이 업고 교회를 갔다. 큰 딸이라 해봤자 고만고만하니 둘째하고는 두 살, 셋째하고는 네 살 차이밖에 나지 않았다. 놀기 좋아하는 어린 나이에 동생을 보라고 하니 가는 데가 교회 유치원이고 등에 업힌 동생을 교회에 내려놓고 놀기 일쑤였다. 셋째도 자신이 택해서 교회를 간 것은 아니고 큰언니가 업어다가 마룻바닥에 내려놓고 놀면 교회 사찰집사가 기저귀도 갈아주고 재우기도 하곤 했다. 기독교라는 종교를 택하거나 신앙이 있어서라기보다는 걸음마 하기 전부터 그냥 교회가 놀이터였고 초등학교 중학교 다니면서도 습관처럼 딸들이 교회를 다녔다.

성탄 축가를 마친 성가대원들이 좀 이상한 상황을 눈치챘을 때는 이미 새벽 송이 끝났다. 그들도 당황해서 약간 술렁이는 분위기다. 셋째가 황망히 나가 상황을 설명하고 성가대를 돌려보냈다. 물축골 작은아버지가 이 집 딸년들이 재수 없이 서양 귀신 있는 교회를 나가서 집안 분란 일으키고 경주 이씨 국당공파 13대 종손이 객사했다며 펄펄 난리였다. 집안에 되는 일이 없어서 형님 앞세웠다고 역정을 내고 오빠는 아버지 모시는데 기독교에서도 천국 가시라고 기도해줘서 좋은 일이고 또 스님이 직접 집에 오셔서 부처님께도 극락 가시라고 축원해주니 아버지에게는 다 좋은 거라며, 이 모두가 아버지 복이니 큰 소리가 담 넘지 않게 하자며 물축골 작은아버지를 설득했다. 그 와중에도 안방에서는 여전히 짙은 향불 타는 냄새와 함께 북상 암자의 스님이 두드리는 목탁소리와 염불 외는 소리가 낭랑하게 새어 나왔다.

사실은 오빠도 절실한 기독인이었다. 기독교가 세운 고등학교에 진학하면서 오빠는 기독교에 심취했고 성경책을 늘 손에서 놓지 않았다. 교회 학교에서 반사를 하기도 했으며 신학대를 진학한다고 해서 온 집안을 들었다 놓기도 했다. 제사가 있는 날이면 제사 지내기를 거부해서 아버지의 역정으로 온 식구들이 숨을 죽여야만 했다. 종갓집에 어떤 날은 연이틀 제삿날일 때도 있었다. 그런 날이면 집안 분위기는 늘 불안했다. 고려 신학파 예수교장로회 교회를 다니는 오빠는 조상에게 절하는 것은 우상숭배라며 절하기를 거부하고 버텼고 아버지는 집안이 망할 징조라며 불같이 화를 냈었다. 그러든지 말든지 어린 딸들은 연이어 올리는 제사상의 문어와 통닭, 부침개 등등 늘 고기가 끊이지 않아서 좋았다. 엄마는 집안 어른들 몰래 부엌에서 부침개가 식기 전에 딸들을 불러서 먹였다. 조상에게 절을 하네! 못하네! 아버지와 오빠가 신경전을 벌이기 시작하면 저녁을 거를 수도 있기 때문이었다. 제사상이 다 차려지면 오빠는 아버지보다 먼저 안방으로 들어와서 기도하고 나가기도 했고 그런 날이면 아버지의 고함으로 집안의 여자들은 부엌에서 불안해했었다. 오빠는 시골 종갓집 장남에 줄줄이 시누이가 넷씩이나 되니 매파를 넣어 중신해도 번번이 퇴짜를 맞았다. 어찌어찌 하다가 서울서 중학교 윤리선생을 하는 여선생과 선을 봤다. 집안이 가난했지만, 공부한다는 일념으로 야간 고등학교를 졸업하고 대학교도 야간을 졸업했다고 했다. 시골에서 유지로 살고, 같은 교사이고 또 결혼비용이나 모든 것을 신랑 집에서 부담하기로 하고 결혼을 하면 신랑이 서울로 전근해서 신혼집을 서울에 차린다는 조건으로 오빠는 결혼했다. 물론 결혼도 서울에서 신식으로 한 번 하고 다시 시골집에서 구식으로 한 번 해서 두 번의 결혼식을 했고, 마침 결혼식을 방학에 치러서 한 달간의 신혼은 시골집에서 지냈다. 서울로 전근할 거라는 약속은 지켜지지 않았다. 쉬는 날이면 한번은 오빠가 서울로 또 한 번은 새언니기 시골로 오르락내리락했는데 새언니가 아이를 가지면서 종갓집 귀한 손을 위험하게 할 수 없다며 아버지는 새언니를 다니던 학교에 사표를 내게 하고 시골로 내려오게 했다. 물론 오빠가 서울로 전근만 하면 당장에 서울에 집을 사주기로 약조하는 것을 전제로 말이다. 하지만 오빠의 서울 전근은 말처럼 쉽지는 않았고 대청마루를 사이에 두고 연결된 오빠의 방에서 그 일로 오빠와 올케가 가끔 다투는 소리가 건넌방까지 새어 나오기도 했다. 실은 다툼도 아니었다. 그냥 올케의 일방적인 투정이고 오빠는 늘 같은 소리로 올케언니를 달랬다. 그 끝은 올케의 울음소리였다. 당황한 오빠의 목소리도 새어 나왔다.

"어허 이 사람아, 내가 일부러 안 가는 건가? 교육부 방침이 경상도에서 서울로는 전근은 안 된다고 해서 그런 거지, 조금만 참고 있어 보게."

"정말이지요? 약속 지켜요. 정말요."

"어허 이 사람이 알았다니까."

고집을 굽히지 않던 오빠가 결혼하고 올케언니가 아이를 가지면서 서서히 교회와 멀어지기 시작했다. 아버지가 간 경화라는 진단을 받고 병원 응급실로, 또 한 달 보름씩 입원을 하고 그러는 와중에 갑자기 뜻을 굽히고 교회에 발을 끊고 제삿날 조상에게 절을 하면서 집안에 평화가 왔다.

딸들은 아무래도 좋았다. 집안 분위기가 안정되었고 아버지는 아들이 교회에 가는 것을 그렇게도 싫어했으면서도 딸들이 교회를 가는 것은 말리지 않았다. 심지어는 연보 돈을 챙겨서 보내기도 했다. 집안 어른 중에 딱히 기독교인이 있는 것도 아니고 어려서부터 가는 곳이 교회가 운영하는 유치원이다 보니 습관적인 놀이터로 생각했고, 아버지도 다른 곳에서 딸들이 노는 것보다는 안전하기도 하고 아들은 대를 이어야 하지만 딸들이야 품 안의 자식이고 출가하면 호적을 파서 보내는 것이라 생각을 했다. 일요일에 늦잠이라도 잘라치면 일부러 깨워서까지 손에 연보 돈을 쥐어서 교회 주일학교를 보내기도 했다. 딸들도 무슨 큰 신앙이 있어서 교회를 가는 것은 아니었다. 교회를 가면 엄마나 아버지가 늦게까지 놀다가 와도 찾거나 꾸중을 하지 않았고 또 어릴 적부터 놀이터였기 때문에 으레 놀이터라고 생각했었다. 아버지가 연보를 하라고 1원짜리로 나눠주면 그날은 횡재를 한 기분이었다. 그러지 않고 오 원짜리로 주면 교회를 가는 도중 일 원짜리로 바꾸어야 하는 번거로움이 있고 점방에서 그냥은 일 원짜리로 바꿔주지 않기 때문에 쫄쫄이나 뭐 구슬 등등을 사고 4원을 받으면 다섯 명 중한 명은 연보 돈 없이 교회를 가야 하고 연보 시간에 매미 자루가 앞으로 지나갈 때 빈손을 넣거나 그냥 눈 감고 있어야 하는 일이 벌어졌다. 이 때문에 연보 돈 없는 사람을 가위바위보를 해서 정했는데 하면 이상하게도 셋째가 걸리는 일이 허다했다. 어떤 날은 딸들이 작당해서 연보 돈을 몽땅다 과자를 사 먹기도 했다. 종손인 아들에게는 목숨을 걸고서라도 교회 가는 것을 반대하는 아버지였는데 딸들에게는 연보 돈까지 쥐어서 교회를 보내는 아버지의 모습은 집에서나 동네에서도 늘 풀지 못하는 수수께끼였다.

부천에 있는 한국미술에 근무하는 둘째는 크리스마스이브인데 이상하게 마음이 안정되지 않고 온종일 불안했다. 막차로 아버지가 입원해 계신 대구를 다녀오고 싶은데 회사에서 송년회를 한다는 전갈이 내려졌다. 마침 크리스마스도 되고 연말이니 회사 직원 모두가 송년회를 한다며 합정동에 있는 다방 하나를 통째로 빌렸단다. 전 직원은 한 명도 빠짐없이 참석하라는 내용이 전달되었다 내키지는 않지만 그렇다고 빠질 수도 없어서 퇴근 후 길을 나서는데 눈이 내리기 시작했다. 같이 근무하는 직원들이 화이트 크리스마스라고 환호성을 했다. 다방 안은 크리스마스트리로 장식되고 캐럴이 흘러나왔다가 외국팝송이 찢어지게 쾅쾅거렸다. 둘째가 자꾸만 가라앉는 기분으로 있을 수 없어서 숙소로 가겠다고 일어서니까 부장이 가지 말라며 말리다 가방을 빼앗아 숨겼다. 둘째가 가방도 없이 다방을 나와서 발목까지 덮인 눈을 헤치고 무작정 걷는데 같이 근무하는 언니가 가방을 들고 뛰어와서 둘째를 불러 세웠다. 회사에서 송년회 장소로 전화가 왔는데 아버지가 돌아가셨단다. 합정동에서 택시로 영등포역으로 달렸다. 화이트 크리스마스가 될 거라는 일기 예보가 있었는데도 미처 준비하지 못하고 나온 차들로 길은 가득 차 있었다. 역에 도착했을 때는 이미 마지막 기차는 떠나고 없었다. 천상 내일 아침 첫 기차를 기다려야 한다는 역무원의 졸린 음성만 들을 수 있었다. 다시 공중전화로 택시를 불러 타고 반포터미널로 갔지만, 고속버스도 이미 끊어진 지 오래였다. 마음이 급해지니까 생각도 없어지는지 기차가 끊어지면 고속버스도 당연히 끊어지는 것인데 미처 그 생각까지는 나지 않았다. 버스 대기실에서 오돌오돌 떨면서 밤을 지내고서 새벽 버스에 올랐다. 옆 좌석에 아버지뻘 되는 승객이 앉으면서 눈인사를 건넸다. 아버지 생각에 울컥 울음이 쏟아져 나왔다. 인사할 기분도 아니고 해서 모른 체를 하는데 자꾸만 말을 건넸다. 그래도 대답 없이 울기만 하니까 불편했던지 금강 휴게소 즈음에서 뒤에 비어있는 좌석으로 자리를 옮겨갔다. 반포에서 버스가 출발할 때부터 울기 시작했는데 왜 그리도 눈물이 나는지 도무지 멈추어지지 않았다. 버스가 고향 어귀를 지나고 시내를 가로질러서 물밖 터미널을 가야 하는데 시내로 접어들 때 기사에게 내려달라고 떼를 부렸다. 버스 기사도 출발부터 훌쩍이는 둘째가 마음 쓰였나 보다. 원래는 중간에서 내리는 거 아니라며 다른 승객들에게 양해를 구하고 둘째를 시내에서 내리게 했다. 다시 마음이 급했다. 지나는 택시를 세웠다.

"상동 혜성여중."

이라고 외치니까 좁은 시골이라 소문이 났는지 택시 기사가 초상 난 그 집 딸이냐고 물었다. 처음 출발할 때 이미 아버지의 죽음을 알고 왔는데도 기사가 하는 그 말에 둘째의 가슴이 쿵! 내려앉았다. 대답도 않고 울기만 했는데도 기사는 고향 집 골목에서 차를 세웠다.

그해 가을 아버지는 첫째 딸이 시집가서 사는 뚝섬 집에도 찾아가 외손녀를 안고 당신이 다시 살아서 외손녀를 볼 수 있게 해줬다며 고마워했다. 첫째 큰딸에게도 연락이 갔다. 첫아이가 백일이라서 직접 팥을 삶아 시루떡을 만들어서 시댁과 아래층 공장, 옆집 문방구에 돌리고 물에 시루를 담가 놓는데 시댁으로 전갈이 가서 다시 큰딸에게로 연결되었다. 마음은 급해서 친정으로 달려가고 싶은데 출근한 남편은 감감무소식이었다. 시댁에서도 어서 길 나서라는 허락도 없고 첫째는 마음만 타들어 갔다. 24일을 넘기고서야 시어머니가 친정엘 가라며 손녀딸을 어멈이 달거리 때 쓰는 천에 꽁꽁 둘러서 그 위에다 옷을 입히고 포대기를 하라는 당부를 하면서 며느리에게도 출발하기 전부터 상복을 입혔다. 첫째 딸의 시어머니도 갖가지 미신에 무당의 말을 의사의 말보다도 더 신봉하는지라 무당이 일러준 대로 액막이하고 떠나는 시간까지도 받아와서야 시아버지와 남편을 앞세워서 며느리 친정 행을 허락했다. 24일부터 내린 눈은 모든 교통을 마비시켰고 간신히 반포 고속버스터미널에서 표를 구하고 버스가 출발했는데 가다서기를 반복했다. 친정 동네 버스터미널에 도착했을 때는 해가 져서 어둑어둑해 지고 있었다. 눈이 발목까지 덮었지만, 택시를 타지 않고 제2교 다리를 걸어서 건넜다. 성수동 시댁에서 출발하기 전 시어머니가 친정 동네에 도착해서는 반듯이 걸어서 가라는 신신당부의 말이 있었기 때문이다. 상복을 입고 백일 지난 아이를 등에 업고 눈길을 가기는 쉽지가 않았지만 첫째는 혹시나 시어머니가 한 당부를 어겼다가 아이나 시댁에 무슨 일이 생기면 그 원망을 어쩌나 하는 마음에 택시 타기를 그만두었다. 아이는 고맙게도 보채지도 깨어서 울지도 않고 잠들었다가 일어났고 첫째가 젖을 물리고 토닥이면 금방 다시 잠이 들었다. 고속버스를 타고 오는 내내 아버지의 죽음이 남의 일 같고 도무지 믿어지지가 않았다. 새로 이전한 물밖 버스터미널인 중동에서 동동을 지나고 시장통인 하동을 지나 상동 적십자병원 길로 접어들고 탱자나무로 된 술도가를 지나자 친정집 어귀가 보이고 초상을 알리는 붉은 휘장이 바람에 날리는 것을 보고서야 비로소 아버지의 죽음이 마음에 와 닿았다. 혼자서 상청을 지키던 오빠는 맏사위가 대문을 들어서자 천군만마를 얻은 듯이 맏사위를 안고 통곡을 했다. 동행한 첫째의 시아버지는 한사코 대청에 오르는 것을 마다하고 마당에 깔아 놓은 멍석에서 큰절로 망인이 된 사돈에게 절을 올렸다. 먼 길에 시장도 할 텐데 물도 한 모금 적시지 않고 되짚어서 서울로 가겠다고 발길을 돌렸다. 이도 필시 첫째의 시어머니가 일러준 비방일 것이다. 날도 어두워졌고 교통은 끊어져서 할 수 없이 시내 여인숙에서 묵기로 하고 집을 나섰다. 첫째는 시아버지가 집을 나서고야 아이를 내리고 상복만 입어서 꽁꽁 언 몸을 풀썩 방바닥에 눕혔다.

"아이고 이게 뭔 일인고? 산사람 잡겠네. 이 사람 수진네 정신 차리라."

엄마가 첫째를 잡고 흔들었다. 아이도 친정까지 오는 내내 순하게만 있더니 갑자기 찢어지게 울었다. 첫째가 아이의 울음소리에 벌떡 일어나 앉았다.

넷째는 고3이었다. 딸들이 넷째만은 대학에 보내자고 아버지를 졸랐다. 유치원을 다닐 때부터 피아노를 치기 시작한 넷째는 집안에서도 특별 대우를 받으면서 자랐다. 손이 귀하고 아들, 아들 노래하던 집안에 아들에게 터를 팔아서 막내아들을 봤다면서 넷째에게 다들 복 있다고 어른들이 말했다. 그 덕에 넷째는 피아노 교습을 받을 수 있었고 아버지는 시골동네에 귀한 피아노를 사들였다. 아버지도 넷째의 피아노 치는 모습을 참 좋아했었다. 그 싫어하는 교회 찬송가도 피아노로 들으며 잘했다며 웃고 넷째의 머리를 쓰다듬기도 했고 아버지가 좋아하는 유행가 '알뜰한 당신' '단장의 미아리고개' 등을 반주에 맞춰서 부르기도 했었다. 넷째는 이미 예비고사를 대구에서 치렀고, 영대 기악과 피아노전공으로 과도 정해졌으며 한 달에 두 번 개인 교습까지도 받는 상태였다. 해를 넘기고 1월 7일에 실기 평

가만 기다리고 있었다. 매일 눈만 뜨면 피아노를 쳤고 넷째 머릿속에는 피아노 말고는 아무것도 없었다. 막내는 체구도 작았지만, 손도 몹시 작아서 건반에 다 닿지 않았는데 얼마나 연습을 했으면 엄지와 약지가 휘어져서 기형적으로 길게 굽어서 건반에 간신이 닿을 수 있게 굳어졌다. 12월 24일 날 저녁 아버지가 돌아가시면서 넷째는 이제는 피아노를 칠 수도 없었다. 가장 중요한 시기인데 초상집에서 피아노라니 어림도 없었다. 넷째는 피아노가 있는 방에 불이 나서 놀란 가슴이 가라앉기도 전에 다시 아버지의 죽음으로 아무 생각도 나지 않았다. 아버지의 초상이 치러지는 내내 막내는 방에서 한 발짝도 나오지 않았다. 또한 누구도 넷째를 불러내지도 않았고 오직 엄마만이 막내의 방으로 때가 되면 음식을 들고 들어갔다가 나왔을 뿐이다. 출상 날 아침 넷째가 방문을 밀고 마당으로 나왔다. 무명으로 만든 상복을 입은 넷째는 더 작아져 있었다. 아버지를 모신 방으로 들어가서 큰절을 하고 펑펑 울었다. 다시 피아노가 있는 자기 방으로 들어갔고 출상 때에도 방문은 열리지 않았다.

"아이고~ 오~오빠~아!"
가장 늦게 도착한 고령 막내 고모는 대문에 들어서면서부터 떠나가라 곡을 했다. 방에도 들어가지 않고 마당에서 주저앉아 땅을 치고 울었다. 남편을 먼저 보내고 마음 놓고 울지도 못하고 허망하게 있던 엄마가 달래서 안방으로 들어서고 막내 고모는 또 아버지 얼굴 봐야 한다고 병풍 잡고 울고, 그러다 배고프다면서 대청으로 나와서 국밥 한 그릇을 다 비웠다. 막내 고모는 일정 때 보국대에 강제로 송출될까 봐서 10살 나이에 고령으로 시집을 보냈단다. 시집이 뭔지도 모르고 연지 찍고 곤지 찍고 가마에 요강을 넣어주고 곶감, 유과 시루떡, 단술과 함께 말이다. 막내 고모는 당신 집에서는 기운 펄펄하고 짱짱 날아다니다가도 친정인 우리 집에만 오면 엄마 앞에서나 아버지 앞에서는 갑자기 코맹맹 소리를 내고 아버지나 엄마도 그 이상한 어린양을 다 받아주었다. 화장할 때 꼭 아랫입술을 더 붉게 칠했는데 그날도 아랫입술만 붉게 칠하고 왔다. 염을 한 뒤 딸을 넷이나 낳고서 마지막에 늦게 얻은 일곱 살 막내에게 건을 씌우고 지팡이를 들려서 상복을 입혔다. 그 모습을 본 고령 막내 고모와 엄마가 막내 붙잡고 또 한바탕 울고불고 난리다.

"아이고, 오빠요. 나도 델꼬가소오오~~~~~~~~~~~~~"

"민이 아부지요. 막내 불쌍해서 우째 눈 감았소?"

막내 고모와 엄마가 곡을 하고 땅바닥에 주저앉았다.

"민아!"

"예, 형님."

"너 상복 벗어라!"

오빠는 정신 상그럽다면서 막내에게 입혀졌던 상복을 다시 벗게 했다.

막내는 크리스마스라서 교회 가려고 준비를 하는데 아래채에 갑자기 불이 나고, 아버지가 돌아가셨다는 소리를 들었다. 크리스마스 때마다 대문에 달아두던 등이 아닌 한문으로 뭐라고 크게 쓴 등을 내다 걸은 것이며 전년도의 크리스마스하고는 달랐다. 모양새는 형님이 장가를 가던 때와 비슷했다. 동네에서 돼지를 잡아서 집안으로 들여오고 마당에는 무쇠솥 뚜껑 위에서 누름적이며 여러 가지 부침개를 굽고 동네 사람들로 북적였다. 시집간 큰누나가 오고 둘째 누나도 오고 누나들을 볼 수가 있어서 참 좋았다. 대문에서 커다란 공책에 이름을 적는 것도 봉투를 받는 것도 인사를 하는 것도 형님이 장가가던 그 날과 흡사했다. 그런데 아버지가, 아버지가 돌아가셨단다. 엄마가 여기저기 훌쩍이고 다니면서 울었다. 안방에 아버지를 눕히고 병풍을 둘렀으며 도무지 정신을 차릴 수가 없었다. 병풍 끝으로 회색 양말을 신은 아버지 발이 보였다. 형님은 갑자기 사람이 변한 거 같았다. 목소리도 조금 굵고 탁해졌다. 눈물도 흘리지 않으면서 사람들이 와서 병풍 뒤에 있는 아버지에게 절을 할 때면 곡을 했다.

"어이고 어이고…."

막내에게도 시켰지만, 형님처럼 크게 목소리가 나오지 않았다. 형님은 어이구 어이구 하다가도 갑자기 근엄한 얼굴을 하기도 하니 평소에 대하던 형님은 아니었다.

형님이 어디 가지 말고 옆에 있으라고 말을 했다. 사람들이 형님하고 심각하게 인사를 나누다가도 막내의 눈과 마주치면 더 어두운 얼굴을 했다. 크리스마스를 북적이는 집안사람들로 보냈다. 엄마가 건넛방으로 부르더니 내복 위에다 솜으로 누빈 바지저고리를 입혔다. 그 위에 다시 형님이 정신 상그럽다면서 벗게 했던 까슬까슬한 베옷을 입혔다. 양발 위에다가도 솜으로 누빈 버선을 신기고 털신을 다시 신게 하고 또 그 위 짚신을 신기고 고무줄로 창창 묶었다. 불편하고 걸어 다니기도 힘들어서 싫다고 했더니 이제부터 먼 길을 걸어서 가야 하니까 절대로 신발을 벗거나 하지 말라고 당부했다. 동네 사람들은 같이 따라가겠다고 대문 앞에서 뒹굴고 우는 막내 고모와 엄마 누나들을 때어 놓고 막내만 지팡이를 짚게 해서 상여 뒤를 따르게 했다. 장팔리 산에는 한 번도 걸어서 간 적은 없었는데 집을 나설 때부터 걸어야만 했다. 크리스마스이브 날부터 내린 눈은 출상 날 아침까지 내렸다. 곰실 지나 장에서 8리가 된다 해서 장팔리라 이름 붙여진 장팔리 선산이 있었다. 아버지는 당신의 죽음을 예견이라도 하듯이 작년 가을 음력 9월 9일에 제를 지내고 난 후 당신 묻힐 곳을 지정해줬다. 당신이 직접 돌관도 마련하고서는 며느리가 해줬다고 동네방네 소문을 내기도 했다. 올케는 알지도 못하는데 15대 종손을 업고 장에 갔다가 일면식도 없는 노인에게서 부끄러운 칭찬을 들었다며 돌관 이야기를 한 적이 있었다. 곰실에서 마지막 노제를 지내기 위해 상여를 세웠다. 내복 솜옷 또 가슬가슬한 상복 걷기에 우둔할 정도로 입었는데도 추웠다. 상여는 가다가 서고 가다가 서고 그럴 때마다 막내를 불러서 절을 하게 했다. 맨손을 땅에 짚고 절을 할 때마다 어이구 아이고 하며 곡을 시켰다. 막내가 절을 하고 나면 상여는 다시 움직였다. 온몸이 굳어지는 것 같은데도 아무도 막내를 업거나 쉬라고 말리지 않았다. 눈길이라 산을 오르기 전 상여꾼들이 숨을 고르기 위해서 잠시 쉬는데 막내가 짚고 가던 지팡이로 눈 위에 글을 썼다.

'아부지.'

어둑어둑해서야 상여꾼들에게 업혀서 돌아온 막내는 죽은 듯이 잠들고 눈은 계속 내렸다.

봄날

　아버지의 장례를 치르고 며칠이 지나자 해가 바뀌었다. 사람들이 1980
년을 대망의 80년이라고들 했다. 그녀에게는 그날이 그날인데도 무슨 이유
인지 모르겠으나 만나는 사람마다 조금씩 들떠서 대망의 80년에 대한 자
신들의 포부를 말하기도 하고 마치 새날들은 다 밝고 좋은 일만 있을 거라
는 기대감으로 약간은 들떠있는 듯했다.

　하지만 끝날 것 같지 않았던, 더 춥고, 더 길었던, 날들이 아주 느릿느
릿 지나고 있었다. 아버지의 빈소는 아래채에 차려졌다. 아침저녁으로 밥
을 해 올리고 곡을 하고 시장에서 새로운 과일이라도 사 오면 사이사이 음
식을 해 올리고 또 곡을 하고 그렇게 시간은 시나브로 흘러갔다. 온 집안
에 드리워졌던 아버지의 흔적들이 조금씩 지워져 갈 무렵 100일 탈상 날
이 다가왔다. 마당에는 아버지 장례식 때처럼 천막을 쳤다. 마땅한 편에 솥
뚜껑 뒤집어 돼지기름을 두르고 부침개를 부치고 돼지도 잡고 모처럼 적
막하던 집이 사람들 소리로 채워졌다. 장례식 때보다는 적었지만 내박 작
은아버지, 북한산 작은아버지, 고재 고모, 고령 고모, 등 친척들이 모이고
동네 사람들이 여기저기 모여서 막걸리를 들이켜면서 아버지를 추억했다.
빈소에 제사 음식들이 차려지고 오빠를 비롯한 남자들이 먼저 제사를 지

냈다. 다시 장팔리 선산으로 가서 제사를 지내고 오빠가 먼저 곡을 했다.

"어이 어이."

다들 따라서

"아이구 아이구."

곡을 했다. 엄마와 고모들만 그런 규칙은 안중에도 없는지 하고 싶은 말 다 하면서 울었다. 그날은 그런 엄마나 고모들을 아무도 말리지 않았다. 이 제 마지막이니 울고 싶은 만큼 울라고 했다. 남자들이 먼저 아버지 묘에 절을 했다. 여자들이 절을 할 차례가 되자 내박 작은아버지가 올케를 불러서 절을 시켰다. 엄마 고모들이 절을 하고 마지막으로 막내 만이와 함께 딸들을 한꺼번에 절을 하게 했다. 모두 백일 동안 입었던 상복을 벗어 아버지 묘지 옆에서 불을 놓아 태우고 백일 탈상을 했다.

장팔리 선산에서 집으로 바로 가지 않고 엄마가 시주해서 지었다는 북상에 있는 암자로 향했다. 암자라기에는 규모가 제법 컸다. 작은 사찰이라고 하면 딱 어울릴만한 규모였다. 사찰 마당에 들어서자 지짐이 부치는 냄새와 향냄새가 섞여서 기분이 묘했다. 법당 안에는 아버지 사진이 불상 앞에 놓여 있고 제사상까지 차려져 있었다. 백일 천도재를 지내고 집으로 돌아오는 내내 사찰 마당을 가득 메웠던 향내가 따라다니는 것 같았다.

그날 저녁 친척들이랑 오빠가 모여 앉아서 가족회의를 한다면서 안방에서 한참을 의논하더니 딸들을 불러들였다. 아버지가 돌아가시고 오래되면 아비 없는 집안이라 업신여긴다면서 딸들은 빨리 짝지어서 결혼시켜야겠단다. 지금 사귀는 사람이 있으면 집으로 데리고 와서 인사시키라고 했다.

사귀는 사람이 아주 완벽히 빠지지 않으면 허락하겠다고 했다. 그녀의 큰 언니는 재작년에 아버지가 처음 동산병원에 입원해서 위기를 넘기고 부축을 해서 걸음걸음 겨우 걸을 수 있을 때 서둘러서 선을 보고 서울 성수동에서 사업하는 집 둘째 아들과 결혼을 시켰다. 작은 언니와 그녀가 해당하고 바로 아래 동생은 아직 열아홉 살이니 해당 사항이 없었다. 작은 언니는 그 자리에서 자기는 사귀는 사람이 있고 지금은 군대 갔기 때문에 인사를 시키지 못하지만, 휴가 나오면 그러겠노라 말했고 이름만 대면 알 수 있는 거창 부잣집 아들을 지목했다. 그녀는 아무리 생각해도 그냥 거짓으로도 인사시킬만한 얼굴이 없었다. 후회가 막심이다. 남녀 공학에 다녔던 그녀는 좀 친한 친구라도 있으면 좋았겠지만 1980년 암울한 시절 시골구석에 남아 있는 동창들도 없고 막막했다. 그녀는 사귀는 사람이 없다고 했더니, 문중에서 선 자리 알아볼 것이니 그리 알라고 하며 문중 회의는 끝이 났다. 그녀는 속으로 피식 웃으며 지금이 어떤 시대인데 뭐 그런 일이 일어날까 싶은 생각에 대답도 하지 않았다.

아래채에 있는 그녀의 방에 아버지 빈소가 차려지면서 그녀는 위채 안방에서 엄마와 함께 생활했었다. 위채의 안방과 대청마루를 사이에 두고 건넛방이 오빠 내외가 기거하는 방이었다. 햇살 따듯한 3월의 봄날 오후였다. 문풍지로 바른 문은 방음이 되지 않았고 건넛방에서 조금만 소리를 높여서 말을 해도 조용한 낮에는 안방까지 다 들렸다. 올케의 울음 섞인 소리가 들렸다.

"약속이 틀리잖아요. 1~2년 안에 서울로 전근해서 가겠다고 했잖아요.

왜 약속을 지키지 않는데요?"

오빠의 말소리는 들리지 않았다.

"아니 말 좀 해봐요."

올케의 목소리 톤이 조금 더 높아져서 방문을 넘었다. 그제야 오빠가 마지못해 말을 했다.

"어허 이 사람아, 밖에서 듣는다. 소리 좀 낮추게."

"아니 당신은 우리 소리가 밖에 들리는 게 문제예요. 왜 약속 안 지키는데요."

그랬다. 그녀의 오빠는 올케와 결혼을 할 때 결혼 후 1~2년 이내에 서울로 전근하러 갈 그것을 약속했었다. 하지만 자꾸만 약속은 미뤄지고 아버지까지 돌아가시자 올케가 자기의 목소리를 내기 시작했다. 올케는 중학교 윤리 교사였고 오빠는 시골 초등학교 교사였다. 처음에는 결혼하고 나서도 올케가 서울서 직장을 다녔고, 주말이면 손님같이 시골로 내려 왔다가 일요일에 다시 서울로 가기도 했고 어떤 때는 오빠가 서울로 올케를 만나러 가기도 했었다. 하지만 올케가 임신하면서 직장을 그만두고 아예 오빠가 있는 시골로 내려왔다. 물론 이른 시일 안에 서울로 가기로 하고서 말이다. 이것도 저것도 맘대로 되지 않자 먼저 시누이들 먼저 결혼을 시켜서 내보내기로 오빠와 합의를 했고 아버지 재산 상속문제와도 맞물려서 그 불이 엉뚱하게도 그녀에게 떨어졌다.

그녀는 아버지가 돌아가시기 전까지 대구에서 조그마한 직장에서 경리 일을 봤었다. 첫 월급 받으면서부터 2년째 봉투째로 아버지께 드리고 용돈 받아서 쓰면서 생활을 했다. 아버지는 기특하다면서 그녀의 월급에서 계를 들어 두었다고 했었다. 그 계가 올봄이면 끝이 난다고 했었는데 오빠가 도무지 곗돈을 내놓지 않는다. 그녀의 생각은 그랬다. 몇 푼 되지 않은 월급은 봉투째 아버지께 가져다 드리고 엄마 몰래 아버지한테서 용돈을 받았는데 사실은 그 용돈이 그녀의 월급을 넘어선 금액이었다. 어쨌든 그녀는 월급을 다 부모님께 드리는 효녀로 소문이 났었다. 그녀가 엄마를 졸라서 곗돈 타면 달라고 했었지만, 엄마는 명확하게 대답도 하지 않으니 그녀로서는 참으로 답답했다. 그녀는 나름대로 그 돈과 그녀가 조금씩 모은 돈으로 작은 옷 가게라도 할 요량으로 양품점 하는 친구 은희에게 조언도 구하고 가게 자리도 알아보고 하는 중이었다.

서울에 일이 있어 갔던 오빠가 오더니 선 자리가 났단다. 오빠가 선볼 사람 성품이 어떤지 시험하기 위해서 오빠가 들고 갔던 큰 가방을 들려서 온종일 데리고 다니면서 봤는데 싫다는 내색 없이 그 남자는 무거운 가방을 들고 잘 따라 다녔단다. 아주 야무지고 성실하더라며 자기가 내 동생 주겠노라 약속을 했으니 서울 올라가서 선보고 결혼 날을 받아 오라고 했다. 그녀는 너무 기가 막혀서 한참을 오빠 얼굴을 빤히 보고 있다가 물었다.

"오빠, 지금이 무슨 조선 시대야, 얼굴도 안 보고 시집을 가라 마라야. 그리고 내가 당사자인데 왜 오빠가 허락하고 말고야. 그럴 거면 오빠가 가라."

그녀가 막, 대들었다. 험한 소리가 오고 가다가 급기야 오빠에게 몇 대 얻어맞았다. 그녀가 또 대들면서 내 월급으로 부은 곗돈 돌려달라고 했다. 오빠는 그 돈으로 결혼시킬 거라 했다. 그녀는 오기가 생겼다.

"그래, 내가 서울 가서 날 잡을 테니까 준비하고 있어."

그녀는 소리소리 지르며 울고, 엄마는 말리고 아버지 돌아가실 때보다 더 큰 곡소리가 담을 넘었다. 그녀의 엄마는 엄마대로 속이 상한지 그녀의 울고 있는 등에다 푸념을 했다.

"어이고, 저런 지집애. 어떤 노무 호랭이가 물어 갈는지…."

한바탕 난리가 있고 난 다음 날 그녀는 친구가 하는 양품점에서 보라색 원피스를 샀다. 뭐 좋은 일 있느냐는 친구의 물음에 서울 가서 선 볼 거며 그때 입을 옷이라고 했다. 친구는 화들짝 놀라면서 나이가 이제 22살인데 무슨 결혼이며 연애도 아니고 선을 봐서 가냐며 농담하지 말란다. 농담 아니고 정말 선보고 날 잡아서 올 거라 했더니 친구가 우스워 죽겠다며 깔깔 웃었다.

그 소동이 나고 며칠이 또 지나갔다. 오빠가 그녀에게 현금 100만 원이 든 작은 가방을 주면서 북한산 작은엄마에게 전하라고 했다. 그전에도 그녀는 친척 집에 돈 심부름을 자주 다녔었다. 고령 고모가 아파서 입원했을 때도 신문지에 둘둘 말은 돈뭉치를 가지고 고령을 간 적도 있었다. 이번에도 그런 종류의 심부름인 듯했다. 그녀는 잠시 망설였다. 이 돈이면 그녀가 아버지에게 맡겨서 계를 들었던 그 100만 원일 수도 있다는 생각이 들었다. 그냥 북한산 작은집으로 가지 않고 그녀가 이 돈을 가질까도 생각을 해봤다. 하지만 그녀는 당장 어디에 갈 곳도 없고 그 뒷감당을 할 배짱도 없었다. 산골에서 버스로 김천, 김천에서 서울까지 기차로 와서 북한산 가는 156번 버스를 타고 작은집에 도착했다. 작은엄마가 입에 침이 마르도록 선 볼 남자 칭찬으로 늘어진다.

"작은엄마, 대체 어디서 안 사람인가요?"

그녀가 하도 어이가 없어서 물었더니 북한산 작은엄마네 앞집에 사는 아줌마가 소개했단다. 그 소개하는 아줌마 남편이 제천에서 군대 생활할 때 앞집에 살던 아줌마 아들인데 지금은 화전이란 곳에서 근무하는 직업 군인이라고 했다. 그녀의 집안에는 군대 간 사람이 오빠밖에 없었다. 그녀의 오빠도 교대 출신이라서 교사가 모자라던 시절, 군 면제를 받았다. 그녀의 오빠는 몇 주간 훈련받고 제대를 해서 군대에 대해서는 그녀는 어떤 상식도 없었다.

4월 28일 햇살 좋은 날, 11시쯤에 오빠가 동생 주겠노라고 먼저 허락했고, 작은엄마가 침이 마르게 칭찬하던 그 남자가 조금은 늙어 보이고 피곤한 모습으로 작은집 대문 안으로 들어왔다. 뭐라 뭐라 하는데 그녀의 귀에는 아무 소리도 들리지 않았다. 작은엄마가 둘이 나가서 이야기도 하고 맛있는 것도 먹고 그러라며 그녀와 그 남자의 등을 밀어서 밖으로 내몰았다. 그녀 생각에는 이 어이없는 상황을 본 북한산 길 양쪽으로 흐드러진 벚꽃 진달래가 그녀를 보고 수군수군 웃는 거 같다. 빈 택시가 한 대가 북한산 종점 쪽에서 구파발 쪽으로 천천히 달려오고 있었다. 택시는 신작로에 서 있는 그녀와 남자 앞에서 멈칫멈칫하다가 반응이 없자 먼지를 날리고 서울 쪽으로 가버렸다. 빈 택시를 보고도 아무 말도 없던 남자가 156번 버스가 오자 타라고 손짓을 했다. 버스는 토요일 점심나절인데도 빈자리가 없었다. 그녀는 시골서 자라서 버스를 자주 타지 않기 때문에 서서 가는 게 무척 불편했다. 양손으로 버스 손잡이를 힘들게 잡고 있는데 빈자리 하나가 났다. 그녀는 남자에게 눈길도 주지 않고 그 빈자리에 쌩하니 앉아서 서울역까지 와서 버스에서 내렸다. 그 남자도 그녀와 마찬가지로 서울 지리를 잘 모르는 듯 보였다. 서울역 앞 세브란스 다방에서 커피를 마셨는데 그때까지도 그녀가 별말이 없자 혼자서 말하는 게 멋쩍은지 그 남자가 그녀를 보면서 무슨 말이든 하라고 했다. 그녀가 기다렸다는 듯이 앞말 뒷말 다 자르고 물었다

"저기요. 아저씨, 내가 보기엔 좀 나이 들어 보이는데 정말 총각 맞아요?"

그 나이 들어 보이는 남자는 좀 당황해하는 표정을 지으면서 말을 했다.

"저 정말 결혼하지 않은 총각 맞습니다."

또 그녀가 남자를 향해 고개를 들고 당돌하게 물었다

"그럼 우리 오빠가 나 그쪽한테 시집보낸다고 허락했고 내가 아저씨 만나서 날 받아 오랬는데 정말인가요?"

남자가 좀 머쓱한 표정을 지으면서 말했다.

"네, 그렇게 말씀은 하셨습니다."

"그래요? 정말이지요?"

그 남자가 조금은 당황한 표정을 지으면서 말했다.

"네, 아가씨 오빠 되시는 분이 아가씨 만나보고 싫지 않으면 그러라고 했습니다."

그 남자의 말이 떨어지기도 전에 그녀가 말을 했다.

"그래요? 그럼 날 받으세요."

그녀는 말을 마치고 쌩하니 일어서서 나왔다. 나중에 그 남자가 한 말

인데 그녀의 오빠가 한번 본 사람에게 선뜻 동생은 준다고 해서 무슨 문제가 있거나 몸이 불구거나 별 상상을 다 했는데, 궁금하기도 하고 해서 선자리에 나온 거라고 했다. 그 남자가 커피값을 내고 허둥지둥 따라 나와서 그녀의 팔을 잡으면서 밥 먹잔다. 그녀가 됐다고 사양하는데도 억지로 데리고 들어간 곳이 서울역 앞 허름한 분식집이다. 벽에 쓰인 메뉴판에는 라면 종류와 튀김 등등 이었다.

"만두 주세요."

밀가루 음식뿐인 곳에서 마땅히 시킬 게 없어서 그녀가 그 남자의 의견을 묻지도 않고 만두를 시켰다. 그 남자가 웃으며 말했다.

"만두를 좋아하세요?"

그녀는 대답하지 않았다. 그녀를 비롯한 그녀의 집 식구들은 밀가루 음식을 잘 소화시키지 못했다. 아무리 조심해도 체하거나 아니면 탈이 나서 고생을 하므로 가능하면 밀가루 음식은 피했다. 먹는 시늉만 하고 집에 간다면서 그녀가 자리에서 일어서자 남자는 데려다준다면서 그녀 뒤를 따라 나왔다. 서울역 건너편 버스 정류장에서 다시 한참을 기다려서 156번 버스를 타고 북한산 작은집으로 왔다. 그 남자는 그녀를 집에 들여보내면서 꼭 연락하라고 했다. 그녀는 알겠다고 하면서 그 남자의 연락처도 묻지 않았다. 남자는 그녀를 작은집으로 들여보내고 앞집 아줌마네 집을 들렀다가 가겠다며 손짓을 했다. 얼마 후 풍채 좋은 앞집 아줌마가 작은집으로 건너왔다. 그 사람이 아가씨가 연락하라고 했더니 알았다고 하면서도 연락처를 묻지 않았다고 자기 연락처를 주고 갔다며 전화번호를 건넸다.

5월 3일, 작은집 마당에서 빨래를 널고 있는데 비녀를 낀 남루한 모습의 할머니 한 분이 작은집 마당으로 들어섰다. 대문이 없으니 문을 두드리거나 기척도 없이 말이다. 한복을 입었는데 오래돼 색 바랜 흰색도 미색도 아니었다. 노란 개나리꽃 담장과 대비되어서인지 더 초라하고 남루했다. 작은엄마가 누구냐니까 며칠 전에 선본 그 남자 어머니라고 했다. 순간 황당하기도 하고 선 한번 봤다고 처녀 집을 물어 찾아오나 싶기도 했지만, 내색하지 않았다. 그 할머니는 자기 아들이 지금까지 선을 자주 보고 또 군대 오기 전에 동네에서 제일 부잣집 처녀가 좋다고 따라 다녀도 싫다고 했었는데 이번 처녀는 맘에 든다기에 자기가 왔단다. 그리고 사진으로 본 처녀 모습이 차갑고 고집이 있어 보이더란 말도 아무렇지도 않게 했다. 작은엄마가 서둘러서 점심상을 봐서 들였다. 그 할머니가 밥 한 그릇 다 먹고 나서 담배를 한 대 피워 물고 길게 연기를 뿜었다. 그녀의 집이나 작은집 식구 중에서도 담배를 피우는 사람이 없는지라 재떨이도 없었다. 담배를 피우던 할머니는 담뱃재가 방바닥으로 떨어지자 검지에 침을 묻히더니 담뱃재를 집어서 빛바랜 치마에 쓱 닦았다. 그녀는 욱하고 비위가 상하는데 간신히 참았다. 그녀의 작은엄마가 재빨리 빈 접시 하나를 재떨이 대신 할머니 앞으로 내밀었다. 접시에 담배를 비벼 끄고 나서 할머니가 입을 열었다.

"우리 아들 말로는 색시가 맘에 있는지 색싯집에서만 좋다면 결혼하고 싶다 합디다. 그런데 결혼식은 나중에 천천히 하고 약혼식 먼저 합시다."

작은엄마나 그녀가 놀라서 당황한 표정을 하자 다시 말을 이어갔다.

"저번에 우리 아들하고 색시 오라비 되는 양반이 먼저 만났을 때 이야기가 다 된 거로 알고 왔수."

작은엄마가 약혼식은 시골 엄마와 오빠하고 의논해서 기별을 넣겠다고 하자 이번엔 또 엉뚱한 말을 했다. 자기는 국립묘지를 가본 적이 없다며 오늘 구경 가고 싶다고 했다. 그녀도 시골 살아서 국립묘지가 어디 있는지 모른다고 했더니 작은엄에게 어딘지 아느냐고 물었다. 그녀는 속으로 '이건 아닌데' 하는 생각이 들었다. 작은엄마가 자기가 안내하겠으니 함께 가자고 했다. 싫다는 그녀를 앞세우고 버스를 타고 아무튼 국립묘지까지 갔는데 이번엔 박정희 대통령묘지를 보고 싶단다.

그녀는 속으로 '참 이상한 할머니도 다 있구나' 싶었다. 그곳도 안내하고 돌아오는 길에 작은엄마는 북한산 집으로 갈 테니 그녀보고 할머니 모셔다드리라고 했다. 어딘지도 모르는데 어떻게 모셔다드리느냐면서 그녀가 펄쩍 뛰니까, 택시 타고 가라면서 그녀의 등을 떠다밀었다. 그 할머니가 가방 속에서 구겨진 편지봉투에 적힌 주소 하나를 내놓았다.

"색시, 여기 주소 있수."

'경기도 고양군 신도읍 신도면 도내리'

그녀가 구겨진 편지봉투의 주소를 속으로 읽어 내렸다. 국립묘지를 나와서 지나가는 택시를 세웠다. 그녀는 길치라서 주소로는 어디도 찾아가지 못했다. 대구서 직장 생활을 할 때도 거창 집까지도 겁 없이 택시를 타고 가기도 했었다. 택시 기사에게 주소를 보이고 가자고 했더니 서울 택시는 경기도를 넘어가면 요금을 더 내라고 했다. 미터기 말고 웃돈을 더 달라는 흥정이었다. 그러겠노라고 그녀가 말을 하자, 택시는 한참을 달려 서울을 벗어나 좁은 시골 둑길을 지나고 초가집도 있는 어떤 동네에서 멈췄다.

가사가 그녀를 돌아보면서 말했다.

"아가씨, 여기가 그 주소에 적힌 집인데요."

그녀가 잠시 머뭇거리다가 할머니를 보면서 말했다.

"저기요, 할머니! 여기가 집이세요?

"어 그랴, 색시 고맙수."

"할머니, 그럼 저는 이 택시로 다시 가겠습니다. 조심해서 들어가세요."

"아이구 색시, 그냥 가면 어쩌우. 그러지 말고 우리 아들 올 때 됐는데
보고 가시우."

할머니가 택시 기사를 향해 가라고 손짓을 하고 그녀의 손목을 잡아끌
었다. 나무 대문을 밀고 들어가서 대문에 붙어 있는 문간방으로 들어서면
서 할머니가 아주 자랑스럽게 말했다.

"여어가 우리 아들이 전세 얻어 사는 집이라우."

삐걱이는 소리를 내는 유리로 된 문을 열고 들어가서 시멘트로 바닥이
거칠게 마감된 부엌이 있었고, 연탄아궁이와 낡은 찬장 하나, 석유풍로가
덩그러니 부엌을 지키고 있었다. 방문은 나무로 된 빗살무늬인데 문풍지가
누렇게 변해있었다. 문풍지를 바른 지 몇 해는 되어 보였다. 미닫이 문안으
로 들어서자 방은 아직도 대낮인데 햇볕이 들지 않아서 어두컴컴했다. 방
안엔 비키니 옷장, 그리고 개다리소반 하나가 밥상 보로 덮여 있고 윗목엔
요강까지 있었다. 그러는 사이 해가 지고 있었고 방안은 더 어두워지고 그
녀의 얼굴도 어두워져 갔다.

해가 지고 주변이 어둑어둑 어두워져 갔다. 어두 컴컴한 방안에 그녀를
앉혀 놓고 들락날락하던 쪽머리 한 할머니가 밖에서 방안에 들릴 만큼 크

게 말을 했다.

"야아, 왔나? 너 선본 색시 내가 가서 보고 델꼬 왔다. 드가봐라."

말이 채 끝나기도 전에 방문이 열리고 선을 본 그 남자가 들어 왔다. 사실 그녀로서는 얼굴도 잘 기억 나지 않는 사람이었다. 그녀는 원래도 사람 얼굴을 잘 기억하지 못했다. 그냥 군복을 입었기에 아 그때 그 사람인가보다 했다. 남자는 그녀가 방에 있는 것이 뜻밖이라서인지 입이 귀에 걸리도록 환하게 웃었다. 그녀는 인사를 하는 둥 마는 둥 하고 할머니가 아들 오면 보고 가라고 해서 있었다고 말하면서 이제 봤으니 집에 갈 수 있게 해 달라고 말했다. 그녀는 사람 얼굴도 잘 기억하지 못하기도 했지만 길치였다. 처음 오는 길이기도 했고 동작동 국립묘지에서 산골까지 택시로 왔으니 북한산 작은집까지 갈 일이 까마득하기도 했다. 남자는 왔으니 저녁이라도 먹고 데려다주겠다고 하면서 잠시만 기다리라고 했다. 정말로 잠시 후에 개다리소반에 저녁이 단출하게 차려진 저녁상이 들어왔다. 쪽머리 한 할머니는 모습도 보이지 않았다. 밥, 시어빠진 김장김치, 짜디짠 된장찌개, 나물 하나 이렇게 놓여 있는 저녁상이었다. 그녀는 수저를 들었다 놓았다 시늉만 하고 상을 물렸다.

"저기 아저씨. 이제 집에 가게 버스나 택시 있는 곳까지 데려다주세요."

그녀가 그 남자를 향해 말했으나 남자는 들은 척도 하지 않고 밥상을 밖으로 내놓고 방문을 잠갔다. 그녀가 몸을 사리고 구석으로 몰렸다.

"저기요, 아저씨. 한 번만 봐주세요. 아저씨, 제발요. 네? 집에 보내주세요."

그녀가 다급하게 무릎을 꿇고 두 손을 모아서 싹싹 빌었다. 칠흑 같은 어둠과 황소처럼 씩씩거리는 숨소리와 어깻죽지가 번쩍했던 주먹의 둔탁한 소리만 있었다.

그녀의 의지와는 상관없이 일들이 진행되고 있었다. 그 남자의 집에서 너무 서둘러서 결혼식 날짜를 잡기보다는 먼저 약혼하자고 중신을 한 아줌마를 통해서 기별이 왔다. 그녀의 집에서도 그녀의 오빠도 올케와 선을 봐서 결혼했고, 큰언니도 성수동에서 기업을 운영하는 집 둘째 아들하고 선을 봐서 결혼했었다. 그녀의 언니가 결혼식을 하기에 앞서서 약혼식을 했었기에 그녀의 집에서는 그 남자 쪽에서 약혼식을 먼저 하자는데 별다른 의견 없이 남자 집에서 원하는 대로 합의를 했다. 봄날들이 흘러가고 있었다. 문중 어른들을 등에 업은 오빠가 집안에서 큰 소리를 내면서 엄마는 어떤 의견도 제시하지 못했다. 아니 오빠의 말이면 무조건 다 옳다고만 했다. 그녀로서는 이해할 수가 없었다. 재작년 결혼한 큰언니도 언니 의견은 없이 문중 어른들이 나서서 중매를 넣고, 선을 보고, 그 선본 남자와 결혼해서 딸아이를 낳았다. 정말 무슨 조선 시대도 아니고 이게 무슨 일인가 싶기도 했지만, 또 딱히 그녀 혼자서 무엇을 할 만큼 배짱도 없었고 나이도 22살로 어렸다.

5월 18일로 약혼식 날이 정해졌다. 약혼식이라고 별달리 준비할 것은 없었다. 그냥 약혼식, 말 그대로 결혼을 약속하는 그런 형식일 뿐이었다. 예물도 작은엄마가 아는 금방에서 그 남자의 손가락 치수에 맞춰서 금반지와 약간 값나가는 시계를 샀고 그녀의 예물은 쌍가락지와 목걸이를 샀을 뿐이었다. 단지 있었다면 반지를 맞추려고 작은엄마와 종로에 나갔다가 민주화를 외치는 데모 군중에게 휩쓸려서 작은엄마와 헤어졌었다. 그녀가 최루탄 가스를 마시고 한동안 눈이 매워서 재채기하고 길을 헤매고 고생을 했던 것 말고는 별다른 게 없었다. 또 있었다면 시골집과 근접한 함양, 짚더미 속에서 긴 장총 한 자루가 나왔다는 확인되지 않는 소문이 나돌았고 TV와 라디오에서만 전국이 어수선하다는 뉴스가 나오고 계엄령이 선포되었다는 소식이 전해졌다.

5월 18일 아침이 오고 있었다. 그녀가 뜬눈으로 날을 새고 웅크리고 앉아서 있었는데 방문이 덜컹 열리고 작은언니가 불쑥 방으로 들어섰다.

"언니야, 우째 이 시간에 여기까지 왔노? 차도 없을 건데?"

작은언니는 그녀의 말에 답하지 않고 방바닥에 풀썩 주저앉아서 그녀를 붙잡고 울기 시작했다.

"언니야, 와 그라는데?"

"이 등신아, 니가 무슨 약혼이고 약혼은."

"그럼 우짜노. 사귀는 사람 있으면 데리고 오라는데 아무리 생각해봐도 데리고 올 사람도 없고 오빠나 집안에서는 밀어붙이고."

"아이고 이 등신아. 나도 없어, 나도 없지만 있다고 빡빡 우겼어. 너는 나보다 더 똑똑하니까 알아서 처신할 줄 알았지. 이래 밀려서 선보고 약혼한다고 할 줄은 생각도 못 했어."

"언니야. 그럼 쪼매 언질이라도 주지. 난 정말로 언니 너는 결혼 약속한 사람이 있는 줄 알았잖아."

그녀와 둘째 언니가 아침이 밝아올 때까지 서로 끌어안고 울었다. 하지만 약혼식 날 아침 친척들이 약혼식에 참석하기 위해 서울로 다 올라온 이 상황에서 그녀가 할 일은 아무것도 없었다.

차라리
나를 잡아가세요

"보소? 아무도 없소? 문 좀 열어주소."

신 여사가 방문을 두드리며 고래고래 소리를 질렀다.

"어머니 문 안에서 잠긴 거예요. 어머니 문 핸들 옆으로 돌려보세요."

경숙이 신 여사 방문 앞에서 아무리 말을 해도, 신 여사는 여전히 딴 소리했다.

"보소, 문 좀 여소. 야 이년아, 문 잠구고 시어미를 굶겨 죽일라카나? 보소, 보소. 밖에 누구 없소?"

"어머니, 어머니 밖에서 문 잠근 거 아니고요. 문손잡이 한 번만 돌려보세요. 네? 어머니."

"이 천벌을 받을 년아, 니가 그러고도 무사할 줄 아나. 우리 아들 오면 다 일러서 니 년은 당장 멍석말이해서 동네에 조리를 돌릴겨. 이년아, 문 열어라. 문."

방문 손잡이를 자신도 모르게 안에서 잠가 버린 신 여사는 기운이 펄펄 나는지 고함이 더 커졌다. 경숙은 차라리 그냥 이 자리에서 이 지겨운 모든 것들 안 보고 콱 죽었으면 좋겠다는 생각을 했다.

"어머니, 문손잡이 한 번만 옆으로 돌려보세요. 제발요."

신 여사는 경숙의 말을 듣지 못하는 듯 발로 방문을 쿵쿵 차면서 고함쳤다.

"이년아, 문 열어라. 문!"

경숙은 할 수 없이 아파트 관리실에 전화하려고 아파트 인터폰 수화기를 잡았다. 수신음이 한참 동안 울리고 나서야 통화를 할 수 있었다.

"안녕하세요, 관리관님. 101동 102호 OOO 씨 댁입니다. 관리관님 죄송한데요. 우리 집 방문 한 번만 열어주세요. 안으로 문이 잠겼는데 아무리 찾아도 열쇠가 없네요.

관리관의 목소리에 귀찮음이 묻어났다.

"네, 알겠습니다. 지금 가 보겠습니다. 하지만 열쇠를 잘 보관하셔야지요."

"네, 관리관님. 정말 죄송합니다."

신 여사는 아직도 힘이 남았는지 고래고래 고함을 치고 방안에서 우당탕 소리가 요란했다. 사실 경숙이 방 열쇠를 찾아서 잠긴 문을 열 수도 있었다. 하지만 그 뒤에 따라오는 후폭풍을 감당할 수도 없었고, 이 상황을 증명해 줘야 하는 증인도 필요했기에 망신당할 각오를 하고 아파트 관리실에 연락했다. 한 40분이 지난 즈음에야 아파트 관리관이 초인종을 눌렀다. 경숙이 최대한으로 예의를 갖춰서 인사를 하고 아주 불쌍한 표정으로 말을 했다.

"관리관님 바쁘신데 죄송해요. 애들 아버지한테 연락했는데 회의 중이라고 통화를 할 수 없다네요. 정말 죄송해요."

"아예, 사모님. 다음부터는 열쇠를 잘 간수허셔야 합니다. 저희도 바쁜데 방문을 열고 하는 일로 부르시면 좀 난감합니다."

관리관은 거들먹거리면서 만능열쇠를 가방 안에서 찾아들고 신 여사 방문 앞으로 걸어갔다. 방문 손잡이에 만능열쇠를 넣고 돌리자 문이 안으로 왈칵 열렸다. 신 여사 방안은 난장판이었다. 아침상에 차려 들였던 밥이며,

국, 반찬, 그릇 모조리 방바닥에 내동댕이쳐져 있었다. 신 여사는 관리관을 보자 눈물을 뚝뚝 흘리면서 경숙을 손가락으로 가리키면서 말을 했다.

"아이고 아자씨, 내 말 쫌 들어봐유, 글쎄 저년이 나를 방안에 가둬서 굶겨 죽일라고 밥도 안 주고 문을 잠갔어요, 아이고~~~"

관리관은 방 안 풍경과 경숙을 번갈아 보다가 한숨을 쉬더니 신 여사가 길게 잡고 늘어질까 봐서 신 여사의 하소연을 듣는 둥 마는 둥 하면서 경숙을 향해 말했다.

"사모님, 열쇠 잘 챙기시고요. 할머니가 사시면 얼마나 시시겠어요. 힘드시겠지만 잘해드리세요. 그럼 저는 가 보겠습니다."

"관리관님 고맙습니다. 바쁘신데 오시게 해서 정말 죄송해요."

경숙이 연신 고개를 조아리면서 미리 준비해둔 음료수 상자를 관리관 손에 억지로 들려서 배웅했다. 신 여사는 여전히 경숙이 밖에서 문을 잠갔다면서 고래고래 소리를 치고 있었다. 사실은 경숙이 가스레인지 후드에 있는 비상키로 신 여사의 방문을 열 수도 있었다. 그러면 문제는 커진다. 신 여사가 102호 문밖을 나서면서부터 경숙이 방에서 방문을 잠갔으며 아침도 굶겼다고 눈에 보이는 모든 사람에게 분이 풀릴 때까지 말을 하고 다닐 것이기 때문이었다. 다른 사람들이 뭐라고 하는 것은 상관없는데 신 여사의 아들인 남편 귀에 들어갔을 때 아니라고 말해 줄 사람이 필요했다. 아무튼 이제 신 여사는 다리를 약간 땅에 끌고 뒤뚱 실룩이면서 온 아파트를 헤집고 다니면서 경숙이 방문을 잠갔다고 말할 것이고, 또 할 일 없는 누군가는 전화기를 들고 애들 아빠의 직장으로 떠들어댈 것이었다. 그 황당한 일이 일어날 때 아파트 관리관이 본의는 아니지만, 방문은 안에서 신 여사가 실수로 잠갔으며 자신이 만능열쇠로 열었다고 말하면 그것으로 경숙은 그만이다.

경숙은 난장판이 된 신 여사의 방을 치우기 시작했다. 아무리 깨끗이 쓸고 닦아도 이상하게 퀴퀴한 냄새는 없어지지 않았다. 여기저기 뒹구는 밥그릇들을 비닐장갑 낀 손으로 집어서 싱크대에 거칠게 집어넣었다. 다리가 부러진 밥상은 커다란 비닐봉지 속에 담았다. 밥상을 어떻게 할까 생각하다가 집에서 예배드릴 때 사용하는 예배 상으로 대체하기로 생각을 정했다. 그리 마음을 정하고 나니 왜 진즉에 그 생각을 못 했나 싶었다. 상다리가 철제로 되어서 약간의 충격에는 그리 쉽게 망가질 것 같지는 않았다. 아침부터 부글부글 끓는 경숙의 마음과는 달리 신 여사의 밥상으로 용도가 바뀐 상 위의 레오나르도 다빈치 그림 속에서는 세상을 구원할 예수님이 여전히 최후의 만찬을 나누고 있었다. 그때 초인종이 딩동! 하고 울렸다. 반사적으로 경숙이 부엌 싱크대 쪽에서 몸을 돌려서 현관 쪽으로 걸어가면서 말을 했다.

"누구세요?"

"아, 나 306호인데요."

"아, 예 사모님. 어쩐 일로 저희 집을?"

"102호, 내가 102호 그리 안 봤는데 해도 해도 너무하네. 오늘은 싫은 소리 하려고 왔네."

"아, 예. 사모님 들어오세요."

경숙은 아무 흔들림 없는 표정으로 깍듯하게 306호 여자를 거실 안으로 들이면서 속으로 생각했다.

'오늘은 반응이 엄청 빠르네. 지랄, 저는 일 년에 한두 번 와서 하루나

이틀 머물다 가는 시어머니를 못 봐서 사네 못 사네 하면서 온 아파트를 들었다 놓으면서…'

경숙이 방석을 내밀면서 앉기를 권하면서 물었다.

"사모님, 커피 드시는지요? 드시면 블랙으로 드릴까요?"

"아니, 아침에 마셨어요. 내가 뭐 한가하게 커피 마시러 102호 온 것도 아니고, 그냥 앉아요."

"아유, 그래도 사모님. 저희 집에 오셨는데요. 저도 한 잔 마실려구요."

"그래요? 그럼 커피만 조금 타서 줘요."

경숙이 아주 천천히 커피잔을 데우고 커피포트에 물을 올렸다. 그리고 남대문 수입상가에서 사 온 헤이즐넛 커피를 한 수저 커피잔에 넣고 커피 포트에서 김이 오르고 스위치가 내려가자 커피잔에 물을 부었다. 다시 쟁반 에 담아서 306호가 앉아 있는 거실 쪽으로 천천히 걸어오면서 생각을 했다.

'306호에게 휘둘리지 말아야지. 저 여자가 우리 집 문을 나서는 순간 내 가 한 말은 이자에 이자를 붙여서 온 아파트에 굴러다닐 거야.'

경숙이 306호를 향해 말했다.

"사모님, 얼마 전에 남대문 갈 일이 있어서 헤이즐넛 커피를 사 왔는데 향이 참 좋아요. 드셔 보세요. 괜찮으시면 제가 좀 여유 있게 사 왔는데 가실 때 가져가세요."

경숙은 김이 나는 커피잔을 306호 앞으로 내밀었다. 306호는 경숙이 어떤 표정의 변화도 없이 공손한 자세로 대하자 의아하다는 듯 쳐다보더 니 입을 열었다.

"102호 내가 웬만하면 말 안 하려고 했는데 이건 아니다 싶어서 왔네.

뒤에서 수군거리는 것보다 차라리 앞에서 따끔하게 충고하는 게 102호에게 더 나을 거 같아서 주제넘게 하네. 내 말 오해하지 말고 들었으면 해요."

"아유, 사모님 전 괜찮습니다. 무슨 그런 말씀을요. 다 저를 위해서겠지요."

"그래요, 그리 이해할 줄 알고 말하지요. 102호 오늘 시어머니 방문을 밖에서 잠그고 못 나오게 했다면서요. 오늘 일만 아니라 102호 말이 온 아파트에 돌아다니는 거 알아요? 어찌 머리를 하늘에 두고 살면서 나이 드신 시어머니를 그리 구박할 수가 있어요? 102호는 애들에게 부끄럽지도 않아요? 밥도 차려 주지 않는다면서요? 이거 너무 심하지 않아요? 아파트에 얼마나 102호 얘기가 흉흉한지 102호 귀엔 안 들어오나요?"

경숙은 이 수모를 당하느니 혀라도 깨물고 싶은 심정이었다. 하지만 306호의 심기를 조금이라도 자극하면 애들 아빠에게도 영향이 있고 전출을 가지 않는 이상 이 아파트에서 계속 살아야 하기에 말을 신중하게 가려서 해야 했다. 경숙이 다시 자세를 고쳐서 무릎을 꿇었다.

"사모님, 정말 고맙고 감사합니다. 제가 다 배우지 못하고, 살기 바쁘다 보니 사모님께 누를 끼쳤습니다. 사모님, 제가 아직도 이렇게 어리석습니다. 오늘 사모님이 제게 하신 말씀 마음에 새기겠습니다. 그리고 제가 잘못 하면 언제든지 꾸짖어 주세요. 또 혹시 제가 우리 시어머니께 잘못하는 점이 있더라도 너그러이 용서해주세요. 앞으로 제가 사모님 말씀 명심, 또 명심 하겠습니다. 우리 어머니 아파트에서 만나면 따뜻한 물 한잔이라도 대접해서 보내주세요. 정말 고맙습니다. 사모님."

306호는 경숙이 어떤 변명도 하지 않고 싹싹 빌자 표정이 변했지만 더 이상 말을 이어 가지 않았다

"그래요 102호. 102호가 내 말을 알아들은 것으로 알고 오늘은 그만 갈게요."

306호가 일어섰다

"네, 사모님. 다 저를 위해서 해 주신 귀한 마음인 줄 다 알고 있습니다. 말씀 정말 감사합니다. 사모님 이거."

경숙은 306호가 싫다는 데도 억지로 헤이즐넛 커피 한 봉지를 담은 작은 쇼핑백을 들려서 현관문을 열어서 깍듯이 인사를 하고 내보냈다. 그리고 직장에 출근하기 위해 옷을 갈아입으면서 속으로 중얼거렸다.

'아~ 정말 지긋지긋하다. 댁이나 잘하슈, 이 오지랖 넓은 아줌마야, 댁은 댁네 시엄니 일 년에 한두 번 와서 고작 2~3일 머물다 가는데도 사내 마네 온 아파트를 뒤집고 떠들면서…'

경숙은 집에서 걸어서 10분 거리에 있는 직장을 다니고 있었다. 경제적으로 약간의 도움이 되기도 했지만, 그것보다는 온종일 집에 있는 것이 더 고역이라서 택한 피치 못한 선택이기도 했다. 남편 직장에서 제공하는 아파트로 입주하면서 우려했던 일들이 현실로 경숙에게 다가왔다. 경숙의 시어머니인 신 여사가 끊임없이 문제를 일으켰다. 경숙이 사는 사내주택은 12개 동으로 이루어진 아파트였다. 치매기가 있는 신 여사는 아침 식사를 마치면 현관문을 열고 나가 아파트를 돌아다니면서 아무 집이나 노크도 없이 현관문을 벌컥벌컥 열었고, 그 일로 경숙의 남편과 경숙이 얼마나 많이 고개를 숙이고 사과를 했는지 모른다. 경숙은 신 여사가 아파트를 헤집고 다니고, 아무나 붙들고 밥을 굶었느니 어쩌니 하는 소리에 일일이 다 아니라고 해명을 할 수도 없었다. 그러던 중에 아파트와 가까운 곳의 이삿짐센터에서 경리를 구한다는 벽보를 보고 이력서를 내고 취직을 했다. 힘은 들었지만 온종일 신 여사로 인해 가슴 졸이지 않아서 좋았다. 또한, 아파트에서 일어나는 소문도 경숙의 귀에 들어오지 않았고 아침에 나갔다가 저녁에 들어오니 남편 직장 가족들과 어울리지 않아서 더 마음이 편했다. 물론 경숙이 없는 낮 동안 신 여사가 벌이는 모든 일은 저녁이면 집 전화로 아니면 아파트 인터폰으로 불이 났지만, 경숙이 건성으로 싹싹 빌고 끊으면 그만이었다.

경숙은 어디에다 하소연도 못 하고 속이 부글부글 끓어올랐다. 하지만 누굴 원망도 못 한다. 이 모든 것이 다 경숙이 자처한 일이었다. 세상 물정 모르던 어린 나이에 시집을 온 경숙은 시어머니가 그녀의 삶에 얼마나 큰 영향을 주며, 그녀의 영혼마저도 송두리째 무너트리는 위력을 발휘할 줄 꿈에도 몰랐다. 결혼식을 하고 신혼여행에서 돌아오면서부터 경숙은 치매를 앓고 있는 신 여사와 한방에서 살아야 했다. 경숙이 알기로는 분명히 제천에 시댁이 있고 경숙의 남편은 막내아들이라 했었다. 신 여사는 도무지 자신의 집이 있는 제천으로 내려갈 생각을 하지 않았다. 남편도 결혼하기 전처럼 아무렇지도 않게 신 여사와 한이불을 덮고 잠을 잤다. 첫날은 신 여사가 경숙이 시집올 때 해온 예단 이불을 덮고 살닿는 좁은 신혼 방에서 함께 잤다. 그 이튿날 새벽, 아직도 잠에 취해 있는 경숙을 깨워서 아침을 하라고 방에 딸린 부엌으로 내몰았다. 경숙은 시멘트 바닥의 부엌으로 내몰렸지만, 아침을 하기에는 너무 이른 시각이라 쪼그리고 앉아서 졸다 간신히 밥을 해서 방문을 열고 들어가려다 소스라치게 놀랐다. 경숙을 부엌 찬 바닥으로 내몬 신 여사와 남편이 한이불을 덮고 남편의 팔베개를 한 신 여사가 아주 흡족한 모습으로 잠을 자고 있었다. 그때 경숙이 훌훌 털고 일어섰어야 했었다. 너무 어린 나이에 집안에서 정해준 사람과 선을 보고 집안 어른들이 시키는 대로 결혼하는 게 아니었다. 갈수록 심해지는 신 여사의 치매를 그 시절에는 치매라고 명명하지도 않았었다.

첫아이 낳고 젖이 나오지 않아서 돼지족발을 고아 먹으면 젖이 잘 나온다 해서 돼지족발을 곤 적이 있었다. 그때도 신 여사가 다 익지도 않은 돼지 족발을 찜통에서 건져 부엌 바닥에 퍼질러 앉아 뜯어 먹었던 기억이 있었다. 도저히 젖이 나오지 않아서 모유 수유를 포기하고 분유를 사서 먹일 때도 자꾸만 분유가 줄거나 빈 통이라 의아했었는데, 신 여사가 두 다리 춤에 분유통을 끼고서 분유 가루를 퍼먹고 있는 모습을 보고 할 말을 잃은 적도 있었다. 그때도 방이며 입 주위에 분유 가루로 칠갑을 하고도 아무렇지도 않게 그냥 맛있어 보여서 그랬다고 당당하게 말했었다.

큰아이가 잠들어 있을 때 밀린 일이라도 할라치면, 그 잠깐 사이에도 사고를 쳤었다. 잠들어 있는 아이를 일부러 흔들어서 깨우고 기저귀를 갈아준다면서 똥 기저귀를 빼고 새 기저귀를 갈면서 아이 옷에, 요에, 이불에, 신 여사 당신 치마에, 저고리에, 방바닥에 온통 똥으로 칠갑을 해서, 새댁 시절 일이 서툴러서 쩔쩔매는 경숙을 더 힘들게 했었다. 아무것도 하지 않는 게 경숙을 도와주는 일인데 처음에는 경숙을 시집살이시키려고 일부러 그러는 줄 알았었다. 하지만 신 여사는 그 시절 이름도 생소한 치매가 진행 중이었다.

아이 둘을 낳고서 단 하루도 발 쭉 펴고 편히 쉴 수도 잠을 잘 수도 없었던 경숙은 보름 동안 출장을 떠났다가 돌아온 남편을 붙잡고 울면서 하소연을 한 적이 있었다. 그때 남편은 도저히 못 살겠다고 울면서 헤어지자는 경숙의 손을 잡고 경숙의 눈을 마주 보면서 말했었다.

"미안해요. 당신이 우리 엄마 때문에 힘들어하고 고생하는 거 다 알아요. 하지만 엄마가 사시면 얼마나 더 살겠어요? 부부는 돌아서면 남이고 자식은 또 낳으면 자식이라 했어요. 당신에게 정말 할 말도 없고 고생만 시켜서 더욱더 미안해요. 지금 사는 집 전세금하고 적금 들어가는 그거하고 다 해약해서 줄 테니 나가서 애들하고 편하게 살아요. 정말 미안하지만 난 엄마 못 버려요. 큰형님도 작은 형님도 엄마 모실 수 없다는데 내가 엄마 안 모시면 엄마는 어디 가겠어요? 당신한테는 할 말이 없어요. 미안하고 또 미안해요."

경숙은 그때 그 말이 남편이 신 여사를 생각하는 효성에서 나온 말이라 생각하고 마음을 접었었다. 그 살면 얼마나 더 사시겠냐던 신 여사는 날이 갈수록 힘이 더 세지고 남들 보기에는 멀쩡할 때가 더 많았다. 걸음마도 못 하던 아들은 고2이고 딸은 중3이 되어서도 다람쥐 쳇바퀴 돌듯이 하루하루가 살얼음판을 가듯이 가고, 경숙은 지쳐서 시들어 갔다.

"엄마! 아유, 어떡해, 엄마!"

등교 준비를 하려고 목욕탕에 들어서던 딸이 비명에 가까운 소리를 했다. 이른 아침밥을 차리던 경숙이 놀라서 목욕탕 쪽으로 가다가 멈칫 걸음을 멈췄다. 목욕탕 문이며 신 여사 방이 있는 쪽 벽에서부터 시작해서 온 벽이 똥으로 칠갑을 해 있었다. 딸아이에게 조용히 하라고 주의를 시키고 큰애와 딸에게 학교 가다가 빵이라도 사 먹으라며 지갑에서 천 원짜리 다섯 장씩을 꺼내서 손에 쥐어서 현관 밖으로 내보냈다. 신 여사의 방문을 열자 숨을 쉴 수도 없는 고약한 똥 냄새가 코를 찔렀다. 신 여사가 똥을 싸서 당신 딴에는 치운다고 팬티를 벗어서 5단 서랍장 안에 쑤셔 박고 방바닥에 흘린 똥을 치운다면서 바지에, 윗도리에, 이불에 다 범벅을 했다. 그리고는 일어서면서 똥 묻은 손으로 벽을 짚었고 방문을 열었으며 목욕탕 쪽으로 가는 벽을 짚으면서 온 벽에다 똥 묻은 손자국을 남겼다. 목욕탕도 엉망이었다. 경숙은 진저리가 쳐졌다. 정말이지, 이 꼴 저 꼴 안 보고 딱 죽어 버렸으면 좋겠다는 생각을 했다. 성경에 행동으로 실천하지 않아도 마음으로 품은 것도 죄라 했다. 정말 그 성경이 진리라면 경숙은 살인을 백 번 아니 천 번도 더 했다. 신 여사가 죽었으면 하는 마음을 처음에 품었을 때는 양심의 괴로움으로 새벽 기도회에 가서 통곡했었다. 하지만 지금은 아니다. 그녀는 지옥에 가도 좋으니 차라리 경숙 자신이 딱 죽었으면 좋겠다고 되뇐 날들이 너무 많았다. 경숙이 신 여사를 향해 소리를 질렀다.

"어머니, 똥을 쌌으면 그냥 계시지, 왜 온 방에 묻히고 거실이며 목욕탕까지 칠갑했어요? 팬티는 벗어서 어디 두셨어요?"

"아니, 이 빌어먹을 년이 아침부터 왜 고함을 지르고 지럴이여. 내가 뭐 어쨌다고?"

신 여사는 아무 일도 없다는 듯이 도리어 버럭 역정을 냈다. 경숙은 말도 통하지 않는 신 여사를 붙잡고 말해봤자 자신만 더 무너진다는 것을 알고 입을 닫고 신 여사 옷을 벗겼다. 싫다고 버티니 경숙보다 큰 몸집에 당할 재간이 없었다. 경숙이 이 와중에도 아직도 잠에서 일어나지 않는 남편을 불렀다.

"저기요, 좀 일어나 봐요. 엄마 방에 와서 나 좀 도와줘요."

남편은 듣지 못했는지 아니면 모른척하는지 기척이 없었다.

"수연 아빠 뭐해요? 이리 좀 와 봐요."

경숙도 지지 않고 안방을 향해 소리를 높였다. 그제야 남편이 마지못해 신 여사 방 앞으로 왔다. 코를 찌르는 냄새에 얼굴을 돌린 채 말했다.

"아니 이봐요, 내가 어떻게 여자 몸을 만져요. 그리고 난 지금 시간 없어요. 일찍 출근해야 해요. 집안일은 당신이 알아서 해요."

남편은 재빨리 출근복으로 갈아입고 자신은 모른다는 듯이 쾅하고 현관문을 닫고 사라졌다.

'뭐 여자라고? 어떻게 여자야? 치매 앓고 있는 너네 엄마지. 여자라고? 그래 우리 애들 크고 나면 두고 보자.'

경숙이 속으로 한을 삼켰다. 신 여사와 둘이 남은 경숙은 신 여사를 살살 달래서 목욕을 시키고 준비해둔 옷을 갈아 입혔다. 식탁에다 아침을 차려서 신 여사를 의자에 앉히고 고무장갑을 끼고 신 여사 방을 걸레로 닦아 내기 시작했다. 애벌로 방을 훔치고 나서 크레졸로 다시 소독했다. 신 여사는 식탁에 차려 준 아침을 먹고 나가고 없었다. 경숙이 샤워를 하고 옷을 갈아입어도 퀴퀴한 냄새와 크레졸 냄새가 혼합되어서 몸에 묻어났다. 경숙은 아침도 귀찮고 해서 커피 한 잔을 마시기 위해 물을 올리다가 아차 했다. 아침에 그 난리 통에 애들에게 하루 용돈 쥐여 주고 식탁 위에 지갑을 두고 치우지 않았는데 보이지 않았다. 혹시 가방에 넣고 생각나지 않나 해서 가방을 뒤집어 쏟아도 없었다. 신 여사다. 경숙의 지갑을 가져갈 사람은 신 여사뿐이었다. 우선 급한 대로 직장에 전화해서 집에 일이 생겨서 오늘 출근하지 못할 거 같다고 말을 했다. 전화를 받은 허 과장이 마뜩잖은 목소리로 내일은 꼭 출근하라고 하면서 전화를 끊었다. 신 여사는 점심 때가 지났는데도 집으로 돌아오지 않았다. 점심시간엔 꼭 집으로 와서 끼니를 챙겼었는데, 감감무소식이었다. 해거름에서야 신 여사가 현관문을 열고 들어섰다. 경숙이 다급하게 물었다.

"어머니, 혹시 아침에 식탁 위에 둔 제 지갑 못 보셨어요? 애들 하루 용돈 주고 지갑을 식탁 위에 뒀는데 안 보이네요."

신 여사는 무슨 말인지 모르겠다는 듯이 경숙을 빤히 쳐다보고 부엌 건너편 자기 방으로 휙 하니 들어가 방문을 닫아 버렸다. 경숙은 신 여사의 방문을 열고 다시 물었다.

"저기요, 어머니. 아침에 식사하시다가 제 지갑 보셨지요? 제가 분명히 식탁 위에 뒀었는데 없네요. 지갑에 가계수표도 들었고 제 주민증도 있거든요."

신 여사가 버럭 고함을 질렀다.

"뭐래는 겨? 니 지갑이 우쨌다고 나한테 지랄이여?"

"아니, 어머니. 잘 생각해보세요. 혹시 보셨나 해서요."

"빌어먹을 년이 시어미를 도둑으로 몰아. 이년이 뵈는 게 없나."

신 여사가 고래고래 소리를 치고 경숙을 방 바깥으로 내몰려고 경숙의 머리채를 잡았다. 경숙은 신 여사에게 잡히지 않으려고 피하면서 신 여사의 허리춤을 잡았다. 그 순간 경숙의 오른쪽 손에 신 여사의 허리춤 고쟁이 속에서 두툼한 뭉치의 느낌을 받았다. 경숙이 재빠르게 치마를 확 내리고 신 여사의 속 고쟁이 주머니에든 두툼한 뭉치를 두 손으로 움켜쥐었다. 반쪽으로 접힌 만 원권 뭉치가 방바닥으로 주르르 쏟아졌다. 신 여사보다 경숙의 손이 더 빨랐다. 만 원권 몇 장을 제외하고 경숙이 주워들었다.

"어머니, 이 돈 뭐예요?"

"이리 줘, 이년아. 그 돈 우리 종손이 준기여."

"정말이세요?"

"인내, 내 꺼여."

경숙이 쌍둥이 조카 중에 큰 조카에게 전화했다. 큰조카는 준 적이 없다고 했다. 장조카에게 확인했다니까 신 여사는 충주 딸이 줬다 했다가, 또 둘째 며느리가 줬다고 했다가, 횡설수설했다. 다 확인했으나 하나같이 돈을 준 적이 없다고 했다. 경숙은 목이 컥 막혔다. 물론 지갑을 잘 관리하지 못한 탓을 해야겠지만, 이유야 어찌 되었든 신 여사의 주머니로 들어간 돈은 다시 돌려받지 못한다는 것을 이미 알고 있었다. 경숙은 기가 막혔다. 치매기가 있는 신 여사가 어떻게 가계수표를 현금으로 바꿀 수 있었을까 생각하니 어이가 없었다. 경숙은 저녁에 퇴근한 남편에게 나오는 대로 퍼부었다. 남편은 아무 소리도 못 했다. 경숙이 마지막으로 막말을 했다.

"지갑에 거래처에서 받은 가계수표가 들었거든요. 엄마가 가계수표를 현금으로 바꿨으니까 은행에 가서 확인하면 돼요. 내가 그 가계수표 이미 복사해 둔 거 있으니까 내일 아침에 은행에 분실 신고할 거야. 그런 줄 알아요."

남편은 그러지 말라고 경숙을 달랬다. 경숙이 경찰에 신고하겠다는 말에 화를 버럭 내고 현관문을 거칠게 닫고 나가 버렸다. 경숙은 남편이 나가든지 말든지 거실 불 끄고 안방으로 들어가서 이불 뒤집어쓰고 누웠다. 잠이 올 리가 없지만, 거실로 나가서 신 여사의 주절거림도 듣고 싶지가 않았다. 내일 출근해서 그 가계수표 은행에 입금했냐고 허 과장이 말하면 뭐라고 할까 생각하니 속에서 짜증이 확 올라왔다. 얼마나 시간이 지났는지 현관문 달그락 소리가 나고 안방 문이 열렸다. 남편인 줄 알았지만, 경숙은 잠든 척 일어나지 않았다. 남편이 경숙이 뒤집어쓴 이불을 젖히고 말했다.

"수연 엄마, 일어나 봐요. 아까 내가 화낸 거 미안해요. 수연 엄마 고생하는 거 다 알아요."

경숙은 똑같이 되풀이되는 남편의 그 소리도 이제 질렸다. 또 노인네가 살면 얼마나 사냐로 시작하겠지. 이제는 그 소리에 넘어갈 만큼 경숙은 순진하지도 않고 하루하루 살아내야 하는 일에 지쳐있었다. 웅크리고 누워 있는 경숙을 남편이 억지로 일으켰다. 만사가 귀찮은 경숙이 눈을 감은 채로 앉아 있자 남편이 경숙의 손에 경숙이 들기에는 좀 묵직한 돼지 저금통을 쥐어 주었다.

"뭔데요?"

경숙이 퉁명하게 묻자 남편이 아주 많이 미안해하는 표정을 지으면서 말했다.

"아, 이거 내가 오백 원짜리 있으면 넣었어요. 당신 생일에 선물로 주려고 모은 건데 좀 빨리 주네요. 좀만 더 모으면 가득 채울 수 있었는데…."

남편은 경숙이 감동해 주기를 바라는 표정으로 말을 했다. 하지만 경숙은 어떤 감동도 감사의 표현도 하고 싶지 않았다. 남편은 늘 그랬다. 자기 방식 대로의 애정 표현과 자기가 원하는 대로의 경숙을 원했었다. 경숙은 달랐다. 신 여사의 치매기로 이제 지쳤고 그 지긋지긋한 착하다는 말도 싫었다. 남편이 원하는 착한 여자이기는 너무 긴 시간이었고 경숙도 힘에 부쳤다. 남편이 돼지저금통을 열었다. 오백 원짜리 동전이 방바닥에 주르르 쏟아졌다. 오십칠만삼천오백 원이었다. 가계수표가 47만 원이니까 내일 동전으로 은행에 입금하고 그냥 없었던 일로 하자면서 남편이 경숙을 달랬다. 경숙은 마음 같아서는 법대로 분실 신고하고 이 모든 것을 끝내고 싶었다. 하지만 그녀에게는 고2 아들과 중3 딸이 버티고 있었다. 그때 신 여사가 노크도 없이 방문을 열어젖히고 소리를 질렀다.

"야! 밥 안 주냐? 이년아, 나 배고파!"

하루 결근을 하고 출근을 해서 상사 눈치도 보이고 마음도 편치가 않은데 모르는 번호로 전화가 왔다. 잠시 망설이다 받았다.

"네~ 김경숙입니다."

"아, 네 사모님. OOO 님 가족 되시지요?"

"네, 그렇습니다. 무슨 일이신지요?"

"네, 여기 OO부대 의무실입니다. 신분심 님이 어머니 되시지요?"

"네, 제 시어머니신데요. 왜 그러시는지요?"

"네, 어머님 되시는 분이 목욕탕에서 물기가 있는 채로 체중계 위에 올라가시다가 뒤로 넘어지셨습니다. 지금 의무실에 계십니다. 오셔서 모셔 가셨으면 해서 연락 드렸습니다."

"많이 다치셨나요?"

"아닙니다. 정신은 드셨구요. 괜찮으신데 그래도 보호자가 계셔야 할 거 같아서 연락드렸습니다. OOO 님은 외근 나가셔서 가족분께 연락드렸습니다."

"예, 정말 감사합니다. 제가 직장을 다니고 있어서 집에 없습니다. 제가 지금 바로 출발해서 집으로 가겠습니다. 죄송하지만 101동 102호로 이송 좀 부탁드리겠습니다."

전화기 너머로 잠시 시간이 지체되고 다시 목소리가 들렸다.

"저기, 사모님, 저희가 지금 구급차로 출발하겠습니다. 아파트까지 오시는데 얼마나 걸리시는지요?"

"아, 한 10분에서 15분이면 도착할 수 있습니다. 정말 감사합니다."

경숙이 전화를 끊으면서 속으로 중얼거렸다.

'하나님, 차라리 나를 잡아가세요.'

경숙이 사는 곳은 ○○부대 안에 있는 군인가족 아파트였다. 아파트를 지으면서 가족들의 편의 시설도 함께 지었다. 가족들이 군부대 밖으로 나가지 않아도 되도록 가족들이 사용할 수 있는 PX, 야채 건어물 등 생필품을 파는 슈퍼, 미장원, 식당, 노래방, 목욕탕 등이 군인가족 아파트 앞에 지어졌고 사는 데 불편함이 없었다. 하지만 그 불편함 없는 편리한 시설은 경숙에게 더 불편함을 주었다. 아침에 눈 뜨면 마주치는 가족들의 가십거리에 신 여사의 발걸음 하나까지도 그녀들의 입에 올랐고 그로 인해 경숙은 아예 사람들과의 마주침이 싫어서 직장을 다닌다는 핑계로 낮에는 아파트를 비웠었다. 사무실을 나온 경숙의 발걸음이 빨라졌다. 의무실에서 출발한 군용구급차보다 경숙이 101동 102호에 먼저 도착해야만 했다. 아니면 구급차가 집 앞에 도착하는 불상사가 일어날 것이고, 또 아파트에서 할 일 없는 여자들의 입방아에 오르내려야 하기 때문이다.

자라 보고
놀란 가슴

딸 수연이 아침에 출근준비를 하면서 경숙에게 말했다.

"엄마 오늘 12시부터 2시까지 외출증 발급해서 병원 갈 거거든요. 그 시간에 애들도 독감 예방 주사를 맞힐 거예요. 한 11시 20분까지 애들 외출준비 마치고 나한테 전화하세요. 내가 콜택시 불러 줄 테니까 우리 회사 근처로 오세요."

"아직까지 독감예방 접종을 안 했나?"

"예, 애들이 감기를 달고 살아서요. 지금 열도 없고 또 엄마가 애들 봐줄 때 예방 접종하면 수월하게 지나가잖아요. 암튼 엄마 시간 잘 보고 준비시켜 주세요."

"응, 알았다."

"엄마. 힘들게 일하지 말고 쉬세요. 일은 퇴근해서 내가 하면 돼요. 음식 같은 것도 하지 말고 엊저녁에 사 온 반찬 드세요. 그냥 애들만 봐주세요."

수연은 애들이 깰까 봐서 까치발을 들고 살금살금 다니고 말도 귓속말로 하다가 아침도 거르고 출근을 했다. 경숙도 눈으로만 잘 가라고 하고 주방 쪽으로 몸을 돌렸다. 딸 수연은 경숙에게 일도 하지 말고 음식도 그냥 반찬가게에서 사 온 것으로 먹고 손자 손녀만 봐 달라고 말했다. 하지만 경숙의 입에는 도무지 반찬가게에서 수연이 정성껏 사 온 반찬이 입에 맞지 않았다. 달고, 상큼한 맛도 없고, 간도 경숙의 입에는 너무 짰다. 냉장고에 뭐 반찬거리라도 있나 봤더니 살림을 하지 않는지 텅텅 비어 있었다. 냉장고 아래 칸에 파주 경숙 집에서 김장김치 가져갈 때 보낸 배추 한 통과 무 두 개가 달랑 있을 뿐이었다. 양념도 없다. 밀가루도 그 흔한 멸치 대가리조차도 없었다. 다행이 계란은 대여섯 개 있는 거 풀어서 계란말이를 만들고, 무 채 썰어서 소금 봉지에 말라붙은 소금 싹싹 긁어내고 물엿 대신 꿀로 절여 물기 짜내고 들기름으로 무쳐냈다. 경숙이 부엌에서 칼질하는 소리, 전기밥솥 달그락거리는 소리에 손자 손녀가 일어났다. 8살 손자는 "띠웅" 하면서 방에서 거실로 미끄러지듯 나와서 TV를 켰다. 어린이 만화 프로를 하는 시간이다. 뒤따라서 4살 손녀도 "한모니 안냐세여" 인사를 하고 쪼르르 나왔다.

"어. 이쁜 애기들 잘 잤어요. 할머니가 맛있는 밥, 줄게요. TV 보고 있어요."

"네."

둘은 눈은 TV에 두고도 참새처럼 대답도 잘했다. 경숙은 손자 둘, 아침 먹이고, 설거지하고 싫다는 애들 양치질시키고, 고양이 세수를 해서 옷 갈아 입혔다. 별일 한 것 같지도 않은데 11시였다. 딸 수연에게 카톡을 보냈다. 근무 시간 통화는 목소리를 내야 하기에 옆 동료나 상사의 눈치를 봐야 하지만 카톡은 얼마든지 가능했다.

"딸, 준비 다 했다."

"벌써? 마미, 그럼 내가 콜하고 톡 할게요."

"어, 그랴."

잠시 후 수연에게서 다시 카톡이 왔다.

"마미 콜했어. 문자 갔죠?"

"그랴, 봤다."

"지금 바다마을 정문으로 가면 되나?"

"넹, 사진 캡처해서 보냈어용."

"엉, 알쓰."

"기사한테 말했으니까 택시에서 내려서 2층 김내과로 와용."

"그랴, 알쓰."

손주 둘을 데리고 바다마을 아파트 정문으로 갔다. 정말 택시가 먼저 와서 기다리고 있었다. 뒷문을 열고 손자를 먼저 타게 하고 경숙이 앉고 손녀를 그 옆으로 앉혔다. 둘을 붙여 앉히면 택시에서 다툴 수도 있고 또 둘이 맘이 맞아서 소란을 부릴 수도 있기 때문에 그 모든 불상사를 미리 방지하기 위해서 경숙이 가운데 앉았다. 택시기사가 "신촌 가십니까?" 한 거 같았다. 경숙은 잘 알아듣지 못했지만 잘 알아들어도 진해 지리도 모르니까 딸 수연이 도착을 정확하게 말했으리라 짐작하고 짧게 "네"라고 답했다. 택시는 바다마을을 출발해서 딸이 옛날 살던 경화동을 지나고 복정 터널을 지나 한참을 달렸다. 경숙이 요금 미터기를 봤더니 만원이 훌쩍 넘기고 있었다. 딸이 꽤 멀리 출퇴근을 한 듯했다. 그때 다시 딸에게서 카톡이 왔다.

"맘 어디?"

"복정 터널 지났어."

"아, 조금만 오면 되는데 김내과는 4가 접종 끝났다네요. 우선 그 옆 주근민 치과로 와요, 나도 그리로 갈겡."

"응, 알쓰."

택시기사가 목적지라며 택시를 세웠다. 미터기에 12,600이 나왔다. 콜비까지 합해서 13,600원 지불하고 택시에서 내렸다. 주근민 치과는 금방 찾을 수 있었다. 접수에 있던 간호사가 예약되어 있냐고 물었다. 경숙은 그런 내용은 잘 모르겠고 애들 엄마를 여기서 만나기로 했다고 대답을 했다. 손자 손녀 이름은 예약자 명단에 없었다. 진료기록도 없다고 간호사가 말하면서 우선 접수 먼저 하고 예약 날을 다시 받아서 내원하라고 했다. 그러는 사이에 수연이 도착했다. 엊저녁에 같이 잠들었다가 아침에 출근할 때 못 보고 12시에 만났는데 손자 손녀는 엄마를 보자 이산가족 만난 듯이 반가워했다. 경숙은 이래서 손자 봐준 값은 없나 보다라고 속으로 생각했다. 치과는 딸 수연이 예약한 거였다. 수연이 중학교 다닐 때 30사단 의무대에서 치료하고 금니로 덧씌운 게 수명을 다해서 오늘 다시 금니로 교체한 것이라 했다.

수연이 독감 4가 예방 접종할 수 있는 병원을 검색하더니 찾았는지 전화로 다시 확인을 했다. 12시 30부터 1시 30분까지 점심시간이며 접수는 1시 25분부터 오후 접수를 받는다는 안내를 받았다. 다시 차로 이동해서 4가 독감 예방 접종할 수 있는 병원으로 갔다. 접수창구는 점심시간이라 한가했다. 우선 수연이 대기 번호표를 출력했다. 접수 2번이다. 이제 근처에 있는 식당으로 가서 점심을 먹고 시간 맞춰서 병원으로 와서 손자들 독감 예방 접종을 하고 다시 택시로 바다마을로 가기만 하면 오늘 경숙의 일과는 무사히 마칠 수 있었다. 경숙과 일행은 병원을 나와서 작은 분식집에서 꼬마 김밥과 튀김 어묵을 시켰다. 다시 병원으로 오니 아까와는 달리 대기실은 접수를 기다리는 사람들로 복잡했다. 수연이 애들 예방접종 신청서를 작성하고 경숙은 손자 손녀와 어항에서 놀고 있는 물고기를 하나, 둘, 세기 시작했다. 그사이 수연이 접수를 하고 다시 한참을 기다려서 안내데스크에 있는 접수간호사와 다시 문진을 마쳤다. 수연이 외출 시간을 넘길 것 같은지 연신 시계를 본다. 다시 지루한 기다림 후에 손자 손녀 이름이 불렸다. 경숙은 애들이 벗어 놓은 외투들을 가슴에 안고 대기실 의자에 앉아 있고, 수연은 애 둘을 데리고 예방접종실로 들어갔다.

한 2~3분 지났을 때 수연을 불렀던 간호사가 진료기록 자료를 가지고 나왔다가 다시 예방 접종 주사실로 들어갔다. 예방 접종이 금방 끝날 거라고 예상했었는데 뭐가 잘못되었는지 접수를 받았던 남자 간호사가 진료실로 불려 들어갔다. 잠시 후 예방 접종실 문이 열리고 수연이 얼굴이 굳은 채로 남자간호사와 실랑이를 벌이고 있었다. 뭔가 잘못되었나 보다 생각했지만 곧 끝나리라 짐작하고 무료하게 좀 전에 손주 손녀들이 보던 물고기를 하나, 둘 세고 있었다. 수연의 목소리가 커지고 대기실까지 그 목소리가 넘어왔다. 경숙이 애들이 벗어둔 겉옷들을 챙겨서 진료실로 들어갔다. 접수를 보던 남자 간호사가 아주 건성으로 수연에게 잘못이 있다고 책임을 전가하고 있었다.

"저기요, 어머니. 제가 접수할 때 3가라고 말씀드렸는데요. 어머니가 그렇다고 하셔서 체크를 했습니다."

"아니 이봐요. 간호사님, 제게 우리 동네 병원에 독감 4가가 없어서 한 시간 걸리는 이곳까지 검색해서 왔거든요. 그리고 제가 병원 오기 전에 전화로 여쭤 봤을 때도 4가 독감 예방 주사가 있다고 해서 확인까지 하고 왔거든요."

"어머니 제가 분명히 3가라고 말씀드렸을 때 맞다고 하셔서 3가로 체크를 했습니다."

"이봐요. 작은애에게 4가를 맞히면서 왜 제가 큰애를 3가로 맞히겠어요?"

남자 간호사도 지지 않고 대응을 했다.

"어머니, 저는 분명히 그리 들었습니다."

수연이 갑자기 큰소리로 그 남자 간호사에게 화를 냈다.

"아니, 이 아저씨가 진짜 뭐하시는 거예요. 저기요, 아저씨, 발음을 분명히 하시고요. 그리고 내원객들이 아저씨 말도 정확하게 알아들을 수 있도록 마스크 벗고 말씀하시지요."

수연의 신경질적인 말에 당황한 남자 간호사가 그때야 착용하고 있던 마스크를 황급히 벗었다. 일이 커지자 책임자인 듯한 여자 직원이 들어 와서 열려 있는 문을 닫았다. 화가 난 수연이 또 말을 했다.

"아저씨, 이건 내가 그냥 지나가려고 했는데요. 작은애 예방 접종도 그래요. 말라리아, 장티푸스 예방접종 신청했는데 아까 아저씨가 홍역 수두 예방 접종에 체크해서 제가 다시 와서 홍역 수두 아니라고 한 거 기억나지요? 그때도 제가 자세히 확인 안 했으면 우리 애 홍역 수두 예방 접종할 뻔했잖아요."

경숙이 속으로 이건 아니다 싶어서 핸드폰을 꺼내서 녹음 기능을 눌렀다. 그 난리 속에 작은애가 독감 예방접종을 하려고 윗옷을 벗은 상태로 어른들의 큰소리에 가만히 의자에 앉아 있었다. 경숙이 작은애를 외투로 감싸면서 말했다.

"아니, 애 감기 들겠네. 예방 주사를 맞히든가 아니면 애 옷을 입히든가 하지, 애 옷을 벗겨 놓고 뭐하는 거요?"

나중에 들어 와서 그간의 진행된 일을 파악한 여자 직원이 아주 공손한 목소리로 수연에게 말했다.

"어머니, 정말 죄송합니다. 우리 직원이 실수를 했습니다. 그리고 들어보니 그다음 대처도 실수가 있었네요. 4가를 맞히려고 먼 길 오셨는데 정말 죄송합니다."

수연이 물러서지 않고 또 신경질적으로 말을 했다.

"아니, 이게 죄송으로 끝날 얘기는 아니잖아요. 그리고 제가 돈 때문에 작은애는 4가, 큰애는 3가를 맞히겠어요. 그리고 우리 애를 3가를 맞혔는데, 4가 독감 예방 주사를 맞히지 않아서 만에 하나 그 독감이 걸리면 어떡하실 건데요. 누가 책임질 건데요?"

"어머니, 제가 이 병원 책임자입니다. 정말 죄송해요. 그런 일은 없어야지요."

그때였다. 무슨 일인가 가만히 듣고 있든 큰 손자가 아앙 울음을 터뜨렸다.

"아앙. 나 어떡해요? 할모니. 주사 잘못 맞아서 나 이제 죽어요?"

경숙은 속으로 쿡 웃었다. 참 기막힌 타임에, 의도 하지 않았지만 큰 손주가 훅~ 들어 와서 상황을 더 이상하게 몰아갔다. 경숙이 큰 손주를 안으면서 안심시켰다.

"아냐, 그럴 리가 있겠어요? 예방 주사 맞았으니 손 잘 씻고 밥 잘 먹고 잠 잘 자면 아무 일 없어요. 애구, 우리 강아지 걱정했어요? 괜찮아요. 아무 일 없어요."

"힝~ 경숙 할모니 정말이지요?"

"그럼! 경숙 할머니가 필요할 때 말고는 거짓말 잘 안 하지요?"

"응, 할머니. 그럼 나 걱정 안 해도 돼요?"

"그랴, 걱정 말아. 암 일 없어요."

"응, 알았어. 할머니 말 믿을게."

큰 손주는 안심이 된다는 듯 "해~" 하고 밝게 웃었다. 그때까지 어른들의 소란에 이쪽저쪽을 번갈아 보고만 있던 손녀가 와앙 다시 울음을 터뜨렸다.

"할모니, 우리 오빠 죽어요? 아아앙, 오빠 죽으면 어떡해요? 아아앙."

경숙이 손녀를 안으면서 아니라고 오빠는 안 죽으니 뚝 하라고 손녀를 달랬다. 손녀가 울음 가득한 얼굴로 경숙을 올려다보며 '할모니 정말이지' 하고 물었고 경숙이 그렇다며 등을 토닥이자 울음을 멈췄다.

수연이 그제야 물러났다.

"암튼 오늘은 그냥 가지만 만약에 우리 애가 잘못되면 반듯이 책임을 묻겠습니다."

그 병원 여자 책임자가 안도의 한숨을 내쉬고 말을 했다.

"네 어머니, 정말 죄송합니다. 그런 일은 일어나지 말아야지요. 그리고 저희도 직원 교육 다시 재점검하겠습니다."

그사이에 작은애는 4가 독감 예방 주사를 맞고 옷을 입었다. 경숙이 손자 손녀를 챙기고 수연이 수납을 하고 긴 복도를 지나는 동안도 병원 책임자라는 여자는 끝까지 따라오면서 연신 허리를 굽혔다. 경숙 일행이 주차했던 차를 타고 병원을 나설 때까지 인사를 했고 굽힌 허리를 일으켜 세우지 않았다. 차가 병원을 나와서 도로로 접어들자 경숙이 수연에게 말했다.

"아이구, 너도 성질 좀 죽여라. 애를 벗겨 놓고 그게 뭐니?"

"아니 엄마, 그럼 내가 거기서 물러나요? 그 남자 간호사 처음에 태도 봐요. 죄송하다고 하면 될 걸 고자세로 말하잖아요. 그걸 봐줘요?"

"어이고 그래 잘했다. 그건 그렇고 너 점심시간에 나와서 넘 늦었잖아? 어쩌니?"

"할 수 없지요. 뭐 들어가서 눈 딱 감고 있어야지요."

"암튼 수고했다. 나 애들하고 갈 테니 어서 회사 들어가라."

수연은 늦었다면서도 콜택시를 불러서 경숙이 애들하고 집으로 떠나는 것을 보고 회사로 출발했다.

경숙도 예방주사에 대한 아픈 기억이 있어서 더 민감해진 것 같았다. 자라 보고 놀란 가슴 솥뚜껑 보고 놀란다고 99학년도 수능일이 일주일 남은 초겨울의 아침이었다. 딸 수연이 감기 기운이 있다면서 힘든 표정으로 학교를 갔다. 경숙은 수연이 고2여서 정말 다행이란 생각을 하면서도 마음이 놓이지 않았다. 작년까지는 오빠가 같이 등하교를 했는데, 오빠가 고등학교를 졸업하면서 화전에서 청운동까지 먼 통학 길을 수연이 혼자 다녀야 했다. 능곡, 일산 신도시가 생기면서 고양시에서 서울로 출퇴근하는 인구가 늘었다. 아침이면 버스도 콩나물시루처럼 꽉 차서 오기 때문에 화전에서 버스를 타기가 점점 힘들어졌다. 경숙은 아픈 수연이 걱정이 돼서 오전 내내 편치가 않았다. 쉬는 시간이라면서 수연이 전화를 했다. 머리가 많이 아프단다. 경숙은 수연에게 견디기 힘들면 의무실에 가서 좀 쉬라고 말하면서도 조퇴를 하란 말을 하지 않았다.

저녁 무렵에 아파트 현관문을 열고 수연이 들어오는데 아침에 등교할 때보다 더 지친 표정이었다. 경숙이 병원에 가자면서 수연의 손을 잡았다. 손이 불덩이같이 펄펄 끓었다. 수연은 감기를 앓아도 좀 심했다. 집안 식구가 약간 기침만 해도 영락없이 수연에게 감기가 옮아갔고 꼭 며칠을 앓아야 감기를 떨쳐 내곤 했었다. 정류장에서 버스를 기다리면서 경숙이 연신 수연의 머리를 짚었다. 퇴근시간이라 일반 병원은 진료가 끝났을 것이므로 종합병원인 능곡병원을 가기로 했다. 버스는 쉽사리 오지 않았다. 마침 지나는 빈 택시를 보고 경숙이 번쩍 손을 들었다. 고맙게도 택시가 경숙의 앞에서 멈췄다. 재빨리 뒷문을 열고 수연을 밀어 넣고 경숙도 옆자리에 앉았다.

"기사님, 고맙습니다. 능곡병원으로 가주세요."

택시기사는 네라고 짧게 말하고 미터기를 눌렀고 택시는 출발을 했다. 수연이 힘이 드는지 눈을 감고 경숙의 어깨에 머리를 기댔다. 수연의 머리가 뜨겁다. 경숙이 수연의 어깨를 팔로 감싸 안았다.

"손님, 능곡병원 도착했습니다."

택시가 병원 앞에 멈춰 서고 기사가 백미러를 통해서 눈을 감고 있는 경숙에게 말을 했다. 요금을 지불하고 택시에서 내린 경숙이 수연의 손을 잡고 병원 안으로 들어섰다. 이미 일반 진료는 마감을 했고 응급진료만 접수를 받고 있었다. 응급진료 접수를 하고 병원 복도에 서서 차례를 기다리는데 수연이 머리 아프다면서 아이처럼 보챈다.

"정수연 님, 다음 차례입니다."

간호사가 수연의 이름을 부르고 잠시 후 경숙이 수연을 데리고 진료실로 들어섰다. 야간 당직 의사가 수연의 상태를 문진하고 감기라면서 주사와 약을 처방했다. 경숙이 혹시나 해서 질문을 했다.

"저기요, 선생님, 요즘 딸애 학교에 홍역이 조금씩 번진다는데 우리 수연이 홍역은 아니지요?"

"네 어머니, 열이 좀 높기는 한 편입니다만 홍역 증세는 아직 나타나지 않습니다. 집에 가서서 잘 지켜보시고요. 혹시 고열이 나거나 몸에 붉은 점들이 발진하면 빨리 병원으로 오셔야 합니다. 물 많이 마시게 하구요."

야간 당직의사는 간호사에게 수연을 인계했다. 수연은 엉덩이 주사를 두 대 맞고 약 처방을 받아서 경숙의 어깨에 기대서 다시 택시를 타고 집으로 왔다. 힘들다면서 앙앙거리는 수연을 달래서 저녁을 먹이고 처방받은 약을 먹여서 일찍 재웠다.

잠을 자고 일어난 수연은 전날보다 열도 내리고 감기 기운도 조금은 나아진 듯했다. 경숙이 수연에게 학교에 갈 수 있겠냐고 물었다. 수연이 학교엘 가겠다고 말하고는 가방을 챙겼다. 남편에게 오늘은 수연이 아프니까 미안하지만 구파발까지 승용차로 태워주라고 부탁을 했다. 수연 아빠가 수연을 구파발까지 태워다주면 구파발에서 지하철 3호선으로 경복궁역까지 갈 수 있으므로 수연이 고생하지 않고 학교를 갈 수 있기 때문이었다. 남편이 바쁘다면서도 수연에게 얼른 차에 타라며 먼저 승용차 키를 들고 현관문을 나섰다. 경숙이 수연에게 하루 용돈과 감기약을 챙겨서 아빠 차 타고 편히 가라면서 서둘러 수연을 내보냈다. 오전 내내 수연에게서 아무 연락도 오지 않았다. 경숙은 괜찮으려니 안심을 했고 오후로 시간이 접어들었다. 경숙이 까무룩 잠이 들었나 했는데 현관문이 열리는 소리가 들렸다. 수연이었다. 수연이 현관문을 열고 들어와서 신발도 벗지 못하고 풀썩 주저앉았다.

"아가, 수연아 왜 그래?"

"엄마, 나 너무 아파."

"어쩌니? 엄마한테 전화하지 왜 그냥 왔어?"

"아니야, 선생님이 나 아무래도 홍역 같으니까 빨리 집에 가랬어. 엄마 친구들이 가방 들어 주고 차 태워줬어."

"뭐? 홍역? 아니 어제 병원에서 아니랬잖아."

"아니야, 의무실 선생님도 홍역이랬어."

"아이구, 어쩌니? 아가 어서 병원 가자."

정말 수연의 말대로 머리 아래부터 발바닥까지 검붉은 기가 돌았다. 경숙은 다급한 마음에 남편에게 전화를 했다. 한참 신호음이 가고 전화를 받았으나 아무 소리가 없다. 남편은 회의 중이거나 윗사람과의 대화 도중에는 핸드폰을 받지 않았다. 경숙이 지갑과 핸드폰을 챙기고 수연을 일으켜 세웠다. 수연은 열이 오르는지 헛소리를 했다.

"흐, 엄마아~ 아프 아아."

"그래 아가. 수연아, 엄마가 너 병원 데리고 갈게. 엄마 꼭 잡아."

경숙은 병원까지 갈 교통편이 마땅치 않아서 급하기도 하고 해서 119를 불렀다.

"여보세요! 여기 30사단 군인아파트입니다. 딸애가 홍역인데 정신을 잃고 헛소리를 합니다. 군인아파트 후문 쪽으로 오시면 제가 후문 앞으로 우리 애 데리고 나가겠습니다."

119 구급대는 아파트까지 들어오겠다는 것을 경숙이 말렸다. 119 구급대가 아파트 안까지 들어오면 절차도 복잡하거니와 또 그 모든 일들이 기록으로 남기도 하고, 윗선까지 보고가 되기도 해서 여러모로 복잡하고 시끄럽기 때문이었다. 경숙은 아파트 후문 가장 가까운 곳에 살아서 3~5분이면 아파

트 후문까지 갈 수가 있었다. 고2지만 이미 경숙보다 훨쩍 키가 커버린 수연을 간신히 부축해서 후문을 나섰다. 119가 웽웽 소리를 내고 막 후문 앞에 차를 세우고 있었다. 경숙과 수연을 발견한 구급대원 두 명이 들것을 가지고 내렸다. 수연을 인계받은 대원들이 신속하게 차 안으로 수연을 옮겼고 경숙도 함께 차에 올랐다. 경숙이 상황을 설명했다. 아이가 아파서 어제 병원엘 갔었고, 그냥 단순 감기라고 해서 주사와 약을 처방받았으며, 오늘 학교 갔다가 의무실 선생님이 아무래도 홍역 같다면서 빨리 집으로 가라고 해서 귀가 조치를 했고, 지금은 아이가 열이 올라서 정신이 없다고 말을 했다. 구급대원이 수연이 열을 쟀다. 39.3이 나왔다. 우선 해열제 주사를 처방했다.

"어머니, 여기서 가장 가까운 명지병원으로 이송하겠습니다. 괜찮으시지요?"

"아 네, 괜찮습니다. 빨리만 이송해 주세요."

구급차는 신호 없이 그냥 달렸다. 수연은 구급차에서 해열제를 맞고도 정신이 들지 않았다. 명지병원에 도착한 구급대가 멈추고, 수연은 응급실이 아닌 격리 병동실로 옮겨졌다. 홍역은 전염병이므로 응급실로 이송할 수가 없다는 구급대원의 설명을 들을 수 있었다. 신상명세서와 수연에 대한 모든 기록이 응급 격리실로 옮겨졌다. 이미 수연은 정신이 오락가락했다. 어린이 병동 격리실에는 홍역 판정을 받은 환자가 3명이 입원해 있었다. 수연이 네 번째 환자였다. 병동 침대로 옮겨진 수연은 입고 갔던 옷가지를 다 벗겨서 비닐봉지에 담고 밀봉을 시켰다. 환자복으로 갈아 입혀진 수연은 입원실 입구 쪽 침대를 배정받았다. 여러 개의 주사액이 함께 수연의 몸으로 들어가기 시작했다. 의사가 입원실로 진료를 다녀가고 간호사들이 수연의 팔에 주사를 놓고 한참이 지나서야 병실 안의 풍경이 경숙의 눈에 들어 왔다. 창 쪽으로 침대가 3개가 있었고 입구 쪽으로 두 개인데 마지막 침대를 수연이 배정받았다. 입원한 환자들은 모두 어린아이들이었다. 건너편 아이는 척 봐도 돌도 안 된 아이로 보였다. 중앙 침대의 아이는 대여섯 살쯤 되어 보였다. 그리고 한 아이는 초등학교 저학년쯤인 것으로 짐작되었다. 홍역으로 격리된 병동이라 여자 남자로는 구분 지어지지 않았다. 다들 입원한 아이들이 어린데 수연이만 고등학생이었다. 입원한 아이들의 보호자들과 그냥 눈이 마주칠 때 꾸벅 눈인사만 했다. 마음이 너그럽지도 못했고 수연이가 정신이 들지도 않은 상태에서 잠이 들었기 때문에 경숙도 불안하기도 했으므로 인사는 서로 안중에도 없었다.

졸다 깨다를 반복하는데 갑자기 병실이 소란스러워져서 잠을 깼다. 건너편 중앙에 입원한 대여섯 살 되어 보이는 남자아이가 소리를 지르면서 울기 시작했고 보호자인 듯한 아이 엄마가 아이의 병간호에 지쳤는지 큰소리로 아이를 윽박질렀다. 같은 병실에 입원한 아이들과 보호자들이 몸을 뒤척이고 돌이 지나지 않은 아이가 칭얼거렸다. 건너편 보호자가 참다못해 말을 했다.

"이봐요. 애기 엄마 여기 다 애들 땜에 민감한데 서로 좀 조용하고 조심해 줄 수 없나요?"

대여섯 살 된 아이 엄마가 도리어 화를 내면서 말을 했다.

"아니, 내가 뭐 일부러 그래요? 애들 땜에 민감하긴 마찬가지네요. 나도 민감해요."

돌 지나지 않은 아이 엄마가 기가 막힌지 혀를 차면서 말을 했다.

"허 참. 어머, 내가 뭐 잘못했어요? 여럿이 있는 병실이니 자는 시간만은 좀 조용히 해 달라는 거지요."

그 막무가내 엄마가 지지 않고 또 소리를 질렀다.

"이봐요. 여럿 있는 병실이 뭐 다 그렇지. 시끄러운 거 싫음 일인실로 가든가요."

"뭐라고요? 지금 누가 일인실 가고 싶지 않아서 여기 있는 줄 알아요? 홍역이라는 특수 상황이라 격리 병실로 이곳에 입원한 거잖아요."

"아이 씨~발, 안 그래도 짜증 나는데."

분위기가 험악해졌다. 그때까지 눈을 감고 있던 경숙이 벌떡 일어나서 침대 위에 있는 비상벨을 눌렀다. 비상 깜박이 불이 들어오고 스피커폰으로 당직 간호사 목소리가 들렸다.

"네. 무슨 일이신가요?"

"네 선생님. 홍역 병실 정수연 보호자입니다. 우리 수연이 주사액이 잘 안 들어가는데 좀 봐주시겠어요?"

"네, 지금 가겠습니다."

경숙이 간호사를 호출하자 그들이 언쟁을 멈췄다. 경숙은 격리병동이란 어감이 좋지 않아서 그냥 홍역 병실이라고 말했다. 수연은 이 소란스러운 와중에도 잠에서 깨어나지 못했다. 정말 잠이 든 것이면 다행인데 고열로 혼수상태면 어쩌나 걱정이 되기도 해서 이때다 싶어 비상벨을 눌렀다. 잠시 후 야간 당직 간호사가 병실 문을 열고 병실 안으로 들어왔다. 경숙이 얼른 일어나서 간호사의 손길을 주시했다. 간호사는 체온계로 열을 재고 주사액도 손으로 눌러서 조절을 했다.

"보호자 분, 주사액은 절대로 만지지 마시고요. 체온은 38도 2부입니다. 아까보다 내리긴 했지만 아직 정상은 아니고요. 그래도 체온이 내려서 다행입니다."

간호사는 경숙에게 목례를 하고 병실을 나갔다. 시계를 보니 겨우 밤 12시를 넘겼다. 경숙은 불을 끄기 전에 수연의 몸을 자세히 봤다. 병원 오기 전에 머리부터 발끝까지 검붉었던 반점들이 약간은 밝은 붉은색으로 색이 변해 있었다. 아직 아침은 멀었는데, 집에서 너무 급하게 오느라 빈손으로 와서 보호자용 간이침대는 춥고 불편했다. 수연의 침대로 경숙이 함께 누웠다. 수연의 몸은 열이 펄펄 끓는 난로 같았다. 수연이 무의식중에도 엄마의 품으로 파고들었다.

'그래 아가, 더운 열기는 엄마한테 주고 넌 그냥 달게 자고 일어나서 홍역 훌훌 털어 버려.'

경숙도 수연의 더운 열기가 몸으로 번지자 추위도 가시고 스르륵 잠이 들었다.

경숙은 또 병실이 소란한 분위기에 잠이 깼다. 어제저녁 그 풍경이 아직도 이어지고 있었다. 그 앞뒤 없었던 대여섯 살쯤 되어 보이는 사내아이 엄마가 이번에는 세면대에서 아이에게 똥을 누이고 있었다. 고약한 냄새가 병실을 짓누르고 돌잡이 아이 엄마가 비명을 지르듯 앙칼진 목소리를 냈다.

"이봐요. 이게 무슨 짓이에요. 화장실엘 가야지 공중도덕도 몰라요? 세면대에다가 똥을 누게 하면 어떡해요."

"아니 아픈 애가 급한데, 그럼 어째요."

"홍역 걸려서 격리병동 들어 올 때 지켜야 할 수칙 뭐로 들었어요? 위생에 신경을 쓰고 대소변도 함부로 버리지 말라고 간호사 선생님이 말한 거 기억 못 하세요? 아우 참 내."

"급한데 뭐 그런 게 생각나요. 그 아줌마, 사람 참 불편하게 하네."

경숙은 말이 목구멍까지 올라왔지만 눈을 질끈 감았다. 그 모든 상황보다 수연이 열이 내리는 게 더 중요했고 말해서 알아듣지 못하는 사람하고 말 섞으면 자신만 더 힘들어진다는 것을 이미 알고 있었다. 수연의 이마를 짚었다. 어제저녁보다 열이 좀 내린 듯했다. 붉다 못해 시커멓던 머릿속 검은 기가 조금은 가신 듯했다. 수연이 가늘게 눈을 떴다.

"아가, 괜찮어?"

"엄마, 힝~~~~~"

"그래 아가, 정신이 드니? 고맙다, 정신 차려서."

"엄마, 미안해."

"아니야, 엄마가 더 미안해. 우리 수연이 살아줘서 고마워."

그랬다. 경숙은 수연이 열이 내리고 정신이 들어서 정말 고마웠다. 수연이 18살의 나이에 홍역이 걸린 게 다 경숙 자신의 잘못 같아서 말도 못하고 맘을 졸였었다. 큰아이는 모든 예방접종을 맞혔는데 둘째 수연이는 홍역 주사를 맞히지 못하고 지나쳤었다. 그래도 감기도 한번 걸리지 않고 건강하게 잘 커 주었는데 고2가 되는 해에 홍역이 중, 고등학생들 사이에 유행처럼 퍼지기 시작했고 수연의 학교에도 하나둘 홍역 환자가 발생하더니 수연이도 홍역이 감기같이 와서 그 지경이 된 것이었다. 수연은 격리된 병실에서 보름 동안 입원치료를 받고 홍역 완치 진단서를 쥐고서 다시 학교에 갈 수 있었다.

택시가 바다마을에 다다르고 경숙 일행은 택시에서 내려서 손자가 아파트 정문 비밀번호를 누르고 다시 현관 비밀번호를 척척 누른 후 집으로 들어갔다. 외출했던 옷을 벗고 내복을 갈아입고 손을 씻은 아이들에게 간식을 주려는데 손녀가 쪼르르 달려와서 물었다.

"할모니 근데요, 왜 엄마는 같이 안 왔어요?"

"응, 엄마는 다시 회사 갔어요."

"왜요?"

"예쁜 아가야, 엄마는 해님이 집에 가서 깜깜해져야지 집에 올 수 있어요."

"으응, 그렇구나. 해님아 어서 집에 가라. 우리 엄마 빨리 오게."

두 아이들은 오늘의 소동을 잊었는지 경숙이 주는 간식을 먹으면서 TV에서 하는 만화영화 속으로 빠져들었다.

503호
여자

3일 전부터 가슴이 답답하고 뻐근하게 아파오기 시작했다. 점심을 거르면 나아지려나, 해서 하루 종일 우엉 우린 차를 연거푸 마셨다. 저녁 무렵이 돼서야 속이 좀 편안해졌다. 저녁밥 대신 냉장고에 얼려 놓은 쑥떡 하나 해동시켜서 반만 먹고 나머지는 음식물 쓰레기통에 버리고 저녁밥으로 대신했다. 초저녁에 잠이 쏟아지는 것을 간신히 참고 버티다 10시가 넘어서야 잠이 들었다. 초저녁에 잠깐이라도 눈을 붙이면 그날 밤을 뜬눈으로 지내기가 일쑤여서였다. 잠결에 갑자기 구토가 나는 느낌이 들어서 잠이 깨지 않은 상태로 구르듯이 화장실로 가서 변기를 잡고 구토를 했다. 순간 욱하고 헛구역질을 하는데 피가 머리로 쏠리는 느낌이 들고 머리가 깨질 듯이 아파오고 입이 왼쪽으로 돌아갔다. 변기 물을 내리면서 세면대를 잡고 바들바들 일어서서 거울을 봤다. 메주보다 더 찌그러진 여자의 얼굴이 거울 속에서 나를 보고 있었다.

두 손 두 발로 기어서 화장실을 나와 복도 좌측에 있는 내방으로 다시 기었다. 습관적으로 지갑, 핸드폰, 현관 열쇠, 당뇨약 등등을 담아서 둔 작은 가방을 목에 걸었다. 다시 컥컥 소리를 내며 거실 쪽으로 기어가면서 생각했다. 거실 소파 위에 설치해둔 비상벨을 누를까, 아니면 119에 전화를 할까, 하다가 다시 안방 쪽으로 기어서 갔다. 비상벨이나 119가 가장 빠른 방법이기도 했지만 그 뒤에 오는 후유증도 만만치 않아 생각을 접었다. 거실 벽에 걸린 시계가 새벽 2시 20분을 가리키고 있었다. 핸드폰으로 단축 다이얼 4번을 길게 눌렀다. 4번은 읍내 택시회사 단축번호였다. 신호음이 오랫동안 가다가 전화를 받지 않는다는 안내 음성이 나오고 끊어졌다. 나는 어쩔 수 없이 안방 문을 두드렸다. 남편은 깊이 잠들었는지 기척이 없었다. 다시 벽을 짚고 반쯤 몸을 일으켜서 방문 손잡이를 돌렸다. 안방 문이 열리면서 몸이 앞으로 확 쏠리고 안방으로 넘어졌다.

"저기요, 저기요."

남편은 여전히 기척이 없었다.

"저기요, 미안한데요. 나 좀 병원 좀 데려다줘요."

그제야 남편이 잠에서 깼다.

"미안한데요, 나 좀…."

"어어? 왜, 왜 그래요?"

"입이 돌아갔어요."

남편이 불을 켜고 내 얼굴을 보더니 놀라서 두 손으로 내 얼굴을 만졌다.

"얼굴이 이상해요. 일어날 수 있어요? 내가 업고 갈까요?"

나는 아니라며 일어나서 걸어갈 수 있다고 하고 목에 건 가방을 손으로 쥐고 일어섰다. 그사이 남편이 옷을 입었고 승용차 키를 쥐고 내 팔을 부축했다. 승용차에 올라타고는 눈을 감았다. 남편이 속도를 높이자 머리가 더 찌그러질 듯이 아파왔다.

"저기, 미안한데요. 차가 너무 빨리 달리니까 머리가 더 아파요. 미안한데 좀 천천히 가요."

"아, 이 사람아, 지금 이 상황에 어떻게 천천히 가나. 조금만 참아요. 금방 병원 도착해요."

내 머리의 흔들림은 그 후로도 그치지 않았고 그 후로의 기억은 없었다.

내가 다시 정신을 차린 때는 파주도립병원 응급실 앞 주차장이었다. 남편이 차를 파킹하고 내 어깨를 흔들었다.

"이봐요, 일어나 봐요. 걸어서 갈 수 있어요?"

내가 대답이 없자 운전석에서 내려 반대쪽 조수석 차 문을 열고 내 안전띠를 풀었다. 그제야 내가 눈을 떴고 혼자 갈 수 있다며 손사래를 치고 차에서 내려 응급실 쪽으로 걸어갔다. 남편이 응급실 벨을 누르자 자동문이 열렸다. 나는 응급실 안쪽으로 비틀거리며 걸어 들어갔다. 응급실 문이 열리자 내 모습을 본 당직 간호사가 반사적으로 자리에서 일어나서 내 쪽으로 급히 걸어왔다.

"환자분, 보호자하고 같이 오셨나요?"

내가 대답 대신 뒤쪽을 가리켰다. 간호사가 뒤따라오는 남편을 향해 말했다.

"이분이 보호자 되시나요?

"아, 네."

"보호자분 수속 먼저 하시고요."

나를 향해 다시 질문을 했다.

"환자분, 환자분 이쪽으로 오세요. 언제부터 이런 증상이 있었나요?

"자다가 구토 증상이 있었는데 토하려다가 갑자기 머리 쪽으로 뭔가 확 올라오면서 얼굴이 찌그러졌어요."

"아, 네. 환자분 여기 앉으세요."

응급실 당직 의사가 있는 곳으로 데리고 가서 앉으라며 의자를 가리켰다. 그러는 사이 남편이 응급실 원무과에서 진료 신청을 하고 급한 걸음으로 내 쪽으로 걸어왔다. 나는 그때부터 그냥 눈 감고 있었다. 간호사가 남편에게 내 병력과 언제부터 얼굴이 돌아갔는지 전에도 이와 같은 증상이 있었는지 소상히 질문했고 남편은 성실하게 대답했다. 당뇨에 협심증, 그리고 고지혈증, 백내장 진행 중, 또 2002년도에도 같은 증상으로 입원한 적이 있었다고 말이다. 나는 찌그러진 얼굴이 더 구겨지도록 인상을 쓰면서 속으로 중얼거렸다.

'아, 짜증 난다. 무슨 훈장처럼 따라다니는 이 지긋지긋한 병력, 병력 씨~~~'

하지만 나는 여전히 눈 감고 있었다. 거울을 보지 않아도, 내 찌그러진 얼굴과 입이 왼쪽으로 실룩이며 돌아가는 느낌이 왔다.

그렇다. 나는 2002년도에도 이와 비슷한 증상으로 쓰러져 정신을 잃은 사례가 있었다. 내가 눈을 뜨니 건넌방 바닥에 쓰러져있었다. 딸이 근심 어린 눈으로 내려다보고 있고 남편은 거실에서 TV를 보며 무어가 그리 재미있는지 박장대소를 했다. 다시 가물가물하다 기억을 잃었다. 또 정신이 들었다. 거실에 있는 남편과 눈이 마주쳤다.

"당신 나빠."

내가 옹알이하듯이 입속에서 중얼거리고 다시 눈을 감았다.

남편이 느리게 건넌방으로 걸어왔다.

"아빠, 엄마가 이상해요. 병원 가봐야 할 거 같아요."

딸이 울먹이면서 말을 해도 남편은 사태 파악이 되지 않는지 멀뚱멀뚱

바라보고 서 있었다. 딸이 울기 시작했다

"아빠! 엄마 시간 지체하면 안 돼요."

그제야 남편이 승용차 열쇠를 챙겼고, 다시 딸이 말했다.

"아빠, 아까 술 마셨잖아요. 운전은 안 돼요. 누구 운전 대신해줄 사람 없어요?"

남편이 어딘가로 전화를 걸었다

"어, 은섭아. 집인가? 미안한데 우리 집사람이 아픈데 운전 좀 해줄 수 있나?"

잠시 후 은섭이 아내 미연을 동반해서 오고 사태가 파악되는지 신호, 속도, 다 무시하고 일산병원으로 달려 그녀를 응급실 침대에 눕히고 남편이 담당의사에게 상황 설명을 하고 입원 수속이 끝났는지 의사가 와서 나를 부른다.

"어머니, 성함이 어떻게 되지요? 어머니, 여기 어딘지 아시겠어요? 어머니!"

대답이 없자 계속 불렀다.

"김경숙 님, 대답해보세요. 김경숙 님."

내가 눈을 뜨고 짧게 대답을 하고 다시 눈을 감으려고 하자 다시 물었다.

"김경숙 님, 눈 감지 마세요. 이거 몇 개지요?"

손가락 두 개를 폈다가 묻고 다시 하나를 펴고 반복해서 물었다. 사람을 바보로 아는지 묻고 또 묻기를 반복했다. 손가락 폈다, 접었다 하면서 묻고 팔을 들어 올렸다 내리고, 다리를 올려라 내려라 하면서 어린아이 취급을 하는 그 남자가 몹시 기분 나빴다.

"자, 어머니 따라 해보세요. 연필, 비행기, 나무, 색종이."

"연필, 비행기…."

"네, 잘하셨어요."

의사는 차트를 보며 건성으로 말을 하면서도 옆에 있던 남편을 향해 눈길도 주지 않고 물었다.

"김경숙 씨 보호자분인가요?"

"아, 네."

"아직은 아무것도 단정 지을 수 없습니다만 몇 가지 검사를 더 해야겠는데요."

남편이 절차를 밟았는지 응급실로 엑스레이 기계가 와서 가슴 사진을 찍고 심전도 검사도 응급실에서 다 행해졌다. 검사상 아무 증상도 없고 혈액 검사에서도 이상이 없자 입원실이 정해지고 새벽 3시가 넘어서야 나는 8층 806호 2인실에 입원을 했다. 다시 정신이 들었는데 몸이 딱 반으로 나뉘어서 왼쪽으로 틀어져 있었다. 오른쪽 팔다리에 힘이 주어지지 않았다. 남편이 간이침대에서 코를 골고 자고 있었다. 내가 쓰러져 한동안 정신을 잃었을 때도, 남편은 그냥 TV를 보며 웃고 있었단 생각이 들자 코를 골고 자는 남편이 야속했다. 건너편 침대에 입원한 환자도 잠이 깼는지 나를 보고 있었다. 그 할머니는 나와 눈이 마주치자 얼른 눈을 감았다. 침이 입 사이를 비집고 나와 침상이 흥건하게 젖어 있었다. 얼마나 시간이 흘렀을까 침대가 자꾸만 뱅뱅 돌아갔다. 어지럽고 구토가 나왔다. 내가 왝왝 소리를 내며 토악질을 해대자 잠들었던 남편이 일어나고, 건너편 침상의 환자와 간병인도 깨고, 간호사가 달려왔다. 링거에 근육 이완제와 신경안정제 주사액을 투입하고서야 소동은 멈추고 다시 병실 안은 조용해졌다.

어수선했던 밤이 지나고 아침이 되자 신경과 과장이 병실 회진을 왔다. 먼저 건너편 할머니를 회진했다. 아주 호전되고 있다면서 밝게 웃었고, 담당 의사의 그 말을 들은 간병인은 그 모든 게 자신의 공인 양 의기양양했다. 나는 여전히 눈을 희번덕이었고 몸도 가눌 수 없게 비틀어져 있었다. 기립성 빈혈 검사를 했다. 시간을 두고 일어났다가 다시 시차를 두고 누웠다를 반복하고 다시 MRI 검사실로 옮겨 갔다. MRI 기계가 세탁기 돌아가는 통속 같다는 생각을 하면서 1시간을 눈감고 누워 있었다.

나는 그냥 침상에 누운 채로 이리저리 옮겨졌다가 다시 입원실로 왔다가를 여러 번 했다. 참으로 감사하게도 잠깐잠깐 잠이 들었다 깨기를 반복했다. 지금 생각해보니 잠이 들었던 것이 아니고 '정신을 놓았다, 정신이 들었다가 반복됐다는 느낌도 들었다. 다시 저녁이 되어 담당 의사의 회진이 있었다.

"김경숙 님, 따라 해보세요.

"김, 경, 숙."

삐뚤어진 입으로 있는 힘을 다했지만 소리는 밖으로 나오질 못했다.

"……."

"어머니 이름은 김경숙입니다. 김경숙."

담당 의사는 내가 대답을 하지 않자 간병인 침상에 걸터앉아 있는 남편을 보고 MRI 촬영한 결과를 설명했다.

"아~ 보호자분이시지요? MRI 결과가 나왔습니다. 다행히도 머리 쪽으로는 이상이 없게 나왔습니다. 근데 목에서 머리로 가는 혈관 하나가 정상인보다 좀 심하게 가늘어져 있습니다. 제 소견으로는 아마도 순간적으로 혈관이 더 가늘어졌던 거 같기도 합니다만 뭐 그렇게 걱정할 정도는 아니라고 생각됩니다. 내일쯤 퇴원을 하셔도 될 거 같습니다."

신경외과 의사는 자기 말만 하고 건너편 환자에게로 몸을 돌렸다.

"할머니, 안녕히 주무셨어요? 기분은 어떠세요?"

간병인이 할머니는 간밤엔 잠도 잘 주무시고 기분도 많이 좋아졌다고 대답을 하자 건너편 할머니도 환하게 웃으면서 의사에게 인사를 건넸다. 건너편 할머니도 일주일 전에 뇌출혈로 응급으로 입원해서 뇌수술을 받고 회복 중이었다. 건너편 간병인은 내가 자기네가 입원한 방으로 배정된 것이 마뜩잖아하는 눈치였다. 뇌출혈 환자들은 감정의 기복도 심하고 또 안정된 환경에서 있어야 회복이 빠른 법인데 자기들 생각엔 내 증상이 할머니보다 나쁘다고 판단했던 것 같았다. 좁은 2인실 병동에서 창 쪽으로 침대를 배정받았으면서도 커튼을 꼭 닫고 무슨 전염병 환자 보는듯했다. 나는 몸이 비틀어지고 말을 잘 못하지만 정신만은 온전한데 이 무슨 황당한 일인가 했었다.

그날 저녁 방문객 면회 시간이었다. 좀처럼 열리지 않았던 806호 병실 방문이 벌컥 열렸다. 병동 문을 폭군처럼 쿠당탕 열고 5~6세 되어 보이는 남자아이가 또르르 굴러들어왔다.

"할모니~"

"아이고, 내 강아지 오셨는가?"

건너편 할머니 손자인 듯했다. 할머니 침대를 점령한 남자아이는 한참을 재잘재잘 떠들었다. 아이의 목소리가 병실 가득 채워지자 무겁게 내려앉은 병실 분위기가 손자가 들고 온 장미꽃 같아졌다.

"할모니, 나 있잖아, 커서 할모니같이 아픈 사람 고쳐 주는 의사 선생님

될 거다. 근데 할모니는 커서 뭐 될 거야?"

손자의 또르르 굴러가는 소리에 좁은 2인실이 터져 나갈 만큼 웃느라 여기가 병원이란 것을 잊어버렸다. 아무도 내게 신경 쓰지 않았고 그들은 내가 들을 수 있다고 생각도 못 했지만 나는 눈을 감고 있었을 뿐이지 처음부터 다 듣고 있었다. 나도 그 또랑또랑한 아이의 목소리에 묻혀버렸지만 아무도 모르게 웃었다. 그리고 속으로 생각했다.

'나는 커서 뭐가 될까? 여기서 온전하게 걸어서 나갈 수 있을까? 모르겠다. 아니 자신 없다.'

며칠 후 회복이 되진 않은 상태로 나는 퇴원을 했다. 퇴원 후 처음으로 나의 치료 경과를 보기 위해 내원하는 날이었다. 일산병원으로 나 혼자 갈 수 없어서 남편이 근무 중에 시간을 쪼개서 나를 업다시피 해서 차에 태우고 움직임이 자유롭지 못한 나를 병원에 데리고 갔다. 의사는 보호자인 남편에게 '김경숙 님이 우울증도 함께 앓고 있으니 집에서도 특별히 잘 살피고 좋아하는 거 있으면 하게 하고 만나면 즐거워하는 사람들 속에 있게 환경을 만들어 주라'고 처방을 했다. 하지만 제복에서 몸이 단련된 남편은 의사의 처방을 이해할 수가 없었다. 병원에서 집으로 가는 길에 남편이 운전을 하면서 내게 마치 초등학생에게 하듯 말을 했다.

"우울증이라니, 무슨 그런 나약한 소리가 있나. 야~ 이 사람아, 다 정신력이 약해서고, 할 일이 없어 복에 겨운 소리지. 나는 강하다, 나는 강하다, 매일 주입을 해봐요. 당신보다 힘들게 사는 사람들이 얼마나 많은데 그런 나약한 소리가 어디 있어요?"

나는 입을 달싹이다가 다시 다물었다. 남편은 젊은 날을 "하면 된다"라는 구호 속에서 살다가 다시 "안 되면 되게 하라"에서 더 발전해서 "한다면 한다"란 구호를 복창하는 사람들 중에서 생활하는 사람이다. 그런 사람에게 무슨 우울증인가 싶었다. 다 나약해 빠진 패잔병들의 변명으로밖에 생각하지 못하는 사람에게 무슨 말을 하랴. 그러는 사이 경비실을 지나 101동 집 앞까지 다다랐다. 승용차에서 내리려고 내가 비틀비틀 일어나자 아파트 사람들이 볼까 봐, 나의 팔을 끌어당겨서 남편의 어깨에 둘러업었다. 축 늘어진 사람을 업었으니 무겁기도 했을 거라 생각이 들어 미안했다. 나를 업은 채로 현관문을 열고 들어가서 거실 바닥에 거칠게 눕히면서 남편이 중얼거렸다.

"에이 씨~ 등골 빠지겠네."

나는 듣지 않아도 될 소리를 너무 선명하게 들었다. 몸이 비틀렸지 귀가 막히지는 않았다. 하지만 아무 소리도 듣지 못한 듯이 어떤 표정도 짓지 않았다.

걸음을 약간 옆으로 비틀거리면서 걷고 손이 조금 떨리는 증상을 보이는 정도로 나아진 어떤 맑은 날, 나는 적금통장과 보험증서를 들고 외출을 했다. 수색 국민은행에 남편 몰래 들었던 정기예금을 해약했다. 만기일이 얼마 남지 않아서 가능하면 만기일까지 해약하지 말라는 은행원의 만류를 무시하고 해약을 해서 내 이름으로 된 통장으로 다시 입금시켰다. 다시 충무로에 있는 보험회사를 찾아갔다. 남편 이름으로 내가 들어 둔 보험을 다 해약했다. 남편은 보험을 드는 것을 몹시 부정적으로 생각했다. 특히 남편의 이름으로 드는 보험은 더더욱 부정적이었다. 남편은 나 죽고 나면 어떤 놈 좋은 일 시키려고 보험을 드냐면서 펄펄 뛰었다. 남편 이름으로 든 보험을 남편 몰래 내 명의로 가입한 거라 해약은 쉬웠다. 그다음 날부터 한의원에 가서 침을 뜨고 물리치료를 했다. 희한하게도 내가 아프다는 소문은 아파트에 발 없이 퍼져 나갔다. 열을 가하지 않은 생약이 효과가 있다는 돌팔이로부터 시작해서 머리에 침을 맞으면 효과가 즉시 나타난다는 무면허 침술사까지 소개를 받았다. 사람이 몸이 아프면 마음도 약해지는지 좋다는 것은 다했다. 점점 몸이 좋아지기 시작했다. 다른 사람들이 자세히 보지 않으면 표시 나지 않을 정도로 나는 호전되었다. 하지만 나 스스로는 느낄 수 있었다. 오른쪽이 왼쪽보다 약간 힘이 없고 춥거나 당황하면 입이 왼쪽으로 돌아가고 순발력도 떨어지고 방향 감각이 없어졌다. 비록 남편 몰래 모아 두었던 비자금은 바닥이 났지만 예금과 보험을 해약한 것은 후회하지 않았다. 그날 이후로 모든 일에서 내가 1번이고 김경숙이 2번이고 3번은 경숙이었다. 아니 그 이유를 열 개 백 개를 말하라 해도 나는 할 수가 있다. 나는 그렇게 남들의 눈에는 정상으로 회복되고 있었지만, 그날 남편이 내게 준 상처는 흉터로 남아 있었다. 간혹 가다가 입이 약간 돌아가기도 했었지만 이번처럼 메주보다 더 심하게 찌그러지는 일은 드물었다. 그런데 또 이게 무슨 난리인지 정말이지 속이 상했다

간호사에게서 의무기록 차트를 받아서 읽은 당직의사가 나를 보며 말했다.
"자~ 김경숙 님? 눈 감아보세요. 네 잘하셨어요."
나는 의사가 시키는 대로 눈을 질끈 감았다 떴다. 나는 속으로 내게 반문했다.
'아니 내가 뭘 잘했단 거지? 눈 한번 끔쩍 감았다 뜨는 게 잘한 건가?'

"자, 이제 양 손가락을 엄지부터 검지까지 차례로 붙였다 띄었다 해보세요."

나는 또 바보같이 의사가 시키는 대로 하고 있었다. 의사는 자신의 손톱으로 내 얼굴을 약하게 긁어 내리면서 물었다.

"김경숙 님, 제가 지금 얼굴을 터치할 때 양쪽 다 같은 느낌인가요 아니면 어느 한쪽이 더 강하게 느낌이 오나요?"

"잘 모르겠어요. 같은 거 같기도 하고, 아닌 거 같기도 하고요."

"네 알겠습니다."

당직의사는 간호사에게 내 처방을 지시했고 나는 20개 넘는 응급실 침상의 귀퉁이 한쪽으로 응급침상을 배정받았고 간호사의 안내를 받아서 환자복으로 갈아입고 침상에 누웠다. 간호사는 채혈을 하고 다시 링거를 맞아야 하기 때문에 큰 주삿바늘 사용할 거라고 고지했다. 간호사는 오른팔에서 간신히 혈맥을 찾아내고 채혈을 한 다음 링거를 달았다. 그 옆에 다시 신경안정제 주사액 하나를 더 추가해서 달았다. 의사는 우선 CT를 찍어 보자고 했다. 침상에 누운 채로 응급실 복도를 지나 영상의학과실로 이동해서 CT를 찍고 다시 응급실로 돌아왔다. 지루한 시간이 지나면서 남편이 간이 침대 옆 의자에 쭈그리고 앉아서 졸기 시작했다. 나는 남편을 향해 말했다.

"저기요, 이제 집에 가요. 여기 있어도 아무것도 할 거 없어요."

졸고 있던 남편이 눈을 간신이 뜨면서 아니라고 여기 있겠단다. 그때 당직의사가 내게로 다가왔다.

"김경숙 님, CT 결과가 나왔는데요. 사진상으로는 별 이상이 없습니다. 그런데 2002년도에도 같은 증상이 있었다니까, MRI 촬영을 해봐야 정확한 진단이 나올 거 같습니다."

"그럼 선생님, MRI 찍어 보지요."

나는 남편의 의견을 묻지도 않고 의사를 향해 말했다. 남편이 뭐라 말을 하려다가 입을 다물었다. 의사가 보호자의 의견을 묻기 위해서 남편의 얼굴을 쳐다봤다. 남편이 뭐라 답하기 전에 또 내가 먼저 말했다.

"선생님, MRI 찍어 보겠습니다. 원인을 알아야지 제가 심리적으로도 안정이 될 거 같습니다."

의사가 남편에게 동의를 구하자 그러라고 남편이 말을 했다.

"그런데 지금은 MRI 촬영을 할 수 없습니다. 내일 오전에야 영상촬영이 가능합니다. 우선 일단 퇴원을 하셨다가 신경과로 내원하셔도 되구요. 응급실에서 계시다가 내일 아침에 신경과 진료를 보신 다음에 MRI를 찍어 보셔도 됩니다."

다시 내가 의사의 말을 얼른 받았다.

"아니요. 선생님, 집에 왔다 갔다 하려면 제가 더 힘이 드니까 응급실에서 있다가 아침에 신경과 진료 보고 입원해서 MRI 촬영하겠습니다."

나는 남편을 향해 말했다.

"저기요, 당신도 여기 있지 말고 집에 가세요. 어차피 지금은 아무것도 할 수 없고 또 출근을 하려면 조금이라도 잠을 자 둬야 하잖아요. 집에 가세요."

남편은 잠시 생각하는 듯 잠시 있다가 집에 가겠다면서 혹시 무슨 일 있으면 전화하라고 했다. 남편이 집으로 떠나고 약 기운인지 아니면 기운이 없어서인지 나는 잠이 들었다.

약간의 부산스러움에 눈을 떴다. 시계를 보니 8시 20분이었다. 나는 간호사를 불렀다.

"저기요 선생님, 저 신경과 협진 넣으셨나요?"

"아, 네. 김경숙 님 신경과 협진 승낙 내려왔고요. 지금은 과장님 병실 회진 중이시고요. 9시 김경숙 님 신경과로 가셔서 진료받으시고 입원 수속하시면 됩니다."

"아 예, 선생님 감사합니다. 저기 죄송한데요. 링거 좀 빼주세요."

간호사가 링거를 빼고 소독솜을 주삿바늘 위에 놓으면서 비비지 말고 꼭 5분 동안 솜을 누르고 있으란 말을 하고 옆 침상 환자에게로 갔다. 링거 주사만 뺐는데도 몸이 훨씬 가벼웠다. 가림막을 치고 우선 환자복을 벗고 집에서 입고 온 내 옷으로 갈아입었다. 훅 헛웃음이 나왔다. 신경과 진료하고 다시 입을 입원복인데 뭐 좋다고 서두르는지, 가방을 챙겨서 응급실 원무과에서 진료비를 계산했다. 응급실을 나와 다시 병원 정문으로 들어가서 1층 중앙에서 곧장 걸어가서 신경과에 도착했다. 9시가 첫 진료인데도 복도에는 진료를 기다리는 사람들과 보호자들로 좀 어수선했다. 거의 대부분 연세가 좀 있는 분들이었다. 나도 그들 사이에 빈자리를 발견하고 풀썩 앉았다. 눈을 감고 내 차례를 기다리는데 입이 자꾸만 왼쪽으로 돌아가면서 떨려왔다. 이미 신경과 대기실에는 빈자리가 없는데 새로 온 진료환자인지 자리가 없다면서 내 앞을 왔다 갔다 했다. 나는 그냥 눈을 감은 채로 모른 척했다. 나도 당뇨에 협심증, 고지혈증, 백내장, 진행 중이고, 몸이 한쪽으로 비틀어져서 서 있기도 힘든 60세였다. 참 인정하기 싫고 짜증 났다.

내 차트가 이미 신경과에 나보다 먼저 와있었다. 내 이름이 불리고 신경과 문진은 빨리 끝났다. 우선 입원을 하고 다시 채혈을 한 다음 MRI 촬영을 하기로 했다. 신경과 간호사가 내민 입원실 안내서를 들고 5층으로 가서 다시 5층 담당 간호사로부터 503호 입원실을 배정받았다. 입원실 문 앞에 분명 환자가 4명이라고 적혀 있었는데 입원실 창가 쪽 침대가 비어 있었다. 창가 쪽 환자 한 명이 퇴원을 하는 그 순간 내가 그 방을 배정받아서 정말 운 좋게 창가 쪽을 배정받을 수 있었다. 다시 환자복으로 갈아입고 지하 2층 영상 촬영실로 가서 이름 생년월일을 말하고 내 차례를 기다렸다. 응급실로 들어온 환자라서인지 내 차례는 금방 왔다. MRI 통 속에 들어가서 눈을 감고 누웠다. 새 의료기를 들여서인지 소음은 예전보다 적었다. 밤새 시달리고 피곤해인지 그 소음 속에서 잠이 들었다. 촬영 기사가 나를 깨웠다.

"김경숙 님, 검사 끝나셨습니다. 옷 갈아입으시고 가시면 됩니다. 혼자 가실 수 있으세요?"

나는 혼자 갈 수 있다고 말하고 다시 5층으로 와서 담당 간호사에게 밤에 잠들기 어려우니 수면제 처방을 부탁했다. 간호사가 내 오른쪽 손목에서 혈관을 어렵게 찾아내고 링거를 꽂았다. 다시 근육이완제와 신경안정제가 첨가되어서인지 잠이 들었다 깨다를 반복했다.

"김경숙 님!"

"네?"

반사적으로 눈을 떴다. 신경과 인턴이 MRI 촬영 결과를 알리려고 왔다.

"김경숙 님 MRI 판독이 나왔는데요."

"아, 네…"

"MRI 전체적으로 별 이상이 없습니다. 여러 각도에서 MRI 촬영을 합니다. 다른 곳은 이상이 없습니다. 그런데 측면에서 촬영한 딱 한군데가 이상이 있습니다."

"아~ 네. 어떤 곳이?"

"뇌 속의 해마 한 부분이 하얗게 변해 있었습니다. 해마는 기억을 관장하는데 지금은 아무 증상이 나타나지 않겠지만 언제인지, 어떤 시기에 증상이 나타날지도 모르겠습니다. 기억의 일부분이 지워지거나 아니면 전체적인 기억이 지워질 수도 있고요. 혹시 MRI 촬영상 오류일 수도 있기도 합니다."

나는 신경과 인턴의 설명을 들으면서 속으로 중얼거렸다.

'아~씨~ 이게 뭔 소리여?'

하지만 아주 침착하게 인턴에게 물었다.

"선생님, 촬영 오류일 수도 있고 또 정말 해마가 하얗게 변했다면 원인은 뭘까요? 치료는 어떻게 하면 되나요?"

인턴이 내 질문에 대답하려는 순간 인턴의 핸드폰이 울렸다. 인턴이 급하게 전화를 받았다. 인턴은 전화로 통화를 하면서 계속 내 얼굴을 보고 있었다.

"네, 네, 네, 네, 네, 네, 네. 알겠습니다."

전화를 끊은 인턴이 잠시 호흡을 가다듬었다. 내가 먼저 물었다.

"선생님, 지금 그 전화 제 얘기지요?"

"네."

"무슨 내용인지요?"

"네, 좀 전에 제가 드린 말씀은 MRI 판독 기사의 의견인데요. 신경과 과장님은 해마가 하얗게 변한 것이 촬영오류일 수도 있다고 하십니다. 지금 김경숙 님 아픈 증상하고 해마가 하얗게 변한 것은 어떤 연관성도 없기 때문에 촬영오류라고 진단하셨습니다."

'아 씨, 이건 또 뭐여?'

속으로 종알거리면서 다시 물었다.

"선생님, 혹시 그런 일은 없겠지만 해마가 하얗게 변했다고 가정한다면 치료할 수 있나요?"

"원인은 정확하게 알 수 없답니다. 지금 증상도 없는데 그 원인을 알려고 위험하게 머리를 수술할 수도 없구요. 치료 방법은 없습니다."

인턴은 간단하게 설명하고 황급히 503호 입원실을 나갔다. 저녁때 신경과 과장이 회진을 왔다. 신경과 과장도 단호하게 MRI 촬영오류라고 강하게 단정 지었고 나는 다음 날 신경안정제와 수면제 진통제 항우울제를 처방받고 퇴원을 했다.

며느리가 걱정이 되었는지 퇴근을 하고 집으로 왔다. 해마 이야기를 했더니 화들짝 놀라면서 해마가 하얗게 변한 것은 그냥 지나갈 수 있는 문제는 아니라고 했다. 지금부터라도 치매 예방약을 드시라며, 치매나 알츠하이머는 증상이 중증 이상이 되어서야 치매나 알츠하이머라고 진단을 내리며, 진단을 내렸을 때는 이미 치료 시기가 늦은 거라고 했다.

"아가, 너무 걱정 마라. 그렇지 않아도 나 치매 예방약 이미 먹고 있었다. 내가 우리 이쁜 며느리 고생 시키지 않게 정신 바짝 차리고 있을게."

며느리는 걱정, 걱정 또 걱정을 하며 김포 집으로 돌아갔다. 며느리가 탄 차가 모퉁이를 돌아서 어둠 속으로 사라졌다. 나는 현관문을 열고 들어서면서 또 중얼거렸다.

'아~ 씨이바아.'

아가
안녕

 집 안쪽으로 있는 복희가 밥을 잘 먹지 않고 표정도 전과 달리 우울하게 변해 가고 있었다. 작년 가을부터 복희의 오른쪽 엉덩이 털이 어른 주먹만큼 빠져서 피부가 보라색으로 비쳤다. 금촌 동물약국에 가서 피부연고를 사다 발라도 상처는 여전히 줄어들지 않았다. 개를 전문으로 키우는 신 이장에게 보였더니 보라색 스프레이를 뿌려줬다. 신 이장이 그 후로도 두어 번 더 경숙의 집에 와서 복희의 상처에 보라색 스프레이 피부약을 뿌리고 나서야 복희의 엉덩이 상처가 아물었다. 그때 신 이장이 그녀에게 말했었다.
 "형수, 저 똥개한테서 정 떼슈. 늙어서 그래요. 얼마 못 가요. 14년이나 키웠잖아요. 사람 나이로 치면 백수 한 거요."
 경숙이 그런 소리 다시는 하지 말라며 손사래를 쳤었다. 신 이장이 웃으며 말을 이어 갔다.
 "형수, 개는 개요. 쟤 나 주고 아주 이쁜 새끼 한 마리 다시 키워요."
 "아이고, 이장님. 말 좀 가려서 해요. 우리 복희가 들어요."
 "나 참…. 형수 내 말 믿어요. 저 똥개 올겨울 못 넘겨요."
 "이장님, 저 똥개 아니고 김복희요, 김복희. 이름 있어요."
 "암튼 형수, 전문가로서 하는 말이요. 겨울에 죽으면 땅도 못 파고 문제 심각해요."

신 이장은 경숙과 남편이 집을 비우는 일이 있을 때면 경숙의 집으로 와서 개밥을 주거나 경숙의 집 개를 자신의 집으로 데려가서 며칠씩 돌봐주기도 했다. 신 이장의 집에는 여기저기서 버린 유기견도 많았다. 또한 사교성과 붙임성이 좋아서 굳은일 마다치 않고 동네 일도 척척 해결하는 해결사이기도 했다. 개에 대해선 모르게 없는 신 이장은 호언장담하고 1톤 트럭을 타고 경숙의 집을 나갔다.

경숙은 처음부터 개를 좋아하지 않았다. 물론 경숙이 어릴 때 그녀의 친정에 개가 있었지만, 경숙은 개에게 밥을 챙겨 주거나 배설물을 치우거나 하지 않았다. 더 정확하게 말하면 경숙의 머릿속에 개는 없었고, 그러므로 개에 대한 그 어떤 기억도 없었다. 어른이 되어서도 그녀의 시선 속에는 개는 없었다. 2002년에 몸이 마비되고 심한 우울증을 앓고 있을 때 경숙을 치료하던 신경정신과 의사가 애완견을 키워보라고 권유했었지만, 그녀는 자기 자신의 몸도 가누기 힘든데 무슨 애완견을 키우느냐고 거절했었다. 그해 봄날 그녀의 남편이 퇴근하면서 요크셔테리어 한 마리를 데리고 왔다. 몰골은 딱 유기견이었다. 긴 털이 심하게 헝클어져 있었고 개 비린 냄새가 고약했다. 애완견이라기엔 몸집도 컸다. 눈빛도 불안했고, 밖에서 조금만 부스럭 소리가 들려도 파다닥닥 달려가 캉캉 짖어 몹시도 신경이 거슬렸다. 경숙이 요크셔테리어를 싫다고 펄펄 뛰었는데 그 요크셔테리어는 경숙을 보자마자 척척척 걸어오더니 아주 당당하게 경숙의 품에 퍽, 안겼다. 순간 경숙이 멈칫하고 밀어냈는데 아랑곳하지 않고 경숙의 다리에 매달리고 떨어지지 않았다. 경숙의 남편이, 경숙에게 말만 해도 경계 태세를 취하고 가르릉 소리를 내며 당장에라도 남편을 물어뜯으려고 했으며, 남편이 경숙에게 접근하지 못하도록 앞을 가로막았다. 싫다고 했던 경숙은 그 요크셔를 더 밀어내지 않았으며 안고 잠도 자고 그 강아지를 앞세워서 산책도 하면서 우울증에서 점점 벗어나기 시작했다. 그전에 키우던 주인이 그 요크셔테리어를 밍키라고 불렀다고 해서 경숙도 밍키라고 불렀다.

밍키가 자꾸만 헛구역질했다. 음식물을 준 것도 없는데도 잘 놀다가 욱욱 구토를 하고 힘없이 구석에 가서 누워있기를 반복했다. 덕은동에 있는 동물병원으로 밍키를 데리고 갔다. 수의사는 청진기로 여기저기 진찰을 하더니 정밀 검사를 해봐야 정확한 진단을 내릴 수 있다면서 엑스레이와 CT, 초음파검사를 권했다. 밍키가 검사실로 들어가고 한동안 시간이 흘렀다. 진료실로 경숙이 불려 들어갔다. 초음파검사에서는 별 이상이 없었는데 CT에서 이상 소견이 나왔다. 뱃속에 무엇인가 시커먼 것이 커다랗게 찍혀서 나왔다. CT 사진을 본 원장이 밍키 뱃속에 검은 비닐 조각이 있다고 말했다. 경숙은 이해가 되지 않았다. 왜, 어쩌다가, 검은 비닐을, 밍키가, 원인은 알 수 없으나 원장의 소견으로는 밍키가 비닐에 쌓인 음식을 급하게 먹다가 비닐도 삼켰을 가능성이 있다고 말했다. 간혹 집 안에서 키우는 소형 개는 아니지만 마당에서 키우는 큰 개들은 비닐을 삼키는 경우가 있어서 병원에 오는 일이 있다고 설명했다. 경숙이 그럼 어떻게 하면 되냐고 물었다. 수술해서 비닐을 꺼낼 수도 있지만, 수술이 위험하기도 하고 또 수술비용이 너무 비싸서 대부분의 개 주인들이 수술하지 않고 자연사하게 방치한다고 했다. 원장은 밍키의 사진으로 분석해 보면, 비닐을 먹은 지 좀 오래된 것 같아서 이른 시일 내로 수술을 하지 않으면 장이 썩어 갈 수도 있으니 수술을 하려면 머뭇거릴 시간이 없다고도 했다. 경숙의 추측으로는 밍키가 우리 집에 오기 전에 마당에서 방치되어 살 때 급하게 음식을 삼키다가 비닐도 같이 삼킨듯했다. 경숙은 밍키의 수술비용 50만 원을 지불하고 밍키를 병원에 입원시키고 집으로 왔다. 5일 후 밍키는 배 한 쪽에 수술 자국이 있는 채로 퇴원해서 왔다. 수술 후로는 구토 증세는 보이지 않았고 건강하고 캉캉 잘 짓고 음식도 잘 먹었다.

밍키가 경숙의 말벗이고 경숙의 보호자이기도 하던 평온한 날들은 얼마 가지 못했다. 경숙의 집 초인종 소리에 경숙보다도 밍키가 먼저 반응하고 발소리 파드닥 달려가 현관 앞에서 캉캉 짖었다. 문을 여니 아파트 관리관이 아주 난감한 표정으로 서 있었다. 경숙이 본능적으로 관리관에게 아주 조심스럽게 인사를 했다.

"어머! 관리관님 어쩐 일이에요?"

"네, 안녕하세요? 사모님, 관리실로 민원이 들어왔습니다."

"네~에 무슨 일로요?"

"사모님, 아파트에서 개 키우는 거 위생상 안 된다는 거 아시지요?"

관리관의 말은 이랬다. 경숙이 101동 102호에 사는데 바로 위층에 사는 202호에서 개 짖는 소리 탓에 잠도 못 자고 스트레스로 병원을 가서 치료를 받는다고 민원을 넣었다는 것이었다. 군인 아파트는 비밀은 없었다. 딱 정확하게 누가 어떤 이유로 민원이 들어왔으며 또 그 민원을 어떻게 처리했는지까지 다 밝혀야 했다. 경숙은 관리관에게 잘 알겠다고 말하고 위층에 사과도 할 것이며 밍키도 처리하겠다고 말하고 관리관을 돌려보냈다. 경숙은 머리가 아파 왔다. 2층이 야속하기도 했다. 자기들은 2층으로 이사하면서 밤마다 집수리한다고 쾅쾅거리고 한 보름 동안을 시끄럽게 하고도 미안하다거나, 사과 한번 하지 않았다. 생각 같아서는 항의라도 하고 싶었지만 참았다. 하지만 이 민원을 빨리 해결해야 했다. 남편에게 전화해서 위층에서 밍키 짖는 소리로 민원을 제기했다고 했더니, 그제야 남편이 밍키를 데리고 온 경위를 말했다. 사실은 밍키가 같이 근무하는 군무원 집 개였는데 그 집에서도 너무 짖는다는 이유로 민원이 들어와서 쫓겨났다는 것이다. 남편은 너무 걱정하지 말라면서 자기가 처리하겠다며 전화를 끊었다. 경숙은 남편이 처리한다는 그것이 무엇을 의미하는지 알고 있었다. 그날 저녁 퇴근해서 온 남편은 밍키의 안락사를 조심스럽게 경숙에게 말했다. 경숙이 펄쩍 뛰며 안 된다고 말했지만, 경숙도 딱히 다른 방법은 없었다. 이튿날 경숙이 밍키를 가슴에 안고 외출을 했다. 수색에서 화전으로 오는 길가 덕은동 동물병원으로 가서 밍키의 거취문제를 의논해 볼 참이었다.

　덕은동 동물병원 문을 열고 들어서자, 소독약 냄새와 비릿한 개 냄새가 코를 찔렀다. 벽에는 원장의 이력이 화려한 포스터로 도배가 되어있었다. 경숙은 간호사에게 밍키를 접수했다.

이름 : 김 밍키　나이:5살　　　성별:여
내원이유: 너무 짖어서 이웃의 민원으로 상담 원함

　간호사가 원장실로 밍키 접수증을 가지고 들어가고 잠시 후 다시 나와서 경숙을 향해 말했다.

"김밍키 들어가세요."

원장실은 작았다. 밍키의 접수증을 보고 있던 원장이 웃으면서 경숙에게 말했다.

"앉으세요. 어머니. 애기 이름이 김밍키, 이름이 이쁘네요. 애기가 너무 짖어서 오셨다고요."

밍키가 원장을 향해서 이빨을 드러내고 가르릉거렸다. 경숙이 밍키를 더 바싹 가슴으로 당겨 안았다. 원장은 두 가지 해결책이 있다고 말했다. 한 가지는 안락사이고 또 한 가지는 성대 제거 수술이라고 설명을 했다. 안락사는 가격이 저렴했고 성대 수술은 40만 원이었다. 경숙은 망설임 없이 성대 수술을 하라고 말했다. 밍키를 맡겨 두고 이틀 후에 찾으러 오면 된다고 원장이 경숙에게 말하고 테이블 위에 있는 벨을 눌러서 간호사를 불렀다. 경숙이 진료실을 나와서 간호사에게 밍키를 인수인계했다. 밍키가 경숙에게서 떨어지지 않으려고 발버둥을 쳤다. 경숙이 밍키를 향해 말했다.

"아가, 밍키야. 여기 있으면 두 밤 자고 엄마가 우리 밍키 데리러 올게. 울지 말고 언니 말 잘 듣고 있어. 알았지?"

경숙에게서 떨어지지 않으려고 버둥거리며 울부짖던 밍키는 옆방에 있는 수술실로 옮겨졌다. 경숙이 성대 수술비를 카드로 지불하고 동물병원을 나왔다. 경숙은 문제를 해결하니 발걸음이 한결 가벼웠다. 물론 그날 저녁 남편에게 심하게 잔소리를 들었다. 세상 물정 모르고 돈 아까운지도 모른다며 한동안 정신교육을 받아야 했다. 그러든지 말든지 경숙은 속으로 남편을 향해서 종알거렸다. '너는 그래라. 잔소리가 배 째고 들어오냐.'

이틀 후, 경숙이 병원으로 가서 밍키를 만났다. 밍키는 목에 플라스틱으로 된 보호대를 착용하고 있었다. 좋아서 짖는데 좀 쉰듯한 숨소리를 냈다. 경숙은 밍키가 혼자서 수술을 받고 두 밤이나 혼자 앓았을 것을 생각하니 너무 미안했다. 원장은 출장 중이었다. 경숙이 간호사에게 감사하다는 인사를 하고 가져간 포대기에 밍키를 싸서 가슴으로 안고 걸어서 아파트까지 왔다. 밍키는 어리광을 부리듯이 앙알거리다가 경숙의 품속에서 잠들었다. 경숙은 걸어오면서 아파트 가족들을 많이 만났다. 그때마다 경숙은 가장 불쌍하고 애처로운 모습으로 밍키의 성대 수술 사연을 말했다. 또 말 많은 한 군인 가족을 만나서는 눈물을 글썽이면서 동정심을 유발했고 축 늘어져서 가끔 앓는 소리를 하는 밍키를 포대기를 풀어서 보여주기도 했다. 하루도 걸리지 않아서 밍키의 성대 수술한 이야기는 온 군인 아파트에 번질 것이고 2층도 다시는 밍키 일로 떠들지 못할 것을 염두에 두고 한 일이었다. 과연 그랬다. 2층도 그 뒤로는 밍키의 일을 거론하지 않았다. 밍키는 성대 수술을 하고도 어찌나 파닥거리고 짖어대는지 소리가 나지 않을 것이라 호언장담했던 동물병원 원장의 말을 무색하게 했다. 밍키는 시간이 갈수록 목소리가 조금씩 살아나면서 경숙이 강제로 목소리를 제거했다는 죄책감에서 벗어 날 수가 있을 만큼 소리를 냈다. 모든 것이 참 평온하게 지나가고 있었다.

그 평온은 그리 오래 가지 못했다. 건강해서 감기 한번 걸리지 않았던 경숙의 남편이 갑자기 쓰러져서 암 진단을 받고 수도통합병원으로 후송이 되었다. 경숙도 남편이 입원한 수도통합병원으로 짐을 꾸려서 옮겨 갔다. 문제는 밍키였다. 마땅히 맡길 곳이 없었다. 경숙은 고민 끝에 애견카페에 글을 올렸다.

피치 못할 사정이 생겨서 밍키를 돌볼 수가 없으니 당분간 밍키를 맡아서 보호해줄 고마운 분을 구한다는 취지의 글을 밍키의 사진, 그리고 경숙의 전화번호를 함께 올렸다. 금방 연락이 왔다. 부천에 사는 30대 아가씨가 맡아 주겠다고 했다. 그 아가씨는 자기가 키우던 요크셔테리어를 얼마 전에 떠나보내고 가슴 아팠는데 우리 밍키 사진을 보니 자기 아기와 너무 닮았다고 하면서 꼭 자기에게 맡겼으면 했다. 문자로 보내온 요크셔테리어 사진은 정말 우리 밍키와 너무 닮았다. 그 아가씨가 경숙이 사는 군인 아파트로 왔다. 경숙은 밍키의 집, 먹던 먹이, 장난감까지 다 정리해서 보냈다. 6개월에서 길어야 일 년이면 꼭 다시 데리고 올 거니까 잘 보살펴 달라는 당부도 경숙은 잊지 않았다. 밍키가 자지러지듯이 울며 버둥거리다가 그 아가씨의 차에 실려서 떠났다.

남편의 치료는 말처럼 쉽게 진행되지 못했다. 일 년 3개월이 지나서야 항암치료를 마칠 수가 있었다. 경숙은 군인 아파트에서 파주로 집을 지어서 이주했다. 가장 먼저 밍키를 맡겼던 아가씨에게 연락했다. 전화 연결이 되지 않았다. 부재중 번호가 저장되었을 텐데 그 번호는 연결되지 않았다. 생각하다 못해 밍키를 당분간 맡아 줄 보호자를 찾기 위해 글을 올렸던 애견카페에 부천의 그 아가씨를 찾는다는 광고 글을 올렸다. 며칠 후 부천의 아가씨에게서 연락이 왔다. 밍키가 대소변을 가리지 못해 아무 곳에나 배변했으며, 그로 인해 집안에서 나는 지린내를 없애고, 집안 환기를 위해 현관문을 열어둔 사이에 밍키가 집을 나가서 잃어버렸다고 했다. 정황상으로 분명히 의도된 유기인데 이미 없어져 버린 경숙의 벗이었던 밍키는 다시 찾을 수는 없었다.

경숙은 남편의 요양을 위해 교통이 불편한 파주, 산골로 들어와서 집을 지었다. 이 소식을 들은 지인들이 찾아오기 시작했다. 지인들은 경숙이 먼저 키우던 밍키의 사연을 어떻게 알았는지 경숙의 집에 올 때 자신들의 집에서 키우던 개들을 데리고 왔다. 그들은 갈 때 개를 두고 떠났다. 경숙은 먼저 키우던 밍키 생각이 나서 거부감없이 그 개들을 받아들였다. 첫 번째 새 식구가 된 개는 동네 한가운데 한옥에서 살던 교회 조 집사댁, 진돗개 누렁이였다. 누렁이도 밍키처럼 하도 짖어서 늘 민원이 발생해서 고민이었다고 했다. 집들이를 왔던 조 집사가 집들이 며칠 뒤 누렁이를 앞세우고 다시 경숙의 집을 방문했다. 그 뒤를 이어서 풍산개 풍이가 피부병이 있는 채로 인쇄소 사장인 이 집사 손에 끌려와서 경숙의 두 번째 식구가 되었다. 그다음은 동창이 공장에서 키우던 복실이와 또 그 당시 붐이 일었던 말라뮤트가 경숙의 가족이 되었다. 애견 대회에서 연달아 입상해서 족보가 있는 말라뮤트 슈, 그의 짝으로 거금을 주고 사온 충이, 딸이 경북 월배까지 가서 사온 요크셔테리어도 경숙의 집으로 합류했다. 요크셔테리어는 콩만하다고 해서 이름 지은 콩이었다. 경숙의 집은 사람보다 개가 많아져서 개판이었다. 아침에 일어나면 개밥 주고, 개똥 치우고, 물 갈아주고 개 시중이 끝나야 사람이 밥을 먹을 수가 있었다.

경숙의 집에 개들이 점점 더 많아지면서 크고 작은 일들이 끊이지 않고 일어났다. 피부병이 있던 풍이는 치료도 하지 않았는데 자연적으로 진물이 나던 피부가 꾸덕꾸덕 마르고 빠진 털이 나면서 건강해졌다. 하지만 풍이는 여전히 사나웠고 누렁이와는 서열이 가려지지 않았는지 만나기만 하면

서로 죽일 듯이 으르렁거리고 싸움을 했다. 발랑리로 이주한 이듬해 여름날 오후, 남편이 마당에서 잔디에 난 잡초를 뽑고 있었고 경숙은 집안에서 남편의 간식을 챙기고 있었는데 밖에서 갑자기 찢어지는 비명이 들렸다. 경숙이 그 소리를 듣고 뛰어나갔을 때는 풍이가 웬 할머니의 넓적다리를 물고 씩씩대고 있었고 남편이 달려가서 할머니를 풍이에게서 떼어 놓으려고 빗자루로 풍이 등을 내리치고 있었다. 남편이 풍이에게서 간신히 할머니를 구했는데 할머니의 허벅지에서 피가 흘러내렸다. 경숙이 그 할머니를 부축하고 집안으로 모셔서 치마를 걷어 올렸다. 상처는 생각보다 심했다. 상처를 소독솜으로 닦아 내는데 경숙의 손이 벌벌 떨렸다. 경숙이 최대한 부드러운 목소리로 '할머니 왜 길도 아닌데 들어오셨어요'라고 물었더니, 그 할머니는 전에는 경숙의 집이 논이어서 습관처럼 논둑이라 생각하고 자기 논으로 가는 지름길이라서 들어왔다고 했다. 경숙이 급한 대로 풍이가 찢어버린 할머니의 옷을 벗기고 경숙의 바지로 갈아 입혔다. 할머니는 싫다고 했지만, 남편이 운전하고 경숙이 부축을 해서 금촌 의료원으로 달렸다. 응급실 당직 의사가 할머니의 상처를 치료하면서 경숙을 향해서 응급처치를 잘했다고 덤덤하게 말을 했다. 치료 후에 경숙이 할머니에게 입원할 것을 권유했더니 할머니는 한사코 집에 가겠다며 집으로 데려다 달라고 했다.

경숙과 남편은 그 일로 걱정이 돼서 잠을 이룰 수가 없었다. 다음 날 음료수를 사 들고 아침에 할머니 댁을 찾았다. 할머니는 혼자 누워있었다. 경숙이 얼마나 고생이 많으셨냐고 했더니 밤새 욱신거려서 한숨도 못 잤다면서도 경숙을 향해 화를 내거나 하지는 않았다. 그날도 할머니를 병원까지 차로 모시고 가서 치료하고 할머니 집까지 모셔다드리고 경숙은 집으로 돌아왔다. 하지만 경숙은 좌불안석이었다. 누구 한 사람 아는 이도 없는 산골로 집을 지어 이주했는데 집에서 기르던 개가 사람을 물었으니 잠을 제대로 잘 수도 밥을 먹어도 모래알 씹는 듯했다. 사고가 나고 삼 일째 되던 날 저녁에 할머니의 아들과 며느리가 경숙의 집으로 찾아 왔다. 경숙이 음료를 내오고 그들이 경숙의 집 거실에 앉았다. 경숙이 먼저 조심스럽게 입을 열었다.

"정말 죄송합니다, 입이 있어도 드릴 말씀이 없습니다. 얼마나 놀라셨어요?"

할머니 아들이 경숙의 말을 받았다.

"네, 정말 놀랐습니다. 어머니께 얘기는 들었습니다. 제가 화가 나서 펄펄 뛰었더니 어머니가 그러시데요. 아주머니께서 우리 어머니를 집안으로 모셔서 응급처치하고 병원으로 차로 모시고 가서 치료도 했다고요."

"네, 당연히 그래야 하는 거지요. 저희도 얼마나 놀랐는지 모릅니다. 정말 죄송해요."

다시 아들이 말을 이었다.

"저희 여기 온 것은 대체 어떻게 된 일인지 알아보고 또 치료는 어찌할 건지 여러 생각으로 왔습니다."

"네, 저희도 치료는 다 해 드리려고 생각하고 있습니다. 사실 저희는 남편이 암 수술하고 항암치료를 마치고 요양 차 이 산골에 집 짓고 들어 왔습니다. 이 동네 아는 사람도 없고 남편은 하루 멀다 하고 병원을 가야 하는데 이런 일이 생겨서 잠도 못 자고, 밥도 입으로 못 넘기고 있습니다. 그래도 그건 저희 사정이고 어머니 일은 정말 죄송합니다."

경숙의 말을 들은 두 내외가 한참은 있다가 말을 했다.

"아주머니 말씀을 들으니까 저희도 좀 마음이 풀립니다. 사실 여기 올 때 마음과는 지금은 다릅니다. 저희도 어머니하고 같이 살지 않고 직장을 다녀서 병원을 모시고 가거나 할 수가 없습니다. 우리 어머니 치료 끝날 때까지 아주머니가 책임지고 모시고 가셨다가 집까지 모셔다드리세요. 그리고 저 개 광견병 주사는 맞혔는지요?"

경숙은 마을 이장이 봄에 광견병 주사약을 동네 개 있는 집에 다 돌렸으며 당연히 주사를 맞혔다고 안심시켰다. 두 내외는 사람을 문 개는 사람의 피 맛을 봤기에 또 사람을 물을 수 있다며 개를 치울 것을 부탁하고 경숙의 집을 떠났다. 그 후로 경숙과 할머니는 한동안 병원을 같이 다녔다. 할머니는 참 심성이 고왔고 말을 할 때 부끄러운 듯 입을 가리고 웃기도 해서 경숙의 돌아가신 친정엄마 생각이 나게 했다. 할머니 치료가 끝나 갈 즈음에 두 내외에게 약속한 대로 풍이는 '개 삽니다' 하고 방송을 하면서 동네를 돌던 트럭에 실려 보냈다.

풍이가 떠난 자리에 장조카가 경숙의 집에 오면서 데리고 온 흰색 진돗개가 자리를 틀었다. 젖을 뗀 지 한 달쯤 된 아기였다. 경숙은 그 아이 이름은 진도라고 불렀다. 발이 경숙의 주먹만 하고 배가 땅에 닿을 듯 말 듯했다. 아기 진도는 경숙을 졸졸 따라다녔다. 진도는 시나브로 경숙의 가족으로 자리매김했다.

한동안 잠잠했었는데 이번에는 누렁이가 사고를 쳤다. 동사무소 직원이 땅 지번 조사를 하러 출장을 나와서 아랫집과 경숙의 집 땅 지번을 확인하고 일을 일찍 마치려고 아랫집에서 경숙의 집으로 가로질러 오려고 누렁이 집으로 다가가다가 누렁이에게 물렸다. 그 직원은 치료는 자기가 하겠다면서 자기가 공무 수행 중에 개에게 물렸다는 진단서가 필요하다고 했다. 사흘이 지났나 했는데 금촌 애견동물병원 원장이라면서 경숙의 집에 출장을 나왔다. 누렁이가 정말로 사람을 물었으며 광견병 예방 주사를 맞았는지 확인하기 위해서였다. 경숙은 또 이 동네 이장이 개를 키우는 집집이 광견병 예방 주사약을 나누어 주었고, 그날로 예방 주사를 맞혔다고 말했다. 그 동물병원 원장은 자기 병원에서 공급한 거라고 말을 했고 동사무소 직원의 말이 사실임을 확인한 후 경숙의 집을 떠났다. 물론 누렁이도 '개 산다고 방송하며 동네를 돌던 트럭에 실려 보냈다. 경숙과 남편은 이 일로 충격을 받아서 다시는 남이 키우던 개는 집에 들이지 않겠다고 다짐을 했다.

그러는 사이 가을이 왔다. 동창이 주고 간 복실이가 성견이 된 진도와의 사이에서 아기를 다섯 마리를 낳았다. 아기들이 오물오물 기어 다니고, 보름이 지나자 눈을 뜨고, 한 달이 지날 무렵 또 사고가 일어났다. 이번에는 콩이었다. 딸이 경북 월배까지 가서 데려온 요크셔테리어 콩이는 남편을 참 잘 따랐다. 남편과 동네 길 산책을 좋아해서 늘 남편은 콩이와 산책을 같이 했다. 단풍이 유난히 붉었던 저녁 무렵 남편과 콩이가 산책을 마치고 집으로 들어오고 있었다. 남편이 콩이를 한 손으로 안아서 복실이 집 옆을 지나는 순간, 그 광경을 숨죽이고 보고 있던 복실이 순식간에 달려들어서 남편 손에서 콩이를 낚아챘다. 복실이 콩이를 물고 절레절레 흔들었다. 너무 순간에 일어난 일이고, 으르렁거린 적도 한 번 없었는데 어이없는 일이 일어났다. 남편이 정신을 차리고 복실의 입에서 콩이를 간신히 뺏었을 때는 이미 늦었다. 콩이는 더는 숨을 쉬지 않았다. 콩이는 딸이 애지중지하는 아이여서 경숙이나 남편은 이 일을 딸에게 어떻게 말해야 할지 참으로 난감했다. 궁리 끝에 경숙이 딸에게 전화해서 거짓말을 했다. 콩이가 마당에서 놀다가 들개에게 물려서 죽었다고. 딸이 울고불고 난리가 났지만, 경숙과 남편은 끝까지 들개의 소행으로 몰아서 복실의 일을 묻었다. 하지만 주인의 손에서 강아지를 채간 복실이는 더 이상 키울 수 없었다. 아무리 경숙과 남편이 딸에게 비밀로 한다 해도 언젠가는 딸이 알 것이고 그 일로 더 이상 집안이 시끄러워지는 것을 막아야 했다. 복실의 아기 중 암컷 한 마리만 남기고 개를 키우기 원하는 동네 분들에게 복실이와 아기들을 다 분양했다.

복실의 아기는 이름을 복순이라고 지었다. 복순은 참 순하고 경숙을 잘 따랐다. 물론 진도도 아주 의젓하고 늠름했다. 하지만 진도나 복순은 겁이 많아서 경숙의 집에 오는 사람들을 보면 무서워서 자기들 집에 들어가 숨었다. 방문객이 집을 떠나면 집안에서 고개만 빠끔히 내밀고 있다가 모퉁이를 돌면 그때야 한숨을 쉬듯 우웅~ 하고 집 밖으로 나왔다. 복순이 성견이 되는 첫 생리를 했다. 건너편 쪽에 있던 진도가 복순의 암내를 맡고 밥을 먹지도 않고 잠도 자지 않으면서 컹컹거렸다. 하지만 경숙이나 남편은 더 이상 강아지를 원하지 않았으므로 진도의 몸부림을 모른 체했다.

7월의 어떤 날 아침 경숙이 개밥을 주기 위해 나왔다가 민망한 모습을 봤다. 진도가 사람처럼 두 다리를 뻗고 앉아서 벌건 살 몽둥이를 내어놓고 허어허어 울고 있었다. 경숙이 놀라기도 하고 민망하기도 했지만 안 되는 것은 안되는 것이기에 진도를 타일렀다.

"아가, 진도야. 니가 아무리 그래도 이건 아니거든. 고마 포기해라. 밥 먹고 힘내. 야, 너 진짜 이번엔 절대로 안 된다."

경숙이 달래고 어르다가, '에이 진도 놈아, 니가 암만 그래 봤자 이건 절대로 안 돼'라고 말하고 집 안으로 들어갔다.

경숙이 집안으로 들어와서 아침을 한 수저 들었을 때였다. 집 좌측에 있는 복순이가 자지러지듯이 깨깽거리며 울부짖었다. 남편이 놀라서 뛰어나가고 경숙이 그 뒤를 따랐다. 경숙이 아침에 개밥을 줄 때까지 집 우측에 묶여 있었던 진도가 얼마나 안간힘을 썼던지 묶인 줄을 끊고 복순이를 덮치고 있었다. 아래 깔린 복순이는 남편과 경숙을 보자 더 자지러지게 울부짖었다. 급한 대로 남편이 빗자루를 들고 진도를 후려쳤다. 진도는 눈에 핏발을 세우고 이빨을 드러내고 으르렁거렸지만 복순에게서 떨어지지 않았다. 진도를 젖 떼고부터 키웠으나 한 번도 경숙이나 남편에게 짖거나 하지 않았는데 이번만은 달랐다. 끝까지 복순이와 한몸이 되어서 버텼다. 복순이도 주인이 지키고 있으니까 안심이 되는지 몸부림치기를 멈추고 눈물이 눈에 그렁그렁하면서 가만히 서서 있었다. 한 20분이 경과하자 진도가 몸을 풀고 복순에게서 떨어졌다. 그 순간 남편이 진도의 목줄을 잡아챘다. 복순의 몸에서는 떨어졌으나 진도는 가지 않겠다고 앞발로 버티고 서서 꼼짝도 하지 않았고 한동안 실랑이 끝에 남편에게 질질 끌려서 집 우측에 있는 자기 집으로 가서 원래대로 묶였다. 경숙이 아직도 놀라서 벌벌 떨고 있는 복순이 등을 쓰다듬으면서 안심시켰다.

"아가, 복순아, 괜찮어. 아이구! 저 진도 놈이 미쳤었나 봐. 괜찮아, 괜찮아."

복순이 파들거리면서 경숙의 품에서 칭칭거렸다. 복순이 놀라서인지 온종일 꼼짝도 하지 않고 집안에서 웅크리고 있었다. 진도 녀석은 그 난리를 치고서 아무 일 없다는 듯이 집 밖으로 나와서 땅바닥에 퍼질러 누워서 씩씩 잠이 들었다. 뭐가 그리도 좋은지 자면서도 입꼬리가 위로 올라가며 실실 웃기도 했다.

진도 녀석의 난동이 있고 난 뒤, 한 달 보름이 지났다. 진도 녀석이 묶은 줄을 끊고 또 그 난동을 필까 봐서 철물점에서 튼튼한 목줄을 사다가 다시 단단히 고정하고 묶었다. 복순이 배가 하루가 다르게 불러 왔다. 낮잠을 잘 때 가까이서 보면 배가 불룩불룩 움직이고 참 신기하기도 하고 아직 1년도 되지 않은 아기라서 안쓰럽기도 했다. 그 일이 있은 지 한 달하고 25째 되는 날 아침에 복순이 아침밥을 주다가 복순이 이마에 작은 상처를 발견했다.

"아가 복순아, 이거 언제부터 그랬어? 에구 아프겠다. 엄마가 약 발라줄게."

경숙이 복순의 이마에 난 상처를 소독하고 연고를 발라 주었다. 복순이는 워낙에 순해서 경숙이 몸을 만져도, 소독을 해도 몸을 피하거나 하지 않았다. 복순이 이마에 난 상처는 꾸덕꾸덕 말라갔으며 상처 자리도 아물었다.

60일째 되는 날, 진도 녀석의 그 일 후 두 달째였다. 경숙의 계산이 맞는다면 복순의 출산 예정일이었다. 경숙이 아침에 나가 복순의 몸을 살폈다. 복순은 몸이 무거운지 그냥 누워서 경숙을 올려다보기만 했다. 북어 한 마리를 삶아서 복순에게 내밀었다. 복순은 여전히 입도 대지 않았다. 경숙이 복순의 배를 쓰다듬으면서 말을 했다.

"복순아, 아프니? 먹어야 기운 내서 애기를 낳지. 아가, 엄마가 맛나게 끓였어. 먹어봐. 응?"

경숙이 북엇국을 숟가락으로 떠서 복순이 입에 밀어 넣으려고 해도 복순은 고개를 돌려버리고 먹기를 거부했다. 오전 열 시 즈음부터 경숙이 아예 복순의 집 앞에 자리를 잡고 앉았다. 한동안 끙끙대더니 복순이 새끼 한 마리를 푹 쏟아냈다. 붉고 끈적이는 액체와 함께 하얀색 한 마리를 밀어냈다. 복순이 입으로 강아지를 감싸고 있는 막을 찢어서 먹어버리고 혀로 핥아서 새끼의 젖은 몸을 말렸다. 경숙이 손에 하얀 장갑을 끼고 새끼를 복순이 머리 쪽으로 옮겼다. 복순이 아무 반응도 보이지 않고 끙끙 앓기만 했다.

"아이구, 우리 복순이 장하네. 옳지 우리 애기 힘내라. 엄마가 지켜줄게."

복순이 경숙의 말을 알아들었는지 또 한 마리를 밀어냈다. 그렇게 한 마리 또 한 마리 낳기를 계속하는 사이에 해가 저물었다. 여섯 마리였다. 경숙은 복순이 이제 새끼를 다 낳았으리라 생각되어서 집안으로 들어와서 점심도 거르고 배도 고프기도 해서 허겁지겁 저녁밥을 삼켰다. 힘들어했을 복순이를 위해 냉동고에 두었던 소고기로 미역국을 끓여서 한 그릇을 담아 차가운 물에 담가 식혔다. 미역국이 다 식자 국그릇을 들고 복순이가 있는 집으로 나갔다. 새끼들이 꼬물꼬물 복순의 젖을 빨고 있었다. 경숙이 피곤해서 잘못 봤는지 여섯 마리가 아니고 일곱 마리로 보였다. 다시 세어 봐도 일곱 마리였다. 경숙이 집으로 들어가서 급히 저녁을 먹고 미역국을 끓이는 동안에 복순이 막내를 낳았다. 암놈 다섯 마리, 수놈 두 마리, 합이 일곱 마리를 낳았다. 복순이도 아직은 어린데 얼마나 힘들었을까 해서 경숙이 마음이 쓰렸다.

'망할 놈의 진도 자식, 애를 이렇게 고생시키다니.'

속으로 중얼거렸다. 복순은 일곱 마리가 줄기차게 젖을 빨아 먹는데도 음식을 잘 먹지 못했다. 경숙이 소고기 미역국을 끓여 줘도 일어나서 퍽퍽 먹지 못했다. 광탄 마트에서 최상급 한우를 사 와서 줘도 한 점 베어 물고 그만이었다.

추석을 나흘 앞둔 날. 복순이 새끼를 낳고 이레째 되는 날이었다. 복순은 아예 일어나지도 못했다. 다음 날부터 추석 연휴라 가축병원도 문을 닫을 거 같아서 금촌 동물병원에 연락해서 출장 진료를 신청했다. 오후로 접어들 무렵 금촌 가축병원 원장이 출장 진료를 나왔다. 복순이를 한참 살피더니 오늘 밤을 넘기지 못할 거라고 말을 했다. 경숙이 원인이 뭐냐고 물었더니, 복순의 이마에 미세하게 남아 있는 상처에 대해서 문진을 했다. 얼마 전에 상처가 있어서 소독하고 연고를 발라줬더니 나았다고 경숙이 말을 했다. 원장이 다시 세심하게 복순이 상처를 보더니 조심스럽게 경숙에게 말을 했다.

"지금 복순이 상태를 봐서는 더는 버티기엔 좀 어렵겠습니다. 이마의 상처는 정확하지는 않지만, 심장 사상충 상처 같습니다. 복순이가 임신해서 면역력도 약해졌고, 모기에게 이마를 물려서 사상충이 머리로 올라갔다고 밖에 볼 수가 없겠네요."

동물병원 원장은 또 다른 곳에 출장 예약이 있다면서 서둘러 떠났다.

음력 팔월 열이튿날 밤, 달이 훤하게 떴다. 덜 여문 달이 앞산에서 점점 다가오더니 경숙네 매화나무 가지에 덩그러니 멈추고 마당을 비추었다. 복순이 새끼들을 집안에 두고 마당으로 나왔다. 숨이 가쁜지 연신 헉헉대면서도 네 다리로 버티고 새끼들이 있는 집안으로는 들어가지 않았다. 복순이도 죽음을 예감했는지 새끼가 있는 집안에서 쓰러지면 새끼가 다칠까 봐서, 본능적으로 온 힘을 다해 버티는 듯했다. 경숙이 복순이 옆에 은박 자리를 펴고 앉았다. 경숙이 복순이 등을 쓰다듬으니까 경숙의 무릎에 머리를 두고 눕더니 한동안 경숙을 바라보다가 눈을 감았다. 처음에는 너무 힘들어 잠이 들었나 했었는데 경숙이 복순아, 복순아 불러도 미동도 없었다. 목덜미에 손을 가만히 대봤는데도 복순이는 숨을 쉬지 않았다. 하필이면 남편이 출타 중이었다. 경숙이 복순이 머리를 베개로 베어 주고 어미젖을 찾아서 낑낑 우는 새끼들을 벌벌 떨리는 손으로 안아서 집안으로 옮겼다. 종이 상자에 부드러운 천을 깔고 우선 급한 대로 복순이의 아기 일곱 마리를 눕혔다. 그리고 급하게 남편에게 전화했다.

"저기요 난데요. 어디까지 왔어요? 복순이가 죽었어요."

"아이구, 어쩌요. 나 벽제까지 왔어요. 어허 그 참, 강아지는요?"

"강아지는 괜찮아요. 빨리 고양동 애견 센터에 가서 강아지 젖병하고 연유하고 강아지 분유도 좀 넉넉하게 사와요. 얼른 가요, 문 닫기 전에요."

"그거야 사가겠지만 칠 일 된 강아지를 어쩌려고 그래요?"

"아이구, 지금 그거 따질 때요. 아우, 나도 잘 모르겠어요. 암튼 강아지들이 배고파서 울고불고 난리 났어요. 빨리 와요, 빨리요."

경숙이 남편과 전화를 하는 동안에도 강아지들은 어미 젖을 찾느라 배로 기어서 서로에게 올라타고 다시 밑으로 굴러떨어지고 아귀같이 울어 젖혔다. 창밖으로는 마당 한가운데 덩그러니 복순이 누워있는 모습이 보였다.

복순의 아기들이 아귀처럼 울어 경숙의 정신이 반쯤 나갔을 때 남편이 연유와 분유, 그리고 강아지 젖병을 싣고 발랑리 집으로 돌아왔다. 남편이 가장 먼저 한 일은 마당에 누워있는 복순이를 집 경계 벚꽃 나무 아래 땅을 파고 묻는 일이었다. 산골이라 밤에 그냥 두면 야생 고양이도 있고 혹시 산에서 멧돼지라도 집으로 내려오면 복순이 사체를 훼손할 수도 있기 때문이었다. 복순이 묘는 봉분하지는 않았다. 땅과 평평하게 묻어서 아무런 표시도 하지 않았다. 문제는 그다음부터였다. 경숙이 젖병을 삶고 구멍을 내어서 한 마리씩 분유를 먹이기 시작했다. 젖병의 젖꼭지가 어미 젖과 촉감이 다르자, 아기들이 혀로 밀어내며 먹기를 거부했다. 할 수 없이 경숙이 젖병의 구멍을 좀 더 크게 뚫어서 강제로 삼키게 했다. 우유를 먹인 아기는 구분되게 다른 종이 상자에 옮겼다. 순서도 헷갈릴까 봐서 칸막이했다. 그래도 어느샌가 경계를 타고 넘어서 함께 뭉쳐서 있다가 하나씩 떨어졌다. 그 바람에 아기들은 놀라서 끼익 끼익 비명을 질렀다. 일곱 마리를 다 먹이고 나면, 다시 처음 우유를 먹였던 아기가 배고프다고 울었다. 밤을 새우고 아기들 젖을 먹이고 아침이 왔다. 음력 팔월 열나흗날이고 뭐고 아무것도 생각나지 않았다. 우선 어미를 잃은 강아지들 우유 먹이는 일이 가장 급했다. 일곱 마리가 먹고 싸고, 집안이 강아지 똥오줌 냄새로 가득 뱄다. 남편이 도와준답시고 한두 마리 안아서 우유를 먹이더니 자기는 못 하겠단다. 소식을 듣고 신 이장이 찾아왔다.

"형수 못 키워요. 최소한 삼칠일은 에미 젖을 먹어야 살지. 헛고생하지 마요."

"아이구, 이장님. 그럼 어째요? 우유라도 먹이고 키워야지요."

"형수, 똥개 새끼한테 정주지 마요. 그냥 나 줘요. 내가 알아서 할 테니까."

경숙은 신 이장의 그 알아서 한다는 소리가 무엇을 의미하는지 너무 잘 알고 있었다. 생각만 해도 끔찍했다.

"이장님, 애들 들어요. 그런 소리 마요."

"참, 나. 형수, 그래 봤자 똥개요. 내가 장담을 해요. 개새끼들 며칠 못 가요. 아하하하."

"아유~ 이장님, 그런 소리 하려거든 가요. 살아 있는 생명인데 애기들이 알아들어요."

"형수, 공연히 고생하지 마요. 암튼 난 가요. 수고하슈."

신 이장은 혀를 끌끌 차고 트럭을 타고 집 모퉁이를 돌아 가버렸다.

강아지들은 젖병의 촉감이 어미의 젖꼭지 촉감하고 달라서인지 경숙이 우유를 먹이려고 억지로 젖병을 입에 물려도 혀로 밀어내고 어미 젖꼭지를 찾아서 일곱 마리가 서로의 등을 올라타고 위로 기어 올라가서 다시 바닥으로 굴러떨어졌다. 경숙이 이상해서 자세히 봤더니 수컷의 고추를 어미의 젖으로 알고 서로 먹겠다고 그 난리를 치고 있었다. 다시 큰 종이 상자를 일곱 칸으로 막고 한 마리씩 격리했다. 그러는 사이 강아지들은 숨소리가 거칠어지고 쇳소리를 내기도 하고 쿨럭쿨럭 기침도 했다. 우유병 꼭지가 어미 젖보다 커서 우유가 많이 넘어가다가 기도로도 들어간 것 같기도 했다. 경숙이 강아지들을 새 종이 상자로 옮겨 담고 택시를 불러서 연휴에도 문을 닫지 않은 금촌 동물병원으로 갔다. 검진한 동물병원 원장이 강아지들의 건강 상태가 아주 좋지 않다면서 물약 한 병을 처방했다. 집으로 돌아온 경숙이 티스푼으로 한 숟가락씩 떠서, 먹지 않겠다는 강아지들에게 억지로 입을 벌려서 먹였다. 약 기운 때문인지 병원에 다녀온 그 날은 강아지들이 지쳐서 잠이 들었다.

잠시 눈을 붙였나 했는데 강아지들은 약 기운도 떨어지고 배도 고픈지 또 끼깅 낑 악악 울어 젖혔다. 강아지들 걱정에 방에도 들어가지 못하고 거실 소파에서 잠이 들었던 경숙이 그 소리에 잠을 깼다. 몸이 천근만근 무거웠다. 경숙의 몸에서 강아지 똥오줌 냄새가 펄펄 났다. 아니나 다를까 일곱 마리 고아들은 배로 기어서 서로에게 엉기고 올라타고 어미 젖을 찾아서 본능적으로 낑낑 울었다. 경숙이 젖병에 우유를 타고 한 마리씩 붙들어서 먹지 않겠다고 혀로 밀어내는 애들과 씨름을 하면서 우유를 먹였다. 일곱 마리를 다 먹이고 나면 또 처음 먹은 아기가 젖 달라고 울었다. 날이 밝았다. 추석날 아침인데 추석 음식은 장만하지 못했다. 추석이라서 집에 온 딸이 한걱정했다.

"엄마, 힘들어서 어떡해."

"우짜노. 키워야지."

"엄마, 엄마는 죽어가는 생명 살려내는 전문가라서 할 수 있는 거는 아는데요. 엄마가 힘드니까 걱정돼서 그러지."

"아이구, 야야 내가 무슨 힘이 있다고 그런 소리 하노."

"참, 나. 엄마, 엄마는 잘 모르나 본데 아빠도 병원에서 3개월이라고 했는데 살렸지요. 엄마, 아빠 간호하느라 먹지도 자지도 않고 매달려서 엄마 건강이 무너졌잖아요. 또 영원이도 축 늘어져서 다 죽어가는 거 엄마가 일주일 동안 금촌까지 병원 다니면서 살렸지요. 밍키도 그냥 두면 죽는데 수술시켜서 뱃속에 든 검은 비닐 꺼내서 살렸지요."

"아이구, 가시나야. 그럼 살아 있는 생명을 어째 모른 체하고 눈 감노?"

"엄마, 엄마 건강 해쳐 가면서 살려내니까 하는 말이지요. 엄마 건강 먼저 챙기면 내가 이런 말 해요, 안 하지."

"그래도 사람이 하늘을 이고 살면서 모른 체하는 거 아니야."

"누가 뭐래요. 엄마는 엄마가 제일 중요하다는 거 잊어버리니까 하는 말이지."

"그래 알았다. 알았어. 우리 딸 말 명심할게."

"말로만 하지 말고 정말, 제일 먼저 엄마를 챙겨요."

"어, 알았어요."

"암튼 우리 엄마 금손이야. 근데 엄마, 하나님이 정해 놓은 명줄 엄마가 길게 이어서 엄마 건강이 나빠졌는지도 몰라요. 이제 그러지 말아요."

"아이고, 가시나, 별소리를 다 한다. 걱정하지 마. 엄마가 다 알아서 할 테니까."

딸은 잔소리, 또 잔소리했지만 추석 휴가를 강아지 우유 먹이고 똥오줌 치우다가 직장으로 복귀했다.

강아지들은 신 이장이 호언장담한 대로 한 마리씩 한 마리씩 죽어 나갔다. 죽은 강아지들은 제 엄마가 묻힌 집 경계 나무 밑에 차례로 묻었다. 그러는 사이 난 지 보름이 지났으며 눈을 뜨고 배로 기어 다니던 아기들은 네 발로 걸어서 비틀비틀 다녔다. 한 달이 지나자 세 마리만 살아남았다. 누런 암컷 두 마리와 하얀 수컷 한 마리였다. 누런 암컷 한 마리는 동네 할머니가 말벗이나 한다고 데려가고 암수 두 마리가 살아남았다. 이제 걱정이 없으려나 했는데 아침이 되어도 누런 암컷만 집을 나와서 돌아다녀서 봤더니 수컷이 또 숨을 쉬지 않았다. 잘 살아서 서로 의지하고 살았으면 하는 경숙의 바람은 허사로 돌아갔다. 하얀 아기도 복순이 옆에 묻었다.

강아지는 두 달이 지나서 제법 컸다. 이제 죽을까 봐 걱정은 하지 않아도 되겠다 싶어서 집안에서 키우다가 베란다로 내어 보냈다. 아기 이름은 복희라고 지었다. 복희는 경숙을 엄마라고 아는지 천방지축으로 졸졸 따라다녔다. 처음에 바깥으로 내보내고 창문을 닫았더니 집안으로 들어오려고 울고불고 떼를 썼다. 하지만 경숙도 복희에게 되는 게 있고 되지 않는 것이 있다는 것을 설명하고 그 후로는 다시는 복희를 집안으로 들이지 않았다. 복희는 처음에는 깨갱이고 울더니 빨리 포기를 했다. 하지만 또 문제가 생겼다. 베란다에 있는 신발이란 신발은 다 물어다가 잘근잘근 씹어서 너덜너덜하게 만들었다. 할 수 없이 복희의 엄마가 살던 집을 소독하고 줄로 매어 놓았다. 복희는 목에 메인 줄을 물어뜯으면서 하루를 울었다. 고맙게도 복희는 앙앙 울고 떼쓰는 것을 멈추고 엄마 복순이가 살던 집에서 잠도 자고 한 일주일을 순하게 잘 지냈다. 하루는 아침에 복희 밥을 주러 나갔다가 줄이 풀려있는 것을 발견했다. 경숙이 놀라서 복희야, 복희야 불렀더니 집 경계 쪽에서 경숙의 목소리를 알아듣고 멍멍 달려 나와서 열려있는 거실 창안으로 달려가더니 거실 중앙에 척 앉아서 씨익 경숙을 향해 웃었다.

"아유 복희야, 이제 여기 들어오면 안 돼요. 복희 집은 저기 있지요. 자착하지 복희, 엄마랑 집으로 갑시다."

경숙이 살살 달래도 복희는 가지 않겠다고 엉덩이에 힘을 주고 딱 버티고 고집을 부렸다. 할 수 없이 남편이 번쩍 들어서 안고 나가서 풀려있는 줄에 단단히 묶었다. 복희가 경숙을 엄마로 알듯이 경숙도 복희에게 또 정이 들었다. 순하고 착해서 어떤 말썽도 일으키지 않고 잘 자라주었다. 경숙과 눈이라도 마주치면 오줌을 질질 싸면서 땅에 드러누워서 복종의 표시를 했다. 그럴 때마다 경숙의 마음이 싸하게 아팠다. 복희가 성견이 되면서부터 건너편에 있는 진도 녀석이 난리를 피웠다. 하지만 철물점에서 아주 튼튼한 개 목줄을 사 와서 줄을 끊거나 풀려서 그전처럼 그런 불상사는 일어나지 않았다. 물론 복희가 생리할 때면, 진도 녀석이 밥도 먹지 않고 버티기는 하지만 말이다.

작년 가을부터 복희는 웃는 인상에서 약간 슬픈 듯한 얼굴로 인상이 변해 갔다. 밥도 잘 먹지 않았고, 어떤 때는 밥을 주고 다음 날에 가서 봐도 입도 대지 않는 날도 있었다. 그러다가 다시 밥그릇이 비어서 복희가 정상으로 돌아왔나 했더니 떠돌이 개가 와서 복희 밥을 훔쳐 먹고 있는 것을 경숙이 발견한 적도 있었다. 복희는 밥을 제대로 먹지 않으면서 몸이 점점 작아지기 시작했다. 엉덩이 쪽에 다시 털이 빠졌으며 온종일 집에서 나오지 않고 웅크리고 있기도 했다. 다시 개박사 신 이장에게 보였다. 복희를 찬찬히 살펴보던 신 이장이 경숙에게 말했다.

"형수, 이 개새끼 우울증 같은데요."

"어머! 우리 복희가요? 개도 우울증 걸려요? 어떡해요."

경숙이 놀라서 다시 묻자 신 이장은 개도 사람처럼 할 거 다 한다면서 해를 넘기지 못할 거 같으니 험한 일 당하지 말고 복희는 자기를 달라고 했다. 복희와 함께 앞쪽에 있는 진도까지 말이다. 경숙은 말도 되지 않는 소리 하지 말라면서 신 이장을 밀어냈다. 집안으로 들어와서 사람에게 바르는 피부연고제를 찾아서 복희 엉덩이 쪽에 털이 빠져서 연보랏빛으로 변한 상처에 발라주면서 복희에게 말했다.

"복희야. 엄마가 우리 복희에게 신경 써주지 못해서 미안해. 그래도 복희야 엄마가 우리 복희, 사랑하는지 알지. 아프지 말고 이 약 발랐으니 나아라. 알았지?"

복희가 땅에 등을 대고 누워서 낑낑거리면서 오줌을 질금질금 지렸다. 경숙이 복희의 등을 쓰다듬으면서 복희에게 말했다.

"그래 우리 복희, 엄마도 복희 아픈 거 싫어. 빨리 나아야 해. 밥도 잘 먹고."

복희는 경숙의 말을 알아들은 듯이 보라색 피부가 꾸덕꾸덕해지더니 털이 다시 자라기 시작했다.

다시 시간이 지나 겨울이 왔다. 복희가 맞이하는 열네 번째 겨울이었다. 이번 겨울은 유난히도 추웠다. 물론 해마다 겨울이면 서울과는 4~5도 온도 차이가 나긴 했다. 이번 해에도 경숙은 입지 않고 여러 해를 묵힌 남편의 겨울 점퍼를 가져다 진도와 복희 집에 넣어 주었다. 진도가 집에 넣어준 남편의 옷을 발기발기 찢어서 진도 집 앞이며, 앞마당에 오리털로 난리난리가 났다. 복희는 어쩌고 있나 봤더니 다행히도 옷을 찢지는 않았는데 집에서 끄집어내서 자기 집 앞에 패대기를 쳐 놓았다. 경숙이 곰곰이 생각해 봤더니 열네 번의 겨울을 나면서 늘 경숙의 헌 옷을 진도와 복희 집에 넣어주었는데 한 번도 옷을 찢거나 집 밖으로 팽개치지 않았던 것을 기억해 냈다. 경숙은 진도가 발기발기 찢어서 앞마당에 풀어 헤쳐진 남편의 겨울 점퍼와 복희가 끄집어낸 옷을 치우고 경숙의 오래된 겨울옷을 넣어 주었다. 둘은 이번에는 아무 말썽 없이 옷을 깔고 잠을 잤다. 이번 겨울은 추위가 더 심했다. 진도도 코를 훌쩍이고 사람같이 기침도 했으며 복희는 엉덩이 쪽 털이 빠져서 상처 부위가 조금씩 더 번져나갔다. 하루가 멀다하고 동네를 돌아 안부를 묻는 신 이장이 경숙의 집에 들렀다. 신 이장은 먼저 진도를 보고 집 좌측으로 가서 복희를 살피고 집안으로 들어왔다. 경숙이 커피를 준비해서 내놓자 신 이장이 웃으며 말했다.

"형수, 앞에 있는 개도 늙어서 감기 걸리고 힘들어하고요. 좌측에 애는 오늘내일해요. 형수 저 애들 데리고 있다가 이 겨울에 변이라도 당하면 어쩌려고 그래요. 이 겨울에 땅도 못 파요. 더 이상 험한 꼴 보지 말고 나한테 넘겨요. 내가 쟤들 대신에 이쁜 거로 두 마리 줄게요."

"이장님, 그런 말 하지 말라고 했지요. 이장님 눈엔 똥개라도 나한테는 이쁜 애기들이요. 그리고 복희는 내가 젖 먹여서 키웠어요. 복희 엄청 비싸게 들어서 살렸어요. 아직도 복희는 나를 엄마라고 알고 있어요."

"어허, 참 내. 형수 진짜로 복희는 오늘내일해요. 형수가 쟤 죽으면 감당할 수 있어요? 이제 정 떼요."

"그럼 이장님 나하고 약속해요. 우리 복희 끝까지 돌봐주고 잘 묻어 준다고요."

"아이고 알았어요. 암튼 형수는 걱정하지 말아요. 내가 쟤는 잘 묻어 줄게요."

신 이장이 복희 줄을 풀어서 복희야 가자 하니 복희는 순순히 자리를 털고 일어났다. 삼사일 동안 밥도 먹지 않고 집에서 웅크리고만 있었는데 복희가 스스로 걸어서 나왔다. 경숙은 복희가 가는 모습을 차마 볼 수가 없어서 CCTV로만 봤다. 진도는 가지 않으려고 으르렁거리며 이빨을 드러내고 한동안 버티다가 신 이장 차에 올랐다. 경숙은 복희가 떠나고 나서도 여전히 아침이면 복희 밥을 주려고 몸을 일으키고 아차 이제 없지 하는 생각에 마음을 추슬렀다. 복희를 보낸 지 4일째 되는 날 경숙은 복희가 너무 보고 싶었다. 경숙은 싫다는 남편을 졸라서 신 이장 집엘 방문했다. 어디에도 복희는 없었다. 밖에서 인기척 소리가 나자 집 안에 있던 신 이장이 현관문을 열고 나왔다. 경숙이 급하게 물었다.

"이장님, 우리 복희랑 진도 없네요?"

"아이고, 형수 말도 마요. 복흰지 뭔지 그 이튿날 아침에 밥 주려고 봤더니 죽었지 뭐요."

"어머! 어째요. 그래서요? 우리 복희 어쨌어요?"

"저기 있잖아요. 형수가 애기라고 하던 개는 살구나무 밑에 묻었어요."

"이장님, 그랬으면 나한테 전화라도 해주지 그랬어요."

"형수, 개 죽은 거 봐서 뭐하려고요. 마음만 아프지. 그리고 땅이 얼어서 땅 파는데 얼마나 힘들었는지 알아요? 내가 파다 파다가 힘들어서 저위에 발랑골 김 사장 불러서 같이 파고 묻었어요. 아이구, 김 사장은 땅 파랬더니 나까지 묻어도 될 만큼 크게 팠습니다. 암튼 나중에 김 사장 만나면 고맙다고 인사나 해요."

"그랬어요? 그럼 진도는요?"

"아 흰둥이는 광탄 사는 독거노인이 적적하다면서 말벗 하고 싶다고 해서 보냈어요."

"정말이지요?"

"아이고, 참. 형수 속고만 살았어요. 진도 보고 싶으면 보러 가도 돼요."

경숙은 신 이장의 말에 반신반의하면서 복희가 묻혔다는 살구나무 아래로 급하게 발걸음을 옮겼다.

아들의
여자

아들이 남산 산책을 하다 약간 경사진 곳에서 넘어져서 손목뼈가 바스러 졌다고 연락이 왔다. 어디 병원인가 물었더니 일산백병원에 입원했으며 수술 날짜가 잡히는 대로 이른 시일 내로 수술을 해야 한다고 했다. 남산 꼭대기에 사는데 왜 하필이면 일산까지 왔냐고 경숙이 물었더니, 아들은 '너무 아프기도 했지만, 그 와중에 생각해보니 자기가 다니는 회사가 관리하는 병원이라 아는 의사도 있고, 또 부모님이 다녀가시기도 편리할 거 같아서'라고 말을 했다. 경숙이 아무리 생각해도 앞뒤가 맞지 않는 말인지라 재차 물었다.

"야, 아들. 논리적으로 말이 안 된다. 남산에 사는 애가 그 근처 병원도 있는데 밤중에 1시간 걸리는 병원까지 부러진 손목을 잡고 온다는 건 말도 안 되네. 솔직히 말해. 어쩌다 그랬어?"

"에헤헤. 암튼 울 엄니는 눈치가 백 단이라서 안 속네요. 엄니, 사실은 화전 친구들하고 행신중학교에서 축구 경기를 하다가 공에 맞았어요."

"그럴 줄 알았어. 인마, 귀신을 속여라. 아부지 땜에 그러지?"

"네, 엄니. 아부지께는 남산에서 산책하다가 넘어졌다고 해주세요."

"그래 알았다. 아들 많이 다쳤니?"

"아니요. 공에 정면으로 맞았는데 오른쪽 손목뼈가 조각조각 부서졌네요. 엄니 정말 별거 아니에요. 저도 사진 봤어요."

"그래 알았다. 지금 병원에 갈까?"

아들은 위중한 일도 아니니 힘들게 밤중에 오시지 말고 내일 천천히 오라고 하면서 전화를 끊었다. 경숙의 남편은 아들이 모처럼 쉬는 날, 일요일에, 교인들이 말하는 주일날 교회가 있는 화전까지 와서 축구를 하면서 교회에 들르지 않고 가는 아들을 몹시 속상해했다. 교인들에게 아들 자랑도 하고 싶고, 아들과 함께 같은 옆자리에 앉아서 예배도 드리고 싶었지만, 아들은 아버지의 희망 사항을 들어주지 않았다. 그런 아들이 교회 근처까지 와서, 그것도 주일날 축구를 하다가 다쳤다니 그 뒤는 보지 않아도 알만했다. 아들도 아버지가 알면 싫은 소리 들을 게 분명하니까, 아버지에게는 사실대로 알리지 말라고 경숙에게 부탁했다. 경숙은 남편에게 아들이 그냥 남산에서 저녁 먹고 산책 나왔다가 경사진 곳에서 넘어져서 다쳤다고만 말했다.

아들이 미국 유학을 마치고 귀국해서 취직을 한 회사가 남산에 있었다. 아들은 경기도에 있는 초등학교 5학년 때부터 탁구를 했었다. 경기도에서 주최하는 탁구 시합에서 입상도 했었다. 그로 인해 종로구에 있는 초등학교에서 탁구부 전원을 스카우트해 가면서 경숙이 알지도 못하는 서울 한복판에 있는 학교로 아들이 전학을 했었다. 탁구 선수는 선수층이 얇았다. 전국에서 열 손가락 안에 들어야 국가대표 선수가 될 수 있었다. 아들의 실력은 그 정도는 아니었다. 경숙은 아들이 초등학교 6학년 말에 아들과 탁구 코치를 설득해서 일반 학생으로 돌렸고, 그로부터 초중고를 종로구에 있는 학교에 다닐 수 있었다. 아들은 탁구 선수를 그만두고 합숙에서 나왔다. 그날 아들이 땅에 주저앉아서 펑펑 울었던 모습을 경숙은 오랫동안 기억했다. 그때부터 아들은 한 시간 이상 버스를 타고 학교에 다녔다. 초중고교를 만원 버스에서 시달리며 얼마나 지쳤던지 자기는 학교에 가면 그때부터 피곤해서 공부에 집중할 수가 없었다고 했었다. 그런 이유로 아들은 직장에서 걸어서 10분 이내에 있는 집에서 출퇴근하고 싶다고 했다. 아들은 정말 걸어서 10분 거리의 집을 얻어서 분가했고 아주 만족하다고 했다. 아들이 초등학교에 다닐 때는 교통이 복잡하지는 않았다. 중학교에 입학하면서 일산 신도시가 형성되고 그때부터 교통이 복잡해지면서 일산에서 서울로 왕복하는 버스는 콩나물시루 같았다. 이미 일산에서부터 입석까지도 발 디딜 틈 없이 들어찬 버스는 경숙이 사는 화전에서는 거의 서지 않고 그냥 통과했다. 경숙의 남편이 좀 일찍 일어나서 구파발까지 승용차로 데려다주면 구파발에서 경복궁역까지 3호선을 타고 학교에 갔다. 그런 날은 그나마 좀 편히 학교에 갈 수가 있는데 일주일 내내 아들을 구파발까지 태우고 갈 수는 없었다. 경숙도 새벽 5시에 일어나서 아침을 하고 6시에 아들을 깨워서 도시락 두 개를 준비해서 새벽 버스를 태워 학교를 보냈다. 경숙도 10년 넘게 새벽잠 줄여서 아들을 등교시키며 힘들었지만, 아들도 얼마나 힘들까 생각하며 마음이 아팠다. 아무튼, 아들은 그 먼 거리를 잘 참고 견뎌서 고등학교까지 졸업했고 미국으로 유학을 다녀온 뒤, 걸어서 10분 거리에서 출퇴근을 했고 회사에 잘 적응해서 즐거워했었다. 하지만 아들은 쉬는 날이면 꼭 초등학교 때부터 사귀었던 친구들이 있는 화전까지 와서 축구를 했다. 그 일이 아무리 몰래몰래 다녀가도 아들은 누군가의 눈에는 띄었으며 그런 날이면 경숙의 남편에게 아들 대신 경숙이 싫은 소리를 들어야 했다.

다음 날 병원으로 경숙이 찾아갔을 때는 아들의 여자 친구가 먼저 와 있었다. 조그마하고 귀여워 보였다. 그녀는 수줍게 인사하고 아들 뒤로 숨었다. 경숙은 궁금한 게 많았지만, 그저 친구라는데 어쩌랴 싶어서 와줘서 고맙다고 겉치레 인사를 했다. 아들이 여자 친구가 자기 수술하고 나면 병간호할 거라면서 엄니는 아들 얼굴 봤으니 그냥 가시라고 했다. 경숙은 그제야 조그마하고 귀여운 그 여자아이가 단순히 아들의 여자 친구가 아닐 거라는 생각이 들었다. 경숙이 궁금해서 죽겠다는 표정으로 아들과 눈을 마주쳤다. 아들은 한쪽 눈을 찡긋하면서 아무 걱정하지 말고 가서도 된다면서 너스레를 떨었다. 경숙이 속으로 '그래 오늘은 물러선다' 생각하고 뒤도 돌아보지 않고 병원을 나와서 택시를 잡아타고 산골 집으로 돌아왔다.

아들이 퇴원하고 한 달이 지났을 즈음에 김포로 이사를 했다고 전화를 해 왔다. 경숙은 갑자기 아들이 이사했다는 게 잘 이해가 되지 않았다. 경숙의 생각에는 김포나 발랑리나 출퇴근하기엔 아들 회사와 너무 먼 거리였다. 걸어서 10분 거리를 고집하던 아들이 갑자기 무슨 이유로…? 궁금증이 꼬리를 물었다. 아들은 집 구경 오라면서 주소를 카톡으로 보내왔다. 경기도 김포시 어쩌고였다. 남편의 차로 아들이 보내준 그 김포시 어쩌고, 그 주소로 화장지와 집 냉장고에 있는 김치를 비워서 들고 찾아갔다. 아들이 이사를 한 곳은 발랑리에서 1시간 거리였다. 아들은 상가가 밀집된 김포 신도시 오피스텔로 이사를 했다. 10평쯤 되는 복층 오피스텔은 지은 지 조금 되어 보였다. 복층은 침실로 꾸몄고 아래층은 벽걸이 TV 붙박이 냉장고 등 기본 살림은 다 갖춰져 있어 살기에는 편해 보였다. 경숙이 집에서 가져간 김치를 냉장고에 넣기 위해서 냉장고 문을 열었는데 그 속에 이미 작고 예쁜 반찬 통이 가지런히 들어 있었다. 경숙이 아들에게 물었다.

"아들, 엄마는 정말 이해가 안 돼서 그래. 너 왜 이 먼 곳으로 이사했노? 너는 학교도 멀고, 너무 지긋지긋해서 걸어서 10분 거리에 살겠다고 남산 꼭대기에 집 얻었잖아."

아들은 헤헤 웃더니 간단하게 말했다.

"엄니, 여자 친구가 김포 사는데요. 데이트하고 다시 집에 가기가 너무 멀고 시간이 걸려서 여자 친구 집 근처로 이사 왔어요."

그 소리를 들은 경숙의 남편이 버럭 화를 냈다.

"뭐? 그게 말이나 되는 소리야? 너 생각도 깊고 똑똑한 애가 어째 그 말도 안 되는 소리를 해?"

"아부지, 화내지 마시고요. 정말 너무 피곤해서 이사 왔어요."

아들의 말 두 마디를 들은 경숙이 핸드백을 들고 일어나서 남편을 향해 말했다.

"저기요. 집에 갑시다."

경숙은 아들도 남편하고 딱 빼다 박은 국화빵이라 한번 우기기 시작하면 물러서지 않는다는 것을 알고 있었다. 미국 유학하러 가기 위해서 아버지 앞에서 머리 숙였으며, 또 감당하기 힘든 유학비용 때문에 고분고분했을 뿐이지, 아들도 제 아버지하고 딱 닮았다. 아니 아들은 젊고, 유전자가 더 진화해서 머리가 더 영민하게 돌아갔다. 단지 아버지 앞에서 '아니요'라고 하지 않았을 뿐인데 남편은 아들이 아버지 말이면 무조건 '네'라고 하는 예스맨으로 착각하고 있었다.

남편은 운전하면서 집으로 오는 내내 아들에게 하지 못한 화풀이를 경숙에게 했다. '당신이 아들 교육을 어떻게 해서 저 말도 되지 않는 말을 하느냐? 부모 허락도 없이 제 맘대로 이사를 했냐. 당신이 아들에게 아버지를 어떻게 말하기에 아버지 알기를 우습게 아느냐.' 뭐 암튼 화가 나니까 생각 없이 아무 말이나 경숙에게 퍼부었다. 마지막에는 그 아들의 여자 친구가 뭐 하는 집 애인지, 직업은 뭔지, 어느 대학 나왔는지 아느냐고 경숙을 다그쳤다. 경숙도 아들의 여자 친구에 대한 어떤 정보도 없었다. 경숙이 모른다고 했더니, 대체 당신은 뭐 하는 사람이냐면서 또 펄펄 뛰었다. 경숙은 속에서 부글부글 끓어오르는데 남편이 운전 중이라 참았다. 그 일이 있고 난 뒤 남편은 아들의 선 자리를 잘도 가지고 왔다. 물론 아들은 '시간이 없다, 아직은 결혼 생각이 없다' 등등 여러 가지 핑계로 요리조리 빠져나갔다. 남편도 물러서지 않았다. 7급 공무원인 학교 직원, 미국서 박사학위 받은 H그룹 인사관리 차장, 초등교사, 또 고양지방 교회 장로 딸, 지치지도 않고 선 자리를 가지고 왔다. 아들도 아버지가 너무 심하게 다그치니까 선 자리 들어온 아가씨들에게 문자로 시간과 장소를 약속하고 차례로 만났다. 아들은 아버지가 가지고 오는 선 자리에 나가서 딱 차 한 잔 마시고 자리에서 일어나는 끝내기를 계속했다.

7월의 어떤 토요일, 아들이 모처럼 쉬는 날이라며 그 여자 친구와 함께 집으로 오겠다고 연락이 왔다. 남편이 자기는 아버지 말 안 듣는 아들은 보지 않겠다고 말했다. 공연히 없는 스케줄 만들어서 외출하겠다며 아침부터 경숙의 속을 긁었다. 아들의 여자 친구가 마음에 들지 않더라도 어쨌

든 우리 집에 오는 손님이니 그냥 손님으로 대하라는 경숙의 설득 끝에서
야 남편은 외출하겠다고 입었던 옷을 벗고 작업복으로 갈아입었다. 남편의
작업복은 여름 군복이었다. 군복은 풀물이 들어도 여간해서 표시가 나지
않아 집 짓고 남은 땅에서 텃밭을 가꾸는 남편의 소일거리 옷으로 딱 안
성맞춤이었다. 남편이 군복을 입고 밖으로 나갔다. 그것은 온종일 밭에서
시간을 보내겠다는 무언의 시위였다. 오전 11시 즈음에 아들이 문제의 여
자 친구 손에 과일 바구니를 들려서 경숙의 집으로 왔다. 그녀는 아들 뒤
에서 옆으로 한걸음 나와서 수줍게 인사하고 다시 아들 뒤로 살짝 숨었다.
그녀가 인사를 하며 머리를 숙일 때 긴 생머리가 자르르 옆으로 흘러내렸
다. 경숙은 순간 참 귀여운 아가씨라는 생각을 하면서 웃었다. 남편은 집
으로 들어오는 아들의 차 소리를 들었을 텐데도 무성하게 자란 토마토 넝
쿨 사이에서 여전히 풀을 뽑고 있었다. 경숙이 거실 창을 열고 소리쳤다.

"저기요, 아들 왔어요! 잠깐 들어와서 간식 들고 쉬어요!"

남편은 정말 못 들었는지 아니면 못 들은 척하는지 어떤 기척도 없었다.
할 수 없이 경숙이 나가서 등을 떠밀어서 남편을 집안으로 몰고 들어 왔다.
남편이 마지못해 인사를 했다.

"어서 와요. 아들한테 얘기 들었어요."

아들의 여자가 주춤주춤 기어들어 가는 목소리로 인사를 했다.

"네, 안녕하세요? 처음 뵙겠습니다."

어색한 기류가 거실 공간을 채웠다. 남편은 경숙이 건네는 냉커피를 한
모금 마시고 다시 모자를 집어 들고 일어서면서 말했다.

"얘기들 하고 쉬어요. 나는 밭에 일이 많이 밀려서 나가볼게요."

아들도, 아들의 여자도 표정이 순간 굳어졌다. 그러든지 말든지 남편은 마시다 남은 냉커피를 들고 일이 많이 밀렸다는 핑계로 거실 창을 열고 밭으로 숨어 버렸다. 경숙이 점심을 준비하는 동안 아들의 여자는 거실 소파에서 불편한 자세로 앉아 있었다. 보다 못한 경숙이 말을 했다.

"아들, 아가씨하고 밖에 나가서 밭에 뭐 심었나 구경도 하고 아부지하고 얘기도 하고 그래라."

경숙이 아들의 여자 친구에게도 말을 했다.

"아가씨도 바람도 쐬고 그래요."

아들이 그녀를 데리고 거실 밖으로 나갔다. 경숙이 점심 준비를 하는 사이사이 거실 창으로 밖을 내다봤다. 잠깐은 남편 옆에서 그들이 서 있다가, 또다시 봤을 때는 아들과 그녀가 잔디를 구경하기도 하다가 복분자 열매를 따서 둘이 서로 먹여 주기도 하고 웃기도 했다. 경숙이 점심상을 다 차린 후에 밭에서 어정쩡하게 서 있는 아들과 그녀를 불러들였다. 남편도 몇 번이나 식사하라는 소리를 듣고서야 이마에 나 심기 불편이라고 써 붙인 표정으로 집안으로 들어왔다. 점심을 코로 먹었는지 입으로 먹었는지 모르겠다. 아무튼, 불편한 점심 시간이 지나고 아들이 김포로 돌아갔다.

남편은 아들이 가자 밭에서 하던 일을 그만두고 집안으로 들어와서 아들에게 못한 말을 경숙에게 퍼부었다. 흙을 만지다가 들어와서 바짓가랑이에 묻었던 흙이 거실 바닥으로 떨어지고 신고 있던 양말도 벗지 않고 들어와서 발자국 표시가 거실 마루에 선명하게 찍혔다.

"나는 내 눈에 흙이 들어가기 전에는 저 애들 절대로 인정 못 해요. 당신도 그런 줄 알아요. 공연히 아들 말에 휘둘려서 나 몰래 만나거나 하지 말아요.”

남편의 억지에 경숙이 목까지 올라오는 말을 참았다. 남편은 공연히 ‘커피 맛이 없다. 집이 왜 이리 지저분하냐’며 그냥 생각도 하지 않고 무조건 펄펄 화를 냈다. 경숙이 참다못해 입을 열었다.

“저기요, 내가 보니까 아가씨 귀엽기만 하데요. 좀 이쁘게 봐 줘요.”

“아니, 이 사람이 왜 이리 말을 못 알아들어요. 아무튼, 다시 한 번 말하지만 내 눈에 흙이 들어가기 전에는 절대로 안 돼요.”

경숙도 지지 않고 말을 받았다.

“저기요, 당신은 절대로 눈에 흙 들어갈 일 없어요. 당신은 국가 유공자라서 화장해서 대전 국립묘지에 안장될 거거든요. 그리고요. 당신이 잘 모르는 게 있는데요. 당신 여자는 나예요, 나. 아들 여자 관리하려고 공연히 인심 잃지 말고요. 당신 여자, 나나 잘 관리해요.”

“아니, 이 사람이 못하는 말이 없네.”

“저기 그리고요. 당신 아들이잖아요. 그 고집이 어디 가요? 그러다가 그 아가씨랑 결혼하면 뒷감당 어찌하려고 그래요? 내가 보기엔 이쁘기만 하더구먼. 다시 한 번 강조하는데요. 당신 여자, 나, 나나 관리 잘해요. 어디가 아픈지, 시골살이 얼마나 힘든지, 기타 등등요.”

남편은 생각지도 못한 경숙의 반격에 기가 막히는지 말문이 막혀서 후유 한숨을 쉬더니, 그래도 안 된다면서 작업복을 입은 채로 거실 소파에 누워 버렸다.

아들과 그녀가 다녀간 뒤로, 한 달이면 한 번쯤은 다녀가던 아들이 아예 경숙의 집에 오지 않았다. 기다리다 못한 경숙이 아들에게 전화하면 아들은 늘 바쁘다고 했다. 어떤 때는 해외 출장 중이라고도 했다. 또 어떤 날은 영어 과외 수업 중이라 전화를 받을 수 없다는 문자가 날아오기도 했다. 늦은 나이에 공부하고 있던 경숙이 과제물 하기가 힘들다는 핑계로 아들 집 가까운 커피숍에서 만나자고 통사정을 해서 약속 시간을 잡았다. 아들과 그녀가 약속한 커피숍으로 나왔다. 그녀는 여전히 아들 뒤에서 수줍게 웃고 숨었다. 경숙은 아들을 힘들게 하고 싶지 않았다. 경숙은 아들이 귀하게 여기는 그녀를 서운하게 하면 아들이 자신과 멀어지리라는 것을 알고 있었다. 경숙도 지독한 시집살이를 했었다. 그때 동네 아줌마들이 일어나지도 않은 말로 경숙의 맘을 상하게 했었다. 시집살이를 지독하게 한 며느리가 시어머니가 되면 더 지독하게 며느리 시집살이를 시킬 거라고 경숙에게 말들을 했었다. 젊은 시절도 아닌 어린 나이에 살아온 그 시집살이도 억울한데 일어나지도 않은 일을 가지고 남편이나, 주변 사람들은 경숙을 괴롭혔다. 그때 경숙이 다짐 또 다짐했었다. 자신은 절대로 그런 일을 되풀이하지 않을 것이라고 말이다. 어떤 한편으로는 경숙의 또래가 시집살이하는 마지막 세대이면서 자식에게 버림받는 첫 세대라고도 했다. 경숙은 이미 아무것도 바라지 말자고 늘 생각하고 있었지만 그래도 가슴 한편이 허전했다. 경숙이 어렵게 입을 열었다.

"아가씨, 너무 서운하게 생각 말아요. 아가씨도 남의 집 귀한 딸인데 애들 아버지가 아들한테 너무 기대가 커서 그래요. 절대로 나쁜 뜻은 없어요. 애들 아버지도 아가씨 나쁘게 생각 안 해요."

"어머니, 감사해요."

그녀의 목소리가 떨리는 듯, 경숙의 귀에는 그렇게 들렸다. 커피숍에서 나와서 아들과 그녀를 보내고 돌아서는데 아들이 그녀의 남자로 보여서 경숙의 마음이 허전했다.

　

어떤 가을날, 경숙이 아들에게 전화해서 영어 문장 한 페이지를 해석해 달라고 부탁을 했다. 아들은 시간이 나지 않는다면서 찜찜해 하다가 마지못해 파주 집으로 왔다. 아들은 퉁퉁 부은 얼굴을 했다. 자기도 피곤하고 모처럼 토요일 쉬는 날에 좀 쉬어야 하는데 엄마가 불러서 못 쉰다고 툴툴거렸다. 경숙은 상한 자존심을 숨기고 영어 문장을 내밀었다. 아들은 연필로 단어 몇 개에 줄을 긋고 단어 해석을 하고는 피곤하고 바쁘다면서 휑하니 김포로 가버렸다. 경숙이 잘 참고 있었던 서운함이 밀고 올라왔다. 그때 마침 시집가서 진해에서 살고 있는 딸에게서 전화가 왔다. 밝고 날아가는 딸의 목소리가 전화기로 흘러나왔다.

"마~미. 안녕, 안녕, 안녕요."

"니 마미 안녕 못 해."

"왜? 뭣 땜에? 잘 나가는 아들 둔 우리 마미?"

"시끄러워, 지지배야. 잘 나가는 아들 좋아하네."

"아이고 깜짝이야. 왜 엄마? 효자 아들이 어쨌길래 그래요? 엄마."

"글쎄 그 자식이 엄마 영어 문장 한 페이지 해석 좀 해주고 녹음 좀 해 달랬더니 피곤한데 불렀다고 툴툴거리고 잘난 체 독으로 하다가 단어 몇 개 연필로 직직 그어서 단어만 해석해주고 갔다. 문장을 완벽하게 해석해야 엄마가 쉽게 공부할 수 있는데."

"엄마, 진짜? 거봐, 엄마. 어쩐지 오빠만 유학 보내더라. 호홍홍."

"지지배가 불 난 집에 부채질하고 난리야. 그럴 거면 전화 끊어."

"엄마. 엄마가 오빠 땜에 나한테 했던 거 기억나요?"

"너한테 뭐? 뭐?"

"오호호, 우리 엄마 일부러 모른 척하시나, 아님 정말로 지워 버렸나?"

"뭐? 지지배야. 너한테도 할 만큼 해줬어."

"엄마, 진실을 왜곡 마세요. 오호호. 엄마가 나한테서, 내 월급날마다 40에서 50씩 뺏어가서 오빠 준 거 알거든요. 엄마 그것만이면 내가 말도 안 해요. 보너스 달엔 엄마도 보너스 달라고 그러면서 또 받아서 오빠 준 거 알거든요."

"아이구 지지배야, 그게 지금 여기서 왜 나오니? 너 엄마 복장 지를 거야?"

"엄마, 엄마. 진정하시고, 그 영어 문장 사진으로 찍어서 카톡으로 보내 봐요. 내가 할 수 있으면 한번 해 볼게요."

경숙이 핸드폰으로 영어 문장 한 페이지를 사진을 찍어서 딸에게 보냈다. 10여 분 후에 딸에게서 영어 문장 밑에 해석까지 달아서 찍힌 사진과 영문을 해석해서 딸의 목소리가 녹음되어 카톡으로 경숙에게 보내져 왔다.

'정확하게 해석했는지 모르겠네요. 우리 엄마 시험공부 잘해용' 하는 문자도 덤으로 보내왔다. 경숙은 아들에 대한 서운함으로 손이 파르르 떨렸다. 영어와 관련 없는 과를 나온 딸이 10여 분 만에 해석한 문장을 미국 가서 영문과 졸업하고 온 아들이 그 간단한 거 하나 해석해주지 않고 툴툴 거리고 엄마에게 화를 내고 가다니, 생각할수록 분했다. 딸이 카톡을 보내고 바로 경숙에게 전화해서 기름을 부었다.

"마미~ 오호호 호오~ 해석이 마음에 드시나용?"

"어, 잘했더라. 고맙다."

경숙이 다시 이어서 딸에게 하소연했다.

"아후! 분해. 야야 난 니 오빠가 나한테 그럴 줄 몰랐다. 내가 어떻게 저를 미국 유학 보냈는데, 그 자식이 나한테 그럴 수 있니? 니가 10분도 안 걸려서 해석하는 문장을 해석해서 달랬는데 나한테 펄펄거리다 그냥 가는 게 말이나 되니?"

"그니까 엄마. 누가 아들, 아들 노래 부르래요. 아이구 참 엄마."

"시끄러 지지배야. 불 지르지 말고 전화 끊어."

그랬다. 아들이 처음에는 어학연수라고 하고 미국으로 떠났었다. 하지만 얼마 지나지 않아서 경숙에게 전화해서 미국에 있는 대학 영어영문학과에 시험 봐서 합격했다는 연락이 왔었다. 그때 경숙이 앞뒤 생각하지 않고, 이왕에 합격했으니 졸업까지 하라고 아들을 부추겼었다. 물론 아버지는 경숙 자신이 설득할 거니까 아무 걱정하지 말고 버틸 것이며, 혹시 아버지가 반대해서 통장으로 돈이 입금되지 않아도 엄마가 다 해결할 테니 아들 너는 공부만 하고 무조건 졸업하고 돌아오라고 했었다. 경숙은 아들에게 큰소리친 그 말을 다 해결했다. 있는 돈 없는 돈 다 끌어다가 아들에게 보냈다. 그중의 하나가 딸의 월급날마다 딸에게 전화해서 키워 준 값 달라며 억지를 부렸고 또 그 억지가 통해서 딸은 고분고분 통장으로 입금했다. 그 입금된 돈은 그 자리에서 아들 통장으로 다시 입금되었음은 물론이었다. 지금 생각해도 딸에게 감사한 일이었다.

아들이 다섯 살 때의 일로 기억된다. 동네에서 또래들과 놀다 통곡을 하고 들어왔다. 경숙이 놀라서 아가 왜 울어 하고 품으로 안았다. 아들이 더 크게 울면서 말했다

"아앙, 엄마 나빴다. 내 친구 현석이가 지네 엄마 아빠 결혼식에 갔었다고 자랑하고 나보고는 너는 너네 엄마 아빠 결혼식 못 봤지 그러면서 놀렸단 말이야."

경숙이 웃음이 터져 나오는 걸 간신히 참고 아들에게 말했다.

"아이구 우리 아들, 그게 그렇게 슬펐어요?"

"그럼, 현석이가 지네 엄마 아빠 결혼식 사진에 저도 있다고 사진 가지고 나와서 자랑했단 말이야. 아앙앙아."

"우리 아들, 엄마하고 아빠는 아들이 생기기 전에 결혼을 했어요. 원래는 그러는 건데 현석이네 엄마 아빠는 좀 바빠서 늦게 결혼식 해서 현석이가 본 거랍니다."

"정말? 일부러 나만 빼고 한 거 아니지요?"

"아이구 정말이라니까. 엄마가 우리 아들한테 거짓말한 적 있어요? 없지요?"

"응, 엄마. 그럼 지금 다시 나랑 결혼하자."

경숙이 하하 웃으면서 우리 아들이 엄마보다 한 뼘 더 키가 크면 그때 꼭 결혼하자고 말했다. 아들은 새끼손가락 걸고 꼭꼭꼭이라고 몇 번이나 다짐을 했었다. 물론 경숙보다 키가 한 뼘 자랐을 때는 경숙과 결혼하자는 소리를 하지 않았다. 그랬던 아들이 경숙에게 펄펄 화내고 김포 집으로 갔다. 경숙에게 한마디 의논도 없이, 아들의 그녀가 있는 곳으로. 이사를 했

을 때도 경숙은 서운했지만 내색하지 않았다. 또 아들은 어릴 때부터 경숙에게 싫은 소리를 하지 않았는데 그 영어 문장 하나 해석해 달랬다고 팅팅 부어서 가다니 경숙은 부글거리는 화를 주체할 수가 없었다. 그런 아들이 경숙에게 말대꾸하고 횡하니 차를 몰고 갔다는 서운함으로 경숙은 그날 시험공부고 뭐고 다 집어치우고 저녁때까지 거실 소파에 누워 있었다. 오후 6시가 지나자 외출을 했던 남편이 귀가했다. 남편이 현관문을 들어서는 소리를 듣고서야 경숙이 마지못해 소파에서 부스스 일어났다. 남편이 경숙의 구겨진 표정을 보고 걱정되는 목소리로 말을 했다.

"아이구 우리 김 여사, 무슨 일 있어요? 어디 아파요?"

경숙은 참고 있었던 아들에 대한 서운함을 남편에게 속사포처럼 쏟아버렸다. 내가 저를 어떻게 키웠는데, 세상에, 그놈이 글쎄로 시작한 경숙은 지금껏 잘 참고 속으로 삭여 왔던 서운함을 다 떠들어버렸다. 경숙의 하소연을 들은 그녀의 남편이 이때다 싶은지 쌍수를 들어 맞장구를 쳤다.

"아하하, 거봐요. 내가 뭐랬어요. 아들, 품 안의 자식이랬지요. 당신 편은 나뿐이라니까요. 지금부터는 나만 믿어요. 알겠지요. 내가 다 해결해 줄게요."

남편은 좋아서 죽겠다는 듯이 얼씨구나 경숙의 편을 들었다. 그러잖아도 어디 분풀이할 때 없나 찾던 경숙이 바락 소리 질렀다.

"저기요, 댁도 내 편 아니고 남편, 남의 편이거든요."

"아하하, 김 여사. 그래도 남의 편이 제일 만만하지요. 그래요 맘껏 소리 지르고 화내고 분 풀릴 때까지 해요. 아하하하."

정말이지 속상하게도 남편은 남의 편처럼 좋아했다.

며칠 후, 또 딸에게서 전화가 왔다. 경숙이 뚱하게 전화를 받았다.

"왜?"

"마미, 아직도 마음이 안 풀렸어요? 마미, 마미 글쎄 그날 오빠가 왜 그랬는지 알았어요. 세상에 아우 기가 막혀서."

딸의 말은 이랬다. 아들이 자신의 여자 친구를 파주 집으로 데리고 와서 인사를 시켰는데 가족들이 별로 반기지 않았고, 또 아버지는 눈에 흙이 들어가도 안 된다고 못을 박았었다. 김포로 돌아간 아들이 여자 친구에게 내일 출근해서 바로 사직서 내고 공무원 시험공부를 하라고 했단다. 그녀가 한 몇 달 더 근무해서 학원 수강료 좀 모아서 하겠다고 하니, 학원 수강료 걱정하지 말고 자기가 알아서 한다고 아들이 단호히 잘랐단다. 그 시간에 더 열심히 공부해서 공무원 시험 합격하는 게, 빨리 결혼할 수 있고, 시간을 절약하는 거라 했단다. 아들의 어린 그녀는 남자친구의 말대로 사표를 냈고, 월요일부터 금요일까지 학원에서 공부했다. 그리고 그녀는 토요일에 아들을 만났다. 그 만나는 장소가 도서관이거나 커피숍이었고 토요일, 일요일에 아들에게 부족한 영어 과외 수업을 받고 있다고 했다. 결론은 모처럼 만나서 그녀와 데이트도 하고 또 영어공부도 시켜야 하는데 경숙이 졸라서 그 시간을 파주 집에 오는데 할애했다는 것이었다. 딸이 경숙의 사그라져 가던 마음에 기름을 부었다.

그날 저녁 아들에게서 전화가 왔다. 경숙은 두 번이나 수신 거절로 전화를 끊었다. 아들도 물러서지 않고 다시 전화를 걸어왔다. 경숙이 이번에는 아예 수신 차단으로 걸어 버렸다. 잠시 후 안방에서 남편이 전화기를 들고 웃으면서 나와서 말했다.

"김 여사, 당신이 젤 좋아하는 남자한테서 전화 왔어요."

남편은 경숙의 손에 억지로 전화기를 쥐여 주고 다시 안방으로 들어갔다. 스피커폰에서 아들의 부드러운 목소리가 흘러나왔다.

"엄니~~, 어머니. 우리 어마마마. 에헤헤헤."

"저기요, 누구세요? 왜 저보고 엄마라고 부르세요? 저는 아들 없는데요."

"엄마아아~ 화나셨어요? 죄송해요. 그날 피곤하기도 하고 엄마가 서운해하실 거라고 미처 생각 못 했어요. 에헤헤 엄마~~~~~~~~~~"

"그래, 요놈아. 화났다."

"엄마, 요번 토요일에 저하고 식사해요. 죄송해요, 엄마. 이쁘고 귀여운 우리 엄마. 에헤 헤헤헤."

"알았어. 같이 올 수 있음 같이 와."

경숙은 절대로 용서하지 않겠다던 마음과는 다른 말을 하고 있었다. 전화기 속에서 감사하다는 아들의 경쾌한 목소리를 들으면서 전화를 끊었다. 남편이 안방 문 열어두고 통화를 듣고 있었는지 웃으면서 나왔다. 경숙은 남편에게 전화기를 건네면서 공연히 퉁명하게 말했다.

"저기요, 담부터 이딴 전화 나한테 바꾸지 말아요."

"아~ 네, 네. 알겠어요. 그 대신 당신도, 당신 남자한테 오는 전화 좀 잘 받아요. 바쁜 나한테 전화해서 번거롭게 하거든요. 지금 한창 게임 이기고 있었는데 당신 땜에 졌잖아요. 나도 바빠요, 바빠."

토요일. 아들과 그녀가 예쁜 모습으로 경숙을 기다리고 있었다. 점심을 먹고 장소를 옮겨 커피를 마시면서 경숙이 조심스럽게 입을 열었다. 어차피 결혼할 거면 그냥 결혼하고 같이 살면서 공부하는 게 좋을 거 같은데 아가씨 생각은 어떠냐고 아들과 그녀의 생각을 물었다. 그녀는 싫다고 했다. 이왕에 시작했는데 시험 합격하고 결혼하고 싶다고 했다. 경숙이 그러다 시간이 너무 길어지면 서로 힘들 것 같아서 한 말이니 너무 맘에 두지 말라고 말하고 일어섰다. 그해 11월 경숙이 2학기 기말시험 첫 과목을 치르고 다음 시험 과목을 준비하고 있을 때 아들에게서 연락이 왔다. 그녀가 8급 공무원 시험에 합격했다는 통지를 최종적으로 받았으며 마지막 면접만 남았다고 했다. 전화기 속의 아들 들뜬 목소리가 창밖으로 날아가고 있었다.

휴가

4월 첫 주 월요일 퇴근해서 저녁을 먹던 남편이 그냥 툭 하고 말했다.

"나 내일 출장 가요. 일정에 없었는데 전번 주에 거제 내려간 사장이 갑자기 내려오라네요."

나는 무슨 출장을 계획도 없이 가나 속으로 생각했지만, 남편 얼굴을 한번 쳐다보고 하던 설거지를 계속했다. 남편이 내 대답을 기다리지 않고 다시 말을 이어 갔다.

"이번에는 내 후임하고 나하고 둘이 가요. 할아버지는 회사에서 할 일이 있다고 남겠다고 하더라고요. 젊은 사람하고 가니 더 쉬울 거 같아요. 가는데 하루 오는데 하루 빼면 이틀이잖아요. 후훗."

남편은 거제 출장을 참 좋아했다. 출장 가는 길도 뭐 그리 급히 갈 것도 없고, 가다가 휴게소 들러서 커피도 마시고 간식도 사서 먹어 가면서 마치 여행하듯 간다면서 남편은 소리 내어서 웃었다.

첫째 날.

나는 자다 깨기를 반복하다가 새벽 4시쯤에 수면 유도제를 먹고 잠들었다. 잠결에 안방 문 여는 소리와 세콤 해제하는 소리가 들렸다. 시계를 보지 않아도 대략 6시일 거다. 머리맡에 둔 휴대전화를 손으로 더듬어서 확인하니 역시 6시였다. 밤이면 깊은 잠을 자지 못하고, 잠이 들었다가도 눈을 뜨면 11시 다시 억지로 잠을 청해도 다음 날 아침에 일이 있으면 더 정신이 맑아지기만 했다. 음악을 듣다가 다시 더운물로 샤워를 해도 잠 못 들 때는 수면 유도제를 먹기도 했다. 나는 주섬주섬 옷을 입고 거실로 나왔다. 남편이 내가 불면증으로 밤마다 힘들어하는 것을 알면서도 잘 잤어요?라고 습관처럼 아침 인사를 했다. 나도 건성으로 네, 라고 대답을 하고 주방 쪽으로 몸을 돌렸다. 나는 남편이 속이 거북하다면서 밀가루 음식을 먹지 않겠다고 한 뒤로부터 아침이면 참 난감했다. 이른 아침부터 거나하게 음식을 차릴 수도 없고 또 그렇다고 해서 맛있게 먹는 것도 아니라서 잠시 망설이다가, 귀리 죽을 끓이기로 정했다. 귀리 죽은 쑤기도 쉽고 나도 아침으로 먹을 수 있으니 일손을 덜 수도 있었다. 냉동실에서 가루로 빻아서 얼려 놓은 귀리가루를 꺼내서 계량컵으로 한 컵 가득 담아서 냄비에 붓고 물 다섯 컵을 부었다. 나무 주걱으로 살살 풀어서 저어주고 잠시 후 우유 두 컵을 부어서 저어주면 귀리 죽이 완성된다. 바나나 하나를 뜯어서 한입 크기로 잘라서 쟁반에 담고 구운 김과 허브 맛 소금을 옆에 놓았다. 음식의 간은 남편이 귀리 죽을 먹을 때 하기도 하고, 어떤 때는 그냥 먹기도 해서였다.

출근 준비를 마친 남편이 TV를 켜고 식탁에 앉았다. 남편은 식탁에 차려진 아침을 먹으면서 TV 채널을 이리저리 돌렸다. 나는 TV 소리가 커서 머리가 아팠지만 참았다. 대략 10여 분 후면 남편은 출근할 것이고 잠시만 참으면 그만이기 때문이었다. 남편은 건성건성 귀리 죽을 마시듯이 먹고 후식으로 바나나에 젓가락을 옮기면서 커피 한잔을 부탁했다. 주전자에 물을 받아 끓이면서 우유 한 잔을 전자레인지에 넣고 따듯하게 데웠다. 우유를 컵에 붓고 거품기로 우유 거품을 만들었다. 다시 헤이즐넛 커피 가루한 스푼, 맥스웰 커피 한 스푼에 데워진 물을 붓고 거품기로 커피 거품을 냈다. 커피잔에 거품을 낸 커피를 붓고 그 위에 다시 거품 낸 우유를 조심조심 부었다. 하얀 거품이 예쁘게 나오지 않았다. 그 위에 계핏가루를 살살 뿌려서 남편 앞으로 내밀었다.

"오우, 고맙습니다."

남편은 습관처럼 말을 하고 커피를 소리 내서 후룩, 후루룩, 후후 마시고 작은 가방 하나를 들고 일어섰다. 나는 현관문까지 따라가면서 말을 했다.

"운전 조심해서 가요. 문은 잠그지 말아요. 내가 잠글게요."

남편은 알았다면서 현관문을 닫았다. 나는 현관문을 잠그고 거실로 와서 다시 세콤을 잠갔다. CCTV 속에서 남편의 차에 불이 들어오고, 스르르 움직여서 집 모퉁이를 돌아 사라졌다.

'야~호! 4박 5일 휴가다.'

나는 속으로 소리를 질렀다. 사실은 크게 소리 질러도 괜찮지만, 혹시라도 부정 탈까 봐서 입을 다물었다. 지금부터 나흘 동안 아무것도 하지 말고 세콤도 열지 말고 커튼 꼭꼭 닫고 그냥 살면 된다. 남편이 출근한 지 30분 지났을까 했는데 출발한다고 문자가 왔다. 나도 문자가 식기 전에 운전 조심해서 가라고 얼른 답을 보냈다. 뒤 베란다를 청소하고 있는데 산청 휴게소에서 점심을 먹고 잠시 쉬고 있다고 다시 문자가 왔다. 답신은 하지 않았다. TV를 오디오로 변환시키고 주부애창곡을 음량 17로 켜고 오후 내내 아무것도 하지 않고 거실에 누워있었다. 5시 즈음에 거제 도착했다고 다시 문자가 왔다. 나는 또 답을 하지 않았다. 거실 소파에 누워서 졸고 있는데 남편에게서 전화가 왔다. 잠이 덜 깬 채로 통화를 했다 뭐라고 했는지는 정확하게 생각나지 않았다.

둘째 날.

아침 일찍 일어날 필요가 없으니 어제저녁에도 잠을 잘 이루지 못했지만, 잠이 오지 않아도 괜찮았다. 늦게까지 TV 채널 여기저기 돌렸다. 남편이 있으면 저녁 TV 채널은 남편이 마음대로 돌려서, 나는 저녁 설거지가 끝나면 내 방으로 들어갔다. 남편의 채널은 당구, 테니스, 탁구, 축구, 본 거 또 보고 또 스포츠 중계는 어찌나 잘 알던지 다 꿰고 있어서 나와는 너무 달랐다. 오늘부터 금요일까지는 TV도 완전히 내 거였다. 까무룩 잠들었다가 TV 소리에 화르르 잠에서 깨어나도 좋았다. 다시 잠들었다. 또 집 우측에 있는 진돌이가 멍멍 짓는 소리를 들으면서 눈을 감았다. 늦잠을 잤다고 생각했으나 시간을 보니 아침 7시였다. 세콤을 해제할까 하다가 그냥 두기로 했다. 어차피 나갈 일도 없었다. 어제 남편이 출장 떠나기 전에 집 양쪽으로 있는 진순이, 진돌이 밥은 3일 먹어도 남을 양을 밥통에 채웠고 물도 충분히 물통에 준 것을 내가 확인했기 때문이다. 집 밖에서 인기척이 나거나 해도 굳이 나갈 필요는 없었다. 그냥 CCTV로 확인하면 그만이었다. 나 혼자 있을 때는 가능하면 누가 와서 벨을 눌러도 문을 열거나 하지 않았다. 인터폰으로 말하면 되고 또 우리 집을 찾는 방문객은 택배기사나 집배원이고 아니면 없었다. 거실 창의 암막 커튼을 옆으로 밀고 속 커튼도 끝까지 밀어서 벽에 고정한 끈으로 묶었다. 밖에는 비가 내리고 있었다. 나는 은근히 걱정되었다. 이렇게 계속 비가 내리면 출장이 취소되는 불상사가 일어날 수 있기 때문이었다.

나는 항균 물티슈를 뽑아서 고양이 세수하듯이 거실에 있는 집기들을 여기저기 닦기 시작했다. 여전히 TV는 혼자서 주부가요 애창곡을 열창하고 있었다. TV를 닦고 그 옆에 있는 CCTV 화면을 닦다가 스위치를 잘못 건드렸는지 비상녹화가 되기 시작했다. 아차, 싶어서 있는 작동 스위치를 다 눌러 봐도 여전히 빨강 점이 반짝이면서 비상녹화는 계속되고 있었다. 사실 나는 길치이면서 엄청난 기계치였다. 아무리 비싼 기계일지라도 나에게는 그냥 CCTV는 보이는 화면일 뿐이고 다른 기능은 모른다. 당황해서 무슨 스위치인지 누르니까 여섯 개의 화면 중 하나가 크게 보이는 화면이 되었다가 또 다른 스위치를 누르자 네 개의 화면으로 바뀌고 아무리 해도 여전히 비상 녹화기능은 나를 비웃듯이 멈춰지지 않았다. 갑자기 머리가 아파지고 어지럽고 식은땀이 났다. 할 수 없이 남편에게 전화했다. 신호가 가고도 한참만에 남편이 받았다. 평소에 먼저 전화를 하지 않는 내가 먼저 전화했더니 반가운지 목소리가 빨랐다.

"오우~ 어쩐 일로 전화를 다 하시고… 아하하하."

"저기요, 청소하다가 CCTV를 잘못 건드렸는지 비상녹화가 계속돼서요. 아무리 다른 거 눌러도 안 멈추네요."

"아이구, 이 사람아 좀 배워요. 멀리 있는 내가 어찌 알겠소."

"나 기계친 거 몰라요?"

나는 공연히 전화했다 싶어서 후회했다. 남편은 늘 나의 무관심과 전자기기에 대한 공포심에 대해서 혀를 끌끌 찼는데, 또 잔소리만 들었다 싶었다.

"나는 바쁘니까 세콤 회사에 연락해봐요."

남편이 정말 바쁜지는 모르겠지만 급하게 전화를 끊었다. 나는 사서 잔소리를 들었다는 생각에 기분이 나빴다. 곰곰이 생각해보니 나는 세콤 회사 전화번호도 모르고 있었다. 세콤을 설치한 지 15년이나 됐는데도 나는 왜 그 회사 전화번호 하나도 저장하지 않았을까 생각하니 나 스스로 참 어이가 없었다. 한참을 생각해보니 CCTV 화면을 껐다가 켰을 때 무슨 전화번호가 화면에 보였던 게 기억났다. 세콤 화면 스위치를 모두 다 껐다. 콘센트에 연결된 복잡한 모든 스위치를 보니 다시 똑같이 연결할 자신이 없었다. 핸드폰 카메라로 사진을 찍어서 원상태를 남아 있게 하고서야 콘센트에 있는 모든 선을 빼버렸다. 잠시 후 다시 빼버렸던 스위치를 핸드폰에 저장된 사진을 보면서 그대로 연결했다. 잠시 후 세콤의 화면이 켜졌다. 과연 그랬다. 전화번호가 그곳에 숨어 있었다.

나는 흠, 흠, 목소리를 가다듬고 세콤 회사에 전화했다. 밝고 빠른 기계음이 낭랑하게 응대를 했다. 나는 이 기계에 답하는 것을 몹시 싫어한다. 하지만 어쩌겠는가, 이 통과의례를 거쳐야만 진짜 사람 목소리를 들을 수 있으니 기계가 시키는 대로 아주 고분고분 대답하고서도 3~4분을 기다린 후에야 안내원과 직접 통화를 할 수 있었다. 그것도 간단치는 않았다. 내가 남편에게 설명한 것을 똑같이 다시 안내원에게 말하고 다시 안내원이 시키는 대로 세콤의 스위치를 켰다 끄기를 세 번이나 반복했다. 그래도 여전히 비상녹화는 계속되고 있었고 빨간불은 나를 보고 기계치라고 비웃듯이 반짝 반짝였다. 내가 안내원에게 언제 와서 원상태로 돌릴 수 있냐고 물었더니, 원격으로 조종할 수가 있으니 전화를 끊고 잠시 기다리면 기사에게 다시 연결하겠다면서 안내원은 아주 친절한 목소리로 말했다.

"저는 안내원 김미영이었습니다. 좋은 하루 되십시오."

그 김미영이란 여자는 아주 사근사근 인사를 하고 전화를 끊었다.

나는 뭐 그리 큰일이라도 해결한 듯이 갑자기 허기가 몰려왔다. 냉장고 문을 열었다. 먹을 거라곤 없었다. 진해 딸 집으로 출장 육아 다녀온 뒤라서 야채도, 고기도 없었다. 나는 오랜 당뇨로 음식을 가려 먹어야 했기에 난감했다. 나는 다시 세콤에 전화했다. 죄송하지만 내가 지금 외출할 일이 생겨서 나갈 건데 그래도 고칠 수 있냐고 물었다. 될 수도 있고 안 될 수도 있다는 안내원의 사근사근한 목소리를 들었다. 나는 에라 모르겠다는 생각으로 외출 준비를 했다. 빨리 걸어서 정류장까지 가면 2시간에 한 번씩 오는 마을버스를 탈 수가 있을 것이다. 내 예상이 적중했다. 15분을 논길과 산모퉁이를 돌아서 버스정류장에 도착했을 때 마을버스가 산모퉁이를 돌고 있었다. 마을버스 안은 아직은 한산했다. 그래도 나는 뒷좌석으로 가서 자리를 잡고 앉았다. 아마도 다음 정류장부터 아침에 병원 가는 승객들로 가득 찰 것이고 어쩌면 바닥에 앉아서 가는 노인들도 있을 것이기 때문에 앞 좌석에 앉으면 자리를 양보해야 할 수도 있기 때문이었다. 에라, 모르겠다는 심정으로 눈을 감고 있다 스륵 잠이 들었다.

잠결에 마을버스에서 다음 정류장은 금촌역이라며 내릴 손님 준비하라는 소리가 들릴 때 세콤 기사에게서 전화가 왔다. 이번엔 남자 직원이었다.

OOO 씨 댁이냐고 묻고 내가 그렇다니까, 또 내 이름과 집 전화번호를 물었다. 전화를 건 세콤 직원은 나의 신원을 확인하고 나서 원격조종으로 비상녹화 기능을 정지시켰으며 CCTV는 정상으로 작동되고 있다고 친절하게 설명을 했다. 나는 정말 감사하다는 인사를 하고 전화를 끊었다. 그러는 동안 마을버스는 내가 내려야 할 금화초등학교를 지나고 있었다. 나는 버스에서 서둘러 내려서 로데오 거리로 곧장 걸었다. 이제 겨우 11시라서 거리는 한산했다. 곡물 가게는 로또와 건강식 곡물, 두 가지를 겸해서 판매하는 곳이었다. 가게 문을 밀고 들어서자 로또 가판대 앞에만 손님이 두 명 있을 뿐이었다. 건강식 판매 사장도 로또 가판대에 있었다. 예전까지는 현미 누룽지와 여러 가지 곡물가루를 판매했었는데, 건강식을 사러 오는 사람들이 귀리도 취급하냐고 너무 자주 문의를 해서 귀리 누룽지를 새 메뉴로 개발했으며 첫 출시기념으로 현미 누룽지 한 봉에 원래는 1,800원인데 1,000원으로 할인해서 한시적으로 판매한다고 했다. 물량이 있는 대로 다 구매를 했다. 귀리 누룽지 대금은 내 카드로 할까 하다가, 생활비로 쓰는 남편의 이름으로 된 카드로 결제했다. 곡물 가게를 나와서 점심을 먹을까 잠시 망설이다가 빨리 집으로 가기 위해서 다시 광탄으로 가는 버스를 탔다. 아니나 다를까 남편에게서 전화가 왔다.

"아, 난데요. CCTV 고쳤어요?"

"네, 고쳤어요."

"기사가 바로 왔나 봐요. 빨리 고쳤네요."

"아니요. 기사는 안 왔어요."

"아니, 그럼 어떻게 고쳐요?"

"네, 그냥 원격조종이라나 뭐라나, 그걸루 조종해서 비상녹화 장치를 껐어요."

"아이고 참, 세상 좋아졌네요. 알았어요. 난 어떻게 됐나 궁금해서 전화해 봤어요. 식사 거르지 말고요. 문단속 잘하고, 그럼 쉬어요."

남편은 어디 내가 외출했냐고 묻지 않고 전화를 끊었다. 분명히 카드 사용한 내용이 남편의 핸드폰으로 문자가 갔을 일인데도 말이다.

셋째 날.

자다 깨기를 반복했지만, 마음이 편했다. 새벽 6시에 일어나지 않아도 되니까 잠이 오지 않으면 안 자면 되고, 또 토끼잠을 자다 깨도 억지로 잠들려고 애쓰지 않아도 되었다. 밤새워 부스럭거리다가 새벽 5시에 잠이 들어서 오전 8시에 일어났다. 비도 그치고 하늘은 맑았으며 기분도 상큼했다. 늦은 아침을 먹고 있는데 같은 동네 사는 내 유일한 말벗인 한 여사가 전화해서 다음 주 화요일에 부부동반 저녁을 먹자면서 다른 약속을 잡지 말고 했다. 대충 옷을 걸치고 집 마당을 느릿느릿 걸으면서 돌아다녔다. 아랫녘보다는 좀 추워서 이제야 매화가 피고 집 경계 도랑에는 미나리가 앞을 다투어 도토리 키 재기 하듯 올라오고 있었다. 머위 나물도 내 손바닥 반만 하게 여기저기 올라와 있었다. 밤나무 밑에 참나물도 여리여리하지만 시간을 들여서 손질하면 훌륭한 나물 반찬이 될 수도 있겠다는 생각을 했다. 한동안 마당에서 시간을 보내고 들어오니 남편에게서 카톡이 들어와 있었다. 한라해상공원에 나들이를 간 것인지, 출장을 간 것인지 구분인 안 되는 사진이었다. 잘 정리된 공원에서 내 앞에서는 잘 웃지도 않는 사람이 활짝 웃는 모습으로 손을 브이 자를 하고 사진을 찍어서 보내왔다. 무슨 시가 있는 기념비 앞에서도 좋아 죽겠다는 표정을 지은 사진도 있었다. 카톡의 사진을 확대해서 봤더니 이은상 님의 시 '가고파'였다. 제목 아래에 '추억이 파도치는 그리운 고향 언덕에 서서'라고 적혀 있었다. 속으로 '쳇' 하고 중얼거리는데 용케도 내 중얼거림을 들은 듯이 남편에게서 전화가 걸려왔다.

"아, 난데요. 별일 없지요?"

"네, 별일이 있었으면 좋겠는데 아쉽게 없네요."

"좀 전에 새아기에게서 전화 왔던데 당신도 받았소?"

"아니요, 전화 안 왔는데요. 애기가 왜 전화했대요?"

"요번 주 금요일에 집에 온다고 하데요."

"에~? 뭐하러 온대요. 나 힘들구먼."

"나야 모르지요. 당신이 힘들면 오지 마라고 전화해요."

"아이구, 이 양반이 쓸데없는 소리를 하네. 아들은요?"

"아니 이 사람아, 새아기가 전화했다고 내가 말했잖아요."

"알았어요. 참 어제 한 여사가 담주 화요일에 저녁 식사하자고 연락 왔어요."

"아, 그래요. 무슨 일인가?"

"그건 모르고요. 암튼 그리 알아요."

"아 참, 당신 어제 금촌 나갔었나요?"

"네, 현미 누룽지가 다 떨어져서요. 귀리 누룽지도 신상품으로 나왔더라고요. 그래서 귀리 누룽지하고 현미 누룽지하고 넉넉하게 사 왔어요."

나는 대답을 하면서 속으로 '참 오래도 있다가 묻네'라고 웅얼거렸다. 남편이 '지금 뭐라고 했어요?' 하고 물었다. 나는 '아니요'라고 얼른 답하고, 건강 조심해서 있다가 오라는 인사를 하고 전화를 끊었다. 나는 다시 낮게 소리 내어 말했다

"에이 씨~~이."

넷째 날

오늘은 명동 나갈 일이 있는 날이었다. 일기예보엔 오늘은 좀 춥단다. 서울과 내가 사는 산골은 온도 차이가 4~5도씩 난다. 여기서 나갈 때는 추워도 서울은 더울 수도 있다. 따뜻하게 입고 나가서 더우면 겉옷을 벗을 수 있게 입어야 했다. 나는 얇은 패딩 윗도리 속에 흰색 셔츠를 입고 아래는 청바지를 골라 입었다. 신발은 하얀 굽 낮은 운동화를 신었다. 창문마다 단속하고 마지막으로 세콤을 걸고 집을 나섰다. 우리 집 아래 밭에 둥글고 큰 모자를 쓴 여자가 엎드려서 뭔가를 캐고 있었다. 나는 가던 발걸음을 멈추고 한동안 그 여자를 주시했다. 여자는 내 시선을 아는지 모르는지 부지런히 손을 놀릴 뿐 고개를 들거나 움직이지는 않았다. 순간 나는 어떻게 할까 망설이다가 핸드폰으로 사진을 찍었다. 얼굴은 찍히지 않아도 뒷모습이나 옷차림은 증거가 될 수 있기 때문이었다. 어쩌면 나의 기우일지도 모를 일이지만 봄이 되면 도시 사람들이 산골로 몰려들었다. 그들은 가벼운 생각으로 봄나들이라도 하듯이 와서 봄나물을 캐 가지만 산골 사는 사람 입장에서는 아니었다. 내가 산골 들어와서 집 짓고 남은 땅에 도라지와 더덕을 심어서 10년이 지날 무렵에 일이 있어 시내에 나갔다가 들어오다 멀리서 우리 집을 보니 우리 집 도라지 더덕밭에 누군가가 쪼그리고 앉

아 있는 것이 보였다. 그때 집에서 공부하고 있던 딸에게 전화를 걸어서 밭에 누가 있으니 빨리 나가보라고 했다. 좀 있으니 밭에 나가서 확인하고 들어온 딸이 다시 내게 전화를 했다.

"엄마, 모르는 아줌만데, 민들레 뿌리를 캤다는데."

"아가, 너 민들레 뿌리 아나?"

"아니, 몰라요. 그 아줌마가 자루 속에 있는 게 민들레 뿌리라고 했어요. 암튼 엄마, 마대 자루에 한가득한데요. 엄마, 그래서 내가 여긴 우리 집이니 빨리 나가라고 하고 들어 왔어요."

"아이고, 아가. 그기 도라지 더덕밭이야. 그 여자 어디로 갔나?"

"어? 어째요. 그 여자 우리 밭에서 나가서 하얀 트럭 타고 갔는데요."

"아이고 몬 산다. 너는 도라지 더덕도 모르나? 그기 우째 민들레고?"

그랬다. 그날 우리 집에서 아주 예쁘게 싹을 틔우고 자라던 도라지, 더덕은 그 모르는 여자가 절반 이상을 가져가 버렸다. 그 일이 있고 나서는 봄이면 모르는 사람들이 집 주변에서 서성이면 신경이 곤두섰다. 하지만 어쩌겠는가. 지금은 외출해야 하는데. 나는 에라 모르겠다. 될 대로 되라, 하고 버스정류장으로 발걸음을 재촉했다.

버스정류장에서 산모퉁이를 돌아오는 버스가 오는지 목을 길게 빼고 있는데 뒤에서 빵하고 경적 울리는 소리가 났다. 옆으로 비켰는데 1리에 있는 재활용 사장님이었다.

"형수, 어디 가쇼?"

"아, 예. 서울 나갈 일이 있어서요."

"아, 그라요. 형수, 타시요이. 이 고물차 타고 가다가 광탄이나 일산에서 갈아타면 되지라이."

나는 잠시 망설이다가 털털거리는 고물 트럭에 올랐다. 그냥 안부를 묻고 시골에 오니 좋다는 재활용 사장님의 이야기를 들어주는 동안 고물 트럭은 계속 달렸고, 내게는 아주 생소한 곳에서 차를 세웠다. 재활용 사장이 나를 보면서 말을 했다.

"형수, 나는 여그서 저짝으로 가지라이. 저 짝은 교통편이 없어라. 여기 버스정류장에서 타고 일산 쪽으로 가시오이. 그라고 전철 타면 되지라."

순간 나는 이게 뭔 일인가 했지만 아무 내색하지 않고 여기까지 태워주셔서 감사하단 인사를 했다. 그리고 고물 트럭에서 차 문을 열었다. 다음 주 화요일에 한 여사랑 같이 저녁 식사하자고 말을 하고 고물 트럭에서 내리긴 했는데 막막했다. 버스정류장에 적혀 있는 버스노선을 봤더니 다행히도 90번이 있었다. 타본 적은 없지만, 금촌쯤에서 지나다니는 버스를 본 적이 있었다. 한 10여 분을 기다리니 90번 버스가 오는 것이 보였다. 나는 무조건 버스에 올라탔다. 90번 기사에게 일산 쪽으로 가느냐고 물었더니 그렇다고 했다. 우선 안심이 되었다. 긴장해서 귀를 쫑긋 세우고 안내방송을 들었다. 버스를 타고 한 30분쯤 갔는데 다음 내릴 역이 정발산역이라는 안내방송이 나왔다. 나는 그 안내방송이 참 반가웠다. 버스 기사에게 감사하다는 인사를 하고 내렸다. 눈에 익숙한 3호선 전철역 안내문이 보였다. 전철은 금방 왔다. 자리도 넉넉했다. 나는 을지로3가역에 알람을 설정하고 눈을 감았다. 잠을 청하는 게 아니라 그냥 눈을 쉬게 하기 위해서였다. 한동안 눈을 감고 있는데 알람이 울렸다. 다시 2호선으로 갈아타고 을지로입구역에서 내렸다.

을지로입구역을 다닌 지 6년인데 내리니까 방향 감각이 없었다. 여기저기 한참 헤매다 롯데백화점을 찾았다. 아마도 나의 길치는 불치에 가깝지 싶었다. 지하 1층 식품코너에서 킹크랩 샌드위치와 커피 한잔 사서 자유 시식코너에서 점심을 먹었다. 커피 사이즈 업해 달랬더니 없다며 거절했다. 빵하고 먹기에는 커피가 모자랐다. 킹크랩 샌드위치도 광고 사진만큼 맛나지 않았다.

일을 보고 돌아오는 길도 내겐 전쟁 같았다. 을지로입구역에서 2호선으로 홍대, 홍대에서 다시 경의선으로 환승해서 금릉역까지 오고, 그곳에서 택시로 발랑리 산골로 돌아왔다. 그래도 정말 다행인 것은 오늘은 전철을 바르게 타서 헤매지 않았다는 것이었다. 어떤 날은 아무리 확인 또 확인해도 전철을 반대로 타서 약수역까지 가기도 하고, 또 어떤 날은 방향 감각이 없어서 한자리에서 계속 뱅뱅 돌기도 했었다. 오늘은 난감한 일 없이 산골까지 돌아왔다. 집에 돌아오자 긴장이 풀려서인지 아직 초저녁인데 잠이 쏟아졌다. 잠결에 남편의 전화를 받은 듯했는데 확실하지는 않았다. 한잠 자고 일어나니 저녁 9시였다. 그래도 괜찮았다. 억지로 잠들 필요도 없고 또 새벽에 일어날 일도 없으니까 마음이 편했다. 그때부터 새벽 3시까지 잠이 들지 않았다. 새벽 3시에 다시 샤워하고 수면 유도제를 먹고 잠이 들었다.

마지막 날.

느지막하게 일어나서 세콤을 해제하고 면장갑 끼고 마당으로 나갔다. 어제 아랫집 밭에 엎드려 있던 그 여자가 다녀갔는지는 나는 모른다. 얼마 남지 않은 도라지는 땅속에 있으니 캐 갔어도 난 알 수 없고, 미나리, 민들레, 참나물, 머위는 뜯어 가도 표시 나지 않았다. 창고에서 강아지 밥을 고무통에 담았다. 들고양이가 언제 내 발걸음 소리를 들었는지 옆에 바싹 붙어서 따라왔다. 분명 들고양인데 우리 집 마당을 자기 집인 양 어슬렁거리고 내가 버리는 음식 쓰레기며 또 가끔은 우리 집 강아지들 밥도 슬쩍 훔쳐 먹기도 했다. 그래서 아예 개 사료 넣어두는 창고 옆에 작은 그릇 하나를 두고 개밥을 줄 때마다 반 바가지씩 담아 주기도 했다. 오늘도 개 사료 반 바가지를 담아서 들고양이 앞에 내밀었다. 들고양이는 기다렸다는 듯이 그릇에 코를 박고 순식간에 그릇을 비웠다. 사실은 내가 들고양이에게 밥을 주는 이유는 있었다. 들고양이가 우리 집을 어슬렁어슬렁 돌아다니면서 쥐들이 자취를 감췄다. 나는 쥐가 너무너무 싫었다. 그것이 내가 들고양이에게 사료를 주는 이유였다. 진순이, 진돌이 아침을 주고 깨갱갱 울어 벌떡이는 진순이, 진돌이 목젖을 쓰다듬었다. 며칠 사이에 둘은 부쩍 자란 듯이 보였다. 물통을 수세미로 싹싹 닦아서 수돗물을 틀어서 깨끗이 헹군 다음 마실 물을 담아서 주고, 개똥을 치우고, 밭을 한 바퀴 돌아 내가 너희 주인이라고 시위라도 하듯이 느릿느릿 걸으면서 소나무며, 도랑에서 빠끔히 고개 내민 미나리, 그 옆에서 올라오는 머위, 참나물에 아침 인사를 하고 집안으로 들어왔다.

아침을 먹기 위해 냉동실을 뒤지니 양념 된 부챗살 한 토막이 있었다. 정말 다행이었다. 철판에 마가린 약간 잘라 녹이고 부챗살을 겉만 살짝 굽다가 도라지 양념한 거 올려서 살짝 열을 가하게 했다. 귀리 누룽지 두 조각, 음료는 커피, 후식으로 바나나 한 개를 먹었다. 옷 방으로 가서 한 번씩 입었다 분류해둔 내 옷가지를 급속 세탁으로 돌렸다. 아들 며느리가 오늘 퇴근하고 온다고 남편에게 전화했다며, 남편이 카톡으로 내게 다시 보내왔다. 잠시 후, 남편이 문어, 낙지, 해삼 샀다고 또 카톡으로 알려 왔다. 한 두어 시간 후에 산청 휴게소에서 점심 먹는다고 다시 카톡이 왔다. 나는 마음이 급해졌다. 남편과 아들 내외가 오기 전에 집 청소며, 먹을거리를 다듬어야 하기 때문이었다. 안방 이불을 걷어내고 손님용 요와 베개로 갈았다. 장롱 속에 잘 보관해둔 이불은 그래도 미심쩍어서 햇볕에 널었다. 이제 안방 화장실 청소를 해야 했다. 사실 나는 안방 화장실에 들어가지 않았다. 하지만 오늘은 아들 며느리 오면 안방을 내어줘야 하니까 흉잡히지 않을 만큼은 청소해야 했다. 며늘아기는 호흡기가 약해서 우리 집에 오면 자꾸 기침했다. 처음에는 감기인 줄 알았는데 환경이 바뀌고, 시골이라 미세한 흙먼지들이 떠다니니까, 잔기침하면서 가끔 콧물이 나서 코를 풀기도 했다. 내가 아가야 감기 걸렸니 물었더니 아니라면서 호흡기 기능이 약하다고 말을 했던 적이 있었다. 그 뒤로는 아들 내외가 집에 온다는 연락을 받으면 더 꼼꼼히 청소해야 했다. 물론 아무리 내가 깨끗이 청소해도 며늘아기에겐 불편하겠지만 말이다. 안방 화장실 바닥에 청소용 세제를 들이붓고 철솔로 있는 힘껏 문질렀다. 변기 안도 고무장갑 끼고 싹싹 닦고 펄펄 끓는 온수로 안방 화장실에 묵은 때를 벗겼다. 안방 화장실 청소가 끝나갈 무렵, 갑자기 허기가 몰려왔다. 나는 여간해서 배고픈 줄 모르는데, 혹시나 해서 당을 쟀다. 혈당 수치 86이었다. 조금만 늦어도 저혈당에 빠질 뻔했다. 부엌으로 가서 1인용 철판에 버터를 바르고 계란 하나를 올리고 아침에 먹다 남은 부챗살 1/3토막 데웠다. 더 이상 혈당이 내려가면 저

혈당이 올 수 있고, 또 너무 자주 저혈당이 오면 치매 걸릴 확률이 높다고 담당 주치의가 병원 갈 때마다 주의를 시키는 말이었다.

저녁 무렵 완벽하지는 않겠지만 집 청소를 마치고 잠시 쉬는데 며늘아기에게서 전화가 왔다.

"어머니, 저예요."

"어 그래, 아가. 아버지한테 들었다. 집에 온다고?"

"네, 어머니. 근데요, 저희 좀 늦게 갈 거 같아요."

"왜? 아가. 일찍 와서 저녁 먹지. 아버지가 문어, 낙지, 해삼 샀다고 전화했었는데."

"네, 어머니. 오빠가 늦게 퇴근해서요. 저희 중간에서 만나서 저녁 먹고요. 오빠가 모처럼 운동하고 싶다고 해서요."

"어 그래, 알았다. 운전 조심하고 천천히 와라."

나는 핸드폰을 끊으며 속으로 중얼거렸다.

'다행이네. 저녁 준비는 신경 안 써도 되겠네.'

그때 CCTV 속 1번 화면으로 남편의 차가 불빛을 내며 스르르 들어오고 있었다.

다
잘 될 거야

6월 장마가 시작되고 비가 앞이 보이지 잃을 정도로 쏟아붓고 있었다. 저녁을 일찍 먹고 무료하게 TV를 보고 있는데 문자 하나가 도착했다.

"거초 여름 동창회 한 달 앞당겨 합니다.

장소: 안의 용추사 계곡(용추가든,. 날짜: 7월 14일~7월 15일, 오시는 길: 경남 함양군 안의면 상원리 용추계곡로 491-26, 14일 오후 4시까지 도착하시기 바랍니다.

회장 김○○"

문자를 보면서 함양이 고향인 경숙을 생각했다. 해마다 초등 동창회를 가면 잠시 시간을 쪼개서 경숙을 만났었다. 생각난 김에 경숙에게 전화를 걸었다. 길게 신호음이 가고 목소리가 들렸다.

"아이고, 가시나 너 귀신이다. 내가 서울 온 거 우째 알았노? 나 지금 서울에 있다."

경숙이 목소리 뒤로 흥겨운 노래방 음악 소리가 들렸다.

"너 서울 있나? 나한테 연락하지. 어이구 풍악 소리 나고 신났네!"

내가 너스레를 떨자, 경숙은 놀러 온 게 아니고 일이 있어서 왔으며 일행이 있다고 했다. 나는 직감적으로 굿하러 왔다는 느낌이 왔다. 몇 년 전부터 굿할 때 구경 좀 하자고 졸랐었다. 그때마다 웃기만 했지 선뜻 대답하지 않았었다. 그래도 이때다 싶어서 다시 한 번 졸랐다.

"경숙아, 한 번만 보자. 그냥 보기만 할게."

"아이고 가시나, 굿 봐서 머할라꼬 그카노? 그래 와라. 처음부터 보려면 10시에 시작하니까 그전에 도착해라."

이번에는 어쩐 일인지 경숙이 순순히 허락을 했다. 잠시 후 문자로 굿하는 장소 주소가 날아서 왔다.

"성북구 정릉로 45-15 약수암."

"고맙다^^*"

나도 문자를 보내서 경숙이 약속한 말을 뒤집지 못하게 못을 박았다. 경숙이 보낸 문자로는 어딘지 감아 오지 않았다. 핸드폰으로 길 찾기로 주소를 검색했다. 집에서 일반 대중교통으로 가려면 2시간 넘게 걸리겠다.

자다 깨기를 반복하다가, 눈을 뜨니 5시였다. 6시 20분 마을버스를 타기로 했다. 마을버스 67번에서 다시 774번으로 환승하고 또 불광역에서 2011번으로 다시 환승을 했다. K대 앞에서 내렸다. 67번 마을버스 승객은 거의 대부분 6, 70대 노인들로 가득 채워졌고 문산부터 불광역까지 가는 774번 버스는 외국근로자들이 3/2쯤 되고 그들은 용미리나 분수리에서 내렸다. 그와 다르게 2011번 버스는 대부분 K대 학생들이었다. 승객의 부류에 따라서 느낌도 달라지고 기분도 젊어지나보다. 대학생들과 함께 나도 K대에서 내렸다. 약수암까지 도보로 9분인데 길 찾기로 신경을 쓰거나 체력을 소모하기 싫었다. 마침 빈 택시가 있었다. 택시에 타고 핸드폰 길 찾기 검색한 것을 기사에게 보였더니 K대에서 산길로 모퉁이를 돌면 약수암이라며 걸어서 가도 가깝다고 하며 웃었다. 나는 이왕에 택시를 탔으니 그냥 가자고 했다. 택시기사의 말대로, 정말 산길 진입로에서 모퉁이를 돌아서 2분쯤 가자 약수암 팻말이 보였다. 택시에서 내려서 약간 경사진 길을 걸어서 올라갔다.

약수암은 성업 중이었다. 호적 소리, 꽹과리 소리 징소리가 묘하게 어울리면서 조금 전 지나왔던 대학교 앞 풍경과 너무 달랐다. 갑자기 다른 세상으로 순간 이동한 것 같다고 해도 이상할 것이 없었다. 좁은 산길 양쪽으로 진초록 나무들이 우거지고 그 나무들 사이로 사월초파일 달았던 등이 그대로 걸려있었다. 약간 경사진 길을 오르자 약수암 팻말이 보이고 블록으로 만들어진 두 기둥이 서 있고 대문은 없었다. 약수암 마당으로 들어서자 왼쪽으로 길게 굿당이 있었다. 굿당 벽에 삼지창과 일월도가 비스듬히 세워져 있었다. 굿당 마당에는 간이 천막이 보였다. 내가 마당으로 들어서는 것을 본 천막 안의 남자가 누구 찾아오셨냐면서 물었다. 나는 경숙이라고 할까, 잠시 망설이다가 말했다.

"법신화 보살님이 어디 계신지요?"

"아, 2번 방에 계십니다."

나는 가볍게 목례를 하고 발걸음을 옮겼다. 언제부터 굿을 시작했는지 1번 방에서는 길모퉁이를 돌 때부터 들려오던, 호적 소리, 징소리, 꽹과리 소리가 요란하게 흘러나왔다. 1번 굿당 방문은 열려있었다. 머리를 단정하게 빗어 넘긴 무녀 둘이 보였다. 방문 앞에는 수탉 한 마리가 알록달록한

천에 쌓여서 죽은 듯 누워 있었다. 그중 한 명이 버선발로 나오더니 오색실로 감은 북어로 수탉을 치면서 주문을 외우고 소금을 뿌렸다. 방에 있던 무당이 마당으로 또 북어 한 마리를 던졌다. 마당에 있던 무녀가 들고 있던 북어를 땅바닥에 팽개치고 새로운 북어로 수탉을 내리쳤다. 죽은 듯이 누워 있던 수탉이 움찔 움직였다. 다시 망자들을 위해 마련한 옷을 담아서 묶은 보따리를 마당으로 던졌다. 마당에 있던 무당이 방으로 들어가고 방문을 닫았다. 마당 천막 안에서 담배를 피우며 시간을 보내고 있던 남자가 수탉을 집어 들고 굿당 뒤쪽으로 사라졌다. 그 남자가 다시 오더니 마당에 던져진 북어 대가리를 손으로 뜯어서 마당에 버리고 굿당 뒤쪽으로 갔다가 빈손으로 돌아왔다.

경숙이 있는 2번 방 앞에도 사자들을 위한 제사상이 차려져 있었다. 사자 제사상 아래로 다섯 벌쯤 되어 보이는 검은 한복이 있었다. 짚신도 다섯 짝이 놓여있었다. 방문을 열자 경숙이 젊은 남자와 같이 제사상을 차리고 있었다. 1번 방 무녀는 딱 보기에도 무녀 느낌이 났는데 경숙은 전혀 무녀 같지 않았다. 뽀글뽀글 파마머리를 했고, 사찰에서 입는 펑퍼짐한 바지에 얇은 인견 상의를 입고 있었다. 내가 방문을 열고 들어서자 경숙이 앉은 채로 웃으며 말했다.

"아이고, 일찍 왔네. 이 시간에 도착하려면 너 새벽에 출발했겠네."

"굿이 10시에 시작한다 캐서 늦으면 실례될까 봐서 서둘렀어. 근데 주인공은 아직 안 왔나 봐?"

"오겠지."

경숙이 무심하게 말을 하고 종이로 고깔모자를 접으면서 2번 방에 함께 있던 남자에게 나를 소개시켰다.

"남 보살님 인사하이소. 내 친굽니다. 어제 연락이 닿았는데 오늘 굿한 다니까 보고 싶다 캐서 오라 했어요. 당주도 괜찮다고 했고요. 야야 인사해라, 내가 서울서 일할 때마다 나 도와주는 보살이다."

나는 '첨 뵙습니다. 오늘 실례 좀 하겠습니다' 하면서 꾸벅 인사를 했다. 군청색 계량 한복을 입은 그 남자도 두 손을 합장하고 내게 인사를 했다.

"아, 예. 반갑습니다."

남 보살은 굿상을 차리는 중이었다. 굿당 바닥에는 장구와 징이 놓여있었다. 왼쪽 벽에는 붉은 각시 옷, 장군 복, 도령 옷, 선비 옷과 선녀 옷이 가지런히 걸려있었다. 정면에는 산신령, 삼신할매, 신랑 각시, 단군왕검, 그림이 벽에 붙여져 있고, 사이를 조금 띄워서 각종 신들의 이름이 적힌 종이 위로 오방색 종이가 알록달록 걸려있었다. 왼쪽 벽에 물들이지 않은 삼베, 흰색 삼베, 검은색 삼베 천이 일곱 마디로 묶여서 옷걸이에 걸려있었다. 반대쪽에는 망자가 이승을 떠나 저승으로 갈 때 강을 건널 작은 종이배가 있었고 그 옆으로 망자들이 강을 건널 때 비춰줄 탑이 그림으로 그려져서 벽에 붙어 있었다. 법신화가 모시는 신들의 그림 앞에 제사상이 네 단으로 차려져 있는데, 맨 윗줄에 생쌀이 소복이 담겨진 그릇 일곱이 놓여있고, 그 양쪽으로 향로가 놓여있었다. 두 번째 줄 중앙으로 실하고 큰 바나나가 양쪽으로 놓였고 그 중앙에 혼자 들면 허리가 휘청할 만한 크기의 수박이 놓여있었다. 세 번째 단에는 왼쪽과 오른쪽의 끝에서부터 참외가 삼단으로 다섯 개씩, 토마토도 삼단으로 큼직하게 놓였고 중앙으로 하양 빨강 노랑 과자가 양쪽으로 놓였고 그 중앙에 약과가 가지런히 단을 쌓아서 놓여있었고 다시 그 옆으로 다시 토마토 사과, 배가 삼단으로 쌓여서 놓여 있었다. 제일 아랫단에 양쪽으로 촛대가 서 있고 그 앞으로 시루팥떡이 시루째로 있는데 금방 왔는지 김이 올라오고 있었다. 그 옆으로 고사리, 도라지, 시금치나물이 한 접시에 담겨 있었으며 그 옆으로 생선적, 내 손바닥보다 큰 조기 세 마리가 접시에 담겨 놓여있었다. 그 앞줄에 두부적, 생선포를 떠서 부친 적, 가자미 적이 있었고, 맨 앞쪽에 빈대떡부침이, 그 옆으로 푸른 채소 적, 다시 생선포를 뜬 적이 있었다. 시루떡 앞으로는 술잔이 제기에 올려 있었다. 왼쪽 옆으로 상위에 징, 부채, 갖가지의 그림이 색색으로 그려진 깃발, 부채, 방울이 놓여있었다. 그 중앙에 향로가 있고 북어가 오색실에 묶여서 있었다. 그런데 이상한 것은 오른쪽에 방문 옆으로 중앙보다 더 큰 제사상이 차려져 있었다. 물론 삼단으로 쌓지는 않았지만 내 눈에는 그 제상이 더 정성으로 차린 듯 보였다. 오른쪽 상 밑에 분홍색 보따리가 풀어져 있었다. 그 속에는 이승을 떠나지 못해 더럽혀진 옷을 입고 떠돌던 망자들의 옷을 벗기고 새 옷으로 입혀서 저승으로 보낼 색색의 한복들이 있었다. 상차림이 다 끝났는지, 법신화가 상 밑에 있는 갖가지의 한복을 한지로 한 벌씩 곱게 묶었다. 남자 노인 옷 두 벌, 색동 애기 옷 두 벌, 여자 노인 옷으로 옥색 치마저고리 두 벌, 꽃 각시 옷 한 벌, 선비 옷 두 벌, 배냇저고리 다섯 벌을 한지를 띠로 접어서 묶어서 다시 분홍 보따리에 싸서 상 밑으로 밀어 넣었다. 그러는 사이 시간이 10시를 넘기고 11시가 가까워졌다. 내가 너무 의아해서 법신화에게 물었다.

"경숙아, 아이고 법신화라고 해야 하는데 미안. 10시부터 굿 시작한다고 한 거 같은데 어째서 주인공이 이리 늦누?"

"괜찮다, 아무렇게나 불러라. 친군데 뭐."

나는 아차 하는 마음에 말투를 바꿔서 다시 말을 했다.

"아니지, 여긴 자네 영역인데 예를 갖춰야지. 우째 안 오는지 전화라도
함 해보소."

법신화가 정말 아무렇지도 않은 표정으로 나를 보며 웃으면서 말했다.

"아이라. 괜찮아, 니 편한 데로 불러. 이 사장은 늦게까지 영업했으니 얼
마나 피곤하겠노? 다 당주 좋자고 하는 일이다. 안 오지는 않는다. 올 기
다. 있어 봐라."

내게 무심하게 말을 한 법신화가 무녀복으로 갈아입었다. 여전히 내 눈
에는 그냥 내 또래의 아낙으로만 보였다.

법신화가 오늘 굿을 청한 주인공은 성산동에서 노래방을 20년째 운영
하는 여장부라고 했다. 때마침 당주(굿을 청한 주인공)에게서 길을 묻는
전화가 왔다. 택시를 탔는데 택시기사가 약수암을 모른단다. K대 정문에
서 약간 옆길로 2~3분이면 된다고 법신화가 설명을 하고 전화를 끊으면
서 말을 했다.

"보소, 남 보살님. 신명 먼저 하소."

법신화가 방문을 열고 작은 일월도 두 자루를 마당으로 던지고 방문을
닫았다. 그것을 신호로 남 보살이 왼손으로 징을 치고 오른손으로 장구를
치면서 경을 읊기 시작했다. 장구에 오늘 굿을 하는 당주의 이름, 생년월
일, 사는 곳, 사업장 주소, 자녀의 이름이 적혀 있는 종이가 붙어 있었다.

그리고 그 맨 아래에 김 아무개라고 남자 이름과 생년월일, 당주의 소원인 '건강, 집안의 평안, 사업 번창'이 적혀 있었다. 경은 장구 앞쪽에 펼쳐져 있고 남 보살이 슬쩍슬쩍 보면서 경을 읊었다. 목소리는 중저음으로 듣기에 편안했다. 한 40분쯤 외웠을까 하는데 방문이 열리고 남녀 한 쌍이 방으로 들어왔다. 당주 부부인가 했더니 대구에서 오늘 굿을 돕기 위해 법신화가 가르치는 여자 보살과 아랫녘에서 굿할 때 돕는 남자 보살이라고 내게 소개를 했다. 남 보살과는 안면이 있는지, 남 보살이 신명을 하면서 고개만 끄덕했다. 법신화는 그 여자 보살을 동자라고 불렀다.

"동자야, 인사해라. 전에 내가 말했던 내 친구다."

법신화가 동자라고 부르는 젊은 여자가 나를 향해 두 손을 모으고 고개를 숙여 인사를 했다. 나도 따라서 합장을 하며 답례를 했다. 동자가 궁금해하는 얼굴을 하자 법신화가 말을 했다

"전에 강릉 왔었던 그 친구다."

동자보살이 법신화의 말에 즉각 반응했다.

"아~ 그때 그 보살입니까?"

"아이고, 내 소문 그 먼 데까지 났습니까? 그때 주지 스님한테 묻어 먹인 그년이 바로 접니다."

내가 웃으면서 말을 받았다. 내 말에 모두가 와하하 웃었다. 굿당 분위기가 조금 부드러워졌다. 동자와 법신화가 쌀을 한 수저씩 하얀 종이에 싸서 열다섯 개를 만들고 다시 소금도 똑같이 열다섯 개를 만들었다. 약국에서 포장이 자동화되기 전에 손으로 접어서 약을 포장했던 그 방법이었다. 만들어진 소금과 쌀을 북어 입에 세 개씩 넣어서 만 원권 한 장, 오천 원권

두 장, 천 원권 세 장을 포개서 한지로 만든 띠로 묶었다. 법신화가 벽에 걸린 그림 속에 할매가 쓰고 있는 고깔 모자를 한지로 접었다. 그림 속 모양과 한 치의 오차도 없었다. 벽시계의 작은 침이 12시를 넘기고 있었다. 나는 두 시간이나 지나도록 아무런 감정 표시도 하지 않는 법신화를 이해할수 없었다. 사실은 배가 고프기도 했다.

그때 방문이 열리고 작달막하고 통통하면서도 육감적인 내 또래의 여자한 명이 굿당으로 들어왔다. 그 여자의 품에는 작은 보따리 하나가 들려있었다. 그녀를 본 법신화가 얼굴에 함박웃음을 지으면서 반겼다. 서로 약속이 되었는지 아무 말 없이 법신화에게 그 보따리를 넘겼다.

"왔나? 찾느라고 힘들었나 보네. 택시 기사한테 주소 알려주면 다 아는데 우째 길 몰라서 헤맸노? 앉거라."

그녀를 이 사장이라 법신화가 불렀다.

"이 사장, 이 항아리 집에 모셨던 거 맞제?"

"어, 니가 시킨 대로 깨끗이 씻어서 가지고 왔어."

법신화가 한지를 둘둘 말아서 작은 항아리 속을 닦아 냈다. 그리고 향불을 붙여서 항아리 속에 집어넣고 항아리 안을 소독했다. 덥다며 굿당 방에 퍼질러 앉은 당주에게 쌀을 넣고 싶은 만큼 두 손으로 퍼서 항아리에넣으라고 시켰다. 당주가 온 정성을 다해서 두 손으로 쌀을 퍼서 항아리에담았다. 세 번째 항아리에 쌀을 담던 당주가 울컥 눈물을 보였다.

"아이, 왜 내가 눈물이 나는지 모르겠다. 나 주책이지?"

"아니야 울어. 우는 기 정상이라. 안 울면 이상하지 뭐."

법신화가 당주의 등을 쓰다듬으면서 다독였다. 찔끔찔끔 울던 당주가 해맑게 웃으면서 법신화에게 말했다.

"보살님, 나 배고프요. 점심은 언제 먹소?"

"그래 이 사장, 묵고 살자고 하는 일인데 묵자. 그런데 남 보살이 하는 신명은 마치야 되는데 이 사장 좀만 기다리소. 곧 끝나요."

법신화가 동자에게 방 벽에 걸린 인터폰 9번을 누르고 6인분 점심을 1시에 달라고 말하라 시켰다. 나도 배고프던 참이었는데 잘되었다 싶었다. 남 보살이 쉬지 않고 경을 외웠지만 점심 먹자는 소리를 들었는지 12시 50분에 경을 마무리 지었다. 법신화가 당주에게 향이 다 사그라지기 전에 향을 하나씩 피우라고 시켰다. 당주는 예전에도 굿을 많이 했지만 오늘처럼 굿당에서 굿이 끝나기까지 있지 않았다 했다. 무녀가 얼마짜리 굿이라 연락오면 이 사장이 날짜를 정해서 무녀를 사업장으로 불렀다고 했다. 무녀가 사업장으로 와서 굿 대금을 받아 가고 굿 당에는 굿이 끝날 때쯤 참석했다고 했다. 정말 정확하게 1시에 굿당으로 점심 6인분이 배달되었다. 두 명의 주방 아줌마가 상이 그득하도록 들고 들어왔다. 그 주방 아줌마들도 정해진 월급은 없으며 굿하러 온 당주들이 주는 팁이 그들의 주 수입원이라 했다. 그 팁이 짭짤해서 다른 곳으로 이직하지 않고 20년 30년 있는 찬모들이라 했다. 점심은 맛있었다. 냉장고를 들어갔다 나온 반찬은 없었다. 나물 무침도 대부분이 즉석에서 조물조물 묻혀서 만들어 상에 올린 듯했다. 절간이 아니라서 고기도 볶고 조기도 작지만 6마리나 튀겨서 나왔다. 시장하던 참이라 점심은 더 맛났다. 동자가 눈은 내게 주면서 법신화 귀에다가 뭐라고 속삭였다. 법신화가 나를 보면서 동자에게 말했다.

"자아~ 말이가? 장로님 사모님이다."

그 말에 내가 받았다.

"사모님 아니고요, 사모년입니다. 사모님이 굿당에 오겠습니까?"

동자가 방으로 들어서는데 내 머리 위로 붉은 십자가가 불타고 있었다고 했다. 그 소리를 듣고 내 옆에서 밥을 먹고 있었던 당주가 나를 빤히 보면서 말했다.

"나는 사모년입니다라고 말하는데 속으로 개 같은 년 하고 욕이 나오네요. 우짜지요?"

"아이구 괜찮습니다. 개 같은 년은 욕도 아닙니다. 개 같지도 않은 년이 욕이지요. 개는 주인에게 목숨을 다해 충성합니다. 자기가 은혜 입은 쥔에게 절대로 고개를 쳐들지 않아요. 제가 개를 키워 봐서 압니다. 씨ㅂ년이 욕이 아니고 못 하는 년이 욕이듯이요."

법신화는 내가 우스개 소리하는 거 가끔씩 들어봐서 어이없다는 듯 허허 웃었다. 밥을 넘기던 동자는 사레가 들려서 캑캑 기침을 했고 당주는 나를 신기하듯이 바라봤다. 남자 보살 둘은 내 말에 동의하는 듯 입을 막고 웃었다. 점심상을 물리고 블랙커피 두 잔을 타서 조금씩 나눠서 마시면서 동자가 내게 말했다.

"보살님, 굿 구경 처음이지요? 공짜로 굿 구경 하는 거 아입니데이."

"처음 아닙니다. 40년 전에 울 아부지 대구 동산병원 응급실에 계실 때 팔공산에서 그때 돈 800만 원짜리 굿했었어요."

동자가 그래요 하면서 웃었다.

점심 후의 본 굿은 법신화가 주재를 했다. 법신화가 왼손으로 징을 치며 오른손으로 북채를 잡고 장구를 두드렸다. 법신화의 얼굴 표정이 비장하게 바뀌는 것이 보였다. 장구에 붙어 있는 당주의 이름과 그 가족들을 모시고 있는 신들에게 알렸다.

"서울시 마포구 성산동 월드컵 남로514번지, 서울시 마포구 성산동 892번지 한양 노래방, 대주 이씨 성, 지주 이영희 기해생 11월 18일생, 딸 이은주, 병인생 8월 29일생, 가계 재소 일신 성불, 소원 성취, 발원, 김준섭 온미생 1월 28일생 일신 성불 발원"

당주가 일어서서 두 손을 모으고 허리를 굽혀서 연신 절을 했다. 법신화가 당주를 굿당 중앙으로 불러 앉혔다. 당주는 고분고분 법신화가 시키는 대로 절도 하고 향불도 지펴서 향로에 꽂았다. 다시 법신화가 불설천룡경을 외우기 시작했다.

"나무동방청제보아 청룡신, 나무남방적제보아 청룡신, 나무서방백제보아 청룡신, 나무흑제보아 청룡신, 나무중앙황제보아 청룡신, 좌청룡 우백호남주작북현무, 제질법고액 피궁설 철마장군순행오방 윤회겸신사자, 축사장군 파적간귀 영불내침 옴 급급 여율령사바하."

법신화의 경은 오랫동안 계속되었다. 법신화는 책을 보거나 하지 않고 술술 경을 읊었다. 법신화의 불설천룡경 외는 소리와 장구, 징소리에 나도 모르게 흥이 나서 흔들흔들 어깨춤을 추고 싶다는 생각이 문득 들었다. 나는 내심 당황스러워서 무릎을 두 손으로 꽉 누르고 등을 벽에 딱 붙이고 허리를 곧추세워 자세를 바로 하고 정신을 가다 다듬었다. 경을 외던 법신화가 갑자기 당주를 향해 소리를 버럭 질렀다.

"이 사장 너거 조상님들은 선비들이다. 그것도 모르고 맨날 냅다 뛰는 신명 굿하고 작두 탔제?"

"어, 그랬어. 나는 그전 보살님들이 시키는 대로만 했지 뭐. 내가 뭐 아나?"

"이 사장아, 너 지금까지 너거 조상님들 모신 줄 알았제? 아이라. 아이 구야. 니 신명 굿 해준 그 보살들이 섬기는 신들이 너거 집에 떡 버티고 있으니 너거 조상은 허공중에서 떠돌고 있었다. 너거 조상님들은 조용조용한 선비님들이 많이 계시다. 얼마나 그분들이 허공중에서 춥고 배고프고 힘드셨겠노? 이 사장아, 너 굿하고 나면 좀 빤짝하다가 또 굿발 떨어지면 막히고, 막히고 그러기를 여러 번 반복했제?"

"아유 어쩌누 나는 그런 줄도 모르고. 그럼 어쩌면 되겠습니까? 도사님."

당주가 갑자기 태도를 바꿔서 법신화를 도사님이라 불렀다. 법신화가 너그러이 미소를 지으며 당주를 향해 말했다.

"지금이라도 알았으니 너거 조상님께 잘못했다고 빌고 좋은 곳으로 가시라고 하면 된다. 늦지는 않았다. 이 사장 일이 될라고 나를 만났는갑다. 다시는 들고, 뛰고, 작두 타고 하지 마라. 알았나?"

"예 예, 도사님. 어느 명이라고 거역하겠습까?

"이 사장, 우선 신명님들께 술 한 잔씩 올려라. 우쨌던 간에 지금까지 자네를 보살펴 줬잖은가."

"아, 예. 분부대로 하겠습니다."

당주가 앞으로 나와서 소주를 일곱 잔 따르고 다시 막걸리도 일곱 잔 따라서 향불에 돌리자 동자가 받아서 제사상으로 올렸다.

"이 사장 신명님들께 그동안 고맙다고 절해라. 그래야 신명님들이 너거 조상님들 좋은 대로 가게 해줄 기다. 그라고 하고 싶은 말 있으면 해라.”

법신화가 처음과 달리 당주를 향해 딱딱 반말을 했다. 당주도 당연하다는 듯이 깍듯하게 법신화에게 존대를 했다. 제사상에 술을 올리는 당주의 뒤태가 작달막했지만 너무너무 육감적이었다. 예순의 나이에도 뒤태가 육감적인 여자가 있다는 게 참 새롭기도 했다.

법신화가 남 보살에게 북채를 넘겼다. 남 보살이 경을 외우고 법신화가 잠시 쉬기 위해서 내 옆으로 앉았다. 내가 냉장고에서 생수 한 병을 꺼내 법신화에게 건네면서 낮은 목소리로 속삭였다.

“보살님, 내 굿도 아닌데 보살님이 장구치고 징 울리며 경을 하는데 왜 내 어깨가 들썩이고 무릎으로 장단을 맞추는지 모르겠네요. 아이고, 들킬까 봐서 무릎 꽉 누르고 있었네요.”

“괜찮다, 춤추고 싶으면 추지 그랬노. 여어가 귀신들 나이트아이가?”

법신화가 아무렇지도 않게 말했다. 옆에 있던 동자가 법신화의 말을 받아서 내게 말했다.

“사모년, 보살요. 춤 출라면 나이트처럼 입장료 내야 됩니데이.”

“아이고, 뭔 소립니까? 동자 보살님, 나이트는 이쁜 년은 입장료 안냅니다. 오히려 돈 받고 들어가서 놀아줍니데이.”

내가 능청스레 말을 하자 법신화가 와하하 웃었고 나는 아무 일 없다는 듯 맹한 얼굴을 했다.

잠시 남 보살에게 북채를 넘겼던 법신화가 다시 북채를 잡았다. 처음처럼 북에 붙어 있는 당주의 신상을 알리고 30분쯤 경을 외던 법신화가 벌떡 일어섰다. 제상 앞으로 가서 튼실한 바나나 하나를 손으로 잡아 뜯어서 당주 있는 쪽으로 달려왔다.

"아이고, 이 사장. 니 돈은 먼저 보는 놈이 임자네. 우째 이쁘고 똑똑한 기 사랑놀음에 그리 홀딱 넘어가노? 이리~ 보아라 업고 놀자. 사랑, 사랑, 사랑이로구나. 내 사랑."

법신화가 어깨를 양옆으로 흔들고 허리를 돌리고 엉덩이를 씰룩이며 한 손으로 바나나를 흔들어 허공중에서 빙빙 돌렸다가 방문을 열고 마당에 바나나를 집어 던졌다.

"이 사장, 사업 시작하면서부터 재물은 있었네. 다 계산도 못 하고 쌓았구만. 아이고 그라만 뭐 하노. 먼저 보는 놈이 임잔데."

"그랬어. 어, 정말 그랬어. 계산도 못 할 만큼 원 없이 돈이 밀려들어 왔어."

이 사장이 말했다. 그러자 법신화가 방바닥에 털썩 앉아서 두 다리를 뻗고 말했다.

"어이고, 그라만 뭐하누? 보는 놈이 임자고 손바닥에 모래처럼 다 새고 없구만."

이 사장이 헤헤 웃으면서 그랬다고 고개를 끄덕였다. 법신화가 다시 바나나를 뜯어서 흔들면서 덩실덩실 춤을 췄다. 남 보살이 법신화의 춤에 장을 치고 장구로 흥을 돋웠다. 동자가 이 사장에게 잘못했다고 빌라고 하면서 자신도 두 손 모으고 싹싹 비는 시늉을 했다. 이 사장도 동자를 따라서 두 손 모아서 싹싹 빌고 연신 허리를 굽혀서 절을 했다. 갑자기 법신화가 굵은 남자 목소리로 남 보살에게 말했다.

"남 보살, 잠시 멈추소."

장단을 맞추던 남 보살이 장구와 징을 멈췄다. 법신화가 동자를 향해 손짓을 하면서 말했다

"동자야, 니가 해볼래?"

동자보살이 기다렸다는 듯이 벌떡 일어서서 벽에 걸린 무녀복 중에서 선녀 옷을 골랐다.

"나 이 옷 입어도 돼요?"

법신화가 니 입고 싶은 거 입고 하고 싶은 대로 해봐라 하며 손에 든 방울을 동자보살에게로 넘겼다. 동자보살이 남 보살의 북소리를 신호로 펄펄 뛰었다. 아니 날았다는 표현에 더 가깝게 온방을 헤집고 다녔다.

"하이고 되라. 힝~ 나 배고파 까까 사 먹고 싶어."

동자보살이 이 사장 앞에서 아이같이 떼를 쓰기 시작했다. 이 사장이 지갑에서 오만 원 한 장을 꺼내서 동자보살에게 보였다.

"싫어. 그거 싫어. 다른 거 줘 앙~~~~~~"

이 사장이 호호 웃으면서 오천 원 한 장을 내밀었다. 동자보살이 싫다며 고개를 도리도리 저었다. 다시 만 원권 한 장을 주자 좋다며 받아서 속바지 주머니에 넣었다가 다시 제사상 위에 놓았다. 상 밑에 있는 막걸리 한 잔을 벌컥벌컥 마시더니 바나나 하나를 손에 쥐고 이 사장에게로 달려들었다. 이 사장이 '아유 왜 이래'라면서 피하자, 더 바싹 다가가서 바나나를 허벅지에 끼우고 이 사장 어깨를 잡고 엉덩이를 앞으로 뒤로 흔들었다. 이 사장이 자지러지게 웃었다. 법신화도 동자보살의 민망한 굿거리를 말리지 않았다. 한동안 이 사장을 놀리던 동자가 바나나를 방문을 열고 휘 던졌다. 그

리고는 벽에 걸린 삼베 천을 벗겼다. 염색하지 않은 누런색, 검은색 흰색으로 된 삼베를 일곱 마디로 묶어서 걸어 두었던 한풀이 천이었다. 한 손으로 방울을 흔들고 다른 한 손으로 천을 흔들면서 주문을 읊었다. 묶은 마디들이 풀리면 그 천으로 이 사장 몸을 닦았다. 다시 일곱 마디로 묶으면서 주문을 읊기를 여러 번 하다가 갑자기 검은 천을 가지고 내게로 달려들었다.

"아이고, 사모 보살님요. 맺힌 거 푸소."

검은 천을 휘둘러서 나를 구석으로 몰았다. 법신화가 흥미롭게 웃었고 남 보살이 더 크게 징을 쳤다.

"아유, 그라지 마소. 내가 뭐하면 돼요?"

"배고파요. 노자 쩐 줘요."

내가 핸드폰 덮개에 있던 오만 원권 두 장을 내밀었다. 그러잖아도 굿은 공짜로 보면 안 된다고 해서 미리 준비해 두었던 터라 이때다 싶었다. 동자보살이 좋다고 받아서 다시 제사상에 올렸다. 동자의 푸덕임을 피해서 내가 법신화 옆으로 자리를 옮겼다. 법신화가 하품을 하더니 나를 보고 말을 했다.

"어요, 사모님아. 너 맨날 천날 피곤하고 잠도 못 자고 그렇지?"

내가 대답을 않고 그냥 법신화를 봤다.

"너 굿해라. 그거 신병이다. 굿 한번만 하면 니 아픈 거 씻은 듯이 다 낫는다."

"아이고, 이 사람아, 그래도 내가 명색이 사모년이다. 그카지 마라."

"안 해도 돼. 난 그냥 신령님이 시키는 대로 말을 해줄 뿐이다. 너 생각해보고 맘에 있으면 말해라."

"그랴. 생각해 줘서 고맙다이."

동자가 한 30분가량 펄펄 날다가 지칠 기색이 보이자, 법신화가 다시 북채와 방울을 받았다. 한동안 방울을 흔들고 주문을 외우고 춤을 추었다. 순간 춤을 멈추고 부채와 방울을 상위에 놓더니 왼쪽에 놓여있는 제사상에 있는 바나나 하나를 아주 공손히 두 손으로 뜯어서 이 사장 앞으로 왔다.

"여기에 있어도 당신뿐이고, 저기에 있어도 당신뿐이네~~~~~~~"

빠른 템포로 춤을 췄다. 이 사장이 와하하 좋다고 웃었다. 법신화가 춤을 멈추고 정색을 하고 말했다.

"이 사장. 니 서방이다. 진짜 니 서방이다. 김 사장한테 잘해라. 그 사람이 니 액땜하고 너를 살렸다. 내가 왜 김 사장네 조상을 더 극진히 제사상 차리라 했겠노? 다 이유가 있었다. 어제 그 비가 앞이 안 보이도록 오는데 신림동 공명왕 사당하고 청량리에 있는 민왕후 아니 명성왕후 사당을 갔었다. 나는 아랫녘에 사는데 우찌 공명왕 사당이 신림동 아파트 단지 가운데 있는 줄 알겠노? 나도 모르게 불러서 끌려간기라. 공명왕 사당에서 얼마나 기도를 했는지 모른다. 나는 영문도 몰랐는데 오늘 이 사장 굿하니까 이제 알겠다. 다 이 사장 때문인기라. 그분들이 당신 돕는다. 이 사장, 당신 복은 있네. 아니라 김 사장을 돕는데 그 덕을 당신이 보는 기라"

이 사장이 '감사합니다. 감사합니다'라고 주문처럼 외웠다. 법신화가 이 사장을 향해 부드럽게 목소리를 바꿔서 말했다.

"이제 다 잘 될 거다. 걱정하지 마라. 얼마나 힘들었노? 이제 묶였던 게 풀리고 얽혔던 것도 다 제자리로 갈 거다."

법신화가 이 사장의 등을 찬찬히 쓸어내리고 부드럽게 안았다. 이 사장이 흐느껴 울었다. 나는 이제야 의문이 풀렸다. 북 사이에 붙어 있는 종이 제일 위에 분명, 대주 이름이 그냥 이씨고 딸 이름도 이 모모라고 쓰였는데 제일 아래쪽에 김준섭이라 적혀 있던 인물의 실체가 이해가 되었다. 그 김 사장이 베갯머리 함께하는 남편이었고, 방 출입구 쪽에 있는 제사상이 더 크고 더 정성 들여서 차렸던 그 모든 것도 다 풀렸다. 베갯머리 하께 푸는 남편의 조상을 위한 제사상이었다.

다시 법신화가 춤을 덩실덩실 추며 굿당 안을 돌았다. 남 보살이 법신회의 춤사위를 보면서 장단을 맞추고 동자보살이 이 사장 옆에서 연신 절을 했다. 이 사장도 동자보살을 따라서 절을 했다. 삼박자가 참 잘 어울리는 그림으로 굿당 안을 채웠다. 법신화가 춤을 멈추고 이 사장을 향해 말을 했다.

"봐라 이 사장, 너거 딸 나라 녹 먹제? 바다 건너서 일하는 게 원인데, 지금은 때가 아인 기라. 그래도 다행이다. 나라에 녹을 먹고 있으니 때가 되면 딸이 원하는 데로 이룰 기다. 근데 너거 딸 약 먹은 병아리 맨치로 늘 꼬박꼬박 졸고 피곤에 절어서 산다. 이것도 이번에 해결될 기다. 걱정 말거라. 이제 너거 조상하고 김 사장네 조상이 너거 지켜줄 거다."

이 사장이 감사합니다를 연발했다. 동자는 자기 일처럼 더 펄펄 좋아서 깨춤을 추었다. 법신화가 다시 말을 이었다.

"이 사장, 제사상에서 마음에 드는 거 있으면 집어라. 당신 마음에 제일 드는 걸로 아무거나 골라봐라."

이 사장이 한순간 망설임도 없이 제사상 앞으로 가더니 수박을 두 손으로 감싸 안았다. 가슴으로 당겼으나 번쩍 들어 올리기엔 수박이 너무 컸다. 법신화가 어이없다는 듯 웃으면서 말했다.

"이 사장, 그 수박 들 수 있나? 당신 힘으론 벅찰 긴데."

"아니야, 난 수박이 좋아 이걸로 할래."

이 사장이 들 수 있다며 간신이 수박을 끌어안고 굿당 바닥에 앉았다.

"정말로 수박으로 할 거가?"

"응, 난 수박이 좋아."

이 사장이 양보하지 않았다. 법신화가 어쩔 수 없다며 말을 이어 갔다.

"이 사장 돈줄은 타고났다. 저 봐라, 힘에 부치도록 돈을 안고 웃잖아. 오늘이 지나면 이 사장 사업장에 돈이 굴러서 들어올 거다. 믿거라."

법신화의 말에 이 사장이 좋아라고 웃었다.

"이 사장 제물은 해결됐다. 또 다른 거 잡아 봐라."

이 사장이 집에서 가져온 신줏단지를 물끄러미 보더니 가슴으로 끌어안 았다. 법신화가 남 보살에게 다시 신명을 울리라고 명을 했다. 남 보살이 기다렸다는 듯 장구를 치고 징을 쳤다. 법신화가 춤을 추며 경을 외기 시작했다. 한동안 꿈쩍도 않던 이 사장이 어깨를 들썩이기 시작했다. 동자가 옆에서 두 손으로 싹싹 빌면서 분위기를 잡아갔다. 법신화가 이 사장 앞에 앉았다.

"보소, 지금 누가 오셨는교? 장군님입니까?"

이 사장이 고개를 도리도리 흔들었다.

"그럼 누군교? 할매요? 아잉교? 할배 맞는교?"

이 사장이 고개를 꺼덕꺼덕했다.

"할배요, 우리 당주 지금부터 건강하게 살 수 있도록 지켜주실 거지요?"

이 사장이 또 고개를 꺼덕꺼덕했다.

"고맙습니다. 할배요, 그럼 또 물어봅시다. 우리 당주 재물도 새어 나가지 않게 지켜줄 기요?"

또 이 사장이 눈을 감은 채로 고개 꺼덕꺼덕했다.

"할배요 우리 당주 돈, 먼저 본 놈이 임자라고 지 것처럼 집어간 놈, 당주한테 돌려줄까요?"

이 사장이 잠시 머뭇거리다가 고개를 좌우로 도리도리 흔들었다.

"그럼 포기할까요? 그래도 할배가 그보다 더 많이 우리 당주한테 줄건가요?"

이 사장이 고개를 꺼덕꺼덕했다.

"할배요, 고맙습니다. 묻는 김에 또 부탁할께요. 당주네 딸 앞길도 할배가 먼저 가면서 깨끗이 치워 주고 원하는 데로 물 건너 사람들하고 왔다갔다 하게 해줄 기지요?"

이 사장이 눈물을 흘리면서 고개를 꺼덕꺼덕했다.

"할배요, 마지막으로 묻습니다. 당주하고 김 사장 백년해로하도록 도와주이소."

이 사장이 고개를 꺼덕꺼덕했다.

"인제 됐습니다. 할배요. 제가 지금부터 할배 모시고 당주 집으로 갈 겁니다. 가실 거지요?"

이 사장이 망설임 없이 응 하고 대답을 했다. 그와 동시에 멈췄던 장구와 징을 동시에 치면서 또 한 차례 분위기가 고조 되었다.

법신화는 제대로 굿을 하려면 2박 3일은 해야 되지만, 오늘은 이제 마지막으로 나가는 굿을 하고 당주 집에 신주 항아리를 모시고 가서 다시 굿을 하고 당주가 하는 사업장에 부적을 붙이고 할배 옷 한 벌 잘 모시고 제를 지내는 것으로 굿을 마무리하겠다고 했다. 동자가 허공중에 떠돌던 조상들 옷을 벗기고 새 옷을 입고 좋은 곳으로 가시라며 김 사장네 제사상 밑에 있던 옷들을 꺼내서 이 사장 몸을 닦고 마당으로 던졌다. 이 사장은 눈을 감고 울기만 했다. 법신화는 나가는 굿이라며 장구와 징을 잡고 경을 읊었다. 동자가 인터폰을 들고 주방 찬모에게 굿상을 물리고 연락을 했다. 주방 찬모 둘이 굿당으로 와서 과일을 박스에 담았고 남 보살은 그것들을 법신화의 차로 옮겨갔다. 제사상에 올랐던 과일은 이 사장이 하는 노래방에 과일 서비스로 나갈 거라 했다. 제사 음식은 여러 사람이 나눠 먹어야 좋다고 이 사장이 말했다. 얼추 굿당이 정리가 되고 법신화의 나가는 굿도 마무리했다. 법신화의 차로 산길을 나서서 모퉁이를 돌자 K대 앞은 여전히 아침에 버스에서 내릴 때처럼 젊은이들로 넘쳐났다. 나는 K대 정문에서 내리고 법신화 일행은 당주의 집으로 향했다. 여전히 6월의 햇볕은 오후를 넘겼는데도 따갑다.

내일은
없었다

"뭐라고요? 잘 못 들었어요. 지금 뭐라고 했어요?"

"여보, 내가 몇 번이나 말해요. 잘 들어봐요. 나는 병원에서 의사가 얼마 못 살 거라고 했잖아요. 근데 살아났잖아요. 젊은 시절 직장과 가족밖에 모르고 살았어요. 이제 암을 견뎌내고 새로운 생명을 얻었잖아요. 지금부터는 나를 위해 살고 싶어요. 나도 날개를 달고 자유롭게."

그녀가 기가 막히는 표정으로 소리를 질렀다.

"그럼 나는요? 나는?"

2월인데 여름 소나기처럼 비가 내렸다. 거실 창밖에서 번쩍 불꽃이 튀었다. 뒤이어서 우르르 쾅 콰광쾅 천둥소리가 들려왔다. 남편의 조곤조곤한 목소리가 천둥소리에 묻혔다. 그녀가 숨넘어가듯 소리쳤다.

"뭐요? 그걸 말이라고 해요?"

남편은 조금 전보다 더 차분하고 낮은 목소리로 말을 이어 나갔다.

"여보. 이제 당신도 너무 집에 얽매이지 말고 당신 하고 싶은 거 있으면 해요. 친구도 만나고 여행도 가고 싶으면 가고 그래요. 그리고 나 이제 좀 놓아줘요."

그녀는 남편의 말을 들으면서 헛살았다 싶었다. 언제부터 어디서부터 잘못되었을까 언제부터. 남편은 그녀가 만나는 모든 사람을 이 사람은 이래서, 저 사람은 저래서라는 오만가지 이유를 들어서 친하게 지내거나 만나는 것을 막고 싫어했었다. 그녀도 남편과 언쟁하기 싫고 해서 가능하면 외출을 삼가고 집에만 있었다. 교인들과의 교제도 이러저러한 이유를 들어서 막았고 그녀의 모든 바깥 활동을 남편은 싫어했고 막았다. 그녀는 남편이 군에서 전역을 했을 때, 군인 가족들과의 그 흔한 친목계 하나가 없었다. 어떤 누구와도 개인적으로 친하게 지낸 적이 없었다. 그러할지라도 남편이 암을 이겨내고 건강을 회복해서 감사하고 또 감사했었다.

그녀는 2005년 가을, 파주 산골로 집을 지어서 이주했다. 아는 사람도 없고 그저 남편 건강만을 생각하고 들어온 산골 살이었다. 남편은 맑은 공기, 신선한 음식, 깨끗한 물을 마시고 요양하면서 눈에 띄게 건강이 좋아지기 시작했다. 산골은 참 무료했다. 집 짓고 남은 땅에 푸성귀 심었다. 아침에 눈 뜨면 빨간 장화 신고 마당에 나가서 풀 뽑고 남편에게 좋다는 음식은 다 해서 식탁에 올렸다. 지성이면 감천인지 남편은 건강을 회복했다. 봄날에 씨감자를 심고, 풀을 맸다. 여름, 더운 바람이 불면 햇볕을 피해 그늘에 앉아 밭에서 따온 오이나 토마토를 먹었음에도 남편이 살아있음을 그녀는 감사했었다.

산골로 이주한 이듬해, 읍내에 나갔던 남편이 교육문화회관에서 수강증 하나를 끊어서 그녀에게 내밀었다. 그녀의 이름이 적혀 있는 댄스 스포츠 초급반 영수증이었다.

"이걸 뭐하게요?"

의아해하는 그녀가 댄스 스포츠 수강증을 다시 남편에게 내밀면서 물었다. 남편이 활짝 웃으면서 아주 자랑스럽게 말했다.

"산골서 살면서 친구도 없고 아무것도 안 하고 있어서 무료하잖아요. 운동도 할 겸 가서 배워 봐요. 나도 조금 더 건강해지면 같이 배울게요."

"아이구 난 싫어요. 소질도 없고 관심도 없어요. 이거 다시 물러와요."

그녀가 싫다는 데도 남편은 정 싫으면 이왕에 등록했으니 한 학기만 다녀보고 그래도 아니면 그때 가서 그만두라고 말했다. 댄스 스포츠 수업은 월, 수, 금이었고 오전 10시부터 12시까지였다. 첫날은 남편이 교육문화회관까지 차로 태워다 줬다. 하지만 첫날 수업을 마치고 집으로 오는 것부터 그녀에게는 만만하지가 않았다. 그녀는 지독한 길치인데 남편이 지리를 설명해 줬는데도 도무지 길을 찾을 수가 없었다. 수업을 마치면 그냥 헤어지는 것도 아니었다. 댄스강사의 점심을 당번을 정해서 돌아가면서 대접하는 것도 그녀에게는 익숙지가 않았다. 그냥 수강생 모두가 다 같이 참석해서 식사하면 참 좋았을 텐데 그렇지가 않았다. 강사와 반장, 총무, 그리고 음식을 대접하는 수강생만이 식사하는 그런 방식이었다. 그녀에게는 익숙지 않은 자리였었다. 수업 때 착용하는 구두도 그랬다. 댄스화라고 정해져 있다면서 왈츠와 룸바 할 때 신는 신이 달라서 새로 사게 했다. 수업 때마다 댄스화로 갈아 신고 수업을 받았다. 그냥 서서 하기도 벅찬데 굽 있는 구두를 신고, 귀가 쾅쾅 울리게 시끄러운 음악을 틀었다. 또한, 수업이 끝날 시간이면 남편이 배고픈데 빨리 와서 점심 차려 달라고 전화를 했다. 그녀 생각엔 이건 아니다 싶었다. 댄스에 취미도 없었다. 아침에 준비해서 시내까지 가기가 힘들었다. 산골에서 읍내까지 나가는 버스가 9시 20분에 있었다. 일찍부터 서둘러서 남편 아침 식사를 준비하고 설거지 대충하고, 그

버스를 타고 부지런히 가도 늘 10분에서 20분은 지각이었다. 댄스강사에게 눈치도 보이고 같이 수업받는 수강생들에게도 미안했다. 스포츠댄스에 소질도 취미도 없으니 수업 때마다 지적을 받았다. 그녀는 수업하러 가다 말기를 반복하다 학기가 끝나고 그만두었다. 아니 그다음 학기도 등록할까 하다가 수강 과목 중에 문학창작반이 있는 것을 발견하고 과목을 변경해서 문학창작반에 등록했다. 문학창작반은 월요일 야간반이었다. 그것도 등록만 계속하고 일 년에 두 번인가 갔었다. 문학창작반은 야간인 데다, 오가는 일이 쉽지만은 않았다. 처음 개강하고 수업하러 갔었는데 갈 때는 어찌어찌 갔는데 수업 마치고 다시 산골로 오는 일이 그녀에게는 만만치가 않았다. 수업을 받으러 나가지도 않으면서도 2년인가 계속 등록을 했었다.

그녀가 댄스 스포츠 초급반을 그만두자 남편이 댄스 스포츠 초급반을 등록해서 다니기 시작했다. 그녀와는 달리 남편은 재미있어했다. 우선 남편이 운전해서 수업받는 곳까지 갈 수 있으니 오가는 것에 불편함도 없었다. 댄스강사도 남편에게 친절하게 대하는지 수업 다녀와서는 강사가 참 잘 대해 주더라고 했다. 하긴 남자가 귀했으니 그녀가 수업을 받을 때도 대부분 남자 수강생들에게는 친절했었다. 남편은 한 두어 번 수업이 끝나면 바로 집으로 오더니 점점 귀가 시간이 늦어지기 시작했다. 어떤 날 귀가한 남편이 수업 같이 받는 수강생들이 다시 모여서 수업을 받는 곳이 있다면서 댄스 교실을 옮겼다고 했다. 또 어떤 날은 그 사람 중에 마음이 맞는 사람들끼리 회식을 한다고 했다. 늘 밥, 밥 하던 사람이 점심을 해놓고 기다려도 전화 연락도 없이 점심시간 훨씬 지나서 오기도 했고 어떤 날은 아예 저녁 무렵에 올 때도 있었다.

어떤 날 저녁 무렵, 남편이 답답하다면서 동네 한 바퀴 산책하고 오겠다면서 집을 나섰다. 그녀의 눈에는 저녁 무렵 동네 산책 나서는 남편의 옷차림이 마치 어디 중요한 모임 나가듯 단정하게만 보였다. 그녀는 현관을 나서는 남편의 등에다 대고 말했다.

"저녁 준비하는 중이니 너무 늦지 말아요."

남편이 뒤도 돌아보지 않고 나가면서 알았다는 듯이 손을 흔들었다. 그녀의 집을 중앙에 두고 동네를 한 바퀴 걷는 데 걸리는 시간은 15분이었다. 저녁상을 차리고 시계를 봤다. 한 시간이 지났다. 동네를 4번이나 걷고도 남는 시간이다. 남편에게 전화했다. 부재중이었다. 밖은 이미 어두워졌고 동네를 산책하는 사람들은 보이지 않았다. 그녀가 다시 남편에게 전화했다. 길게 신호음이 가고 남편이 전화를 받았다.

"왜 이리 전화를 늦게 받아요? 저녁 차려 놓고 기다리는데 왜 안 와요?"

남편이 머뭇거리다가 말을 했다.

"아, 예. 여기 1리 이장 집인데요."

"아니 3리 우리 동네도 아니고 어째 1리 이장님 댁에 갔어요?"

"아, 산책하다가 우연히 만났는데 이장님이 보리밥 했다고 자기네 집에 가서 같이 식사하자고 해서 왔어요. 동네 주민 몇 분하고 보리밥 먹고 고스톱 치고 좀 놀다가 갈게요. 먼저 식사해요."

그녀는 알았다고, 너무 늦지 말라고 말하고 전화를 끊었다. 뭔가가 개운하지 않았다. 맘 같아서는 택시를 불러서 1리 이장 집을 가볼까도 생각했지만 그만두었다. 남편은 어딘가에 마음을 뺏기면 주변이 보이지도, 또한 볼 줄도 몰랐다. 군 시절에도 축구에 맘이 갔을 때는 토요일 일요일 아예 축구장에서 살았고, 또 당구에 집중했을 때는 친정이나 시댁 행사도 빠지고 당구대를 잡았었다. 집에서 그녀가 기다리다 기다리다 전화를 하면 딱딱 당구공 부딪치는 소리가 수화기를 통해서 들리는데도 '비상이다, 회의 중이다'라고 했었다. 남편은 교육하러 가거나 시험이 있을 때도 남에게 지는 거 싫어서 밤을 새워서 공부했고 반드시 손가락 안에 드는 등수로 상을 받아야만 만족하는 집중력도 발휘했었다. 고스톱에 재미 들렸을 때는 2박 3일 집으로 퇴근하지 않고 밤을 새워 고스톱을 치고 출근했다가 다시 밤을 새우기를 반복했었다. 그녀의 심중으로 뭔지는 잘 모르겠으나, 축구나, 당구, 고스톱 정도가 아닌, 무언가 잘못되어 가고 있다는 느낌이 들었다. 밤이 늦어서야 남편이 집으로 돌아왔다. 그녀가 안방으로 들어가는 남편의 팔을 잡았다.

"저기요, 얘기 좀 해요. 당신 아까 전화했을 때 이장 집 아니었지요?"

"이 사람이 왜 이래요? 이장 집 맞아요."

"그래요? 내가 아까 택시 불러서 이장 집 갈까 하다가 참았어요. 뭐 당신이 이장 집에 있고 동네 사람들도 같이 있으면 나도 가서 인사하고 어울려도 좋겠다 싶었어요."

"아, 이거… 이 사람이 내 말을 못 믿고 그래요. 정말 나 이장 집에 있다가 왔어요."

"그래요. 좋아요, 믿지요. 그 대신 지금 내가 택시 불러서 이장 집에 가서 확인하지요."

"이 사람이 정신이 나갔나? 왜 이래요, 남편이 그렇다면 그런 거지."

그녀가 전화기를 들고 읍내 택시번호를 길게 눌렀다. 신호음이 길었으나 전화가 연결되지 않았다. 다시 재발신 버튼을 눌렀다. 그녀가 말을 했다.

"네, 택시지요. 여기…."

그때 남편이 그녀의 핸드폰을 낚아채듯 뺏어서 전화를 끊어버렸다.

"이 사람이 진짜. 이 늦은 저녁에 뭐 하자는 거요?"

"뭐는 뭐해요. 당신 말이 맞는지 아닌지 확인하자는 거지요."

"망신인 거 몰라요?"

"네. 나는 망신, 그거 몰라요. 내 전화기 줘요."

그녀가 지지 않고 남편에게 뺏긴 그녀의 전화기를 달라고 하면서 소리를 쳤다. 남편도 물러서지 않고 소리쳤다.

"야! 이 사람아. 내가 답답해서 동네 한 바퀴 돌고 오겠다고 말하고 나갔잖아요. 말하지 않고 나간 것도 아니고 얘기하고 나간 건데 당신 왜 그래요. 아, 이 사람. 참 말 안 통하네."

그랬었다. 남편이 전역하기 전 그 어떤 날도 그랬었다. 남편이 퇴근 즈음에 집으로 전화를 해서 저녁 회식이 있다며 좀 늦을 테니 기다리지 말고 자라고 한 적이 있었다. 그녀는 피곤하기도 하고 또 꼬치꼬치 묻기도 싫고 해서 일찍 저녁 먹고 잠자리에 들었었다. 근데 그날은 그녀를 제외한, 다른 군인 가족들이 그냥 넘어가지 않았다. 부대 안에 있는 군인 아파트에서 옹기종기 살았던 군인 가족들이 이번만은 도저히 그냥 넘어가지 못하겠다고 고스톱 장소를 급습하자는 연락이 왔다. 그녀는 동참하지 않겠다고 했지만, 그녀들도 물러서지 않고 그녀의 아파트 앞에 차를 세우고 기어이 잠자리에 든 그녀를 일으켰다. 남편과 그 외, 고스톱 멤버들이 가는 곳을 이미 훤히 꿰고 있었던 군인 가족들은 도내리 보름달이란 닭 백숙식당으로 밀고 들어

갔었다. 밤이 늦어 주인은 벌써 퇴근을 했고 몇 개의 방에서 불빛이 새어 나왔다. 그 식당은 닭을 재료로 하는 음식을 전문으로 파는 식당이었다. 방을 여러 개로 나눠서 손님들이 독립적으로 방 하나를 잡아서 음식을 시켜서 먹었다. 그 후엔 삼삼오오 고스톱을 치거나 아니면 불륜들이 잠깐 쉬어 가기도 하는 그런 곳이었다. 군인 가족들 사이에선 보름달의 일화가 여러 개 '와이담'으로 들려오기도 했었다. 사실인지 아닌지는 밝혀지지 않았지만 말이다. 불 켜진 방 중 한 곳에서 익숙한 목소리들이 문지방을 넘어서 흘러 나왔다. 화가 난 가족 중 한 사람이 방문을 확 열고 튀어들었다. 그 뒤를 네 명의 여인네들이 문지방을 넘었고 소란은 그것으로 마무리되었다. 같이 갔던 군인 가족들의 남편들은 그녀들에게 손이야 발이야 빌었다고 나중에 그녀들로부터 영웅담처럼 들을 수가 있었다. 하지만 그녀는 달랐다. 그녀의 남편은 되레 그녀에게 펄펄 화를 내고 사과하라고 했으며, 그녀의 보름달 식당 급습 사건은 절대로 용서하지 않겠다고 했다. 분명히 그녀에게 전화해서 회식이 있음을 알렸고 또 고스톱 좀 치다가 늦을 것이니 먼저 자라고 말을 했다는 것이다. 그런데 왜 그 무식한 여편네들하고 작당해서 식당까지 오고 그러냐는 것이었다. 남편이 하도 펄펄 뛰어서 그녀가 마지못해 사과했다.

"저기요, 미안해요. 아줌마들이 집 앞에 차를 대고 집으로 들이닥쳐서 어쩔 수가 없었어요. 제가 생각이 짧았어요. 하지만 당신도 그 사람들하고 이제 고스톱 치지 말아요."

그녀가 속에서 올라오는 말을 삼키고 건성으로 사과하자 남편이 한마디 하고 물러났다.

"당신이 사과하니 내가 이쯤에서 참지요. 하지만 당신 지금부터 그 여자들하고 놀지 말고 말도 섞지 말아요. 알았지요? 어디 여자들이 겁 없이 남편들 있는 곳을 밤에 찾아오고 그래요."

이번엔 그녀도 물러서지 않았다. 어디서 무엇을 했는지 당당하게 말하지 못하는 일이라면 처음부터 시도하지 말든지 아니면 완벽하게 속였어야 했다. 남편은 완벽하게 속이지도 그녀에게 떳떳하게 말하지도 못하면서 되레 그녀를 윽박질렀다. 남편에게 휴대전화기를 빼앗긴 그녀가 빈손으로 현관문을 나섰다. 이미 산골의 밤은 깊었다. 낮에도 인적이 드문 동네인데 어둠이 그녀 앞을 가로막았다. 순간 멈칫했으나 이미 내디딘 발걸음이었다. 농로를 따라 버스가 다니는 군용 도로 쪽으로 몸을 옮겼다. 그녀로서는 부지런히 걸었지만, 밤이라 큰길까지는 멀기만 했다. 그녀의 뒤에서 승용차가 빵~하고 소리를 내고 불을 밝히며 다가와 멈췄다. 운전석에서 남편이 내렸다.

"이봐요. 잠시 얘기 좀 합시다. 당신, 이 밤에 정말 이장 집에 가야겠어요?"

그녀가 아무 말 없이 깜깜한 하늘을 올려다봤다. 비는 멎었지만, 그믐인지 별도 하나 눈에 뜨이지 않았다. 남편이 그녀의 팔을 잡아끌면서 말했다.

"여보, 집에 가서 내가 자세히 말할게요. 추운데 밖에서 이러지 맙시다."

"여기서 말해요. 난 확인하기까지는 집에 안 가요."

"내가 거짓말했어요. 당신이 춤추는 사람들 만나는 거 별로 좋아하지 않아서요. 댄스반 사람들 몇 명이 동네 왔다고 오후에 전화가 와서 만났어요. 그 사람들하고 보광사 근처 보리밥집에서 식사하고 좀 놀다가 왔어요. 미안해요."

그녀가 미루어 짐작하기로는 오늘만이 아니었다. 무엇에든 빠지면 그 외의 것은 보이지도 들리지도 않는 남편은 그녀에게 많은 비밀 주머니를 만

들었다. 그녀는 몹시 자존심 상하지만 그래도 여기서 물러서야 한다는 것을 알았다. 속에서 부아가 치밀어 올라왔다. 하지만 목소리를 한 톤 낮추고 남편에게 말했다.

"저기요, 다음부터는 속이지 말고 있는 그대로 말해요. 자기 자신에게 부끄럽거나 나에게 당당하게 밝히지 못하는 일은 하지 말았으면 해요."

그렇게 그 선에서 소란은 마무리되는 듯했다. 하지만 그녀도 남편도 모양새만 갖추었을 뿐이지 서로가 겉돌기 시작했다. 2월의 휴일 아침이었다. 그녀가 남편과 같이 교회에 가기 위해 남편의 차 조수석 문을 열었다. 승용차 바닥은 흙과 지푸라기로 범벅이 되어있었다. 뒷좌석도 진흙투성이였다. 그녀가 목소리 톤을 높여서 남편에게 말했다.

"아니 대체 누구를 태워서 차가 이래요. 나는 읍내 한번 데려다 달래도 버스 시간 맞춰서 타라고 하면서?"

남편은 못 들은 척했다. 다시 그녀가 되물었다.

"저기요, 왜 말을 안 해요? 그 애지중지하는 차를 이 난리 나게 하고 누구랑 어딜 다녀 왔길래 말을 안 해요?"

"화천 빙어 축제 다녀 왔어요. 댄스반 사람들하고요."

"어쩐지 어제 아침 일찍 나서길래 이상하다 했어요. 아니 나는 기름값 아끼라면서 버스 타고 다니라고 하면서 그 사람들과는 어찌 그 먼 곳을 다녀 왔어요?"

그녀가 더 벅벅 소리를 질렀다.

"저기요, 나는 화천이 어디 붙었는지도 몰라요. 빙어가 다 뭐야. 나는 어디 한번 놀러 간 적도 없어요. 그 사람들 기사 노릇 하고 다니니 좋습디까?"

화천 빙어 축제를 간 사람들은 남편이 술을 마시지 않으니까 차를 운전할 수 있고 여러모로 좋았을 것이다. 어디를 가든 운전 때문에 일행 중 한 명은 언제나 술을 마시지 말아야 했는데 남편이 그 일을 해주니 어디를 가던 꼭 남편에게 연락해서 함께 다니기 시작했다. 남편이 처음 그 댄스반 사람들하고 어울릴 때 그녀에게 한 말이었다. 그 말을 들었을 때 약간은 싸했었는데 걱정하던 일이 그녀 앞에 실제로 일어나기 시작했다.

"저기요, 그 사람들이 당신, 그냥 운전기사로 데리고 다니는 거 몰라요? 나는 가까운 근처 한번 데려다준 적 없으면서 어찌 남한텐 그리 잘해요?"

남편은 주일날 아침에 여자 목소리가 담 넘어간다고 화를 냈다. 그녀는 차가 출발해서 모퉁이를 돌 때 문을 열고 차에서 내려 버렸다. 당황한 남편이 급히 차를 세우고 승용차에 탈 것을 요구했다. 그녀는 오늘은 교회에 가지 않겠다고 단호히 말하고 몸을 돌려서 집으로 걸었다. 남편의 차는 잠시 그 자리에서 멈추었다가 산모퉁이를 돌아서 사라졌다.

남편이 차에서 내린 그녀를 두고 혼자 교회에 간 뒤 그녀는 농로 한가운데서 잠시 머뭇거리다 다시 농로 따라 걸어서 집으로 갔다. 물론 마음이 편치는 않았다. 혼자 간 남편이 그녀는 왜 오지 않았냐는 교인들의 인사에 아마도 절절거리며 거짓말을 했을 것이다. 교회 예배가 마칠 즈음이면 안부 문자가 전화기에 불날 것이다. 이제 그녀도 남의 시선에 좌지우지되지 않으리라 다짐했다. 남편이 없는 거실에서 교회 가려고 잘 차려입었던 옷을 훌훌 벗어 던졌다. TV를 켜고 소리도 22로 높이고 음악프로 채널을 들었다. 11시 10분 예배 시작하고 기도순서가 될 시각이었다. 지금쯤이면 남편이 대표 기도를 해야 할 텐데 안 봐도 뻔하다. 아주 거룩하고 거룩하게 절절히, 어쩌면 눈물도 흘릴 것이다.

오후 예배가 끝나는 3시가 지나자 그녀의 전화기가 계속 울렸다. 아무 예고도 없이 그녀가 예배를 참석하지 않으니까 궁금도 하고 걱정도 되고 하였을 것이다. 그녀는 계속해서 울렸다 끊어지기를 반복하는 전화기를 무음으로 바꾸고 핸드백에 쑤셔 박아 버렸다. TV가 여전히 혼자서 트로트를 부르고 있었다. 4시가 지날 무렵, 남편의 차가 CCTV 속으로 들어오고 있었다. 그녀는 못 본 척할까 하다가 TV를 끄고 그녀의 방으로 들어갔다. 현관문 잠금장치 열리는 소리가 두 번 나고 세콤 해제하는 소리가 났다.

"세콤이 해제되었습니다.

남편이 그녀의 방문을 노크하고 바로 문을 열었다. 그녀는 미동 없이 책상 앞에 앉아서 뒤돌아보지 않았다.

"교회 다녀왔습니다. 당신 안 와서 권사님들이 걱정했어요. 몸이 좀 아파서 집에 있다고 말했어요. 연락 오면 내가 한 말대로 아프다고 해요. 공연히 말 만들지 말고요."

'흥, 체면은 중요한가 보지. 남의 시선은 부끄럽고 자기 양심엔 가책도 없나 봐.'

그녀가 속으로 중얼거리면서 들은 척도 하지 않자 남편이 그녀의 방문을 닫았다.

온종일 물도 한 모금 넘기지 않았더니 갑자기 허기가 몰려들었다. 물이라도 한잔 마시려고 그녀가 방에서 나왔다. 남편은 옷도 갈아입지 않은 채로 거실 소파에서 TV 리모컨을 만지작거리며 채널을 여기저기 돌리고 있었다. 무엇이라도 찾아 먹을까 하다가 뒤 베란다에서 물병 하나 꺼내서 그녀의 방 쪽으로 몸을 돌리는데 남편이 가슴에 품고 있던 핸드폰을 꺼내서 조심스레 통화했다.

"아, 예. 행사 잘 마치셨어요? 수고했습니다."

남편이 약간은 당황해하면서 말을 했는데 전화를 건 사람은 아는지 모르는지 목소리가 전화기를 넘어서 까르르 그녀의 귀에까지 들려왔다.

"아하하. 자기, 나 술 한잔했어. 기분도 그렇고⋯ 호오 호호."

"아, 그래요. 피곤하시겠어요. 행사 잘했다니 다행입니다."

"아하하하, 자기 뭐라는 거야?"

"아, 예. 제가 다시 전화드리겠습니다."

전화기 너머로 여자의 까르륵 소리가 온 거실에 퍼지는데도 남편이 급히 전화를 끊었다. 그녀는 손에 들고 있던 물병을 거실 바닥에 던져 버렸다. 사실은 남편 얼굴에 정통으로 맞추고 싶었는데 그러질 못했다. 남편이 버럭 소리 질렀다.

"아니, 이게 뭐하는 거요. 왜 갑자기 물건을 던지고 그래요?"

"왠지 몰라요? 좀 예의를 지켜요. 그런 통화 당신 방에 가서 하면 안 돼요? 뭐 자랑이라고 내 앞에서 그런 전화를 받아요?"

"허어 참. 내가 했어요? 온 전화 받은 것뿐인데. 그리고 아무 내용도 아니잖아요."

남편은 언젠가부터 벨 소리를 진동으로 돌리고 늘 소파 위에 두던 핸드폰을 가슴에 품기 시작했다. 또 집안에서 통화하기보다는 마당이나 소나무밭 사이를 산책하면서 어딘가로 전화를 하고 집안까지 들리게 웃기도 했다. 그녀는 직접 확인하지 않은 일로 다투기 싫고 자존심도 상하고 해서 눈 감고 귀 막았었다. 날이 갈수록 남편은 그녀 앞에서 예의를 지키지 않았다. 설령 바깥에서 그녀 몰래 비밀 주머니를 만든다 해도, 그녀 앞에서는 최소한의 예의를 지켜야 했다. 하지만 남편은 아니었다. 그녀와 30년 이상을 살면서 한 번도 사용하지 않았던 단어를 사용하기도 했다. '자기'라는 단어였다. 그녀를 ○○ 엄마라고 아들 이름을 붙여서 부르거나 아니면 그냥 '이봐요'라고 불렀다. 어느 날부터 그녀를 '자기'라고 부르기 시작했다. 처음에는 몰랐는데 남편이 언젠가부터 그녀를 자기라고 부르는 것을 그녀도 인식하기 시작했었다. 그 자기라는 단어의 시작인 전화기 여인의 목소리를 들으면서 그녀는 남편의 '자기'가 자신을 지칭한 것이 아니란 것을 알았다.

남편은 어이없다는 듯이 말하고 안방으로 들어갔다. 그녀도 지지 않고 남편의 방으로 따라 들어갔다. 그녀가 노크 없이 문을 열었을 때 남편은 그사이에 벌써 누군가와 통화를 하고 있었다.

"그래요. 내가 지금 그리로 갈게요."

그녀를 본 남편이 황급히 전화를 끊었고, 테이블 위에 있는 가방을 집어 들었다.

"저기요, 지금 이 저녁때 어디 간다고 그래요?"

남편은 대답 없이 그녀를 밀치고 안방 문을 나서고 있었다.

"나랑 얘기 좀 해요. 대체 왜 그러는 건데요?"

남편이 그녀를 한심하다는 듯이 내려다보고 말을 했다.

"참, 당신 어리석어요. 어쩜 그렇게도 몰라요. 자기 무덤 자기가 판다니까요."

"아니, 내 무덤 내가 파요? 내가 뭘 어쨌기에요?"

"그렇게도 몰라요? 남자들은 다 한 번씩 바깥으로 돌아요. 그래도 시간 지나면 다 집으로 와요. 그걸 하나 못 기다리고 자기 무덤 자기가 파요. 그러니까 당신은 자기 복을 털고 산다니까."

"어찌 그런 말을 해요? 좀 가려서 말해요, 차라리 이러고 사느니 이혼합시다. 그러고 나서 당신 하고 싶은 대로 날개를 달고 훨훨 살아요."

남편은 어이없어하는 표정으로 그녀를 보더니 비웃음 섞인 소리로 말을 이어 갔다.

"정말 세상 물정 몰라도 너무 모르네. 이 사람아, 이혼하면 뭐하고 먹고살 건데? 당신 나하고 이혼하면 군인연금 못 받는 거 알기나 한 거요?"

"뭐라고요? 아니 왜 못 받아요?"

"이봐, 그러니까 이러고 사는 거요. 군인연금은 60세 넘어서 이혼을 하면 이혼한 배우자에게는 연금 수령 안 돼요. 물론 60세 넘어서 결혼해도 재혼한 배우자에게도 연금 해당 안 되지만요. 이 사람아, 참 나."

그녀는 거실 바닥에 털썩 주저앉았다. 남편 말대로 헛살았다 싶었다. 지금까지 남편의 월급도 제대로 알지 못하고 살았는데, 날벼락 같은 소리였다. 남편은 결혼하고 나서도 월급을 그녀에게 맡기지 않았다. 왜 월급 주지 않냐고 그녀가 물었더니 시어머니가 말하기를 여자에게 돈 맡기면 간땡이 부어서 안 되니까 절대로 돈은 여자에게 주지 말라고 당부했다면서 월급을 주지 않았다. 새댁 시절 군인 월급이라야 정말 보잘것없었다. 또한, 그 적은 월급 문제로 남편하고 싸우기도 싫어서 월급을 남편이 관리해도 달라고 하지 않았다. 어른이 되면서부터 좋은 날 없이 그냥 살아져서 살았던 시간이 부질없었다는 생각이 들었다. 너무 오래 살았다는 생각이 머리를 스쳤다. 그녀에게 내일은 없었다. 그녀가 내일이라고 믿었던 날을, 남편은 그녀와 함께하지 않았다. 어쩌면 남편 말대로 그녀가 복을 털었을 수도 있었다. 남편과 살면서 치매 걸린 시모 때문에 참고, 머리 굵어 가는 아들딸 때문에 참았던 모든 것의 결과이기도 했다. 문제가 생기면 그때그때 해결했어야 했는데 눈 감고 입 다문 벌을 받는 거 같았다. 시모는 그녀가 결혼했을 때부터 치매를 앓고 있었다. 마지막엔 위암까지 걸려서 그녀를 달달 들볶았었다. 똥오줌 이불에 그냥 싸서 온 집안에 냄새가 배고 그녀의 몸에서도 냄새가 묻어났었다. 이웃 사람들이 시모보다 그녀가 먼저 죽을 거 같다고들 하기도 했다. 시모상 치르고 1년 뒤 다시 남편이 담낭암 선고를 받았다. 그녀의 간절한 기도와, 건강이 무너지면서까지 병간호한 결과로 살아난 남편은 그녀와 내일을 함께하지 않았다. 병원에서 석 달을 넘기지 못할 거라 했었는데 28번의 방사선 치료와 24번의 항암을 견디고 남편은 살아났다. 그 시간 동안 그녀는 병원 간이 침상에서 1년을 버텨야 했다. 남편이 병원에서 의사와 간호사의 보살핌과 치료를 받으며 끼니마다 영양가 높은 음식을 먹을 때 그녀는 간이 침상에서 버텨야 했고 굶거나 아니면 빵이나 남편이 먹고 남긴 음식 부스러기로 끼니를 때워야 했었다. 그러면서도 뭐가 먹고 싶다고 하면 남편이 말하는 건 어떻게 해서든 구해와서 남편 앞에 내놓

앉었다. 그렇게 살아난 남편의 내일 속에 그녀는 이제 없었다. 남편은 죽음에서 다시 살아났으니 이제부터 새로운 삶을 자유롭게 살고 싶다고 했다.

　그녀는 식탁 위에 가지런히 놓인 약 봉투를 집어 들었다. 남편과 그녀가 먹는 약들을 잊지 않고 먹기 위해서 식탁 위에 순서대로 정리해 두고 복용하고 있었다. 그녀가 가위를 집어 들고 신경안정제와 혈액 순환제가 들어 있는 약 봉투를 잘랐다. 그 옆에 놓인 수면제 스틸러스 약병 뚜껑을 열었다. 수면제는 한 달 분량만 처방받을 수 있었지만 먹지 않은 날이 있었기에 30알은 충분히 넘었다. 수면제와 신경안정제, 혈액 순환제, 한 움큼을 입에 털어 넣고 물을 마셔서 단숨에 약을 삼켰다. 남편은 그녀가 약봉지를 자르고 수면제를 삼키는 것을 보고도 그냥 강 건너 불구경하듯이 보기만 했다. 잠시 아주 희미하게 웃는 듯하기도 했다. 그녀가 거실 바닥에 무너지듯 풀썩 누웠다. 남편은 다시 휴대전화기가 진동으로 울렸는지 가슴에 품었던 휴대전화를 꺼내서 "아, 네. 지금 나가요"라고 급히 말하고 현관문을 열었다. 잠시 후, 현관 잠금장치 잠그는 소리가 달그락달그락 두 번 나고 "딩동댕 세콤이 작동하였습니다"라는 소리가 들렸다.

소심한
아주 소심한

    그녀는 목이 타는 듯한 갈증을 느꼈다. 머리끝에서부터 발끝까지 뒤틀리고 오그라드는 통증도 동반했다. 그녀가 고통으로 얼굴을 찡그리며 눈을 떴을 때 남편의 눈과 마주쳤다. 남편은 그녀의 머리 위에서 그녀를 내려다보고 있었다. 말을 해야 하는데 혀가 말려서 목소리가 나오지 않았다. '아 이런 빌어먹을, 살았잖아'라고 웅얼거렸지만, 소리는 입 밖으로 나오지 않고 사라졌다. 여전히 몸은, 아니 손가락 하나도 움직여지지 않았다.

    "괜찮아요? 당신 3일이나 계속 잤는데."

    남편이 아무렇지도 않게, 정말로 그녀가 잠에서 깨어난 것으로 아는 듯이 그녀를 내려다보면서 말을 했다. 그랬다. 그녀가 수면제, 신경안정제, 항우울증 약을 털어 넣고 무너지듯 마룻바닥에 누워서 정신을 잃고 잠든 지 3일이나 지나있었다. 변한 것은 하나도 없었다. 그녀는 여전히 살아있었다.

    아무 일도 일어나지 않았듯이 그날이 그날인 날이 하루 또 하루 쌓여 가고 있었다. 그녀가 살면서 거의 느끼지 못했던 허기가 자주 몰려 왔다. 분명히 아침을 먹었는데 돌아서면 또 배가 고팠다. 아침에 일어나면 몸이 땅속으로 자꾸만 꺼져 들어가는 듯했다. 몸이 천근만근 무겁기도 했다. 그런 그녀를 본 남편이 비웃듯이 보면서 말했다.

"아하하. 이 사람, 배속에 거지가 들었어요? 몸도 쪼끄만 사람이 밥 먹은 지 얼마나 됐다고 배고프다고 그래요. 아하하."

그녀는 자존심이 상했다. 하지만 그녀도 이해되지 않았지만, 너무 자주 허기가 지고 목이 말랐다. 자꾸만 졸리기도 하고 자리만 보면 눕고 싶었다.

3월 초, 어떤 날 면사무소에서 건강검진이 있으니 짝수 해에 출생한 주민은 건강검진을 받으라는 연락을 받았다. 그녀가 남편 아침상을 차려놓고 집을 나섰다. 이상하게 힘이 없고 걸음이 걸어지지 않았다. 택시를 불러서 갈까 했으나 그날따라 읍내 택시는 전화를 받지 않았다. 공복이라 더 기운이 없었다. 느릿느릿 오는 마을버스를 기다렸다가 타고 읍내 면사무소에 도착했다. 면사무소 마당에는 건강검진 버스가 두 대 있었고 마당 가득 나이 든 사람들로 가득 채워져 있었다. 그녀는 순간 잘못 왔다는 생각이 들었다. 하지만 이미 건강검진 하러 왔으니 그냥 돌아갈 수가 없어서 긴 대기자 줄 뒤에서 기다렸다가, 모든 검사 순서를 마치고 집으로 돌아왔다. 건강검진을 한 후 5일째 되는 날인가 면 소재지 보건소에서 다시 연락이 왔다. 당 수치가 너무 높으니 다시 보건소로 와서 재검진을 받으라고 했다. 면사무소 옆에 딸린 건물이 면 소재지 보건소였다. 그날도 보건소 복도엔 재검을 받으러 나온 나이 든 사람들로 가득 차 있었다. 그녀는 순서를 기다리는데 벌써 피곤이 몰려왔다. 한참을 기다린 후, 그녀 차례가 왔다. 보건소 직원이 그녀의 차트를 보면서 말했다.

"○○○ 님 공복혈당 수치가 500이 나왔습니다. 정상은 100~110입니다. 전에도 당뇨 진단을 받으셨나요?"

"아니요. 당뇨 진단받은 적 없습니다."

"당 수치로 봐서는 급당인 것 같은데 혹시 심한 스트레스를 받으셨거나, 아니면 약물 과다복용일 수도 있고요. 그것도 아니면 종합병원에 가서 진료를 받으셔야 할 거 같습니다. 우선 며칠 분의 약은 처방해 드리겠습니다. 꼭 종합병원에 가서 진료받으셔야 합니다. 당 수치로 봐서는 다른 곳이 원인이 있을 수도 있습니다. 그냥 방치하면 생명에 지장을 초래할 수도 있습니다. 다른 기능도 조금씩 나쁘게 나왔습니다. 당화혈색소가 높으면 온몸의 장기에 나쁜 영향을 끼칩니다. 간, 콩팥, 심장 등등요."

그녀가 보건소 문을 나서는데 다리가 후들거렸다. 물론 공복 상태이기도 했지만 급당으로 생명에 지장을 초래할 수도 있다는 말에 정신이 아득해 왔다. 그녀는 죽기 위해서 한 움큼 수면제와 신경안정제, 항우울증 약을 먹었는데 죽지 못하고 급당에 합병증까지 얻었다. 그녀는 분명 죽었어야 했다. 하지만 죽지 못했다. 그럴지라도 살고 싶은 생각은 없었다. 약을 먹은 건 그녀의 잘못이 분명했다. 하지만 그녀가 치사량의 약을 먹는 것을 보고도 문을 잠그고 세콤 장치까지 하고 외출해버린 남편은 무슨 생각이었을까, 궁금하고 분했다. 아침이면 몸이 땅속으로 빠져드는 듯했던 것도, 밥 먹고 돌아서면 허기가 지던 것도, 아무 일도 하지 않아도 피곤해서 눕고 싶었던 것도 다 당화혈색소가 높아서였다.

그녀가 보건소에서 집으로 돌아왔을 때 남편은 외출에서 돌아와 있었다. 남편은 지쳐서 돌아온 그녀를 향해 시장하다면서 빨리 밥을 차리라고 말했다. 그녀가 앞뒤 자르고 남편에게 물었다.

"저기요, 정말 궁금하고 이해가 안 돼서 그래요. 내가 약 먹고 마루에 누워서 3일이나 깨어나지 않았는데 당신은 어째서 나를 병원에도 데려가지 않았어요? 정말 아무리 생각해도 이해가 안 돼요."

남편이 그녀를 비웃듯이 바라보더니 툭 뱉었다.

"야! 이 사람아. 당신이 살기 싫어서 돈 주고 사 온 약으로 죽겠다는데 내가 왜 내 돈을 들여서 병원을 데리고 가나? 참 나, 아, 쓸데없는 소리 말고 밥 줘요. 나 배고파요."

"뭐라고요? 말이면 다 같은 말인 줄 알아요. 그래요. 내가 죽으려고 약 먹었습니다. 그런데요, 못 죽어서 정말 미안합니다. 다음엔 꼭 죽을 것으로 시도해서 당신 앞에서 죽어 줄게요."

남편이 어이없다는 듯이 그녀를 빤히 보다가 다시 말했다.

"그 참 이상한 사람이네. 당신은 살기 싫어서 죽는다고 합시다. 남아 있는 가족은 생각 안 해요. 나나 애들은 생각 안 해 봤어요? 남아 있는 사람이 당할 수모는 생각 안 했어요 아! 거 참 이해가 안 되네. 당신 정말 말이 안 통한다, 정말."

"그래요? 내가 만약에 죽었다 칩시다. 그런데요, 내가 약 먹는 거 당신이 보고 그냥 나갔지요. 허억, 그거 자살 방조죄라고 하는 겁니다. 알기나 해요?"

"아니 이 사람이 정말 정신이 나갔나? 야, 이 사람아. 죽으려면 곱게 죽어. 나머지 사람 힘들게 하지 말고. 알았어요?"

그랬다. 남편하고는 말이 안 통했다. 결혼하면서부터 그랬었다. 그때, 말이 안 통하고 두꺼운 벽 앞에 서 있는 느낌이었을 그때, 죽기 살기로 싸우든가 아니면 신발에 묻은 먼지까지 털고 일어섰어야 했었다. 그냥 입 닫고 눈감고 귀 막았던 그 벌을 지금 받는 것 같았다. 남편의 말을 들은 그녀가 생각하기로는 정말 헛살았다 싶었다.

남편은 아무 일 없듯이 여전히 날개를 달고 날아다니는 듯했다. 월요일부터 토요일까지는 아주 열심히 그리고 신이 나서 외출을 했다. 어이없게도 인터넷 말띠 방 모임 등산 가면서 그녀에게 도시락을 싸달라, 등산 온 사람들과 같이 나눠 먹을 수 있게 간식을 만들어 달라 요구를 했다. 더 기가 막힌 것은 등산 갈 때 입을 옷이 없다, 옷 사달라, 등산 가는 날이면 어떤 옷 입어야 어울리냐, 좀 봐달라, 별의별 것을 다 그녀에게 자문하고 시켰다. 처음엔 남편의 부탁대로 해 주었다. 보건소에서 급당으로 신체 기능 대부분이 무너졌다는 진단을 받은 후, 남편의 요구를 거절했다. 남편은 처음엔 펄펄 뛰고 화를 냈으나 그녀가 끝까지 못 해 주겠다고 버티자 물만 얼려서 등산을 갔다. 나중에 안 일이지만 산 아래 등산로 출입구에 도시락에서 간식까지 파는 노점상들이 있어서 집에서 준비했는지 등산 가다 노점에서 샀는지 알 수 없다고들 했다.

그녀는 홀로서기를 하기로 마음을 정했다. 살아도 괜찮고 또 죽어도 더 괜찮았다. 남편으로부터 독립해서 홀로서기를 하기로 또 다짐하면서 그녀 자신을 되돌아보았다. 우선 그녀는 자신의 수중에 돈이 얼마나 있나를 되짚어 봤다. 없었다. 결혼할 때 가지고 왔었던 돈 200만 원도 남편이 월급을 주지 않자 생활비로 다 내놓았었다. 남편은 결혼 후 첫 월급날이 지났는데도 월급을 그녀에게 주지 않았었다. 아무리 기다려도 월급 얘기를 하지 않는 남편에게 그녀가 왜 월급 받는 날이 지난 것 같은데 생활비를 주지 않냐고 물었던 적이 있었다. 그때 남편에게서 들은 답은 엄마가 여자에게 돈 맡기면 간땡이가 부어서 안 되니까 절대로 돈주머니는 맡기지 말라고 했다면서 거절을 했었다. 그 당시 1980년의 남편 월급은 정말 보잘것없었기에 그녀는 결혼할 때 가져간 지참금 200만 원을 남편 앞에 내놓으면서 말했다.

"저기요, 아저씨. 저는요, 커피도 마셔야 하고요. 가끔은 읍내로 나가서 짜장면도 사 먹고 또 영화도 보고 그래야 해요. 이거 내가 결혼 전에 모았던 돈인데요. 이걸루 우선 생활비 할 거니까 다시 생각해 보세요. 아저씨 월급은 제게 주세요."

그때 남편은 놀라는 얼굴을 했으나 경제권을 그녀에게 넘기지 않았다. 그녀도 남편과 싸우고 싶지도 않았고, 그 얼마 되지 않는 월급을 설마 남편이 끝까지 움켜쥐고 내놓지 않으리라 생각하지 못했었다. 1980년도 군인 월급은 노란 봉투에 담겨 나왔었다. 그때 그 노란 월급봉투를 본 적이 있었는데 다 합쳐서 6만 원인가 그랬었고 회식비, 경조사비, 기타 등등 제하고 나면 4만 원 정도의 액수였다. 너무 적은 월급에 그녀는 남편과 다투면서까지 노란 봉투를 손에 쥐고 싶지 않았었다.

빈손인 그녀에게 엎친 데 덮친 격으로 건강마저 망가져 버렸다. 그녀는 이 시점에서 그녀가 할 수 있는 게 무엇인가를 되돌아봤다. 우선 홀로서기를 하려면 경제적인 활동이 필요했다. 딱히 전문적인 기술이 있는 것도 아니고 곰곰이 생각하다가 TV에서 요즘은 요양보호사 자격증이 필요한 시대라고 했던 말이 생각났다. 그녀는 시내에 있는 요양보호사 교육기관에

등록했다. 남편에게는 듣기 좋은 말로 둘렀다.

"저기요, 요즘은 나라에서 요양보호사 자격증 따는데 보조를 해 준다네요. 나도 이참에 요양보호사 자격증 딸까 봐요. 나중에 쓸모가 있을 거 같기도 하고요."

남편은 나라에서 보조해준다는 소리에 자신의 돈이 나가지 않을 것이고 또 그녀가 교육받으러 다니면 아무래도 자신도 움직이는데 자유로울 거 같으니까 흔쾌히 그러라고 승낙했다. 물론 나라에서 하는 보조 같은 거는 없었다. 시집간 딸이 학원비를 송금해왔고 그녀는 남편에게 함구했을 뿐이다. 교육을 받는 동안 그녀가 얼마나 어리석게 살았나를 깨달았다. 치매 걸린 시어머니를 어린 그녀에게 맡겨놓고 감 놔라 배 놔라 했던 남편, 조금만 마음에 거슬리면 머리카락 휘어잡던 시모 신 여사, 살면 얼마나 산다고 어른 하나 맘 편히 모시지 못하냐고 코너로 몰아서 어린 새댁을 숨 막히게 했던 날들, 그녀는 자다가도 부르르 떨고 일어나서 앉았다. 이제 남편의 손가락 하나에 일어서라면 서고, 앉으라면 앉는 그녀는 다시는 없을 것이다.

그녀가 제일 먼저 소심한 아주 소심한 복수로 시작한 것은 식탁 위였다. 시골로 들어오면서 초봄부터 초겨울까지 집 짓고 남은 땅엔 먹거리가 넘쳐났다. 봄이면 냉이, 작은 도랑에 나는 미나리, 민들레, 머위, 두릅, 오가피 순, 연한 뽕잎, 부추, 무궁무진했다. 한번 심었더니 무공해로 해가 바뀌면 어김없이 땅을 밀고 올라왔다. 밭에 심은 배추, 열무, 상추, 케일, 가지, 오이, 감자, 고구마, 토마토, 종류별로 심은 고추… 나열할 수 없을 정도로 많았다. 김장김치에 여러 가지 장아찌, 식탁은 늘 금방 조물조물 무쳐낸 싱싱

한 찬으로 그득했었다. 그 많던 반을찬 다섯 가지로 줄였다. 밥도 늘 금방 해서 따끈따끈한 새로 지은 밥으로 올렸었다. 이 모든 것의 순서를 바꿨다. 그녀 밥그릇에 새로 지은 밥을 먼저 담았다. 남편은 아침이면 식사 시간인 줄 알면서도 다 차려 놓은 음식이 식을까 봐서 몇 번이나 식사할 시간이라고 불러야 겨우 씻지도 않은 부스스한 얼굴로 식탁에 앉았다. 그녀는 안방 문 노크하고 딱 한 번 식사하세요라고 말하고 얼른 문 닫았다. 문을 열 때 마다 큼큼한 이상한 냄새가 났다. 시모 신 여사에게서 나던 그 냄새였다. 그녀 눈에 가소롭게도 남편은 누워서 돋보기안경을 걸친 채 성경을 읽고 있을 때도 있었고, 핸드폰을 조물거리고 있을 때도 있었다. 분명히 부엌에서 덜거덕거리는 그릇 부딪히는 소리를 들었을 텐데도 그녀가 문 두드리고 부를 때까지 버티고 방에서 나오지 않았다. 그럴 때면 소급해서 남편의 엄마인 신 여사까지 생각나서 그녀는 더 울화가 치밀었다. 신 여사도 삼시 세 끼 따끈따끈한 밥 지어서 바쳐도 늘 식은 밥을 만들었다. 식사하러 나오라고 아무리 불러도 이불 속에서 일어나지 않았었다. 그녀가 나중에는 식사 때마다 밥 차려서 방으로 가지고 들어가도 팔로 얼굴 괘고 누워서 일어나지 않았다. 그리고 다 식어서야 수저를 들면서 밥이 식었네, 찬이 싱겁네, 하다가 밥상을 엎는 날도 부지기수였다. 그녀는 딱 한 번 식사하러 나오라고 부른 후에 남편이 나오지 않으면 먼저 후다닥 선 채로 아침을 먹고 그녀 방으로 들어 가버렸다. 남편은 그제야 식탁으로 나와서 그녀를 불렀다.

"○○ 엄마, 이리 좀 와봐요. 이거 좀 짜지 않아요? 이건 좀 식은 거 같은데 따끈따끈했으면 좋겠어요."

남편이 음식이 싱겁다, 짜다, 말을 하면 그녀는 아무 말도 하지 않고 그

지적한 음식을 음식 쓰레기통에 남편 보는 데서 버렸다. 그다음엔 다시는 그 반찬 식탁에 올리지 않았다. 남편은 처음에는 자기가 말하는데 말 떨어지기 바쁘게 버렸다고 자기를 무시하냐고 펄펄 화를 냈다. 그녀는 그런 남편에게 얼굴 똑바로 보고 목소리 낮춰서 말했다.

"저기요, 음식은 한 번 만든 거 다시 새 맛 내기 힘들어요. 짜거나 싱거운 거, 나는 솜씨가 없어서 맛있게 제맛 못 내요. 그래서 버린 건데요. 왜요? 다시 해줘요?"

"아, 사람아. 그럼 그렇다고 말을 해야지. 내가 말하는데 바로 버리니까 기분 나쁘고 오해했잖아요. 알았어요."

말을 마친 그녀가 남편이 식사를 다 하고 나면 남은 반찬과 밥을 음식 쓰레기통에 부어버렸다. 밖으로 나가려다가 남편이 그녀를 다시 불러세웠다.

"아니, 당신 지금 뭐 하는 거요? 왜 멀쩡한 음식을 버려요? 내가 무슨 병균이라도 옮겨요. 아낄 줄 모르고 먹을 수 있는 음식을 그렇게 함부로 버려요."

"아, 그래요. 알았어요. 잘 챙겼다가 다시 줄게요."

그녀는 남편의 말에 조곤조곤 답하고 남은 음식을 작은 밀폐 용기에 담아서 냉장고에 넣었다. 저녁 식탁에 냉장고에 보관했던 음식을 작은 찬 그릇에 옮겨서 담아 내놓았다. 때마다 따끈따끈하게 새로 지은 밥을 올렸으나, 그때부터는 전기밥솥에 한가득해서 냉동 용기에 담아 냉동실에 보관했다가 해동시켜서 남편의 밥주발에 담아서 식탁에 올렸다. 남편이 한 수저 뜨더니 인상을 찌푸리며 언짢은지 투덜거렸다.

"이거 너무 맛이 없잖아요. 아니 온종일 아무것도 하지 않으면서 밥 하나 하는 것을 냉동실에서 꺼내서 줘요. 지금 뭐 하자는 거요?"

그녀는 대꾸하지도 않았지만, 끼니마다 새 밥을 짓는 일은 다시는 하지 않았다.

그랬었다. 남편의 어머니인 신 여사도 그 옛날 그녀에게 그랬었다. 새 밥을 해서 바쳐도 일어나지 않고 음식이 식어서야 수저를 들었었다. 식사 전에 손을 씻거나 하지 않고 부스스한 모습으로 신 여사도 음식이 짜네! 맛이 없네 했었다. 갑자기 화를 내고 소리를 고래고래 지르기도 했었고, 그러고도 화가 풀리지 않으면 밥상을 들어서 던지고 했었다. 시모는 젓가락으로 음식을 뒤적이고 들었다 났다 했었고 입으로 베어 먹은 김치 조각을 다시 반찬이 담긴 그릇에 담기도 했었다. 그녀는 굶었으면 굶었지 침이 묻고 씻지 않은 손으로 주물럭이던 음식을 먹지 못했었다. 신 여사 몰래 버린다고 버렸지만 귀신같이 알고 그녀를 닦달했었다. 신 여사의 레퍼토리는 이랬다.

"집안 망해 먹을 년이 들어와서 음식 귀한 줄 모르고 함부로 버리냐. 내가 뭐 병이라도 걸렸냐? 왜 내가 먹고 남은 음식을 버리냐. 음식 버리면 천벌 받는다. 이년아."

어쩌면 딱 그대로 제 어미를 닮았는지? 점심때 남편이 밭에 나가 있거나 하면 처음에는 거실 창을 열고 식사하라고 크게 불렀었다. 그녀는 그리도 하기 싫었다. 10시쯤에 차가운 물이나 커피를 빵과 함께 가지고 나가서 남편에게 말했다.

"저기요, 이제 점심시간 12시 30분으로 정할까 봐요. 그 시간에 들어와요."

"이 사람아, 일하다 보면 시간을 넘길 수도 있지. 집에서 펑펑 놀면서 일하는 사람 부르는 게 뭐 그리 어렵다고 밥 시간을 정하고 그래요."

그녀가 속으로 중얼거렸다.

'흥, 내가 집에서 펑펑 논다고? 쳇, 밥하고 빨래하고 청소하고 삼시 세 끼 밥하고 그 사이사이 커피 타고 간식해 내는 게 네 눈에는 펑펑 노는 걸 루 보이는구나.'

그녀는 표정도 목소리도 바꾸지 않고 조곤조곤 말했다.

"아니요, 그래도 그 시간에 들어와요. 오늘부터 점심시간은 12시 30분 으로 정할 겁니다."

그녀가 들고 나간 간식거리와 물을 건네고 집안으로 들어왔다. 물론 처음엔 남편은 식사 시간을 지키지 않았다. 그녀도 12시 30분에 점심을 차리고 그녀 혼자서 식사를 했다. 남편은 그녀가 정한 12시 30분을 넘기고 1시가 지나서 집안으로 들어왔다. 따끈하게 차려졌던 점심은 식어서 제맛이 나지 않았다. 남편이 마땅치 않은 얼굴로 수저를 들어 식사했다. 그녀는 남편이 식사하는 동안 그녀의 방으로 들어가서 나오지 않았다. 점심을 마친 남편이 거실에 누워서 TV를 보고 있었다. 그녀가 식탁을 정리하면서 그릇 부딪히는 소리를 크게 내도 남편도 감은 눈을 뜨지 않고 자는 듯 누워있다가 밭으로 나갔다.

남편은 여전히 댄스반을 나갔다. 그 댄스반 안에서도 다시 친목회를 만들어서 금촌이나 일산에 있는 콜라텍을 다녔다. 그런 날이면 현관문을 들어서면서 그녀의 옷차림을 아래위로 흘어 보았다. 하긴 남편이 그녀의 옷차림에 대한 간섭은 신혼 초부터였었다. 신혼 초에 퇴근해서 들어 온 남편이 그녀의 차림새에 대해서 지적을 했었다.

"이봐요, 왜 집에서 그렇게 있어요."

"이게 뭐 어때서 그래요. 다들 티에 바지 뭐 그렇게 입고 있지 않나요?"

"아니, 미장원에 가서 머리도 하고 화장도 이쁘게 하고 긴 원피스 입고 그럼 안 돼요?"

"저기요, 아저씨. 두 시간에 한 번씩 다니는 버스 타고 읍내까지 나가서 미장원 가고 화사하게 화장하고 드레스 입고 하려면 아저씨 월급 며칠이면 다 쓰거든요. 그리고 아저씨 저한테 월급도 안 주잖아요."

"그래요, 돈이 많이 들어요?"

남편은 돈이 많이 든다는 그녀의 말에 드레스 입으란 말을 더 이상하지는 않았지만, 아침에 일어나서도 또 퇴근해 와서도 그녀의 차림새를 훑어보곤 했었다. 그녀도 남편의 기분 나쁜 시선이 싫어서 아침에 일어나면 늘 단정한 차림으로 있었고 옷매무새에 신경을 썼었다. 그런 사정을 모르는 사람들은 그녀가 집에서도 늘 외출복처럼 입는다고 흉을 보기도 했었다. 그럴지라도 그녀는 속사정을 얘기하거나 하지는 않았다.

당뇨는 쉽게 잡히지 않았고 시간이 지날수록 조금씩 더 나빠져만 갔다. 그녀는 나름대로 그녀만의 세계를 만들어 갔다. 남편이 차를 몰고 나가면 세콤 장치를 하고 TV를 크게 틀고 음악을 듣기도 하고 거실에서 편하게 널브러지기도 했으며 어떤 때는 냉장고 문에 기대고 앉아서 먹지도 못하는 참이슬을 병나발 불기도 했다. 그러다 꺼이꺼이 울기도 했었고 잠이 들었다가 깨어나면 아무 일도 없었다는 듯이 얼굴 말갛게 씻고 빨간 장화 신고 개밥을 주고 개똥을 치우고 마당에 나가서 잔디에 난 잡풀을 뽑기도 했다. 남편은 언제나 당당했다. 자신은 평생을 열심히 살았으며 지금도 일주일 열심히 일하고 남은 한가한 시간에 나가서 취미생활 즐기는 거라고 당당하게 그녀에게 말했다. 그녀는 남편의 말을 들은 척하지 않고 도중에 그녀의 방으로 들어가서 문을 닫아버리거나, 밖으로 나가서 복순이와 이야기를 하기도 했다. 복순이는 복희가 낳고 일주일 만에 죽어서 그녀가 우유 먹여 살린 유일한 진돗개 잡종 개였다. 복순이는 그녀를 아직도 엄마로 아는지 무슨 일이 있어도 그녀에게 짖거나 하지 않았다. 그녀는 조용히 움직이고 일을 하면서도 홀로 설 방법이 무엇인지를 생각했다. 우선 수중에 쥔 것이 없었다. 그때부터 그녀의 수중에 들어오는 돈은 다시는 나가지 않았다. 처음에는 이게 뭐가 될까 했었지만 그래도 아주 조금씩 모이기 시작했다. 우선 아들딸들이 다달이 자동이체로 보내는 용돈이 그녀에게는 종잣돈이었다. 또한 설에, 추석에, 어버이날에 생일 때 쥐여주는 용돈도 남편에게 내놓거나 살림에 보태서 쓰지 않았다. 어떤 날, 신나게 놀다 온 남편에게 말했다. 아마도 콜라텍에서 놀다 온 게 아니지 싶었다. 콜라텍에서 오는 길이라면 담배 냄새에 찌들고 몸에서 이상한 큼큼한 냄새가 나는데 금방 목욕탕에서 나온 듯 싸구려 화장품 냄새가 났고 얼굴이 빤질빤질 깨끗했다.

"저기요, 이제부터 나도 내 용돈 쓰게 주세요."

"아니 이 사람아. 내가 준 카드로 쓰면 되지, 지금까지도 그래 와 놓고 갑자기 왜 그래요. 그 참 이상한 사람이네."

"이제 싫어요. 내가 카드 쓰면 당신 핸드폰으로 쪼르르 문자 가고 내가 뭐 하는지, 내가 어디 있는지 다 문자로 보고하는 거 이제 안 하려고요. 나, 많이도 안 써요. 딱 50만 원만 현금으로 내가 찾아서 쓸게요."

"아니 뭣 때문에 그러는데요? 그냥 하던 대로 내가 준 카드로 결제하면 되는데 왜 복잡하게 그래요."

"아니요. 50만 원 내 용돈으로 찾아서 그 안에서 김밥 사 먹고 루주 사서 바르고 팬티 사서 입고 커피도 한잔 마시고 할 겁니다. 그리 알아요."

남편은 그냥 하던 대로 하라고 펄펄 뛰었지만 그녀는 남편의 통장에서 딱 50만 원을 찾아서 그녀의 통장으로 입금했으며 필요한 용품을 샀다. 단 생활비 쓰는 통장에서 그녀의 병원비만 결제하기로 정했다. 남편이 그녀의 용돈에서 지출하라고 우겼으나 그녀는 단호하게 거절했다. 이미 그녀가 당뇨에 합병증으로 병원비가 적지 않게 지출되고 있기 때문이었다.

그녀와 남편의 끝나지 않는 시간들이 속절없이 흘러갔다. 남편은 타인의 시선에 민감했고 공식적인 장소에서는 둘도 없는 애처가였으며 아주 금실 좋은 부부로 비쳤다. 다시 봄이 왔다. 남편은 전원에 지은 집을 지인들에게 자랑하기 위해서 봄이면 나무를 사다 심었다. 그해 봄도 남편이 싫다는 그녀를 차에 태우고 과실나무를 사기 위해 읍내를 나갔다. 농협 공터에서 화사하게 핀 꽃들과 묘목을 파는 장터가 열렸다. 남편이 밤나무를 사기 위해 흥정했다. 그냥 묘목의 값을 깎아 달라고 했으면 될 것을 말실수를 했다.

"묘목의 상태가 좋지 않구먼, 뭘 그래요. 에이 그러지 말고 조금만 깎아 줘요."

남편은 묘목이 실하지 않다고 트집을 잡았다. 화가 난 묘목 상인이 남편을 향해 목소리를 높였다.

"이봐요, 댁한테는 나무 팔지 않겠으니 당장 내 가게에서 나가요. 아니 왜 내 멀쩡한 나무를 상태가 나쁘다고 그래요. 그 나무 내가 얼마나 정성

들여 키운 건지 알아요? 당장 나가요, 당장."

남편은 별거 아닌데 성질도 사납다면서 임업판매장이 있는 금촌 쪽으로 차를 돌렸다. 공교롭게도 임업판매장에는 밤나무가 다 팔려서 동나고 없었다. 다시 농협 구판장 앞 묘목 판매장으로 와서 그녀에게 밤나무를 사 오라고 시켰다. 그녀는 조금 전에 그렇게 묘목 판매하는 상인에게 함부로 말하고 그 사람이 나무 안 판다고 몰아냈는데 왜 나를 앞세워서 나무를 사게 하느냐고 싫다고 했다. 남편은 그녀를 융통성 없는 여자라고 몰아세웠다. 할 수 없이 그녀가 묘목 상인에게 사과하고 밤나무 세 그루를 살 수 있었다. 그녀도 기분이 상해서 남편에게 싫은 소리를 했다.

"저기요, 왜 말을 함부로 해서 사람 기분을 상하게 해요."

남편은 되레 그녀에게 화를 냈다.

"아, 그 사람 참 융통성 없네. 야 이 사람아, 부부가 한 사람이 흥정하다 안 되면 다른 사람이 할 수도 있고 그렇지, 그게 뭐 그리 대단하다고 잔소리를 하나."

"늘 그런 식이지요. 다른 사람 생각은 안중에도 없지요. 말도 가려서 할 줄 알아야지요. 묘목 사장이 왜 화내는지도 모르지요?"

"야! 이 사람아. 어쨌든 밤나무 사 왔으면 되는 거지 뭐가 문제요. 이 사람이 운전하고 와서 피곤한 사람한테 쓸데없이 잔소리하고 그래."

"그게 쓸데없어요? 어째서 그런데요."

그녀도 물러서지 않고 다른 때와 다르게 남편을 똑바로 바라보면서 말을 했다. 남편은 그녀를 향해 주먹을 쥐고 휘두르면서 말했다.

"이게 어디다 대고 눈 똑바로 뜨고 말대꾸야?"

그녀는 날아오는 남편의 주먹을 무의식적으로 오른팔로 막았다. 그녀가 휘청하면서 마룻바닥으로 넘어졌다. 쇳덩이로 내리치는 듯한 통증을 느꼈다. 순간 그녀는 아차 실수했구나 싶었다.

그냥 날아오는 남편의 주먹에 무방비로 맞아야 했는데 본능적으로 막았구나 하고 후회했다. 오른팔이 부어오르고 온몸이 아파져 왔다. 그녀는 택시를 불러서 시내에 있는 정형외과를 갔다. 엑스레이를 찍고 의사의 문진이 있었다. 어쩌다가 다쳤냐는 의사의 문진에 남편이 주먹으로 얼굴 때리려는 것을 팔로 막다가 다쳤다고 그대로 말했다. 의사가 진료기록부에 그대로 기록을 했다. 의사가 진단서 끊을 거냐고 묻길래 그녀가 그러라고 말하고 물리치료를 받았다. 여전히 온몸이 저리고 아팠다. 그녀는 입원해서 치료를 받으라는 의사의 권유를 뿌리치고 치료비와 진단서 대금을 지불하고 다시 택시를 불러 타고 산골 집으로 돌아왔다. 그녀가 집으로 돌아오고 얼마 후 남편이 현관문을 들어서는 그녀를 향해 화를 내며 소리를 질렀다.

"당신, 오늘 어디 갔다 왔어요?"

그녀가 대답하지 않고 그녀의 방으로 들어가서 침대에 누웠다. 남편이 그녀를 따라 들어와서 또 소리를 버럭 질렀다.

"야! 이 사람아. 어디 다녀왔냐고 물었잖아요. 당장 일어나지 못해요."

그녀가 더욱 몸을 웅크리고 일어나지 않자 그녀를 확 잡아 일으켰다. 머리가 휭 돌고 어지러웠다. 남편이 그녀를 두 손으로 잡아서 정면으로 마주 보게 앉혔다.

"놔요, 아파요."

"어디서 오냐고 묻잖아요."

그녀가 묵묵부답이자 남편이 말을 이어 갔다.

"당신 병원서 오는 길이지? 내 전화기에 문자가 뜨길래 봤더니 135,000원 결제가 병원으로 됐더군. 내가 전화해서 알아봤더니 뭐 진단서 값이라고 그러네. 그거 뭐하러 끊은 거요? 이 사람이 정신이 있나 없나. 돈이 썩어나는 거요. 부부 싸움은 칼로 물 베기라고 했는데 남편하고 싸웠다고 병원 쪼르르 가서 진단서를 끊어요, 이거 뭐 하자는 거요?"

남편이 소리를 높이든지 말든지 그녀는 들은 척도 하지 않고 그냥 앉아 있었다. 남편은 더 당당하게 말했다.

"당신 진단서만 끊으면 다 되는 줄 아는데 내가 때렸다는 증거 있어요? 누가 봤느냐고요? 증인이 없잖아요. 당신이 미안하다고 사과하면 내가 그냥 넘어가겠지만 그렇지 않으면 절대로 용서 못 해요. 허 거참. 그거 당신 성질이 더러워서 자기 분을 못 이겨서 자해하고서 병원 가서 진단서 끊었잖아요. 그래요, 한번 해 봅시다. 한 번."

그녀가 몸을 부르르 떨면서 남편에게 말했다.

"뭐? 자해? 이 개만도 못한. 말이면 다하는 줄 알아요. 그래 한번 해 봅시다. 진단서, 의사가 끊으라고 해서 끊었는데, 뭐 어째요? 자해? 좋아요. 댁 말처럼 한번 해 봅시다."

"뭐 댁? 개만도 못해? 이게 미쳤나. 뒤지고 싶구먼."

남편은 이번에는 주먹을 올리거나 하지 못했다. 그녀가 지지 않고 덤볐다.

"개도 은혜 입은 사람에게 머리 들지 않아요. 우리 복순이 난 지 7일부터 내가 젖먹여 키웠더니 나를 엄마로 알고요. 한 번도 머리를 들거나 이를 드러내지 않았어요. 개도 댁처럼 안 그래요. 댁의 엄마도 암, 댁도 암, 내가 뼈에 가죽만 남도록 골병들어가면서 병수발들었더니 은혜를 원수로 갚아요? 복순이도 안 그래요, 복순이도."

"이 사람이 정신이 나갔네! 나갔어. 죽고 싶구먼."

"그래요. 나 어른이 되면서부터 하루도 빠짐없이 날이면 날마다 죽고 싶었어요. 내가 댁이라고 해서 기분 나쁜가 본데, 댁은 나를 평생 댁의 하인으로 부렸잖아요. 하인이면 월급이라도 줬어야지요. 댁은 그냥 나를 월급도 안 주고 착취했잖아요. 나, 이제 댁이 앉으라면 앉고 서라면 일어서는 22살 아닙니다. 그리고 댁이 무서워서 암 소리 않고 산 줄 알아요? 천만에, 내 아들딸 고아 될까 봐, 혹시 잘못될까 봐, 눈 감고 입 다물고 귀 막았을 뿐입니다. 이제 내 아들딸 다 어른 되고 내 손길 필요 없으니, 죽어도 겁나지 않습니다. 그래요, 한번 해 봅시다. 법? 웃기고 있어, 정말."

남편은 상상도 못 한 그녀의 반격에 숨 막혀 하면서 자신의 가슴을 손바닥으로 쳤다. 그녀는 한 번도 말대꾸하거나 덤비지 않았으며 잘못한 것이 없어도 자신에게 늘 잘못했다고 사과를 했었다. 이번에 그녀는 달랐다. 울지도 않았으며 남편을 무서워하지도 않았다. 그녀는 3일 만에 깨어났을 때 그녀 자신을 돌아봤다. 다 그녀의 잘못이었다. 그녀 자신을 아끼고 사랑했어야 했는데, 그녀는 치매 걸린 시모의 광폭함 앞에서 절절맸었다. 남편의 억지에도 아들딸 잘못될까 봐서 무조건 빌었었다. 잘못한 것이 없어도 그냥 내가 미처 생각하지 못했습니다. 다음부터 조심할게요라고 얼버무리고 지나갔던 게 잘못이었다. 그녀는 지성이면 감천이라 믿었는데 아니었다는 것을 너무 늦게 깨달았다. 그날 이후 그녀가 조용조용하게 변하고 있었음을 남편이 몰랐을 뿐이었다. 그녀는 이제 세상 물정 모르던 22살도 아니었고, 아들딸 때문에 숨죽여 살던 엄마도 아니었다. 그녀는 남의 머리는, 남의 생각은 고치지 못한다는 것을 너무 늦게 알았다. 죽기로 작정했으나 죽지 않았고 온몸의 장기가 망가진 그 날 이후 그녀의 생각, 그녀의 머리를 고치기로 했을 뿐이었다. 그녀가 소심한 아주 소심한 반격을 시작했을 때 남편이 알았어야 했다. 너무 늦었지만 이제 시작이다. 걸어 다니는 종합병원이지만, 나이 들어서 어렵겠지만 홀로서기 힘들지라도, 다시는 잘못도 없이 무릎 꿇거나 머리 숙이지 않기로 했다.

얼마 후 그녀에게 더 억장이 무너지는 일이 일어났다. 일이 있어 읍내를 나갔던 그녀가 우유를 사기 위해서 편의점을 들렀다. 1리터짜리 우유를 계산대 위에 놓고 생활비로 쓰는 카드를 내밀었다. 편의점 아르바이트생이 카드를 몇 번이나 결제기에 넣었다 뺐다 반복하다가 그녀를 향해 말했다.

"손님! 이 카드 분실신고 된 카드라고 뜨는데요."

"네? 그럴 리가 없는데요. 다시 한번 확인해 보세요."

"저기요, 손님, 이 카드 어디서 난 겁니까?"

아르바이트생이 그녀를 향해서 말을 하면서 전화기를 집어 들었다.

"이봐요, 이 카드는 제 남편 거예요. 뭔가 잘못된 거 같은데, 잠시만요."

남편에게 전화했으나 부재중이란 안내만 흘러나왔다. 그녀가 지갑에서 주민등록증을 내보이면서 말을 했다.

"저기요, 여기 호주 이름이 카드에 적힌 이름과 같잖아요. 우선 제 신분증 맡길 테니까 카드 주세요."

아르바이트생이 그녀의 신분증을 보면서 잠시 생각하는 듯하다가 그녀에게 신분증과 카드를 돌려주었다. 그녀가 편의점을 나와서 건너편에 있는 택시 승차장에서 택시를 타고 산골로 돌아왔다. 남편은 어쩐 일인지 집에 있었다. 그녀가 남편을 향해 큰소리로 말을 했다.

"이봐요, 생활비 카드를 분실신고했어요? 내가 그 일로 오늘 무슨 일 당했는지 알기나 해요?"

"그래요, 내가 생활비 카드 분실신고했어요. 왜요? 내 카드 내가 분실 신고했는데 뭐 할 말 있어요?"

"뭐 어째요? 그냥 거래 정지도 아니고 분실신고를 해요? 편의점에 우유 사다가 그 카드 분실신고 된 거라고 경찰에 신고하려고 하는 거 주민등록증 보여주고 간신히 왔습니다."

"흥! 그러기에 누가 돈 무서운 줄 모르고 진단서 끊고 그러래요. 당신이 잘못했다고 빌고 사과하지 않으면 이번엔 정말 나도 그냥 넘어가지 않아요. 암튼 그리 알아요."

"뭐? 그래, 사과 같은 소리 하고 있네. 자! 여기 있다. 카드."

그녀가 카드를 남편 앞에 집어 던지고 그녀의 방으로 들어와서 문을 잠그고 창문틀에 길이가 긴 스카프를 걸었다. 남편이 문을 두드렸다. 문이 잠긴 것을 확인한 남편이 열쇠 꾸러미를 찾아서 문을 열고 들어왔다. 남편이 그녀의 방문을 여는 그 순간 창문틀에 걸린 스카프에 목을 걸었다. 남편이 날다시피 해서 그녀의 손에서 스카프를 뺏어 버렸다. 그녀가 바라락 소리를 질렀다.

"야, 나가! 나 이제 그만 살 거야. 정말 사는 거 지긋지긋해. 이제 더는 안 살아."

"이 사람이 왜 이래요? 이게 뭐 하는 거요. 자살이 얼마나 큰 죄인데. 지옥 가는 거 몰라요."

"흥, 지옥? 여기가 지옥이야. 이쪽 지옥에서 저쪽 지옥으로 이사 가는 거 나 안 무서워."

"왜 이래? 이 사람이."

"왜 그러냐고? 몰라서 물어? 그만 살려고 그런다. 흐어, 나 댁하고 댁의 엄마가 있는 천국이면 안 갈 거야. 우리 죽어서도 만나지 말자고."

남편은 급했는지 풀썩 무릎을 꿇었다. 그리고는 그녀가 남편과 살면서 한 번도 보지 못했던 이상한 표정을 지으면서 두 손을 모으고 말했다.

"여보, 여보. 내가 잘못했어요. 그러지 말아요. 우리 말로 합시다."

"난 이제 댁하고 할 말 없어요. 댁이 목숨보다 아끼는 돈 가지고 댁이 앉으라면 앉고 서라면서는 여자 골라서 살아요. 난 이제 댁하고 인연 여기까지란 거 명심하세요."

지금은
조율 중

그 사람이 퇴직했다. 그의 마지막 직장이었다. 그가 첫 직장에서 29년 6개월 만에 퇴직했다. 물론 정년퇴직은 아니었다. 감기도 한 번 걸리지 않았던 그는 어느 여름날 갑자기 쓰러져 암이라는 진단을 받았다. 생존율 2%라는 그 기적 같은 확률을 뚫고 살아났다. 28번의 방사선 치료와 24번의 항암을 견뎌내기도 했다. 암 환자는 치료도 중요하지만, 그 뒤에 따르는 요양이 더 중요하다는 의사의 권유로 파주 산골로 집을 지어서 이주했다. 그는 감사하게도 잘 버텨 주었고 항암 치료 후 5년을 지나 의사로부터 완치 판정을 받았다.

군은 참 냉정했다. 암 판정을 받음과 동시에 그의 모든 기록이 국군수도통합병원으로 이첩되었다. 그는 수도통합병원에서 전역을 했다. 그는 자기는 군인으로 죽고 싶었는데 그녀가 우겨서 병원에 입원하게 했다고 원망의 말을 했다. 어찌 되었든 그는 98% 사망과 2% 생존에서 운 좋게 살아남았다. 하지만 모든 것이 단 몇 줄의 말처럼 그렇게 쉽지는 않았다. 그가 병원에 입원해 있을 때는 그래도 괜찮았다. 직업이 군인이었던 그는 대부분 훈련이다, 파견 근무다, 또 훈련이다 해서 집에 오는 일이 드물었다. 그 사람이 오는 날은 그녀는 그를 손님 대하듯 극진히 대접해서 보냈다. 뭐 죽고 못 살아서 결혼한 것도 아니었다. 아버지 돌아가시고 집안에서 서둘러서 오빠가 먼저 그 사람을 만났다. 사람이 괜찮다는 오빠에게 등 떠밀려서 중매로 선을 보고 결혼이 뭔지도 모르는 어린 나이에 결혼했다. 연년생으로 아들딸이 태어나고 치매 걸린 시어머니의 치다꺼리에 지치는 사이 아이들은 감사하게도 잘 자라 주었다. 시어머니는 그녀가 결혼한 지 19년 6개월 되는 해에 위암으로 돌아가셨다. 시어머니로 인해 그녀는 영혼이 무너져 내렸었다. 어린 나이에 시집을 와서 신혼이 뭔지도 모르고 늘 조마조마한 날들을 보내면서 살았다. 치매 걸린 시어머니가 하루도 편할 날 없이 사고를 치고 다녔다. 말 많은 군 아파트에서 남의 집 현관문을 덜컹덜컹 열고 불쑥 들어가기도 하고 마음에 드는 물건이 있으면 그냥 집어오기도 했었다. 부대 가족목욕탕에서 미끄러져 넘어져서 발가벗은 채로 의무대로 실려 가기도 했다. 또 어떤 날은 술에 취해서 길바닥에서 오줌을 싸고 잠이 들기도 했었다. 또 다른 날은 동사무소에 찾아가서 자기는 아들도 딸도 없이 사는 노인이라 우기며 영세민카드를 달라고 동사무소를 뒤집기도 했으며, 수색에 있는 병원에 가서 우리 며느리 이름 아무개라고 하면서 막무가내로 드러눕기도 했다.

더 기가 막힌 것은 군 아파트 입주 전의 일이었다. 자기는 아들도 딸도 없이 화전에서 전셋집에 산다고 하니까 어떤 미친놈이 할머니 돌아가시기 전까지 어머니로 모시고 살겠다고 그녀의 집까지 온 적이 있었다. 두 번은 그녀가 잘 타이르고 협박도 해서 돌려보냈었다. 세 번째는 시어머니와 젊은 놈팡이가 술이 잔뜩 취해서 그녀의 집으로 밀고 들어 왔었다. 시어머니가 전세 산다고 하니까 그 젊은 놈팡이가 전세금을 노리고 온 것이었다. 그때는 그녀가 혼자서 처리하지 않고 근무 중인 그 사람을 불렀다. 술에 취해서 널브러진 시어머니와 그 놈팡이를 보고 기가 막혀 하는 그에게 말했다. 지금이 처음이 아니고 세 번째라고 말이다. 그가 어이없어하는 얼굴로 물었다. 왜 지금까지 아무 말 안 했냐고. 그녀가 말했다. 무슨 말을 어떻게 해도 당신 엄마인 건 변하지 않는데 뭐하러 말하냐고 그녀가 말했다. 그런데 이번엔 왜 자기를 불렀냐고 그가 물었다. 그러할지라도 당신 엄마니까 이번엔 당신이 한 번 눈으로 확인하라고 불렀다고 했다. 또 그녀가 술 취해서 시어머니 방에서 잠든 저 남자도 내보내라고 말했다.

아무튼, 다 일일이 열거하기 힘들 정도의 일들이 일어났다. 팔순이 지나서도 쌀 한 가마니 번쩍 들던 시어머니가 자리에 누워서 똥오줌 그냥 이불에 싸고 9개월 만에 가셨다. 위암이었는데 먹고 토하기를 반복하면서도 밥 먹은 것을 잊어버리고 배고프다고 밥 달라고 소리소리 지르며 그녀를 달달 볶았다. 환자용 기저귀가 있었지만 갑갑하다고 그냥 벗어 버렸다. 이불에다 똥오줌 그대로 싸버려서 아침저녁으로 이불 빨래를 해야 했다. 그래서 그녀의 베란다에는 늘 이불이 걸려있었다. 냄새도 고약했다. 약국에서 크레졸을 사다가 애벌로 방을 닦아내고 다시 물걸레질해도 냄새는 쉽게 지워지지 않았다. 늘 똥오줌 냄새와 크레졸 냄새가 그녀의 몸에 배어 있었다. 병원에서 길어도 한 달을 넘기지 못할 거라고 했었다. 하지만 시어머니는 6개월을 더 사셨다. 사람들이 그랬다. 아무리 독하게 시집살이를 시켰어도 돌아가실 때는 미안하다고 빌고 이생에 맺힌 거 다 풀고 간다고들 했었다. 하지만 시어머니는 그녀에게 미안하다거나, 나 때문에 고생한다거나, 그런 말없이 마지막 말도 '야, 밥 줘'였다.

그녀는 그 사람과 한 번도 단둘이서 살갑게 살아 본 적이 없었기에 시어머니의 부재가 그리 홀가분하지 않았다. 비록 치매가 걸려서 제정신은 아닐지라도 어른이 계셔서 어지간하면 참고 지나가던 일들이 사소하게 부딪히고 서로에게 생채기를 남겼다. 그녀의 몸은 더 작아져서 몸무게가 42kg으로 줄었다. 맞는 옷이 없어서 고무줄 바지를 입고 다녔다. 시어머니가 돌아가셨으니 좀 다리 펴고 살 줄로 착각을 했었다. 하지만 하루하루가 쉽게 흘러가지 않았다. 별것도 아닌데 그 사람도, 그녀도 감정이 제어되지 않고 의견이 충돌했다. 그 아슬아슬하던 그 사람과 그녀의 외줄 타기는 그 사람이 아프면서 잠시 멈추는 듯했다. 그가 암 판정을 받고 병원에서 1년 반 만에 항암 치료를 마치던 그때가 제일 애틋했던 시간이었다. 잠들어 있으면 혹시나 하는 마음에 숨을 쉬나 확인을 한 적도 있었다. 그 사람이 숨을 쉬는 것이 확인되면 그로 인해서 감사해 하기도 했다. 병원 저녁 식사 시간은 5시여서 겨울 긴 밤은 허기가 지기도 했다. 그런 날이면 몰래 병원을 빠져나와서 병원 앞 좌판에서 붕어빵 다섯 개와 따끈한 어묵 국물로도 행복했었다. 어쩌면 그때가 같이 살면서 서로를 불쌍히 여겼던 시간이었지 싶기도 하다.

그 사람은 자기가 활동하던 지역을 벗어나기를 싫어했다. 그냥 고양시 어디쯤에서 살고 싶어 했다. 하지만 그녀는 생각이 달랐다. 암 환자는 암 수술이나 항암 치료보다는 그 뒤 오는 요양이 더 중요하다고 누누이 들었던 터라 공해에 찌든 도시에서 살기를 원하지 않았다. 그 사람이 항암 치료를 마치고 군인아파트를 비워야 했을 때도 그녀는 책임자를 찾아가서 3

개월만 더 군인아파트에서 살 수 있게 해달라고 부탁을 했다. 그 3개월 동안 파주에 마련한 땅에 집을 짓고 이주하겠다는 계획을 듣고서 군 책임자는 군 아파트에서 3개월 더 살 수 있게 허락을 했었다. 우여곡절 끝에 파주 산골에 집을 짓고 이주를 했다. 그녀의 계획대로 그 사람은 조금씩 기력을 회복했고 5년이 지나자 암 완치판정을 받았다. 그가 건강을 회복하고 보훈처에서 마련해준 직장에 다시 취직했다. 아침 7시에 출근해서 6시에 퇴근하는 안정된 생활을 하면서 그와 그녀의 생활도 평안한 듯 보였다.

그 사람이 마지막 출근하는 날은 그녀가 집에 없었다. 대전 사는 딸이 연말이라 야근에 회식에 퇴근이 늦어진다고 손자를 봐달라고 해서 딸 집에 다니러 갔다. 29일과 30일, 이틀만 손자를 봐주면 된다고 했었는데 갑자기 회식 날짜가 1월 2일로 변경되는 바람에 부득이하게 해를 넘기게 되었다. 그가 12월 31일 마지막 출근을 하고 1월 1일 0시에 송구영신 예배를 드리고 집에서 휴식을 취한 후, 그녀가 있는 대전 딸 집으로 오후에 내려왔다. 그의 퇴직 후 첫날은 손자 손녀의 재롱 속에서 잘 지나갔다. 저녁은 신탄진에서 유명한 해물 칼국수를 먹고 후식으로 커피숍엘 가서 그와 그녀, 딸은 커피를 마시고 손자 손녀는 빵에 딸기잼을 발라서 주스를 마시고 놀았다. 그 커피숍은 그녀가 딸 집에 올 때마다 걷던 대청댐 가는 길가에 있었다. 여름 내내 공사를 했었는데 겨울에 왔더니 아주 예쁜 커피숍으로 문을 열었다. 카페 벽에 유화들이 진열되어 있었다. 카페 밖도 작고 예쁜 색색의 전구들로 나무를 장식해서 손자들이 나무와 전구로 만든 사슴들 사이를 뛰어다니기도 하고 그네를 타면서 까르륵 웃는 소리에 그녀도 그가 퇴직하고 쉰다는 생각을 하지 못하고 퇴직 후 첫날 지나가고 있었다.

문제는 잠자리였다. 그녀의 집에서는 안방을 그가 사용하고 거실을 마주하는 작은 방을 그녀가 쓰고 있었으므로 문제 될 리가 없었다. 하지만 딸 집에서는 그와 그녀가 같은 방에서 잠을 자야 하기에 그녀로서는 몹시 불편했다. 그녀는 시골로 이주하면서부터 혼자서 잠을 잤으므로 옆에 누군가가 있으면 쉽게 잠이 들지 않았다. 물론 혼자 방을 쓰고 나서도 불면으로 힘들어했다. 특히 다음 날 외출을 해야 하는 일이 있으면 더 잠들기 힘들었다. 토끼잠을 자고 일어나면 어떤 날은 밤을 꼬박 새울 때가 허다했다. 딸이 아이들을 씻겨서 재운 후 그의 이부자리를 들고 그녀가 자는 방으로 들어왔다. 요와 이불을 펴고 나서 안녕히 주무시란 인사를 하고 불을 끄고 딸은 방을 나갔다. 그녀의 산골 집과는 달리 딸이 사는 아파트는 건너편 아파트 불빛이 창을 투과해서 그녀의 방은 어두워지지 않았다. 옆으로 누워서 고른 숨소리를 내던 그가 얼마 후 잠이 들었다. 잠들기 전에 규칙적이던 그의 숨소리는 잠이 들자 들쑥날쑥했다. 푸르릉 푸우 크르릉 그의 숨소리가 천정에 닿았다가 다시 바닥으로 퍼졌다. 그 사이사이 그가 뿌우 뿡뿡 푸다닥푸룽 방귀까지 뀌고 방안은 쉽게 조용해지지 않았다. 그녀가 전화기를 열어 시간을 확인했다. 겨우 12시를 넘기고 있었다. 그녀는 자리에서 일어나서 거실로 나왔다. 거실 소파에 다시 자리를 잡고 누웠다. 거실 창 앞에 딱 버티고 있는 CCTV가 신경을 거슬리게 했다. 요즘 CCTV는 그녀의 집 것보다 진화해서 말소리까지도 잘 들린다. 촬영 각도도 더 넓어져서 280도까지 찍혔다. 약간 춥기도 했지만, 그의 숨소리가 들리지 않아서 훨씬 편했다. 거실 반대편에서 자고 있던 요크셔 심바가 그녀가 거실로 나오는 기척에 잠이 깨서 갸르릉 소리를 냈다. 그녀가 요크셔를 향해 '심바 미안 조용히 할 테니 자라' 말하고 눈을 감았다. 요크셔가 '크잉' 콧소리를 내고 다시 고개를 파묻고 누웠다. 그녀가 얼마를 뒤척이다 깜박 잠이 들었다. 어깨가 시려 다시 일어났다. 벽에 걸린 시계가 두 시를 가리키고 있었다. 그녀가 몸을 일으켰다. 그가 자는 방으로 들어가서 그녀의 작은 가방을 가지고 나왔다. 가방 속에서 약을 담아온 작은 주머니를 꺼냈다. 당뇨약 한 움큼이 우르르 딸려 나왔다. 약 주머니 구석에서 다시 수면제를 찾아내고 다른 약들을 주워 담고 지퍼를 잠갔다. 뒤 베란다로 걸어가서 실온에 둔 생수병 하나를 집어 들고 뚜껑을 돌려 한 모금 입에 물고 수면제 한 알을 삼켰다. 그녀가 거실 소파에 누울까 하다가 그가 자는 방문을 열고 들어갔다. 그는 정말로 깊은 잠이 들었는지 여전히 '드르릉 푸우 크으 드릉' 요란한 소리를 내고 있었다. 그녀는 자리에 누워서도 한참을 그의 코 고는 소리를 들어야 했다.

그녀가 다시 눈을 떴을 때는 6시였다. 그녀가 전화기를 충전기에 연결하고 거실로 나왔다. 그녀가 나오는 소리에 심바가 집에서 꺼내 달라고 갸르릉 거렸다. 그녀는 심바를 향해 '안 돼 심바. 너 할머니라고 나 무시하고 아무 데서나 오줌 싸잖아. 난 너 오줌똥 치우러 온 거 아니거든'이라고 말했다. 심바가 알아들었는지 깔고 잠자던 이불을 물어뜯고 망망 짖었다. 또 그녀가 심바를 향해 목소리 톤을 낮게 해서 '야 심바, 너 짖어서 오빠 언니 깨우면 간식 없다' 하고 협박을 했다. 심바가 킹하고 콧소리를 내고 누웠다. 그녀가 안방 욕실로 가서 샤워하고 머리를 감았다. 안방이 유일하게 CCTV 영역에서 벗어나는 장소이기도 했다. 샤워 후 머리를 수건으로 감싸고 안방 화장대에서 화장했다. 그녀는 거울 속에서 변해가는 자신의 얼굴을 보며 흡족한 듯 웃었다. 머리를 감싸고 있던 수건을 풀어서 남아있는 물기를 털어내고 수건을 빨래 바구니에 던졌다. 수건이 순순히 하얀 빨래 바구니로 들어갔다. 그녀는 오늘은 일이 잘 풀릴 것 같다는 생각에 기분이 좋아졌다. 부엌 쪽으로 몸을 돌려서 전기밥솥을 밖으로 잡아당겼다. 쌀을 씻어서 밥솥에 쌀을 넣고 스위치를 눌렀다. 냉장고 문을 열고 아침 찬이 있나 점검을 했다. 냉장고 속은 헐렁하게 비어있었다. 한쪽에 딸이 정성껏 인터넷으로 주문한 반찬들이 가지런히 놓여있었다. 식판 네 개에 조금씩 반찬을 담았다. 손자들이 찬그릇에 반찬을 담으면 서로 먹지 않겠다고 티격태격하다가 급기야는 밥을 먹지 않고 학교에 가거나 유치원에 가는 날이 허다했다. 딸이 식판을 사온 후로는 밥과 반찬을 담아 자기 몫을 다 먹게 했다. 손주들만 밥만 식판에 담았더니 왜 자기들만 식판에 밥 주느냐고 칭얼거려서 아예 엄마 아빠도 식판에 밥을 담아 먹게 했다. 그러는 사이에 7시가 되자 딸이 일어났다. 딸은 잠에 취해서 눈을 감은 채로 그녀를 향해 인사를 했다.

"엄마 안녕히 주무셨어요? 밥을 해 주셔서 감사합니다."

"어 그래, 어서 씻어. 야야, 너 아침 먹고 갈 거니?"

"아니 엄마, 회사 가서 먹을게요. 내 것 차리지 말아요. 엄마, 오늘 나 가면 애들 어떡해요?"

"걱정하지 마라. 아부지한테 말 다 해 놨어. 니 아부지 오늘 작은애랑 데이트하고 놀라고 십만 원만 손에 쥐여줘라. 좋다고 잘 볼 거다."

"엄마 정말? 괜찮을까?"

"걱정하지 마. 니 아부지 애들 좋아해. 그리고 어떤 면에서는 참 단순해. 아마 니가 용돈 주면 더 좋아할 거다. 호호."

그녀가 애들보다 먼저 아침을 먹기 위해 식탁 의자에 앉았다. 그가 그녀의 방에서 일어나 움직이는 기척이 들렸다. 그녀가 아침을 다 먹고 그가 있는 방문을 열었다. 벌써 일어났지만, 눈만 감고 누워 있던 그가 금방 잠에서 깬 척하고 눈을 뜨고 일어났다.

"저기요. 오늘은 애들, 당신 혼자서 봐야 해요. 저는 오늘 일이 있어서 서울 좀 다녀와야 하거든요. 밥이랑 간식 다 식탁에 있어요. 작은애 감기약도 다 재서 약병에 담아놨어요. 오늘 하루 작은 애랑 잘 놀아줘요."

"알았어요. 내가 알아서 할 테니까 다녀와요."

출근 준비를 마친 딸이 안방에서 나와서 그녀에게 했던 인사보다 더 공손하게 그를 향해 구십도 고개를 숙여서 인사를 했다.

"아빠, 안녕히 주무셨어요."

그가 함박웃음을 지으면 딸의 인사를 받았다. 딸이 기회를 놓치지 않고 이어서 말했다.

"엄마가 서울 가야 해서 오늘은 아빠가 작은애를 등·하원 시켜야 하는데 괜찮겠어요?"

딸이 조심스레 말을 했다. 그녀가 거들었다. '추운데 감기든 애를 뭐하러 유치원을 보내니 그냥 할아버지랑 하루 데이트하고 맛난 거 사 먹고 놀라고 하지'라고 하며 딸을 향해 눈을 찡긋 보였다. 딸이 그를 향해 물었다.

"아빠 괜찮겠어요?"

그가 선선히 그러겠다고 답을 했다. 딸이 오만 원권 두 장을 그에게 내밀었다. 오늘 하루 작은 애하고 둘이 데이트 비용으로 쓰라고 하면서. 그가 알았다면서 받아서 오만 원권 두 장을 흔들어 보였다. 딸이 출근 준비를 마치고 손자들을 깨워서 번쩍 안고 거실로 나왔다. 딸의 출근 전에 치르는 의식으로 큰애를 안고 볼에 쪽 소리 나게 입맞춤을 하고 다시 작은 애를 안아서 으스러지라고 부비, 쪽쪽쪽 입맞춤하고 출근을 했다. 현관문이 닫혔는데도 급하게 계단을 내려가는 딸의 구두 소리가 들렸다. 잠시 후 손자가 등교를 했다. 그녀도 서둘러서 집안 정리를 대충하고 외출 준비를 마쳤다. 그가 손녀를 안고 그녀를 기차역까지 태워다 주기 위해서 집을 나섰다. 그녀도 손녀의 기분을 맞춰 주기 위해서 기꺼이 조수석을 손녀에게 내주고 승용차 뒷좌석으로 가서 앉았다. 손녀가 좋아라하며 까르르 웃었다. 손녀의 웃음소리가 추운 겨울 공기를 흔들고 퍼져나갔다.

그녀는 서울 가는 기차에서 잠을 청했으나 쉽게 잠들지 못했다. 가족단체 카톡방에 손녀가 대청댐에서 웃고 있는 사진이 몇 장 올라왔다. 얼마 시간이 지난 후 다시 대청댐 가는 길에 있는 커피숍에서 초코케이크와 커피를 앞에 두고 웃고 있는 그와 손녀의 사진이 올라왔다. 그 사진을 확인한 딸이 '아빠 정말 고맙습니다^^*'라는 답글을 가족 단체카톡방에 올렸다. 그녀도 안심하고 다시 눈을 감았다. 그녀가 서울에서의 일정을 마치고 파주 집으로 갈까 하다가 대전 딸 집으로 가는 기차표를 예매를 했다. 몸이 좀 고단하더라도 그녀가 없는 동안 온종일 손녀를 돌보던 그의 비위도 맞춰야 집안이 평안할 거 같아서였다.

그녀가 신탄진에 도착하는 시간에 딸도 퇴근했다. 그가 딸이 아이 키우랴 직장 다니랴 힘들겠다면서 저녁을 사겠다고 했다. 딸의 아파트에서 가까운 정육 식당에서 고기와 된장을 시켜서 저녁을 먹었다. 식사가 끝나갈 무렵에 콜라를 시켰다. 손녀가 물 마시는 컵에 조금씩 콜라를 부어서 다섯 잔을 만들었다. 손녀는 물이든 음료수든 가리지 않고 컵을 들어서 건배하는 것을 좋아했다. 손녀가 음료수 잔을 들고 모두의 잔에 돌아가며 부딪히면서 말을 했다.

"할아버지의 행복을 위하여!"

그가 좋아라 웃으며 손녀의 뺨에 입을 맞췄다. 순간 그녀의 가슴이 덜컹 내려앉았다. 그의 행복이 어쩌면 그녀의 행복이 아닐 수도 있다는 생각이 들어서였다. 서울을 다녀와서 피곤한데도 그날도 그녀는 쉽게 잠들지 못하고 뒤척였다.

퇴직 후 3일째 되는 날, 딸이 아침에 아이들이 눈도 뜨지 않았는데 번쩍 안아다 식탁 의자에 앉혀 두고 출근을 했다. 그와 그녀가 어르고 달래서 아침을 먹었다. 칫솔에 치약을 묻혀서 양치를 하게 하고 고양이 세수를 하고 나온 손자에게 가방을 메주고 8시 25분에 등교하게 했다. 손녀는 그때까지도 수저를 들고 있었지만, 밥을 한 수저도 먹지 않았다. 손녀에게 아침밥을 먹이는 일도 쉽지는 않았다. 그녀는 밥을 입에 물고 씹지도 넘기지도 않는 아이를 살살 달래서 20여 분 만에 아침 식사를 마쳤다. 그 사이사이 그녀는 화장하고 옷을 갈아입고 외출 준비를 마쳤다. 9시 알람이 울고 그녀가 유치원 등원 차량에 손녀를 태워 보냈다. 빨래 건조대에서 마른 옷가지들을 개고 아침 먹은 설거지를 하고 밀대로 방 청소를 마쳤다. 그와 그녀가 소지품을 챙겨서 파주 집으로 출발했다. 그와 가까이 있는 기회는 그의 차를 타는 일 외에는 드물었다. 그녀가 아무리 조심을 해도 이상하게도 그의 차만 타면 다투게 되었다. 그녀는 잠이 오지도 않았는데 눈을 감고 자는 척했다. 그가 휴게소에 왔으니 잠시 쉬고 화장실도 다녀서 가자며 그녀를 깨웠다. 처음엔 눈을 감고 있었는데 정말로 잠이 들었었는지 그녀가 화들짝 놀라서 눈을 떴다.

"미안해요. 눈이 시려서 감고 있는다는 게 잠이 들었네요."

그녀가 영혼 없이 말을 했다. 미안하면 지금부터 잠자지 말고 이야기도 하고 먹을 것도 권하라면서 그가 볼멘소리를 했다. 분명 아침에 씻고 양치도 했을 텐데 그가 말하는데 입에서 역한 냄새가 났다. 그녀가 대답 없이 고개를 끄덕이고 차에서 내렸다. 화장실을 다녀온 그녀가 어묵 하나를 사서 차에 올랐다. 그가 미리 와서 운전석에서 기다리고 있었다. 그녀가 사 온 어묵을 그에게 건넸다. 사 온 어묵이 하나인 것을 본 그가 왜 하나만 사 왔냐고 물었다. 그녀가 아침 먹은 게 소화가 되지 않아서 안 먹겠으니 혼자 들라고 말하고 다시 눈을 감았다. 잠시 눈을 뜨니 차는 어느새 구리시를 지나고 있었다. 또다시 눈을 떴을 때는 발랑리 저수지가 보였다. 그녀가 속으로 안도의 숨을 내쉬었다. 어쨌든 오늘은 차에서 말다툼하지 않고 무사히 집까지 도착했으니 다행이었다.

퇴직 후 첫 번째 토요일 아침, 그녀는 습관처럼 자다 깨기를 반복했지만 6시에 눈이 떠졌다. 그녀는 늘 하던 대로 샤워를 하고 아침 준비를 했다. 그가 출근할 때는 6시 40분이면 아침상을 차려야 했었다. 그 시간보다 조금 늦게 7시에 아침상을 차렸다. 분명 그도 일어났을 텐데 주방에서 덜그럭거리는 소리를 내도 안방 문은 열리지 않았다. 그녀가 10분쯤 기다리다가 안방 문을 노크하고 열었다. 그가 자는 척 눈을 감고 누워있었다.

"저기요, 아침 식사하세요."

그가 에~예 하면서 그녀의 소리에 잠이 깬 척 어색한 표정을 했다. 그가 씻지도 않고 부스스한 얼굴로 식탁에 앉았다. 그의 아침 식사만 차려진 것을 보고 '당신은 아침 안 해요' 물었다 그녀가 '저는 이렇게 일찍 밥 안 먹어요'라고 말을 했다. 그가 '식구도 없는데 밥은 같이 먹지요'라고 하며 아침 식사를 시작했다. 그녀는 그가 아침 식사를 다 마칠 때까지 싱크대 앞에서 잔 설거지를 하고 시간을 끌었다. 그가 식사를 마치고 일어섰다. 그가 소파로 가서 TV 리모컨을 쥐고 채널을 여기저기 돌렸다. 아침부터 당구, 축구, 골프, 농구채널을 보더니, 다시 유럽 축구 재방송을 보면서 아예 소파에 눌러앉았다. 그녀가 그가 남긴 반찬들을 작은 음식 쓰레기통에 부어버리고 거칠게 소리 내서 설거지를 하기 시작했다. 그가 그녀 쪽을 힐끗 보면서 말했다.

"당신 뭐 기분 나쁜 일 있어요? 왜 그릇을 거칠게 다루고 그래요?"

그녀가 그의 말에 답하지 않고 씻은 압력 밥솥을 가스레인지 위에 소리 나게 던지듯이 쾅 놓았다. 그녀가 대답하지 않자 그가 재차 물었다.

"당신 왜 그래요? 어디 아파요?"

"아뇨. 아무 일 없어요."

그녀가 정말 아무 일 없듯이 부엌 전깃불을 끄고 그녀의 방으로 들어갔다. 그녀가 뭐라고 작은 소리로 중얼거린 것 같기도 했다. 그가 그녀의 방을 노크하고 열고 말했다.

"목욕 갈래요?"

"안 가요."

그가 또 말했다.

"목욕 갑시다. 기분 전환도 하고 나갑시다."

그녀가 알았다고 대답을 했지만 여전히 내키지 않은 표정을 했다. 그가 운전을 하고 금촌 시내로 차가 진입했을 때 그녀가 불쑥 말했다.

"나 목욕 안 가요. 당신 혼자 가요. 나는 도서관이나 아니면 카페 앞이나 아무 데라도 내려 줘요."

"아니 이 사람아, 목욕 간다고 나와서 왜 갑자기 안 간다는 거요? 남편이 가자면 가면 되는 거지, 뭐가 그리 불만이라서 아침부터 퉁퉁 부어서 그러는 거요."

"난 암튼 안 가요."

"이 사람아, 내가 퇴직한 지 얼마나 되었다고 툴툴거리는 거요. 아이구 참 나, 내가 정말로 아무것도 없었으면 큰일 날 뻔했네. 뭐가 그리 맘에 안 들어서 그러는 거요?"

그녀는 눈 감고 입을 닫았다. 그가 차를 거칠게 확 멈췄다. 그가 그녀의 어깨를 거칠게 당기면서 소리를 높였다.

"아니 이 사람아, 뭐가 그리 불만이라 그러는거요?"

"몰라서 물어요? 전에도 토요일 오후에 목욕탕 갔다가 병났었잖아요. 제가 그랬죠? 토요일 오후에 목욕탕 가기 싫다고요. 당뇨 합병증으로 면역력이 약해져서 방광염 걸렸었잖아요. 그때 응급실 가서 4시간 누워있다 나왔는데 병원비 16만4천 원 나왔다고 당신이 펄펄 화낸 거 기억 안 나요? 그래요, 나 당신 말처럼 생기다 말았어요."

그녀가 버럭 목소리를 높여서 떠들었다. 그도 지지 않고 큰소리를 냈다.

"아니 이 사람이 남편이 가자면 그냥 따라가서 샤워라도 하고 나오면 되지 당신은 뭐가 그리 당당해서 늘 내 말에 토를 다는 거요?"

"그게 토 다는 거로 보여요? 나는 내 목숨 걸고 목욕탕 가란 말이에요? 난 이제 당뇨 합병증으로 면역력도 없고, 만약에 방광염에서 발전해서 신장이라도 망가지면 당신이 책임질 거예요? 그러잖아도 CT도 못 찍어요. 조영제 부작용으로 쇼크가 와서 이제 검사도 못 하는데 어쩜 당신은 40년을 같이 살고도 나를 그렇게도 몰라요?"

"어허 이 사람이 못하는 말이 없네."

"그래요, 말 나온 김에 다 합시다. 나는 당신 암 진단받았을 때 온갖 암에 좋다는 것은 다 구해서 해 바치고 음식도 아침에 먹고 남은 거 버리고 점심때 다시 새로 밥·반찬 해서 바치고 그래서 암 완치시켰어요. 당신은 나한테 뭐했는데요. 암 완치 판정받고 나더니 새 생명 얻었다고 자유롭게 살고 싶다고 했지요. 날개를 달고 다녔잖아요."

그녀가 이성을 잃고 토해서는 안 될 말을 토해버렸다. 그가 오른쪽 깜빡이를 켜고 우회전을 해서 차를 잠시 세웠다가 좌측으로 핸들을 돌리는 순간 콰쾅 하는 소리와 함께 그와 그녀가 타고 있던 차가 우측으로 기울었다. 정신을 차리고 보니 오른쪽 바퀴, 조수석 문 백미러까지 다 부서져서 주저앉아있었다.

하루

    남편이 거실에서 세콤을 해제하는 소리에 눈을 떴다. 아니 사실은 오래 전부터 깨어 있었는데 일어나도 딱히 할 일도 없고 해서 눈만 감고 누워 있었을 뿐이다. 군복 바지에 감청색 윗도리를 입은 남편이 거실 창문을 열고 장화를 신고 있었다. 출근하기 전에 진도와 복희가 하루 동안 먹을 물과 사료를 주기 위해서였다. 나는 헐렁한 원피스를 대충 걸치고 부엌으로 갔다. 냉장고에서 식빵을 꺼내 토스트기에 넣고 스위치를 눌렀다. 우유를 한 잔 따라서 전자레인지에 넣고 1분 30초 시간을 설정하고 시작 버튼을 눌렀다. 땡, 하는 조리 마침 소리를 듣고 무의식적으로 빵을 꺼내서 식탁 위에 있는 큰 접시 위로 올려놓았다. 다시 몸을 돌려서 현관문을 열고 현관 진열장에 있는 마를 집어 들었다. 늘 아침이면 반복하는 일이지만 마 껍질을 벗기는 일은 귀찮았다. 마즙이 손에라도 묻으면 몸이 가렵고 또 그 가려움증이 꽤 오랫동안 지속되어서 몹시 신경을 거슬리게 했다. 속으로 내년에는 절대로 마를 심지 말아야겠다는 생각을 하면서 감자 깎는 칼로 마 껍질을 벗기고 압력 밥솥에 찜기를 깔고 마를 밥솥에 넣고 가스 불을 켰다. 그사이 남편이 개밥을 주고 거실문으로 들어 왔다. 식탁 한편에 있는 바나나를 손으로 하나 뜯어서 접시 빈 쪽을 채우고 남편이 식탁에 앉는 것을 보고 목욕탕으로 들어가서 샤워를 하기 시작했다. 거실 TV 소리와 압력 밥솥 돌아가는 소리가 샤워하는 중에 간간이 들렸다. TV 소리는 남편이 아침 식사를 마쳤다는 신호였다. 서둘러서 샤워를 마치고 목욕탕 옆으로 딸린 옷방으로 왔다. 브래지어를 집어 들었다가 놓고 런닝에 브래지어까지 붙어 있는 연분홍색 런닝을 집어 들었다. 근래에 들어서 자주 가슴이 먹먹하고 조여오는 일이 있어서였다. 오렌지색 셔츠에 청바지를 입고 내가 거실로 나오자 남편은 벌써 출근 준비를 마치고 서서 TV 뉴스를 보고 있었다. 내가 시간을 지체하는 게 마뜩잖은지 곁눈으로 힐끔 나를 봤다. 압력밥솥에서 마를 꺼내서 일회용 도시락에 담고 우유 하나를 집어서 작은 쇼핑백에 넣었다. 마지막으로 어제저녁에 미리 챙겨둔 가방을 집어 들었다. 외출준비 끝이다. 내가 미리 가방을 챙겨 두는 것은 언젠가부터 불면증이 있어서였다. 초저녁에 잠깐 눈을 붙이고 나면 영 잠이 들지 않는다. 어쩌다 잠이 들었다 해도 다시 깨기를 반복하다가 새벽녘이 되어서야 잠이 들었다. 아침에 남편이 세콤을 해제하는 소리나 현관 거실문 달그락거리며 여는 소리에 간신히 일어난다. 급히 일어나서 남편 아침을 차려야 하고 또 샤워하고 머리 말리고 가방을 챙기기엔 시간도 촉박하고, 또 급히 서둘다 보면 꼭 뭔가를 빠트리기도 해서 미리 저녁에 가방을 챙기고 현관문 앞에 놓아둔다. 그것은 남편에게 수요일엔 '나 오늘 외출합니다'라는 묵시적인 언어이기도 했기 때문이다.

내가 먼저 차에 오르고 남편은 열쇠를 돌려 현관문을 잠그고 세콤 잠금장치를 하고 운전석으로 앉았다. 나는 안전띠를 하고 바로 우유를 한 모금 마시고 아무 맛도 없는 마 두 조각을 꾸역꾸역 먹었다. 남편의 차에서 먹어야지 차에서 내려 버스를 타면 아침 먹을 장소가 마땅치 않아서였다. 집에서 버스정류장까지 승용차로 6~7분, 그사이에 간단한 나의 아침 식사가 끝났다. 버스정류장 앞에서 남편이 차를 세웠다.

"고마워요."

나는 차에서 내리면서 습관적으로 남편에게 인사를 했다. 남편에게서 마른 목소리가 들렸다.

"에."

남편은 예도 아니고 어도 아닌 어정쩡한, 그리고 마지못해서 건성으로 대답을 하고 차를 돌려서 모퉁이를 돌아서 가버렸다.

버스정류장에는 외국근로자들이 한국인들보다 더 많이 서 있었다. 버스는 금방 왔다. 앞자리가 비어 있었지만 뒤쪽으로 가서 다리를 쭉 펴고 앉을 수 있는 창 쪽 자리에 앉았다. 아침 출근 시간인데도 연세 드신 분들이 유독 703번 버스를 많이 탔다. 앞자리에 앉았다가 잘못하면 본의 아니지만 자리를 비켜줘야 하는 경우가 빈번하게 일어나기 때문이었다. 사실은 나도 근래 들어서 버스에서 서서 가면 중심이 잘 잡히지 않고 비틀거리기도 하는데 말이다. 자리에 앉자마자 눈을 감았다. 버스 승객의 절반 정도가 외국근로자들인데 오늘따라 유난히도 크게 대화하는 소리가 신경이 쓰이고 그들에게서 나는 특유의 냄새로 머리가 아파 왔다. 삼송리에서 내려서 3호선 전철로 환승을 했다. 3호선은 출근시간에는 복잡해서 아예 앉을 생각을 비우고 출 입구 쪽 바닥에 가방을 놓자 전철이 서서히 출발을 했다. 전철이 녹번동을 지날 즈음에 배가 아파오기 시작했다.

충무로에서 다시 4호선 전철로 환승을 했다. 4호선은 승객들이 많지가 않았다. 출입구 쪽 빈자리를 발견하고 앉았는데 배가 더 심하게 아파 왔다. 숨이 컥 막히고 심한 통증으로 숨을 쉬다 말다를 반복하다가 자리에 누워 버렸다. 건너편 쪽에 있던 여자 승객이 내게로 다가오더니 많이 아프시냐고 묻는데 대답도 못 하고 그냥 배를 잡고 울기만 했다. 그 여자 승객이 비상호출기를 잡고 역무원에게 전철 안에 환자가 있다고 하자 전철이 천천히 서행했으며 동대문역사문화공원역에서 멈추었다. 잠시 후 안내방송이 흘러나왔다.

"4호선 승객 여러분께 잠시 양해 말씀드리겠습니다. 지금 손님 여러분께서 타고 계시는 4호선 열차 객실에 응급환자 발생으로 동대문역사문화공원역에서 응급환자 이송을 위해 정차 중입니다. 승객 여러분께서는 차내에서 잠시만 기다려 주시기 바랍니다. 감사합니다."

같은 칸에 타고 있던 승객들의 시선이 내게로 몰렸다. 그들은 구경꾼처럼 보기만 했지 누구도 가까이 다가오거나 하지는 않았다. 안내방송이 몇 차례 더 나가고서야 역무원 두 명이 들것을 가지고 내게로 다가왔다.

"여보세요. 환자분!"

내가 대답이 없자 다시 불렀다.

"환자분 걸으실 수 있으세요? 환자분."

역무원들은 안 되겠는지 나를 들것에 눕혀서 전철에서 내리게 했다. 전철은 나를 내린 후 천천히 출발을 했다. 내가 걸어서 갈 수 있다고 들것에서 일어나자 역무원 중 한명이 나를 부축하고 다른 한 명은 내 가방을 집어 들었다. 동대문 역사공원 전철 사무실로 이동한 지 2~3분 후, 119 구급대가 도착했다. 다시 119구급대원들에게 인계된 나는 그때부터 내 의지대로 하는 일은 없었다.

여자 구급대원이 내게 말했다.

"환자분 성함은요?"

"김경숙요."

"환자분 주민등록증은요?"

내가 가방 안에 있다고 하자 가방을 내게로 들어 보였다.

"환자분 가방 어디에 신분증이 있나요?"

가방 안쪽을 가리키자 가방을 내 눈앞에서 들고 지갑을 열어서 주민등록증을 꺼내고 인적 사항을 적고서 다시 내가 보는 데서 가방 안에 지갑을 넣고 가방 지퍼를 닫았다.

다시 여자 구급대원이 말을 했다.

"김경숙 님, 드시는 약은 있나요?"

"네. 당뇨, 협심증, 고지혈, 콜레스테롤이 있습니다."

"혹시 지금 심장약 소지하셨나요?"

"아니요. 지금은 없는데요."

여자 구급대원이 구급약 상자 안에서 심장병약을 꺼내서 내 눈앞에 흔들어 보이면서 또 물었다.

"환자분 이 약 드시고 계신 건가요? 혀 밑에 넣는 약요."

"네, 그 약 맞아요."

내게 쌀눈 만한 약을 보이며 말했다.

"삼키지 마시고 혀 밑에서 녹여 드세요. 복용법은 아시지요?"

나는 여자구급대원이 시키는 대로 혀 밑에 약을 넣고 눈을 감았다.

"환자분 눈 감지 마세요. 지금도 배가 많이 아프세요? 호흡은요?"

내가 눈을 감자 여자 구급대원이 잠들지 말라며 자꾸만 말을 시켰다.

"환자분, 동대문역사문화공원역에서 가장 가까운 동대문 시립병원으로 호송하고 있습니다."

나는 알았다며 고개를 끄덕였다. 숨쉬기는 조금 나아졌지만 여전히 배는 칼로 가르는듯한 통증이 계속되었다. 나는 꺽꺽 울음이 터져 나오는 것을 억지로 참는데도 입을 비집고 침이 새어 나오고 앓는 소리가 나왔다.

구급차가 시립병원에 도착하고 구급대원들이 환자 이송침대를 능숙하게 내려서 응급실로 빠르게 밀고 들어갔다.

"김경숙 님, 움직이지 마세요. 그냥 계시면 저희가 침대로 옮기겠습니다."

그들은 정말 아주 빠르고 쉽게 시립병원 응급실 침대로 나를 다시 눕혔다. 응급실은 문이 없고 아래쪽만 보이지 않게 벽으로 막혀 있었다. 위는 유리로 된 구조로 침상에 누워서도 옆 침상이 보이도록 길게 응급침상이 늘어져 있었다. 그사이 구급대원들은 이송 중에 기록한 환자 기록 차트를 당담 간호사에게 넘기고 환자를 이송했다는 사인을 받고, 다시 내게 와서 병원에 잘 이송했다는 말을 하고 응급실을 나갔다. 응급실 간호사가 내게 물었다.

"환자분, 말씀하실 수 있지요? 성함이 어떻게 되세요?"

"김경숙요."

내 이름을 확인하고 손목에 이름과 나이 성별이 적힌 띠를 채웠다.

"김경숙 님, 드시는 약 있으세요?"

"네, 당뇨, 콜레스테롤, 협심증, 고지혈, 백내장요."

차트에 내가 말하는 대로 받아 적은 간호사가 또 물었다.

"당뇨는 언제부터 있었는지요?"

나는 짜증 섞인 말투로 말했다.

"당뇨는 10년쯤 됐구요. 협심증은 9년이구요, 백내장은 한 4년 전부터 진행 중입니다."

묻지도 않은 것까지 말하고 눈을 감았다.

"김경숙 님, 눈 감지 마시고요. 혹시 혀 밑에 넣어서 빨아서 드시는 심장약 드셨나요?"

"네, 구급차 타고 오는 도중에 먹었습니다."

내가 말을 하면서 배를 움켜쥐었다. 간호사는 나를 환자복으로 갈아입히기 위해 내게로 다가왔다. 나는 속으로 아차 했다. 아침에 샤워하고 속옷을 갈아입을 때, 요즈음 가끔 가슴이 조여서 브래지어가 달린 런닝을 입고 왔다. 런닝이 잘 벗겨지지 않자 가위로 런닝을 잘라 버렸다. 아주 무표정한 얼굴을 하고서 말이다. 다시 아무렇지도 않게 침상에 있는 끈으로 내 팔을 묶었다. 내가 싫다고 하자 낙상할 위험이 있고 또 혼절할 경우를 대비해서 하는 절차라면서 말을 하고 가버렸다. 잠시 후 다시 온 간호사는 내 오른쪽 팔목에서 혈관을 찾아내고 채혈을 하고 아주 능숙하고 빠르게 투명한 수액 주머니를 달았다. 투명유리 건너편 환자를 문진하던 의사가 내 쪽으로 건너왔다. 간호사가 건넨 차트를 보면서 또 똑같은 말을 했다. 드시는 약이 있느냐 언제부터냐, 심장약은 먹었느냐며 질문을 했다. 나는 앵무새처럼 병명과 먹고 있는 약 언제부터 병을 앓았는지 되풀이해서 말했다. 좀 나이가 들어 보이는 의사와 그 뒤를 따라온 두 명의 의사가 자기들끼리 낮은 목소리로 의논을 하고는 앞에 있던 의사가 내 배에 손을 대고 두드리면서 물었다.

"여기가 아픈가요? 여기는요?"

"네 아파요. 아파요."

"그럼 여기는요?"

옆구리 쪽으로, 가슴 쪽으로 손을 옮겨 가면서 계속 두드렸다.

"환자분, 협심증 진단은 어떻게 받았지요?"

"여기 허벅지 안쪽에 절개해서 조영제 투여했어요. 관상동맥 중 하나가 가늘게 줄어들었다고 했어요."

"스텐트 삽입했나요?"

"아니요."

다시 의사 셋은 자기들끼리 낮은 목소리로 말을 했고, 정확하지는 않지만 담낭이나 담도 쪽하고 심장이 뭐라고 하는 소리가 들렸다. 수액에 진통제가 섞였는지 배의 통증이 조금은 가라앉은 듯했다. 배의 통증이 약간 잦아들자 정신이 번쩍 들었다. 나는 맨 가슴을 드러내 놓고 있었던 것이다. 수액을 놓은 오른손으로 환자복을 여몄다. 아무리 아프지만 자존심 상하고 무안했다.

그 와중에도 깜빡깜빡 졸다 깨다를 반복했다. 잠시 후 요란한 바퀴 소리를 내고 기계 하나가 도착을 했다. 기계를 밀고 온 사람이 나를 보면서 가슴 엑스레이 사진을 찍을 거라고 했다. 이어서 환자분은 그냥 가만히 계시기만 하면 된다는 설명을 했다.

"환자분, 성함이 어떻게 되시지요? 생년월일은요?"

짜증이 났다. 벌써 몇 번째 묻고 대답을 하는지, 나는 정말로 가만히 움직이지 않았다. 그 기계가 지이잉 소리를 내면서 TV에서 보는 로봇같이 긴 팔을 뻗어서 네모 난 기계가 내 가슴 위로 왔다.

"자 환자분, 숨 쉬지 마시고요. 네~ 잘하셨어요. 숨 쉬세요. 자아~ 다시 숨 들이켜세요. 숨 참으시고요. 환자분 숨 참으세요. 숨 참으세요. 네 아주 잘하셨어요."

촬영 기사가 나를 보면서 말했다.

"네, 이제 끝났습니다."

그 촬영 기사는 가볍게 목례를 했고 그 기계는 요란한 바퀴 소리를 내면서 가버렸다. 잠시 후 아까보다는 조금 작은 바퀴 구르는 소리를 내면서 다른 기계 하나가 도착했다. 또 똑같은 질문을 했다. 환자분 성함이 어떻게 되시지요? 생년월일은요. 문진이 끝나자 무표정한 어투로 말했다.

"김경숙 님, 심전도 검사 할 겁니다."

이미 자존심을 바닥낸 가슴 위로 차갑고 끈적끈적한 액체를 바르고 능숙하게 심전도 기계를 가슴, 팔목, 발목까지 붙였다. 지지직 소리를 내며 심전도 기계에서 뾰족뾰족한 그래프를 그리면서 흰 종이를 길게 밖으로 밀어냈다.

"자~ 잘하셨어요. 검사 끝났습니다."

심전도 기계도 작은 바퀴 소리를 내면서 떠났다. 나는 아까부터 진동으로 울리는 핸드폰 소리가 신경이 쓰였다. 머리맡에 놓인 가방에서 핸드폰을 찾아 집어 들었다. 부재중 전화가 다섯 통이나 와 있었다. 학교 공부방에서 한 번, 딸이 세 번, 그리고 문학회에서였다. 또 핸드폰이 진동으로 울렸다. 딸이다. 딸은 그냥 일반으로 통화해도 되는데 꼭 그 비싼 요금이 나오는 영상통화를 한다. 잠시 망설이다가 받았다. 딸은 세 번이나 전화를 했는데 받지 않았기 때문에 아빠나 이모들, 또 오빠에게 전화하여 엄마가 전화를 받지 않는다고 찾았을 것이다. 나를 찾느라고 더 시끄럽기 전에 내가 말하는 게 제일 좋은 방법이다. 영상통화를 받았다.

"엄마! 뭐야~ 어쩐지 전화 안 받더라. 엄마 왜 병원 갔어? 아빠랑 같이 갔어?"

딸은 숨도 쉬지 않고 말을 했다.

"아구, 아녀. 엄마가 학교 공부하러 가다가 이리됐어."

"어디가 아파? 어떠케에~"

"아구, 시끄러."

"엄마, 거기 어디 병원이야? 아빠한테 연락했어? 어쩐지 전화 안 받더라. 엄마가 전화 안 받으면 뭔 일 난 거라니까."

"어구, 지지배야. 그런 정신이 어딨어. 전철에서 배가 아파서 정신 잃게 됐는데. 야, 전철 세우고 구급차 타고 동대문 시립병원에 실려 왔다 야."

"아이구, 암튼 엄마는, 알았어."

"아우, 아파. 끊어."

긴장이 풀려서인지 유리창 건너편 침대에 누워 있는 남자환자가 보였다. 아까 나를 싣고 온 구급 대원들이 다른 환자를 후송해서 인계를 하고 있었다. 진통제 덕분인지 병원에 왔다는 안도감 때문인지 조금은 마음이 놓였다. 그때 청색 재킷과 바지를 입은 상근 남자가 내게로 다가왔다. 또 똑같은 질문을 했다. 이름이 뭐냐, 생년월일은 어떻게 되느냐, 녹음기라도 틀어야 할까 보다. 이름과 생년월일을 확인 후 그 상근 남자가 말했다.

"김경숙 님, 지금 CT를 찍으러 갈 겁니다. 그냥 누워 계시면 됩니다."

상근 남자는 담배를 피우는지 말을 하는데 짙은 담배 냄새가 몸에서 배어 나왔다. 돌돌돌 바퀴 소리를 내면서 내가 누워 있는 침상이 굴러갔다. 병원 천장의 형광등 불빛이 너무 밝았다. 눈이 부시고 시리며 아팠다. 나는 얼굴을 찡그렸다.

"환자분, 어디 아프세요?"

상근 남자가 물었다.

"아니요. 형광등 불빛이 너무 밝아서요."

"아, 예."

시립병원은 다 문이 없는지 이동식 침대가 그냥 어떤 방으로 쑥 들어갔다. 기다리고 있던 CT영상 기사가 또 같은 질문을 했다. 이름이 뭐냐, 생년월일은 어떻게 되느냐? 아 짜증 난다. 또 되풀이해서 앵무새처럼 말을 했다. 영상 기사는 이름을 확인하고 나서야 상근 남자에게서 나를 인계받았고 상근이 나를 쳐다보지도 않고 사무적으로 말했다.

"김경숙 님, 움직일 수 있으시지요?"

"네."

"그럼 이쪽으로 옮겨 누워 보세요."

CT 기계는 침대 위로 두 개의 기둥 있었고 그 위로 분홍색 하트 모양의 구조물이 있었다. 링거를 달아서, 또 여전히 배가 아파서 움직이기가 불편했지만 그렇다고 상근 남자가 나를 짐짝처럼 굴리는 것도 싫었다. 어기적거리면서 CT 기계로 몸을 움직여서 누웠다. 상근 남자의 목소리가 내가 누워있는 머리 위쪽에서 들렸다.

"김경숙 님, 촬영 마치고 그냥 계시면 제가 모시러 오겠습니다."

이어서 촬영 기사가 말을 했다.

"자, 환자분 움직이지 마시고요. 네~ 잘하셨어요. 다시 왼쪽으로 누워서 무릎을 구부려 보실래요. 네 잠시만 숨 참고 움직이지 마세요. 네 환자분 다시 오른쪽으로 누워 보세요. 무릎 구부려 주시고요. 아주 잘하셨어요. 잠시 누워 계세요."

위이잉 하고 움직이던 하트가 멈췄다. 촬영기사가 벨을 누르자 상근이 와서 나를 밀고 처음 있었던 곳으로 데려가서 응급실 침대에 눕혔다.

나는 다시 머리맡에 있는 가방에서 전화기를 꺼냈다. 학교에서 온 부재중 전화가 두 통이고 아들, 남편에게서도 부재중 전화가 와 있었다. 카톡도 빨간색으로 표시되어 있었다. 딸이 나와 영상 통화한 것을 캡처해서 가족 단체 카톡방에 올렸고 그 사진을 본 아들과 남편이 전화한 것 같았다. 우선 학교 공부방에서 나를 기다리고 있는 류 선비에게 구구절절 설명을 대신해서 딸이 가족 단체 톡방에 올린 것을 복사해서 보냈다. 가슴 통증과 숨 가쁜 것은 좀 수그러들었는데 여전히 배가 아팠다. 갑자기 화장실이 가고 싶어졌다. 참으려고 해도 배가 칼로 가르듯이 아프면서 자칫 잘못하다간 변이 그냥 밀고 나올 것만 같았다. 유리로 막힌 건너편으로 간호사가 보였다.

"저기요. 선생님, 선생님."

내가 다급히 몇 번을 부르자 간호사가 내 쪽으로 건너왔다.

"선생님, 화장실에 가고 싶어요."

"아, 네. 환자분 침대에서 혼자 움직이시면 안 되구요."

"그럼 어째요? 급한데요."

"여기서 볼일 보세요."

간호사는 무표정한 얼굴로 아무렇게나 화장지 둘둘 말아서 내 침대에 위에 놓고 환자용 변기에 두꺼운 비닐을 씌워서 내게 건넸다. 나는 난감했지만 너무 급했고 더 이상 망설일 시간이 없었다. 오른손으로 바지를 내리는 순간 변이 퍼벅하고 쏟아져 나왔다. 간호사가 그냥 변기에 비닐을 휙 씌우기만 해서 엉덩이에 변이 묻었다. 고약한 냄새와 불쾌한 기분이 아까 너무 아파서 가슴을 다 내보인 채로 있으면서도 느끼지 못했던 수치심과 자괴감을 밀어 올렸다. 전철에서 들것에 실려 나오면서부터 나는 스스로 아무것도 할 수가 없었다. 내 기분은 아랑곳하지 않고 지켜보던 간호사가 변기를 들고 나갔다. 그 와중에도 잠이 쏟아졌다. 깜빡깜빡 졸다 깨다를 반복하고 있는데 담당의사가 내 쪽으로 건너왔다. 차트를 보면서 내게 말을 했다.

"김경숙 님, CT 결과가 나왔는데요. 순간적으로 장의 움직임이 없었고요. 배에 소화되지 못한 음식물이 가득 차 있습니다. 아침에 뭐 드셨는지요? 과식을 하셨나요?"

"아니요, 아침에 삶은 마 두 조각 먹었습니다."

"네, 그렇군요. 우선 CT상으로는 이상이 없습니다. 그리고 심전도 검사에선 별 이상이 없었지만 심장 쪽은 더 정확한 검사를 하기 위해서 입원을 하셔서 심장조영술을 해 봐야 할 것 같습니다. 우선 입원을 하시지요."

담당의사는 내가 대답을 망설이자 링거를 더 맞으면서 결정하시라는 말을 하고 유리로 막힌 건너편에 있는 환자 쪽으로 가버렸다. 건너편에서 잠시 머물던 담당의사가 다시 내 쪽으로 건너왔다.

"김경숙 님, 결정하셨나요?"

"저기 선생님, 입원해서 검사하면 언제 퇴원할 수 있는지요? 제가 토요일에 좀 중요한 행사가 있어서요."

"오늘 입원해서 내일 수술 들어가면 토요일엔 퇴원이 힘들 겁니다."

내가 또 대답을 하지 못하자, 담당의사는 심장은 언제 쇼크가 올지 모르니 미룰 수 없다면서 빠른 검사와 치료를 요한다고 했다. 잠시 생각을 하다가 내가 말을 했다.

"저기요 선생님, 우선 오늘은 퇴원을 하고요. 집 가까운 병원에서 입원해서 수술을 했으면 하는데요."

"아, 네. 그럼 그렇게 하시지요."

의사는 명쾌하게 대답하고 자리를 떠났다. 잠시 후 간호사가 다가왔다.

"김경숙 님, 퇴원하기로 결정하셨다면서요. 링거를 다 맞고 가시겠어요?"

"아니요, 지금 빼주세요."

나는 한시라도 빨리 이곳에서 벗어나고 싶었다. 간호사가 링거를 뽑으면서 말했다.

"김경숙 님, 창구에 가셔서 수납하시고요. 원내 약국에서 약 수령하시고 다시 이곳으로 오세요. 진료 기록지하고 의사 소견서 받으시면 됩니다."

나는 링거를 뽑고 자유로운 몸으로 수납을 하고 약을 받고 의사 소견서와 환자 기록이 담긴 CD를 손에 쥐고서야 병원을 벗어날 수 있었다.

핸드폰 시간을 보니 오후 1시였다. 집에서 7시에 나와서 오후 1시까지 그 난리를 치고 다시 평소대로 가방을 메고 하늘을 봤다. 가을 하늘은 아침에 볼 때와 같이 여전히 높고 푸르고 맑았다. 나는 류 선비에게 전화를 했다. 한참 만에 받았다.

"아이구 살아있소? 어떻게 된 거요? 늘 오는 시간에 안 와서 전화한 거요."

"살아있어요. 내용은 사진 그대로고요."

"그러잖아도 수업 끝나서 병원 가려던 참이요."

"아냐, 나 퇴원했어요. 어디 있어요? 내가 혜화동으로 갈게요."

"움직여도 괜찮소?"

"괜찮아요. 택시 타면 금방이니까 내가 갈게요."

택시는 금방 왔다. 혜화동이라고 말하고 눈을 감았다. 한참 후 택시 기사가 "손님 혜화동입니다, 어디서 내려 드릴까요?" 하고 나를 깨웠다. 약국 앞에 세워 달라고 하자 택시는 그 자리에 나를 내려 주고 다시 떠났다. 류 선비에게 전화를 했다.

"어디요? 나 공부방 앞인데?"

류 선비는 벌써 왔느냐면서 놀랐다. 지금 막 동기들과 점심 먹고 헤어지는 길이라면서 공부방으로 오겠단다. 내가 공부방 계단에 앉아 있는데 류 선비와 몇 명의 동기들이 왔다.

"어이구, 큰일 날 뻔했소. 집으로 가지 뭐하러 여길 오는 거요?"

"집에 가면 뭐해요. 목숨 걸고 왔는데 왜 그냥 가요. 넘어져도 일어날 때 돌멩이라도 집어 들고 일어나라고 했는데요. 류 선비 괜찮으면 정말 미안한데요, 나 특별 수업 좀 합시다."

"괜찮겠어요? 그 몸으로."

"뭐 어때요. 나는 괜찮으니 류 선비 괜찮으면 해줘요."

류 선비가 맡아서 하는 한문학의 이해 과목은 나는 자신이 없었다. 또 그 방면에서는 류 선비가 강의를 제일 잘했다. 시험 문제도 족집게처럼 잘 집어서 냈다. 류 선비는 무리하지 말라면서도 고맙게도 나를 위해 특강을 해줬다. 사실 아침에 그 난리를 치르고 왔는데 무슨 정신으로 강의를 들을 수 있을까 마는, 걱정할 거 없었다. 녹음을 해서 집에 가서 맑은 정신으로 들으면 된다. 작년에도 딸아이 둘째 출산으로 한 달을 대전에 있었는데 그때도 나는 핸드폰으로 류 선비의 강의를 들은 적이 있었다. 수업 시작하기 바로 직전에 내가 류 선비에게 전화를 걸어서 이어폰으로 강의를 들었던 적이 있었다. 물론 손녀딸을 내 무릎 위에 앉히고서 식탁에서 앉아서 말이다. 류 선비에게 미안하기는 했다. 류 선비는 나 하나를 놓고도 유창하게 강의를 했다. 간간이 '괜찮소'를 연발했지만 말이다. 나는 그때마다 '댁이나 강의 잘하시오, 나는 집에 가서 들을 테니까 틀리지 마시오, 녹음하고 있어요'라고 말을 받았다. 두 시간이 비몽사몽 지나갔다. 류 선비에게 다음에 강의료 톡톡히 내겠다는 인사를 하고 택시를 탔다. 잠이 무방비로 쏟아져 내렸다.

또
넘어졌어요

그녀가 정신이 들었을 때는 아스팔트 바닥에 엎드린 채로 누워있었다. 일어나려고 오른팔로 땅을 짚고 몸을 일으켰지만 힘을 실은 오른팔이 맥없이 꺾였다. 다시 얼굴을 땅에 부딪쳤다. 그제야 그녀는 또 어딘가에 걸려서 넘어졌다는 생각이 들었다. 그녀는 엎드려 누운 채로 고개를 들었다. 2차선 도로 건너편에 창 넓은 커피숍이 보였다. 그 뒤로 하늘과 바다가 구분되지 않을 정도로 눈이 시린 파란색이 커피숍 배경으로 펼쳐져 있었다. 그녀는 일어나기를 포기하고 그대로 한참을 있었다. 건너편 창 넓은 커피숍에서 그녀를 보고 손가락으로 가리키는 사람도 있고 그녀 쪽을 보면서 무어라 말을 하는 사람도 있었지만 아무도 커피숍을 나와서 그녀 쪽으로 오는 사람은 없었다. 잠깐의 시간이 흐르고 그녀가 다시 왼쪽 팔에 힘을 주고 휘청이면서 몸을 일으켜서 앉았다. 그녀는 아직도 머리가 멍하고 온전히 정신이 들지는 않았다. 다시 몇 분의 시간이 흘렀다. 주차를 하고 남편이 그녀 쪽으로 걸어오다가 땅바닥에 퍼질러 앉은 그녀를 보고 소리쳤다.

"아니 뭐해요? 왜 그러고 있어요?"

그녀가 남편을 보고도 아무 말도 하지 않고 멍하니 보고만 있으니까, 남편이 잰걸음으로 와서 그녀를 일으켜 세우고는 그녀에게 말했다.

"어이구! 또 넘어졌어요? 그러니까 뭐하러 먼저 가요. 내가 주차하고 나서 나랑 같이 왔으면 넘어지는 일 없잖아요."

그녀가 속으로 중얼거렸다.

'쳇, 내가 먼저 온 거 다 알면서 그러네. 같이 오면 또 손잡거나 아니면 어깨에 손 얹거나 그럴 거면서.'

남편은 그녀 입속의 웅얼거림을 듣지 못하고 어디 다친 곳은 없냐고 물었다. 그녀가 자신의 팔다리를 만져보고 오른쪽 팔이 약간 아픈 거 같지만 참을 만하다고 말했다. 남편은 그녀의 주의 깊지 못함을 나무라고 다치지 않았으니 다행이라면서 다음부터는 꼭 자기와 같이 손잡고 다니자고 말을 했다.

작년 말로 퇴직을 한 남편이 코로나19를 핑계로 집에만 있었다. 아침에 출근하고 저녁에 퇴근하던 남편이 하루 종일 집에만 있게 되면서 그녀의 집안일은 배로 아니 그 이상으로 늘어났다. 아침 먹고 설거지하고 커피 타고 간식 준비하고 다시 점심 새로 지어서 먹고 또 커피나 차에 간식, 돌아서면 또 저녁을 지어서 먹고 설거지하고 그 사이사이 청소에 빨래에 일은 끝이 나지 않았다. 음식도 아침에 먹고 남은 것은 바로 버리고 새로운 찬을 만들어야만 했다. 아침에 먹은 반찬은 냉장고로 들어가지 않고 버렸다. 어차피 냉장고에 한번 들어간 음식은 다시 식탁에 올려도 젓가락질을 받지 못하고 버려지기 때문에 아예 처음부터 남은 음식은 바로 버렸다. 그녀가 식사준비를 할 때도 남편은 안방에서 나오지 않았다. 음식이 다 차려진 것을 알만도 할 텐데 안방 문은 그때까지도 열리지 않았다. 그녀가 노크를 하고 안방 문을 열면 자리에서 누운 채로 성경을 보거나 아니면 핸드폰으로 문자 확인하고 밤새 온 별로 쓸모도 없이 인터넷에 돌아다니는 문자들을 보고 킥킥 웃고 있기도 했다. 그럴 때면 그녀는 속에서 화가 치밀었다. 하지만 내색하지 않고 무표정하게 식사하세요라고 말하고 몸을 부엌 쪽으로 돌렸다. 남편은 씻지도 않은 부스스한 얼굴로 식탁에 앉으면서도 손에서 핸드폰을 놓지 못하고 신기한 듯 그녀에게 보여주기도 했다. 그녀가 볼멘 투로 그게 뭐가 중요하냐고 뚱한 표정을 지어도 남편은 재미있는데 당신만 그런다고 하면서 킥킥 웃었다. 남편의 입 냄새가 식탁 건너 그녀에게까지 퍼져 나왔다. 그녀가 그렇게 서서히 지쳐갈 무렵의 토요일에 아들이 쉬는 날이라면서 며느리를 앞세워서 그녀의 집으로 왔다. 그녀가 내색은 하지 않았지만 느낌으로 알았는지 아들이 '어머니 아버지 집에만 계시지 말고 어디 여행이라도 다녀오시라'고 했다. 우리는 딱히 아는 곳도 없고 같이 여행을 다녀 본 지도 너무 오래돼서 모르겠다고 그녀가 말했다. 아들이 여기저기 검색을 하고 쿠팡이라는 사이트를 그녀 핸드폰에 앱으로 깔아주면서 통영에 있는 콘도를 그녀의 이름으로 예약해주었다. 그녀는 내키지 않았지만 남편의 심기를 건드리지 않기 위해 말도, 행동도 조심했다.

3박 4일의 짧은 여행이지만 준비할 것이 좀 많았다. 여행지에서 그 고장의 맛 기행을 한다 해도 매 끼니마다 사 먹을 수는 없었기 때문이다. 남편은 속옷 두어 벌과 세면도구를 챙기는 것으로 여행 준비를 끝냈다. 그녀는 달랐다. 우선 아침저녁으로 꼭 챙겨 먹어야 하는 약도 있고, 늘 잠 못 이루니까 수면제도 빠뜨리면 곤란했다. 밑반찬으로 두릅장아찌, 가시오가피순 장아찌, 더덕장아찌, 그리고 김장김치도 썰어서 밀폐용기에 담았다. 출발하는 날 아침에 여행용 가방을 본 남편이 무슨 짐이 그리 많으냐면서 그녀를 향해 이사 가요?라고 하며 웃었다. 그녀는 이마를 약간 찌푸렸지만 아무 말도 하지 않았다. 쉬엄쉬엄 가다가 휴게소마다 들러서 화장실도 가고 쉬기도 했다. 그럴 때면 남편은 직장 다닐 때 이 휴게소에서는 어쨌고, 무얼 사 먹었고, 여기는 커피가 맛없고, 감자튀김이 약간 소금을 줄여야 되네, 뭐 그런 시시껄렁한 얘기를 무용담처럼 떠들었다. 늦은 오후가 돼서야 통영 숙소에 도착했다. 통영어시장에서 떠온 회로 저녁을 대신했다. 남편은 둘이 온 여행이 오랜만이라 약간 들뜬 기분인지 소주도 두어 잔 마시고 무어가 그리 좋은지 소리 내서 웃기도 했다. 하루 종일 운전을 하고 술기운도 있어서인지 남편은 어느 순간 코를 골며 잠이 들었다. 문제는 그녀였다. 늘 혼자 자는데 펜션이라고는 했지만 작은 방의 더블 침대는 남편이 차지했다. 방바닥에 집에서 가지고 온 여름 이불 깔고 누웠는데 혼자 자던 습관으로 뒤척이는데 남편의 코 고는 소리에 머리가 지끈지끈 아파왔다. 할 수 없이 수면제 한 알 삼키고 다시 누웠다.

여행 둘째 날 남편이 근무할 때 출장을 왔었던 거제를 가고 싶어 했다. 그녀는 그냥 숙소에서 쉬거나 통영에 있는 문학관을 가고 싶다고 말했지만 남편은 어느새 차를 거제 쪽으로 돌렸고, 무척 신나 하면서 출장 왔을 때 이야기를 하며 즐거운 듯 웃기도 했다. 그녀는 멀리 가지 않고 가까운 곳에 잠시 관광을 하고 쉬자고 말했다. 남편은 그녀의 말을 못 들은 척했다. 기분이 좋은지 왼손으로 운전대를 잡고 오른손으로 그녀의 손목을 쥐었다. 그녀가 잡힌 손을 빼려고 하자 웃으면서 말했다.

"여행 와서까지 그러지 말아요. 손 좀 잡고 있읍시다."

그녀가 잠시 그대로 있다가 슬며시 남편의 손에서 그녀의 잡힌 손을 빼냈다. 남편이 약간은 볼멘 음성으로 말했다.

"참 당신도 고지식해요. 이제 좀 너그럽게 지나가도 되지 않아요?"

그녀가 대답하지 않고 눈을 감았다.

"이봐요, 일어나요. 무슨 사람이 여행 와서 내내 눈을 감고 있어요. 밖에 경치도 보고 하지."

얼마나 지났는지 남편이 그녀를 흔들어 깨웠다.

"어머, 벌써 다 왔어요? 여긴 어딘데요?"

"거제 문화박물관요."

남편이 주차를 하기 위해서 차를 세우면서 말을 했다. 차가 멈추고 그녀가 먼저 차에서 내려서 빠른 걸음으로 박물관 쪽으로 걸어갔다. 순간 그녀는 어딘가에 발부리가 걸리면서 무방비로 넘어졌다.

그녀가 어딘가에 걸려서 넘어지고 다치기 시작한 것은 4년 전부터였다. 처음 넘어진 것은 5월의 3번째 토요일이었다. 그날은 일정이 3개나 잡혀있었다. 엄밀히 말하면 그중 하나는 남편의 일정이었다. 동네 이장 딸 결혼식이 운정에서 있었다. 또 하나는 대학 동기 하나가 늦장가를 가는 날이었다. 마지막 하나는 한 달에 한 번 있는 비평에 참석해서 비평 강사의 시집에서 시 하나를 골라서 낭송하기로 약속이 되어 있었다. 그녀는 동네 이장 잔치에는 남편이 갔으면 했었다. 하지만 남편은 고향에서 하는 동창회에 가고 싶어 했다. 그러잖아도 필요한 말도 어지간하면 안 하고 서로 조심하고 산 지 오래인데 신경전 벌이고 싶지 않았다. 이장네 잔치도 그녀가 가기로 했다. 남편은 그녀를 읍내 미장원 앞에 내려 주고 뒤도 돌아보지 않고 고향, 제천 쪽으로 차를 몰아서 가버렸다. 제천서 동창회 마치고 올라오는 길에 혜화동 비평 장소로 들르겠으며, 도착해서 전화하겠다는 말을 하고 읍내를 빠져나갔다..

시골 미장원은 미리 전화로 예약을 하고 갔어도 기다리기 다반사인데 그날은 기다리지 않고 화장도 하고 머리도 드라이를 했다. 변해가는 거울 속 모습에 그녀는 기분이 좋아졌다. 미장원 원장에게 고맙다는 인사를 하고 미장원 문을 나섰다. 하늘도 맑고 약간의 바람도 불어서 기분을 좋게 했다. 문제는 운정 결혼식장까지 가는 교통편이 없다는 것인데 그것도 문제 될 거는 없었다. 미장원 바로 앞에 읍내 택시 승강장이 있었다. 그녀는 택시 승강장으로 가서 빈 차 표시가 되어 있는 택시를 타고 운정 결혼식장 약도를 내밀었다. 택시가 출발하고 그녀는 눈을 감았다. 오늘 일정을 위해서 잠은 들지 않더라도 눈을 감고 있으면 피로도 덜하기 때문이었다. 기사가 결혼식장 앞이라고 하는 말에 눈을 뜨고 택시 요금을 치르고 차에서 내렸다. 예식장은 9층이었다. 9층은 이장네 하객으로 넘쳐났다. 예식은 시작하자마자 금방 끝이 났다. 피로연도 바로 옆이어서 찾기에 편했다. 피로연장에 들어서니 예식 홀에 보이지 않던 동네 사람들이 그곳에 다 있었다. 그녀는 동네 사람들과 잘 어울리지 못해서 앉을 곳이 마땅치가 않았다. 그때 동네에서 유일하게 그녀에게 안부를 묻는 한 여사가 눈에 들어 왔다. 다행히도 한 여사 앞자리가 비어있었다. 한 여사 자리까지 가면서 동네 분들께 눈인사를 하고 자리에 앉았다. 한 여사가 반갑게 손을 잡으면서 물었다.

"아유, 이뻐졌어요."

"어머, 이뻐졌다는 거 욕인데요. 그럼 전에는 미웠다는 건데요. 오호호."

"아하하, 말도 참 재미있게 해요. 근데 우리는 대절 버스로 왔는데 자기는 어떻게 왔어요?"

"어째, 저는 길도 모르고 해서 읍내까지 남편이 태워 줘서 읍내에서 택시로 왔어요."

한 여사가 미안한 얼굴을 하면서 다시 말했다.

"아이구, 미안해요. 자기한테 연락해 볼까 하다가 안 했더니 어렵게 왔네요."

그녀는 약간 기분이 상했지만 내색하지 않고 한 여사를 향해 말을 했다.

"청첩장에는 대절 버스 있다는 안내문이 없었는데요?"

"아~ 처음에는 없었는데요. 우리 동네서 오시는 분들은 다 나이 드신 분들이잖아요. 다들 교통편을 걱정하니까 아마 나중에 버스 대절 예약하고 두 번째부터 보낸 청첩장에는 대절버스 있다고 문구 넣었나 봐요. 갈 때는 같이 대절 버스로 가요."

그녀는 내색하지 않고 웃으면서 말했다.

"아니에요. 오늘 저 바빠요. 여기 말고 대학 동창이 늦장가를 가서 서울 나가야 되고요. 또 결혼식장 들렀다가 시 낭송 한군데 있어서 같이 못 들어가요. 미안해요."

"아유, 이쁜 사람하고 같이 데이트하려고 했더니 오늘은 바쁘네요. 오호호."

한 여사가 참 밝게 웃었다. 한 여사는 그녀가 만나면 기분이 좋아지는 사람이다. 그녀가 운정역에서 전철을 타야 하는데 이곳 지리를 잘 모르겠다고 했더니 한 여사가 자기가 안다면서 운정역까지 가는 버스정류장을 알려 주겠다고 해서 같이 피로연장을 나왔다. 결혼식장 바로 앞에 대절 버스가 있었다. 그녀 일행보다 먼저 식사를 마친 대부분의 마을 분들이 버스 안에서 버스가 출발하기를 기다리면서 무료하게 창밖을 보고 있었다.

순간 어디에 머리를 심하게 부딪친 것 같았다. 정신을 차렸을 때는 이미 그녀의 몸뚱이는 땅바닥에 내동댕이쳐 있었다. 그녀는 동네 사람들이 탄 대절 버스 앞이란 생각에 창피하기도 하고 해서 일어나려고 했으나 다시 푹 꼬꾸라졌다. 옆에 있던 한 여사가 놀라서 부축해서 그녀를 일으켰다. 한 여사에게 의지해서 간신히 일어나기는 했는데 그녀는 몸의 중심이 잡히지 않았다. 그녀가 휘청 앞으로 넘어지려고 하자 한 여사가 놀라서 소리쳤다.

"어머, 많이 다쳤나 봐요."

"아니에요. 괜찮아요. 놀라서 그런 거 같아요."

"병원에 가봐야 할 거 같은데요."

그녀는 왼쪽 손목에 힘이 들어가지 않고 가슴 쪽이 약간 뻐근했지만 대수롭지 않게 생각했다. 또 오늘 남은 일정도 있고 해서 한 여사에게 말했다.

"한 여사, 미안해요. 공연히 저 때문에 걱정을 끼쳤네요. 너무 걱정 마요. 많이 아프면 서울 다녀와서 병원 갈게요."

그녀는 바보같이 온 동네 사람들이 다 보는 앞에서 넘어졌다는 생각에 빨리 그 자리를 벗어나야겠다는 생각밖에 나지 않았다. 운정역까지 가는 도중에 점점 왼쪽 손목이 시큰거리고 아파왔다. 병원을 들러서 서울 결혼식을 갈까 하는 생각도 했지만 결혼식은 참석지 않아도 되지만 그 뒤에 있는 비평시간 시낭송 약속이 마음에 걸렸다. 비평 팀장 후배가 도와 달라면서 부탁한 건데 약속을 펑크 낼 수는 없었다. 그래 뭘 일 있으려고, 넘어질 때 부딪친 충격으로 아픈 걸 거라고 스스로 다독이고 전철을 탔다. 다행히 전철 안은 한산했고 빈자리도 드문드문 있었다. 출구 맨 끝쪽으로 그녀가 자리를 잡고 앉았다. 가슴 쪽이 욱신욱신 아프고 뜨거워져 왔다. 핸드폰으로 환승역과 하차 역을 알람으로 설정하고 눈을 감았다.

결혼식장에 들어서자 동기들과 몇몇 선배들이 먼저 와 있었다. 어정쩡하게 걷는 그녀를 보고 어디 아픈 것처럼 보이는지 보는 이마다 걱정했다. 그냥 오다가 넘어졌는데 좀 아프다고 했더니 아픈데 뭐하러 힘들게 왔냐며 걱정을 하면서 C 선배가 그녀의 가방을 건네 들었다. 그녀도 그럴걸 그랬나 속으로 생각했다. 결혼식장에서 동기들과 다시 종로 5가 비평 장소로 이동을 하는데 시간이 지날수록 통증의 빈도가 더해져 왔다. 그녀는 사람들 눈에 뜨이지 않게 제일 뒤쪽 구석진 자리에 앉았다. 점점 심해지는 통증의 빈도로 짐작하건대 그냥 넘어져서 아픈 건 아니라는 느낌이 그녀를 더 견딜 수 없게 했다. 남편에게 전화를 했다. 신호음이 길게 울리고 부재중이라는 나긋나긋한 여자의 목소리가 들렸다. 잠시 후 다시 남편에게 전화했다. 한참 후 사무적인 남편의 목소리가 전화기를 타고 들렸다.

"여보세요?"

"저기요, 전데요. 동창회 끝났어요?"

"좀 전에 끝났어요. 이제 식사해요. 왜 전화했는데요?"

"저기요, 미안한데요. 좀 빨리 올 수 있어요?"

"왜요? 아직 출발하려면 시간 좀 걸리는데요."

"이장네 결혼식 보고 나오다가 넘어졌어요. 간신히 혜화동까진 왔는데 숨쉬기가 힘들 정도로 아프네요."

"참, 사람도 좀 조심하지. 뭐에 한눈팔다가 넘어지고 그래요."

그녀는 남편의 퉁명한 소리를 들으면서 공연히 전화를 했다 후회했다. 그냥 택시 불러서 집 가까운 병원 응급실에 가면 될 것을 전화해서 잔소리를 들었다 싶어 머릿속이 복잡해져 왔다. 남편이 퉁한 소리로 말했다.

"그래요, 알았어요. 식사하고 출발할게요."

"네, 조심해서 와요."

남편은 그녀가 말을 채 마치기도 전에 전화를 끊었다.

비평 강의는 시작해서 중간중간 강사의 시 중에서 시 낭송자가 무작위로 골라서 낭송하기로 정해져 있었다. 그녀가 세 번째, 마지막으로 낭송하기로 순서가 정해져 있었다. 비평 강사는 좀 이름이 알려진 대학 교수였다. 강의는 이미 처음부터 그녀의 귀에 들어오지 않았다. 그녀는 전화기를 녹음 기능으로 바꿔서 녹음 버튼을 눌렀다. 집에 가서 맑은 정신으로 들으면 집중도 되고 좋았다. 그래도 예의상 책상에 엎드릴 수는 없어서 의자에 허리를 기대고 바른 자세로 버텼다. 그녀 순서가 왔다. 몸이 휘청거리지 않게 조심조심 한발 한발 옮겨서 강단에 섰다. '백내장'이라는 제목의 시를 낭송하지 못하고 낭독을 했다. 강사가 그 시를 택한 이유를 물었다.

"아직은 젊다고 우기지만 사실은 여기저기 건강이 조금씩 무너짐을 느낍니다. 그리고 저도 백내장 진행 중이라서 진행 중이란 제목의 자작시가 있어서 교수님 시 중에서 백내장이란 시를 읽고 공감이 갔습니다."

그녀는 여기까지 말하고 느린 걸음으로 자리로 돌아왔다. 그 뒤로도 강사가 뭐라고 했는지 기억나지 않았다. 갑자기 숨도 쉬지 못할 만큼 통증이 밀려왔다. 아예 눈을 감았다. 시간이 왜 이리 더디 가는지, 빨리 비평 강의가 끝나기만을 속으로 빌고 또 빌었다. 끝나지 않을 것 같았던 강의는 약속한 시간인 두 시간을 채우고 마쳤다. 그녀는 옆에 있던 동기에게 먼저 가겠다고 말하고 비평장을 빠져나왔다. 남편에게 전화를 하려고 전화기를 열었다. 이미 남편에게서 부재중 전화가 2통이나 와있었다. 그녀가 다시 남편에게 전화를 했다.

"저예요. 전화했네요."

"아 이 사람아, 전화를 받아야지. 오라고 해놓고 전화 안 받으면 어쩌자는 거요?"

그녀는 훅 올라오는 짜증을 누르고 말했다.

"아, 미안해요. 이렇게 빨리 올 줄 몰랐어요. 강의 중이라 그랬어요. 저기요, 어디까지 왔어요?"

"거의 다 도착했어요. 어디로 가요?"

"백주년 기념관 건물 쪽으로 와요. 제가 내려와 있어요."

"알았어요, 기다려요."

그녀가 전화를 하는 사이 동기 한 명이 그녀를 걱정해서 1층 주차장으로 내려왔다.

"언니, 괜찮으세요? 아저씨는 오신대요?"

"네. 거의 도착했대요. 1, 2분이면 올 거예요. 내가 알아서 가는데 왜 왔어요? 미안하게."

"언니, 다음부터는 이렇게 무리해서 오지 마세요. 너무 아픈 거 같은데 바로 병원으로 가실 거지요?"

"네, 걱정 끼쳐서 미안해요. 남편 오면 갈 테니까, 가서 사진 촬영하고 식사해요."

그러는 중에 남편의 은회색 차가 백주년 기념관 앞으로 들어오고 있었다. 차를 세운 남편이 운전석 문을 열고 걸어왔다. 안면이 있는 동기생이 그녀와 같이 있는 것을 본 남편이 잔뜩 구겼던 이마를 펴고 활짝 웃으며 동기생에게 인사를 했다.

"안녕하십니까? 오랜만에 뵙네요."

"아, 예. 언니가 많이 다치신 거 같아요. 너무 많이 아파해요."

"그러게 말입니다. 좀 조심하지 않고 사람이."

"네, 빨리 병원부터 가셔야 할 거 같아요."

"네, 그래야지요. 고맙습니다. 다음에 한가할 때 봬요."

남편은 그녀가 뒷좌석에 눕지도 못하고 앉지도 못한 어정쩡한 자세로 있는 것을 보고 차 문을 닫고 운전을 하기 시작했다. 약간의 덜컹임에도 그녀가 신음 소리를 냈다. 차가 모퉁이를 돌 때도 그녀가 옆으로 몸이 기울면서 거의 울음에 가까운 낮은 소리를 흘렸다.

"저기요, 좀 천천히 가요. 정말 너무 아파요."

"아 이 사람아, 조심 좀 하지. 어쩌다가 넘어졌나 그래. 다른 사람 다 멀쩡하게 잘 다니는데 왜 당신만 유난히 넘어지고 그래요."

그녀는 속으로 공연히 남편에게 전화를 했다는 후회를 했다.

병원은 집이 가깝고 입원이 수월한 금촌으로 정했다. 병원에 도착한 남편이 응급 수속을 하는 동안 그녀가 허리를 펴지 못한 구부정한 자세로 응급실로 걸어 들어갔다. 응급실은 한산했다. 당직 간호사가 응급침상을 배정하고 보호자는요? 하고 물었다. 그녀가 지금 응급 수속하고 있다고 했더니 그냥 가버렸다. 잠시 후 환자 등록을 마치고 남편이 왔다. 그때부터 언제, 어디서 어쩌다가 다쳤나를 묻고 기본검사인 엑스레이, 피검사, 그리고 CT 촬영을 했다. 손목이 조각조각 부서지고 8번 갈비뼈가 금이 갔다는 진단이 나왔다. 입원실이 정해지고 환자복으로 갈아입는데 손목과 가슴 통증으로 느낌도 없었던 무릎이 깨져서 피가 딱지로 변해 스타킹에 엉겨있었다. 무릎에 난 상처 부위를 알코올로 살살 달래듯 불려서 달라붙은 피딱지를 떼어냈다. 정형외과 입원실은 만실이라서 5층 1인실로 배정을 받았다. 문제는 그때부터였다. 병원 와서부터 링거를 계속 맞아서 오줌이 마려웠다. 왼쪽 8번 갈비뼈가 금이 가서 몸을 숙일 수도 없었다. 억지로 몸을 구부리려면 가슴 쪽으로 칼로 긋는 듯한 통증이 밀려왔다. 그녀는 자존심을 팽개치고 남편에게 오줌 마려우니 속옷 좀 내려 달라고 부탁을 했다. 남편은 혀를 쯧쯧 차면서 인상을 찌푸렸다. 남편은 싫어서 어쩔 줄 모르는 듯이 오른손 손가락 두 개로 그녀의 속옷을 내렸다가 그녀가 오줌을 누고 나자 다시 집게손가락을 오므려서 그녀의 속옷을 올렸다. 남편은 싫어서 이마에 잡힌 주름이 더 굵게 접혔다. 남편은 자신의 손에 뭔가 더러운 것이 묻은 듯 휴지를 뽑아서 싹싹 문질렀다. 무너지는 자존심에 그녀는 몸을 부르르 떨었다. 침상으로 돌아온 그녀가 남편에게 말했다.

"저기요, 이제 집에 가세요. 내가 죽을병 걸려서 입원한 것도 아닌데 뭐하러 불편하게 여기서 웅크리고 자요. 집에 가서 자요. "

남편은 그녀의 말이 떨어짐과 동시에 자리에서 일어났다.

"그래요, 여긴 간호사가 있으니까 많이 아프면 호출해서 진통제 달라고 말해요. 나, 갈게요."

남편이 입원실을 나가자마자 그녀는 속옷을 벗고 환자복 바지만 입었다. 밤새 잠들지 못하고 긴 하루가 지나갔다. 갈비뼈 금 간 것은 별다른 치료법이 없다고 했다. 가슴을 조이는 복대를 해서 금 간 갈비뼈가 더 이상 움직이지 못하게 하고 그냥 시간이 지나서 금이 간 갈비뼈가 스스로 붙을 때까지 아무것도 하지 않고 쉬는 것이 치료라고 의사가 말했다. 그녀는 화장실 가는 것이 무서워서 물 마시는 것도 참았다. 손목의 부기가 빠지자 깁스를 했다. 그래도 다행인 것은 왼손을 다쳐서 오른손으로 식사하고 글을 쓰고 전화를 받고 하는 데 다른 사람의 도움을 받지 않아도 되는 것이었다. 문제는 남편이었다. 남편과는 한지붕 아래 살지만 서로 필요한 말 이외엔 하지 않고 산 지 오래였다. 그런데도 남편은 아침에 출근하기 전에 병원으로 와서 병실 안 모든 사람들이 보게 아주 오랫동안 기도를 했다. 또한 같은 병실에 있는 환우나 보호자들에게도 아주 상냥한 목소리로 인사를 건넸다. 그리고 그녀의 침상 앞에 앉으면 집에 먹을 거 없다고 퉁퉁거렸다. 그녀가 병원 앞에 식당들 많으니 나가서 사 먹으라고 하면 사 먹는 음식, 자기는 싫다고 더 툴툴거렸다. 그녀는 할 수 없어서 아침저녁 식사는 보호자 식사를 신청해서 먹게 했다. 그녀도 입원한 지 1주일 즈음 지나자 조심조심 걸어 다닐 수 있게 되었다. 열흘째 되는 날, 담당 의사가 걸을 수 있으면 퇴원해서 통원 치료를 해도 된다고 말을 했다. 그녀는 그냥 입원해 있겠다고 말했다. 그녀가 의사에게 말했다.

"저기요, 선생님. 제가 집에 가면 쉴 수도 없거니와 산골 살아서 음식 사 먹을 가게도 없고 저를 돌봐 줄 사람도 없답니다. 집에 가면 아픈 게 문제가 아니라 굶어서 죽을 수도 있어요. 저 그냥 진단 나온 대로 3주 있으면서 치료 다 받고 갔으면 합니다. 그래도 괜찮지요?"

담당 의사는 그녀의 말이 우스운지 허허 웃으면서 환자분 편한 대로 하란 말을 하고 병실을 나갔다. 그녀는 복대를 하고 조금은 불편하지만 병원 복도를 걸어 다녔다. 너무 움직이지 않으면 그러잖아도 근육량이 부족한데 더 근육이 없어지면 회복에 힘들 것 같아서 걸을 수 있는 힘껏 조심해서 걸으며 운동을 했다. 3주를 채우고 그녀가 스스로 퇴원 수속을 하고 택시를 불러서 산골 집으로 왔다.

그해 9월 어떤 아침 6시. 전날도 잠을 설쳤다. 새벽 4시 즈음에 간신히 잠이 들었는데 습관처럼 6시에 잠에서 깨어났다. 눈을 반쯤 감은 채 그녀가 방에서 나와 화장실로 들어가다가 발을 헛디뎠다. 본능적으로 오른손으로 바닥을 짚었다. 다행히 가슴은 부딪히지 않았다. 일어나서 어디 다친 곳 없나 확인을 했다. 오른손 손목이 약간 아프기도 했지만 봄에 넘어졌을 때만큼 아프지는 않았다. 시큰거리는 손목으로 아침 식사를 준비했다. 남편이 출근할 때 그 차로 같이 나왔다. 도서관에서 공부하는데 오른손 손목이 욱신욱신, 화끈거렸다. 점점 아픔의 강도가 심해져 왔다. 금촌 로데

오 거리에 있는 정형외과를 들렀는데 엑스레이를 본 담당 의사가 오른손 손목이 부러졌다고 했다. 헛웃음이 나왔다. 우선 손목 보호대만 하고 집으로 왔다. 별거 아니라 생각했는데 점점 더 아픔의 강도가 커져 왔다. 이튿날 다시 금촌 로데오 거리에 있는 정형외과를 방문해서 입원했다. 그녀는 아프기도 했지만, 그 아픈 손으로 남편 수발을 들 수도 없었다. 그녀가 아프든지 말든지 밥, 밥, 밥 하는 남편을 피하기 위해서이기도 했다. 그녀가 통증으로 밤새 앓고 간호사가 와서 진통제를 주사해도 약효가 떨어지면 또 견딜 수 없이 통증이 밀려와서 힘들어하는데 퇴근하고 병원을 들른 남편은 여전히 툴툴거렸다.

3일 후면 추석인데 아들 내외도 오고 또 추석 당일에 딸 사위 손자들도 오는데 그녀가 이렇게 병원에 있으면 어쩌냐는 거였다. 남편의 어이없는 말에 억장이 무너졌다. 그녀가 아들에게 전화를 해서 어쩌면 좋으냐고 하소연을 했다. 아들은 어머니 아프신데 무슨 말씀을 하시냐면서 걱정 말고 그냥 입원해서 치료받으시라고 했다. 아들과 며느리는 추석 전날 산골 집으로 가기 전에 그녀가 입원해 있는 병원으로 왔다. 며느리가 추석 2박 3일 동안의 식단을 꼼꼼히 짜고 아이스박스에 음식 재료까지 다 준비해왔으니 어머니 걱정 마시고 치료받으시라며 예쁘게 웃었다. 그제야 그녀는 추석 음식 걱정하지 않고 편히 쉴 수가 있었다. 추석날이면 친정으로 오는 딸에게도 전화를 해서 사정 이야기를 하고 집에 오지 말라고 했다.

추석 연휴가 무사히 지난 토요일이었다. 또 밥, 밥, 밥 하는 남편에게 병원에 와서 식사할 거면 보호자 식사 신청하겠다고 전화를 했다. 부재중이었다. 그래도 혹시 몰라서 아침은 보호자 식사까지 신청은 했다. 아침 식사 시간이 지나가도록 남편은 전화를 받지도 병원으로 오지도 않았다. 비가 오지 않아서 기우제를 지낼 때는 비가 올 때까지 기우제를 지내면 되듯이, 전화도 받을 때까지 하면 통화를 할 수가 있다. 12시를 넘기고도 남편은 전화를 받지 않았다. 점심시간이 지나서 전화를 했을 때는 아예 전화기 전원이 꺼져 있었다. 오후 4시쯤에 전화를 했을 때 남편이 전화를 받았다.

"여보세요? 저기요, 왜 아침부터 통화가 안 되나요?"

"아, 갑자기 어디 좀 가느라고 그랬어요."

"그래도 전화는 할 수 있고, 받을 수 있잖아요. 어디 가는데요?"

"홍천 좀 가느라고요."

"아니 홍천은 갑자기 왜요? 그럼 간다면 간다고 전화라도 하면 되잖아요."

남편은 그녀의 말에 답을 하지 않았다. 그녀가 또 빠르게 말을 했다.

"아침에 올 줄 알고 보호자 식사 신청했잖아요. 전화하는 게 뭐 그리 힘들다고 휑하니 그냥 가요. 홍천은 왜 갔어요?"

남편은 대답 대신 전화를 끊었다. 그녀도 더 이상 남편에게 전화하지 않았다. 손목이 부러진 것은 의료법 규정상 10일간 입원할 수 있었다. 그녀는 10일이 되는 날 스스로 퇴원 수속을 하고 택시로 산골 집으로 돌아왔다. 아침부터 혼자서 퇴원 수속 하고 짐 챙기고 하느라 아침을 걸렀더니 시장기가 돌았다. 뭐라도 먹을거리가 있나 해서 냉장고 문을 열었다. 냉장고 안에는 먹을 거라고는 없었다. 그녀의 눈에 작은 나무 상자가 띄었다. 뭔가 하고 꺼내서 열었더니 언젠가도 봤었던 산양산삼이었다. 족히 스무 뿌리쯤 될 듯했다. 그녀는 산양산삼 상자를 냉장고 속으로 거칠게 쑤셔 넣고 문을 닫았다. 그 언젠가도 남편이 하루 종일 부재중이었다가 집으로 왔는데 산양삼과 연보라색 니트를 손에 들고 있었다. 어디서 난 거냐고 물었을 때 친구가 줬다고 했던 기억이 났다. 그녀의 두 번째 넘어짐도 상처로 남아있었다. 후유증으로 오른손이 지금까지 시큰거리고 음료병 하나 따기에도, 오른쪽 손목에 통증이 동반되고 있었다.

그녀가 넘어질 때 오른팔로 땅을 짚었는지 오른팔이 시큰거렸다. 그녀는 가까운 병원이라도 갔으면 했다. 남편은 넘어질 때 충격으로 약간 아픈 거니까 거제문화원 구경하고 가자고 했다. 그녀는 더 이상 실랑이도 하고 싶지 않고 해서 아픈 오른팔을 잡고 불편한 자세로 학교를 개조해서 만든 듯한 거제문화원을 한 바퀴 돌았다. 오른팔이 점점 더 욱신거렸다. 남편에게 넘어진 팔이 아프고 또 피곤하니 이제 숙소로 가자고 말했다. 남편은 그녀를 향해 조심성이 없어서 넘어지기나 한다면서 한마디 하고 차를 숙소가 있는 통영 쪽으로 돌렸다. 그녀가 밤새 앓고 잠을 못 이루는데 남편은 코를 골고 잘도 잤다. 아침에 남편은 잘 잤냐고 아무 일도 없었던 사람처럼 아침 인사를 했다. 그리고 이어서 그녀에게 물었다.

"오늘은 어디 구경할까요? 당신 통영 무척 오고 싶어 했잖아요."

그녀가 남편에게 말했다.

"저기요, 나 너무 아파서 엊저녁에 한숨도 못 잤어요. 오늘은 먼저 병원부터 가요. 팔꿈치가 욱신거리고 불에 덴 거 같이 아파요."

"아~ 그랬어요? 깨우지 그랬어요."

그녀는 대답하지 않고 손가방을 들고 일어섰다. 남편이 차 키를 챙겨서 허둥지둥 뒤따라 나오면서 '아침은요'라고 그녀의 뒤에서 말했다. 그녀가 입속으로 '시발' 하고 웅얼거렸다.

통영의료원은 다행히도 진료를 하고 있었다. 이곳도 코로나19로 병원을 다 비우고 대기했었는데 다행히 아직까지 코로나19 환자가 발생하지 않아서 다시 일반 환자를 진료하기 시작했다고 했다. 병원은 한산했다. 기다리지 않고 진료를 받을 수 있었다. MRI를 찍고 나서 오른 팔꿈치 엘보가 부러졌으며 한 달 동안 깁스를 해야 한다는 진단이 내려졌다. 의사는 입원을 권유했다. 그녀는 여행 중이며 집 근처로 가서 입원할 예정이라고 말하고 진단서를 끊어서 병원을 나왔다. 그녀가 속으로 또 중얼거렸다. '씨 여행 오는 게 아닌데.'

여행에서 집으로 돌아온 그녀는 입원준비를 해서 경기도 의료원으로 향했다. 의료원은 입구부터 바리케이드가 쳐 있었다. 병원 출입구도 내려져 있었고 적막했다. 그녀가 탄 차가 병원 입구에 서자 가름 막으로 가려졌던 병원 문이 열리고 우주복같이 생긴 옷을 입은 직원이 나왔다. 이곳은 코로나19 환자를 받아서 일반 환자는 진료할 수 없으니 다른 병원으로 가라고 안내를 하고 재빨리 병원 문 안으로 사라졌다. 다시 차를 돌려서 일산 백병원으로 갔다. 진료 예약이 끝나서 더 이상 당일 진료는 불가하다는 데도 3시간을 기다려서 진료를 볼 수 있었다. 정형외과 담당의가 통영적십자병원에서 가져온 차트를 보더니 많이 아프셨을 텐데 어떻게 다친 지 3일이나 지나서 병원을 오셨냐고 물었다. 코로나19 때문에 의료원은 일반 환자는 진료를 하지 않고 딱히 갈 병원도 없어서 그냥 이 악물고 버텼다고 그녀가 말했다. 그녀의 말에 의사가 웃었다. 그녀가 입원해서 치료를 받고 싶다고 말했으나 의사는 지금은 코로나19로 입원 절차도 까다롭고 또 생명에 지장도 없는데 입원했다가 공연히 코로나19에 감염이라도 되면 더 위험할 수 있으니 통원 치료를 권했다. 그녀는 진통제와 소염제를 처방받아서 다시 산골 집으로 돌아왔다. 부러진 오른팔을 깁스로 묶어서 움직이지 못하게 하고 왼팔로 밥을 하고 반찬을 해서 남편의 식사를 차렸다. 남편은 무덤덤하게 그녀가 차려주는 밥을 먹었다. 물론 진통제나 소염제는 먹지 않았다. 그냥 버렸다.

버리고
비우기

그녀의 방문을 열고 들어온 남편이 놀란 목소리로 말을 했다.

"아니 당신 잠시 나가서 마음 좀 다스리고 들어 오랬더니 아주 이삿짐을 쌌네요. 잠시 나가 있다가 들어오라고 내가 말했잖아요. 근데 무슨 짐이 이렇게도 많아요.?"

"뭐가 많다고 그래요. 내 옷가지하고 병원에서 받은 약을 챙겼을 뿐인데요."

"이삿짐이구먼. 뭘 그래요."

그랬다. 그녀로서는 이삿짐이었다. 한번 마음 정하기가 어렵지, 나가면 다시는 돌아오지 않을 생각이었다.

올해 봄, 그녀가 아들이 예약해준 통영으로 남편과 2박 3일 여행을 다니러 갔다가 넘어져서 오른쪽 팔꿈치를 다쳤다. 팔꿈치가 바스라졌는데 코로나19로 병원에 입원도 하지 못하고 생으로 아픔을 견디면서 봄날이 지나고 있었다. 팔꿈치가 조각조각 부서져서 팔을 사용하면 장애가 올 수 있으니 절대로 무리해서 팔을 사용하지 말라는 의사의 처방을 남편과 같이 들었었다. 남편은 그녀가 조심하지 않아서 여행을 망쳤다면서 화를 냈었다. 집으로 돌아와서도 제일 먼저 한 말이 '밥 줘요'였다.

그녀가 오른팔을 반깁스로 감고 간신히 버티던 날들이 3주가 지났다. 아들이 토요일이라고 다니러 왔다가 그녀가 오른쪽 팔 깁스를 한 것을 보고 기가 막히는지 한동안 아무 말도 하지 못했다. 한참 후에야 그녀에게 물었다.

"어머니, 아버지랑 잘 지내시라고 새 차 사드리고 그래도 아무 데도 안 가시기에 여행 다녀오시라고 통영 숙소까지 예약해드렸잖아요. 이게 어떻게 된 겁니까?"

"그러니까 내가 안 간다고 했잖아. 차도 그래. 내가 네 아부지 차 사주지 말라고 했어, 안 했어?"

"저는 어머니 아버지 사이좋게 여행도 다니시고 잘 지내시는 줄 알았잖아요."

"그건 아들 자네 희망 사항이지, 나는 아니다."

아들이 고개를 숙이고 한참을 무언가 생각하는 듯하다가 입을 열었다.

"어머니, 지금부터 제가 드리는 말씀 잘 들으시고 신중하게 답해주세요."

"뭔데 그래? 왜 이리 심각하게 말하누. 무섭다야."

"어머니, 제 명의로 오피스텔 두 개 있는 거 아시지요. 그중 하나가 올 8월이 기한 만기거든요."

"그래서?"

"그 원룸 비워 드릴 테니까 어머니 그리로 가실래요?"

"아이구, 이 사람아 나야 고맙지. 근데 네 아버지한테 괜찮겠나?"

"그건 제가 알아서 할 일이고요. 제가 1월에 새 차 사드릴 때는 어머니, 아버지 사이좋게 여행 다니시고 그러시라고 사드렸습니다. 근데 아무 곳도 안 가시기에 또 여행가시라고 펜션 예약해드렸더니, 이게 무슨 일이세요."

"그러니까 내가 쓸데없이 돈 쓰지 말라고 했잖아."

"아무튼, 어머니. 이제 제가 어머니, 아버지께 해 드릴 거라고는 따로 사시게 해 드리는 것밖에 없는 거 같습니다. 어머니만 좋으시면 아버지께는 제가 말씀드릴게요."

"나는 자네 말에 100% 찬성이네. 고맙다 아들."

"어머니 제가 왜 이런 말씀을 드리냐 하면요. 저는 어떻게 하든 두 분이 사이좋게 잘 사셨으면 했습니다. 그래서 올 초에 새 차도 사드렸구요. 또 그전에는 제가 결혼하기 전까지 한 달에 100만 원씩 아버지 드렸습니다."

"이 사람아, 자네가 애쓰고 수고한 거 다 아네. 엄마가 정말로 고맙게 생각하네."

"어머니, 제가 아무리 두 분 잘 사시라고 해드려도 나아지지 않네. 집에 올 때마다 어머니 아버지 모습 보면 아슬아슬했습니다. 그래서 말씀인데요. 제가 몇 년 전부터 말씀드린 거 기억하세요?"

"원룸 사 놓은 거 나 준다는 거?"

"네, 어머니. 그 말 그냥 지나가는 얘기가 아니었거든요. 이제 두 분 같이 사시다가는 두 분 중 한 분이 뭔 일이 날 것 같습니다. 저는 어머니도 아버지도 두 분 다 편안하게 사시는 것이 제 바람입니다. 어머니 맘만 정하시면요, 어머니 제가 사 놓은 원룸에 가 계시게 하는 거 제가 아버지께 말씀드리겠습니다."

"이 사람아, 나야 좋지만 그건 간단하지 않잖은가. 새아기 의견도 들어봐야 하고 또 아버지가 아니라고 하면 아무 소용이 없는 얘기 아닌가."

"그건 걱정하지 마세요. 집사람하고는 이미 다 얘기가 된 겁니다. 아버지도 제가 설득하겠습니다. 저는 어머니 건강이 더 걱정됩니다. 또 어머니가 좁은 원룸에서 잘 계실지가 걱정입니다."

"아니야, 나는 그리만 되면 더 바랄 게 없네. 나 독립하는 거 내 평생소원이었어. 잘 진행돼 가다가 실패하고 또 희망을 품었다가 사라지고 했지만 독립하는 꿈을 버린 적은 없었어. 고맙네! 아들."

아들이 아버지가 있는 안방 문을 두드렸다.

"아버지, 잠깐 들어가겠습니다."

컴퓨터로 고스톱을 하고 있던 남편의 방으로 아들이 들어갔다. 그때까지 아무 말 없이 있던 며늘아기가 걱정된다는 듯이 말을 했다.

"어머니, 원룸은 어쩌면 어머니가 사시기엔 힘들지도 몰라요. 아래층은 상가이거나 음식점이라서 창을 열거나 하면 음식 냄새가 창을 통해 들어 올 수도 있고요. 또 개인의 사생활이 보호되거나 하지도 않아요. 여기처럼 900평이나 되는 넓은 곳에서 사시던 어머니께서 잘 적응하실 수 있을지 걱정돼요."

"아가, 그런 건 나도 알아. 너희 오빠가 고시원 총무로 아르바이트할 때 가봤어. 그리고 너희 시누가 보훈병원 취직했을 때 기숙사가 빨리 나오지 않아서 병원 앞 원룸에서 석 달인가 살았어. 그래서 나도 알아."

"아, 네. 어머니, 그곳보다는 조금 더 넓어요. 아신다니 다행이에요."

아들이 아버지 설득할 자신이 있다고 큰소리치고 안방으로 들어간 지 1시간 30분이 지나도록 안방에서 나오지 못했다. 미루어 짐작하건대 얘기가 잘 진행되지 않고 있다는 예감이 들었다. 무슨 소리인지 정확하게 들리지는 않았으나 가끔 남편의 목소리가 방문으로 새어 나오기도 했으며 또 아들의 목소리가 새어 나오기도 했다. 거실에서 건성으로 TV 화면에 시선을 주고 있던 며늘아기와 그녀는 같은 공간에 아무 말 없이 있기도 조금씩 불편해지기 시작했다. 10분쯤 더 지났을 때 아들이 거실로 나왔다. 걱정 어린 얼굴로 그녀가 아들을 봤다.

"어머니, 아버지하고는 이야기가 잘 됐습니다. 이제 너무 걱정하지 마시고 8월 말쯤에 이사할 준비만 하시면 됩니다.

"정말로 아버지가 허락했나? 내가 아는 네 아부지는 절대로 그럴 리가 없는데."

"어머니, 진짜니까 안심하세요. 여기 계시는 동안 아버지하고 절대로 의견 충돌하시지 마시고요. 저 머리도 아프고 좀 피곤해서 바로 집에 가야겠습니다."

"그래, 아들. 정말로 고맙다. 운전은 할 수 있겠나?"

그녀가 그 말을 하면서 며느리 얼굴을 바라봤다. 눈치 빠른 며느리가 얼른 답을 했다.

"어머니, 오빠 피곤하니까 제가 운전해서 갈게요. 걱정하지 마시고 쉬세요."

"그럴래, 어이구 고맙다. 우리 애기."

그녀가 안방 문을 두드리고 난 후 문에다 대고 말했다.

"저기요, 애들 간다네요. 나와 보세요."

남편이 굳은 얼굴로 방문을 열고 나왔다. 그녀 쪽으로는 의식적으로 눈길도 주지 않았다. 며느리가 '아버님 저희 갈게요, 안녕히 주무세요'라고 인사를 하자 건성으로 인사를 받았으나 아들의 인사에는 답하지 않았다. 예전 같았으면 마당까지 따라 나가서 아들의 차가 모퉁이를 돌아서 보이지 않을 때까지 있다가 집 안으로 들어왔었는데 거실에서 아들의 눈도 마주치지 않고 있다가 다시 안방으로 들어갔다. 그녀도 긴장이 풀려서인지 피로함이 몰려왔다. TV를 끄고 그녀의 방으로 들어갔다. 잠을 청했으나 머리만 더 복잡해지고 잠은 오지 않았다.

얼마의 시간이 지난 후 남편이 그녀의 방문을 두드렸다.

"나요. 자나요? 안 자면 좀 들어갈게요."

남편은 말이 끝나기도 전에 그녀의 방문을 열고 안으로 들어와서 전등을 켰다. 그녀가 눈을 감은 채 일어나지 않자 '안 자는 거 알아요. 잠시 얘기 좀 하자'며 의자를 당겨서 침대 앞으로 가져와 그녀 머리맡에 앉았다. 할 수 없이 그녀가 침대에서 몸을 일으켰다. 남편이 앞뒤 말 자르고 그녀를 다그쳤다.

"아니 당신은 애들에게 무슨 말을 했기에 아들이 나한테 그러는 게요?"

"내가 무슨 말을 해요. 아들이 어린애예요? 내가 얘기한다고 그런 말을 하게요. 밖에 방 얻어 준다는 얘기 오늘이 첨인 줄 아세요. 미국서 들어오면서부터 나한테 한 말입니다."

"뭐라고요? 아니 대체 아들에게 아버지 흉을 얼마나 봤으면 아들이 엄마 방 얻어 준다고 했겠소. 당신 정신이 있는 거요, 없는 거요."

"내가 애한테 무슨 말을 해요. 아들이나 딸이나 당신이 나한테 어떻게 하는가, 다 보고 자랐어요."

"뭐요, 내가 애들에게 당신 흉보는 거 봤어요? 엄마 고생한다. 너희는 엄마한테 잘해라. 나는 애들 귀에 딱지 앉을 만큼 입만 열면 엄마 칭찬했고 나한텐 안 해도 되니까 엄마한테 잘하라고 평생 그리 말했다고요."

"흥, 말만 하면 뭐해요. 애들도 귀 있고 눈 있어요."

"아니, 이 사람이, 이 상황에서 꼬박꼬박 말대꾸요. 잘못했다고 사과를 해도 될까 말까 한 시점에서."

"저기요, 나는 이제 잘못한 것도 없이 사과하는 거 안 해요. 내가 지금까지 살면서 정말 잘못한 거는 정말로 잘못한 것도 없는데 늘 사과한 거였어요. 혹시 내 애들한테 해가 될까 봐서 또 어른 앞에서 큰소리 나는 거싫어서, 그리고 사는 데 지쳐서, 그쪽하고 무슨 말을 해도 통하지 않으니까, 그쪽한테 빈 영혼으로 빌었던 거, 그거 내가 실수했던 겁니다. 나 이제 그런 거 안 해요."

"뭐? 이 사람이 정신이 나갔나. 그쪽? 지금 나보고 그쪽이라 그랬어요?"

그녀가 남편의 얼굴을 정면으로 보고 또박또박 말을 했다.

"그래요, 그쪽."

남편이 어이가 없는지 파르르 몸을 떨었지만 주먹이 올라오거나 하지는 않았다.

"지금 당신이 너무 흥분해서 정신이 없나 본데 낼 아침 맑은 정신으로 다시 얘기합시다."

남편은 몸을 일으켜 방문을 열고 그녀의 방을 나갔다. 바짝 긴장하고 날밤을 새웠던 그녀는 온몸에서 힘이 풀려서인지 침대에 풀썩 쓰러졌다가 이내 기절하듯 잠이 들었다.

6시 알람 소리에 그녀의 눈이 반사적으로 떠졌다. 몸을 일으켜서 옷매

무시를 가다듬고 머리를 단정하게 묶었다. 거실로 나와서 세콤을 해제하고 부엌 쪽으로 몸을 돌렸다. 냉장고 문을 열고 아침 거리를 무엇을 할까 뒤적였다. 두부 한 모, 달걀 두 개. 우유, 그리고 식빵 봉지를 꺼내서 식탁으로 올려뒀다. 거실 창을 열고 밖으로 나갔다. 텃밭에서 오이 하나, 참외 두 개를 따서 이슬이 묻어 있는 잔디밭을 걸었다. 기분이 좋아지기 시작했다. 그녀는 속으로 자신을 향해 말했다.

'그래 어쨌든 여기 있는 동안은 내 할 일 하는 거야. 공연히 책잡힐 필요는 없어. 지금까지도 잘 참았는데 뭐. 40년 참고 살았는데 그까짓 길어야 두어 달인데 있는 날까지 잘 마무리하고 가야지. 그래 조금만 참으면 이제 끝나.'

그리 생각하고 나니 마음이 한결 편안해졌다. 빵 두 쪽을 토스트에 구워내고 달걀부침을 반숙으로 하고 오이를 씻어서 하얀 접시에 담았다. 곁에 참외도 깎아서 담아내니 모양이 그럴듯하게 예뻤다. 두부를 더운물 붓고 전자레인지에 돌려서 방부제를 빼내고 넓은 접시에 담았다. 시간이 6시 30분을 향하고 있었다. 남편을 깨우기 싫어서 일부러 그릇 부딪히는 소리를 냈는데도 남편이 자는 안방 문은 열리지 않았다. 그녀도 끝까지 안방 문을 두드리지 않았다. 잠시 후 남편이 나왔다. 남편은 아무 일 없었다는 듯이 나오면서 그녀를 향해 아침 인사를 했다.

"잘 잤어요?"

그녀는 대답하지 않고 식탁에 남편의 포크와 데운 우유를 내놓았다. 남편이 식탁의 지정 자리에 앉으면서 잘 먹겠다고 말했다. 남편의 아침 식사 기도는 유난히도 길었다. 그녀는 남편이 식사를 시작하는 것을 보면서 싱크대에 있는 그릇들을 씻기 시작했다.

"당신은 아침 식사 안 해요? 같이 먹지요."

그녀가 설거지를 멈추지 않고 계속했다. 언젠가부터 그녀가 남편과 같이 식사하지 않기 위해 남편이 식사할 때 부엌을 정리하고, 음식물 쓰레기를 밖으로 내놓고 시간을 끌어서 같은 자리에 앉지 않았다. 남편은 당연하다는 듯이 그녀의 수발을 받으면서 식사를 했으며, 인사치레로 당신도 같이 먹지라고 말했다. 정말로 인사치레였다. 바로 옆에 있는 그릇도 그녀가 집어서 남편 앞에 놓아 달라고 요구를 했고 손만 뻗으면 닿을 곳에 있는 물도 여보 물, 이라고 했다. 식탁 그득 음식을 차려도 자기가 먹고 싶은 게 있으면 먹을 게 없다고 스스럼없이 말했다. 식탁에 같이 앉은 사람들이 맛있게 먹는 음식도 한 젓가락 먹고 나서 '아 이건 설탕이 좀 더 들어간 거고, 이건 식초가 좀 많이 들어간 거 같은데'라고 타박을 해서 그녀의 마음을 불편하게 했었다. 그럴 때면 그녀는 남편에게 아무 말도 하지 않았다. 단지 그 음식을 식탁에 다시는 올리지 않는 것으로 소심하게 자신의 마음을 표현했을 뿐이었다. 하지만 남편은 그녀가 그렇게 소심하게 하는 표현을 알지 못했다. 남편이 식사를 마치고 일어났다. 그녀가 식탁에 남은 음식들을 다 음식물 쓰레기 통에 붓고 그릇을 설거지통에 넣었다. 이제 그녀가 아침 식사를 하기 위해 식탁에 앉았다. 식사 전에 먼저 혈당 체크를 해야 했다. 혈당기에 혈당체크 테이프를 삽입하고 소독솜으로 집게손가락을 소독했다. 바늘을 갈아 끼우고 스위치를 눌렀다. 따끔했다. 체크 테이프에 채혈된 피를 묻혔다. 삐~ 소리가 나고 2초 후 140 숫자가 나타났다.

그녀 입에서 무의식적으로 툭 튀어나왔다.

"에이 씨."

최소한 120은 넘지 말아야 하는데 140이나 나왔다. 음식물 섭취를 아무리 조심해도 스트레스를 받으면 혈당이 높게 나온다. 엊저녁부터 스트레스를 너무 많이 받았으니 어쩔 수가 없는 일이다. 그녀는 데워둔 두부와 오이로 아침을 때우고 일어섰다.

그녀가 아침 식사를 마치기를 기다린 남편이 그녀를 향해 부드러운 목소리로 말했다.

"여보, 커피 한 잔 부탁해요."

그녀는 속으로 '시발'이라고 웅얼거리며 정수기 더운물을 받아서 커피 믹스 한 봉지를 부어 남편에게 내밀었다. 커피를 받아든 남편이 한 모금 마시더니 입을 삐죽거리면서 커피잔을 그녀 앞으로 내밀고 말했다.

"아유, 커피 물이 미지근하잖아요. 좀 따끈하게 해서 다시 타 주세요."

그녀가 듣지 못한 것으로 하고 몸을 돌려서 그녀의 방으로 들어가서 문을 닫았다. 남편은 그녀의 방으로 따라 들어오지 않았다. 그녀가 안도의 숨을 고르고 책상 앞에 앉아 컴퓨터를 켰다. 만약에 남편이 그녀의 방으로 들어왔을 때 그녀가 글을 쓰거나 공부를 하고 있다는 것을 보여주기 위해서였다. 남편은 다행히 그녀의 방문을 열거나 하지 않고 마당으로 나갔다. 남편은 집 짓고 남은 땅에 이것저것 심었는데 소일거리로 채소를 심고 풀을 매면서 시간을 보내기를 즐겼다. 남편이 밭에서 일할 때면 남편은 그녀가 일하지 않아도 곁에 있기를 원했다. 그녀의 생각은 달랐다. 일하면 했지 왜 꼭 남편 옆에 일도 하지 않으면서 서 있어야 하는지 도무지 이해할 수가 없었다. 그녀가 집 안으로 들어가거나 하면 남편은 일도 하지 않으면서 옆에 있는 그것도 못 하느냐면서 그녀를 힘들게 했다. 그녀는 이제 하기 싫은 일은 하지 않기로 했다. 그렇다고 해서 집안에서 누워 있기라도 하면 자기는 더운 밭에서 힘들게 일하는데 누워 있냐고 싫은 소리를 했다. 남편에게 잔소리 듣기 싫고, 또 언쟁하기도 싫어서 책을 읽거나 공부를 하지 않아도 책상 앞에 앉아 있었다. 어떨 때는 의자에 앉아서 잠을 자기도 했다. 가끔은 거실 소파에서 그녀가 깜빡 졸기라도 하다 남편 눈에 띄기라도 하면 남편의 끌끌 혀 차는 소리와 함께 잔소리를 듣거나 비웃는 듯한 한숨 소리를 듣기도 했다. 그럴 때면 하는 남편의 잔소리는 이랬다.

"그렇게도 일이 하기 싫어요? 일하기 싫으면 먹지도 말라는 얘기도 몰라요? 게으른 자여 뱀에게 가서 지혜를 배우고 개미에게서 부지런함을 배우라는 성경 말씀도 몰라요. 당신은?"

늘 같은 소리였지만 그런 소리를 들을 때마다 그녀는 차라리 그 자리에서 콱 죽어버렸으면 할 정도로 자존심이 상했다. 작년 겨울에는 남편의 그런 주장 때문에 감기가 심하게 들어서 입원까지 한 적도 있었다. 남편이 밭에서 김장 배추를 짚으로 묶는 작업을 했었다. 김장하기까지는 시일이 좀 남아 있었는데 그냥 김장 배추를 밭에 두면 기온이 내려가서 배추가 얼어버릴 수도 있었다. 그녀도 집안에서 자잘하게 일이 있었는데 자기가 가족을 위해 열심히 일하는데 옆에도 서 있어 주지 못하느냐면서 일 안 해도 좋으니 옆에 서 있달라고 고집을 부렸다. 할 수 없이 그녀가 추운 날씨에 바람 횡횡 부는 밭 가운데 서 있다가 감기가 심하게 걸려서 입원까지 하는 해프닝이 있었다. 남편은 그런 그녀를 한심한 듯 보면서 이렇게 말했다.

"당신 참~ 특이해요. 일을 한 것도 아니고 잠시 밭에 서 있었다고 감기에 걸리고, 또 그렇다고 입원까지 해요? 정말 이해 안 되는 특이한 사람이에요."

오전 11시가 지나고 있었다. 냉커피를 타고 아침에 밭에서 따온 참외를 깎아서 접시에 담았다. 단팥빵도 한 개 챙겨서 쟁반에 담았다. 거실 창문을 열고 남편을 부를까, 아니면 전화를 할까 하다가 그냥 그녀가 직접 들고 밭으로 나가기로 했다. 지금이 5월 중순이니까 8월까지만 잘 참고 남편 신경 건드리지 않기로 맘을 정했다. 남편은 잔디밭 건너편 그늘막에서 쉬고 있었다. 그녀가 아무 말 없이 준비해간 간식 쟁반을 간이 식탁 위에 놓았다.

"오우~ 고맙습니다."

남편이 정말로 아무 일 없었다는 듯이 간식을 당겨 단팥빵 봉지를 뜯으면서 말했다. 다시 냉커피를 한 모금 들이키고는 오른손 엄지를 척 들어올리면서 또 말했다.

"역시 당신이 타 준 커피가 제일 맛있어요."

그녀는 아무 대꾸도 하지 않고 몸을 돌려서 잔디밭을 지나서 집 안으로 들어왔다. 그녀로서는 남편과 40년을 살았는데도 도무지 그 사람을 이해할 수 없었다. 어떻게 감정처리가 저리도 깔끔한지, 아무 일 없었다는 듯이 행동할 수 있는지?

그녀가 옷 방으로 들어갔다. 원래는 딸 방이었는데 딸이 시집가고 나면서 옷방으로 바꾸었다. 옷을 접어서 넣어 두었었는데 자꾸만 옷이 쌓이고,

구겨지면 다림질하기도 번거롭고 해서 아예 옷걸이를 벽 쪽으로 세워서 있는 옷들을 걸어 두었다. 찾기도 쉬웠다. 계절이 바뀌면 뒤쪽으로 바뀐 계절의 옷을 옮기고 뒤쪽 옷걸이에 있던 옷을 앞쪽으로 옮겨서 찾기 쉽게 했더니 한결 편했다. 한동안 입지 않고 잊혔던 옷들을 내리기 시작했다. 10ℓ 비닐봉지에 차곡차곡 담았다. 버리지 못하는 그녀의 습관 때문이지 40년 전의 옷도 나왔다. 어쩌면 체형이 변하지 않아서 언젠간 입겠지라는 마음도 있고 해서 끌어안고 있었던 게 오래된 옷들이 남아 있는 결과일 것이다. 무엇이든 쉽게 버리지 못하고 끌어안고 있었던 그녀의 습관이 어쩌면 40년의 세월로 쌓였는지도 모르겠다. 하지만 이제 버리고 비워 내기로 작정했다. 버리기는 아깝고 또 입기도 어정쩡 했던 옷이 12봉지나 나왔다. 밖으로 내놓을까 하다가 그냥 옷방 한쪽에 두기로 했다. 고물상 사장에게 연락해서 재활용 차가 올 수 있는 날 밖으로 내기로 정했다.

그날이 그날 같은 날들이 그냥 지나갔다. 8월 초의 어느 날 아들에게서 전화가 왔다.

"어머니, 별일 없으시지요? 아버지와는 좀 어떠세요? "

"응, 잘 있어. 아버지도 별 얘기 없어."

"네, 다행이네요. 어머니 전에도 말씀드렸듯이 제가 드리는 오피스텔로 나오시는 거 변함없으시지요. 오피스텔 사는 세입자가 이사 갈 집 정했다고 연락이 왔거든요."

"나는 맘 정했어. 아버지도 조심하는 것인지 아무 말 안 해."

"네. 제가 28일 월요일 오전 근무하고 회사에 반 차 내서 2시까지 집으

280
말 고픈 날들

로 갈게요. 필요하신 짐은 잘 챙겨 두세요."

"고맙네, 아들. 근데 네 아부지한테 집 정말로 알려 주지 않아도 되나 모르겠다. 그러다가 혹시 내 생활비 아버지가 끊으면 자네가 힘들잖은가?"

"어머니. 그때 아버지가 저하고 얘기하실 때, 어머니 고생 너무 많이 하셨다고 하면서 생활비 꼭 드리겠다고 저하고 약속했습니다. 걱정 안 하셔도 돼요. 그리고 어머니, 저는 어머니도 아버지도 잘 사셨으면 해요. 제가 어머니께 원룸을 드리는 건 두 분 다 제게 소중한 분이라서 결론을 내린 겁니다. 저는 두 분 다 힘들게 사시는 거 원치 않습니다."

"그래, 고맙다. 그럼 나는 그리 알고 있을게."

대부분 아들은 어미에게 다 기쁨이고 사는 희망이겠지만 그녀에게 아들은 더 특별했다. 아들은 어려서부터 가르치거나 하지 않았는데 초등학교 4학년 땐가부터 그녀를 엄마라고 부르지 않고 어머니라 불렀다. 초등학교 6학년 때였다. 그녀가 음식을 먹지도 잘 못 하고, 또 간신히 먹고 나서 금방 다 토하고를 반복했었다. 동네 내과를 한 달 이상이나 다녔는데도 차도가 없었었다. 그때 간신히 삼키고 토하지 않은 것이 유일하게 요플레였었다. 아들이 학교를 마치고 집으로 왔는데 큰 비닐봉지를 등에 지고 들어왔다. 거실 바닥에 툭 소리가 날 정도로 무겁게 내려놓았다. 요플레였다.

"어머니, 이거 드세요. 아무거도 드시지 못하는데 요플레만 토하지 않아서 제가 사 왔어요."

"어이구 아가, 이거 무슨 돈이 있어서 이렇게 많이 사 왔노?"

"네, 어머니. 용돈으로 주신 거 십오 일 안 사 먹고 모았어요. 드시고 이제 아프지 마세요."

"아가, 우리 아들 고맙다."

"어머니, 제가 어른 되면 돈 많이 벌어서 더 맛있는 거 사드릴게요."

"우리 아들, 엄마 이거 먹고 이제 안 아플 거야. 고맙다 고맙다. 우리 예쁜 아들."

아들은 시모가 그녀에게 함부로 할 때도 그녀의 손을 잡고 그녀에게 속삭였었다.

"어머니, 제가 어른 돼서 힘이 세지면 어머니 잘 지켜 드릴게요. 조금만 기다라세요."

그녀에게 아들은 아들 그 이상이었다. 정말 아들은 어른이 될 때까지 그녀의 든든한 버팀목이었다. 미국에서 유학 마치고 귀국을 해서 취직을 했을 때도 회사 근처에 집을 구했었다. 그때도 아들은 '어머니 산골에서 힘드시면 우리 집에 와서 쉬세요. 저는 대부분 해외 출장을 가서 집엔 별로 가지 않아요' 하면서 열쇠를 그녀의 손에 쥐여주었었다. 물론 그녀에게만 잘한 것은 아니었다. 남편에게도 각별하게 잘했었다. 취직해서 월급을 탔을 때도 그랬다. 자기를 미국 유학 보내느라 고생하셨다면서 한 달에 100만 원씩 남편 계좌로 이체를 시켰다. 아무리 유학을 다녀와서 좋은 회사에 취직했어도 첫 달부터 다달이 100만 원씩 내놓기는 쉽지 않은 일인데 아들은 기꺼이 이체를 시켰다. 그 일은 아들이 결혼하면서 그만두었다.

옷방을 정리하고 나서 이제 그녀가 기거하는 방을 정리하기로 했다. 그녀의 방은 그녀가 애지중지 모은 책으로 두 개의 벽면이 가득 차 있었다. 한쪽은 집을 지을 때 벽 전체를 책장으로 만들어서 책꽂이로 사용했는데 시간이 지날수록 책이 늘어났다. 책 정리를 하는데도 반대편 벽까지 책이 쌓여 갔다. 그녀로서는 책 정리가 쉽지는 않았다. 오래된 책일지라도 아끼는 것이 있고 또 두고두고 가끔 읽어야 하는 책도 있기 때문이다. 한나절 동안 책을 들었다 놓았다 하다가 책도 정리하기로 했다. 한번 맘 정하기가 어렵지, 맘 정하고 나니 정리의 속도는 빨랐다. 손이 가지 않고 진열해둔 제일 위쪽의 책부터 내리기 시작했다. 제일 위쪽 책 뒤에서 오래된 일기장이 우르르 나왔다. 결혼하면서부터 써온 일기장이었다. 순간 버릴까 하다가 연도별로 정리해서 정말로 버리기 아까운 책 뒤로, 숨겨져 있던 곳에 다시 꽂아 두었다. 남편의 족보는 안방으로 옮겼다. 나머지는 맘 정한 대로 집어내기 시작했다. 현관에 가득 차서 종이 상자에 담았다. 그래도 남는 책은 그냥 현관문 밖으로 내다 놓았다. 서서히 책꽂이가 비기 시작했다. 벽 두 면을 거의 비우자 하루해가 저물었다. 동네 재활용센터 사장에게 전화해서 책 정리를 했으니 언제고 시간 괜찮을 때 실어 가라고 했다. 방 책꽂이에 정리되어 있을 때는 몰랐는데 밖으로 나온 책들은 흉물같이 보기가 싫었다. 그렇게 나온 책은 이틀이나 버려진 짐짝 모양으로 있었다. 이틀 후 재활용센터 사장이 1.5t 트럭을 운전해서 집으로 왔다. 현관 안이며 현관 밖에 쌓인 책을 본 재활용 사장이 웃으며 말했다.

"형수님, 이 책들 정말로 버리는 겁니까? 내가 보기엔 버리기엔 아까운 책들이 많은 것 같은데요."

"네, 정리 한번 해봤어요."

그때 밭에서 일하던 남편이 소리를 듣고 마당으로 나왔다. 재활용 사장이 남편에게 인사를 하고 나서 웃으면서 조심스럽게 또 말했다.

"형님, 제가 잘못 본 건지는 모르겠는데요. 사실 제 눈에는 안 살리고 막 버린 것 같은데요."

남편이 재활용 사장의 말을 받았다.

"글쎄, 뭔 맘인지 이 사람이 버린다네."

그녀가 빨리 말을 했다.

"아니에요, 사장님. 버릴 때는 눈 딱 감고 아낌없이 버려야 정리가 되는 거랍니다. 아하하."

"그렇긴 해요. 형수님, 그래야 우리 같은 재활용사업 하는 사람들이 먹고살지요. 하하하."

그 말에 남편도 그녀도 약속이나 한 듯이 아하하 웃었다. 인사치레를 마친 재활용 사장이 순식간에 널브러져 있던 책 뭉치들을 트럭에 실었다. 트럭의 빈 곳에는 옷 방에 정리해 두었던 12봉지의 옷과 마당 한쪽에 있던 냄비, 프라이팬, 오래된 그릇, 고물들을 실었다.

"형수님, 고맙습니다. 갈게요."

"아유, 제가 고맙지요. 이 많을 걸 어떻게 치워요."

"네, 형수님. 언제 시간 날 때 형님하고 식사 한번 해요."

"좋지요, 언제 한가하신 날 연락 주세요."

재활용 사장이 운전석에서 인사말로 그녀를 향해 말했다. 그녀가 그러자고 하며 고개를 끄덕였고 아하하 소리 내서 웃었다. 책을 실은 트럭이 집 모퉁이를 돌아 보이지 않을 때까지 그녀는 그 자리에 서 있었다. 트럭이 사라진 뒤에도 한참이나 멍하니 그렇게 서 있었다.

아들이 말한 이사 날짜가 이틀 남았다. 정말 짐을 꾸려야 했다. 우선 여행용 가방에 옷가지를 담았다. 20리터 가방 두 개, 10리터 가방 두 개에 옷을 담았는데도 옷이 많이 남았다. 선물용 상자를 포장했던 보자기를 꺼내서 보따리로 짐을 쌌다. 이사용 상자를 구매할까도 했으나, 공연히 남편의 심기를 불편하게 해서 이사하는데 잡음이 생길까 하여 참았다. 마트에서 파는 쇼핑 봉투도 이삿짐 상자로 훌륭했다. 가성비 최고였다. 옷가지, 그녀가 복용하는 약, 그래도 버리지 못하여 둔 그녀 시집과 20권쯤의 책, 외국 여행 중에 애지중지 품고 사 왔던 커피잔은 챙겼다. 부엌살림은 아무 것도 가지고 가지 않기로 했다. 좁은 곳에서 뭐 그리 해 먹으랴 싶기도 했고. 또 남편과 같이 사용하던 물건은 가지고 가고 싶지 않았다. 버린다고 버렸는데도 승용차로 옮기기엔 좀 많은 듯했다.

이사 가기 하루 전 저녁에 밑반찬을 만들었다. 그녀가 이사를 하고 나서도 당분간 남편이 먹을 수 있게 하기 위해서였다. 멸치는 간장 볶음으로, 진미채는 고추장볶음으로 만들었다. 오이는 소박이로 김치를 담고, 취나물도 삶아서 들기름으로 다시 볶아 냈다. 가지는 잘게 썰어 들기름에 볶았다. 미나리나물은 된장에 조물조물 무쳐냈다. 뒤 베란다에 장아찌도 종류별로 담가 두었다. 간장에 담근 두릅장아찌, 고추장에 짱박은 두릅장아찌. 가시오가피, 셀러리, 오이, 고추장아찌가 있으니 당분간은 괜찮지, 싶었다.

그 날 밤, 그녀가 남편의 방문을 두드렸다.

"저기요, 안 자면 얘기 좀 해요."

컴퓨터 게임을 하고 있던 남편이 잠시 후 거실로 나왔다.

"저기요, 나 내일 아들이 준다는 원룸으로 가요."

안 된다고 펄펄 뛸 거로 생각했던 남편이 이외의 반응을 했다.

"그래요, 잠시 나가서 머리도 좀 식히고 당신도 하고 싶은 거 하고 있다가 충분히 쉬었다 싶으면 들어와요. 그렇다고 너무 오래 있지는 말고요."

"고마워요, 이렇게 순순하게 나가게 해줘서요."

"아니 당신도 생각이 다른 나 같은 사람하고 사느라 고생했어요. 또 내가 당신한테 잘못한 것도 많이 있고요. 지금은 우리가 같이 있으면 감정만 더 상하고 하니 잠시만 쉬다가 들어와요."

말을 마치고 남편이 봉투 하나를 내밀었다.

"이거 얼마 되지 않는데 나가서 필요한 거 있으면 사요. 맛있는 것도 사 먹고요."

싫다는 그녀의 손에 쥐여주고 남편이 다시 안방으로 들어갔다. 봉투에는 오만 원권으로 100만 원이 들어 있었다.

남편은 그녀를 몰라도 너무 몰랐다. 그녀가 남편과 40년을 살면서 단 한 번도 집을 나가지 않은 이유가 나갔다가 맥없이 들어올까 봐서란 것을 모르고 있었다. 그녀는 다시는 인연의 끈을 이을 생각이 지금은 없었다. 늘 고분고분했고 아니라고 말한 적 없었으니 남편이 그녀의 생각을 알 리가 없었다. 신혼 초에 그녀가 자기 생각을 말했다가 통하지 않는 벽으로 느낀 그 후로 그녀는 남편에게 그녀의 생각을 말한 적이 거의 없었다. 설령 말을 했다고 해도 남편은 그녀의 의견을 무시했고 늘 자기 생각대로 했을 뿐이었다. 그때의 일을 생각하면 지금도 어이가 없었다. 별거 아닌 일에 아니라고 했다가 남편에게 들은 말인즉 이랬다.

"성경에 아브라함의 아내 사라가 남편에게 한 말이요. 내 주여, 계집종에게 말씀하시옵소서. 주의 계집종이 듣겠나이다, 그런데 당신은 남편의 말을 무시하는 거요? 또 여자는 남자의 갈비뼈를 취해서 만든 거 모르오? 어디라고 여자가 남편의 말에 말대꾸하는 거요."

그녀는 그날 이후 남편에게 어떤 의견도 말하지 않았다. 물론 그녀도 그것이 잘했다는 것은 아니다. 그때그때 이견 조율하고 살았다면 어쩌면 이리되지 않을 수도 있지 않았을까 생각해 봤었다. 그녀 생각은 사람은 자기 생각과 머리는 바꿀 수 있어도, 다른 사람의 생각이나 머리는 절대로 바꿀 수 없다고 생각했다. 그녀는 이제 젊은 나이도 아니고 건강하지도 않았다. 그녀는 지금부터 불편한 사람은 만나지 않을 것이다. 그녀는 지금까지 살면서 하기 싫은 것도 억지로 하고 산 것이 많았다. 하지만 하기 싫은 일은 하지 않기로 했다. 맘에서 우러나오지 않은 일을 하면서 그녀는 심한 우울증을 앓았고, 공황장애, 폐소 공포증을 앓으면서까지 부들부들 버텼던 지난 일들, 이제 반복하지 않을 것이다.

산골에서의 마지막 밤이 지나가고 날이 밝아왔다. 그녀는 늘 하던 대로 옷매무시를 가다듬고 가장 예쁜 옷으로 갈아입었다. 아무 일도 없다는 듯이 아침상을 차렸다. 남편도 그날이 그날이듯, 부스스한 모습으로 나와서 아침 식탁에 앉았다. 긴 기도를 마치고 습관처럼 그녀에게 말했다.

"맛있게 먹겠습니다."

그녀는 남편을 등지고 싱크대에서 아침 식사 준비를 하면서 나온 그릇들을 씻었다. 후르르 쩝쩝 요란하게 아침 식사를 마친 남편 앞에 커피 믹스 한 잔을 내밀었다. 남편은 '커피 물이 좀 미지근한데'라고 말했고. 그녀는 또 듣지 않은 것으로 하고 남편에게서 다시 등을 돌렸다. 남편은 거실 소파에 앉아서 아침 연속극을 보고 다시 케이블 채널로 돌려서 보고 또 본 축구 중계를 보고 있었다. 시간이 지루하게 흐르고 남편이 거실 창을 열고 텃밭으로 나갔다. 그녀도 그녀의 방으로 들어가서 이삿짐에서 빠진 게 없나, 하나하나 점검했다.

오후 2시, 아들이 왔다. 그녀의 짐은 아들의 차에 싣고도 조금 남았다. 남편이 기다렸다는 듯이 남은 보따리 몇 개를 자신의 차에 싣고 차 시동을 걸었다. 그녀는 아들의 차에 오르고 산골을 떠나고 있었다. 한숨을 크게 쉬면서 속으로 중얼거렸다.

'이렇게 쉽게 버릴 수 있는 것을…'

채우기

"어머니, 도착했습니다."

아들이 깜빡 잠든 그녀를 깨웠다. 그녀를 태운 아들의 차가 운정 지하차도를 지날 때쯤 그녀는 갑자기 잠이 쏟아져 정신없이 곯아떨어져 버렸다. 그녀가 눈을 떴을 때는 오피스텔 지하 주차장이었다. 산골 집을 나설 때부터 아들의 차를 뒤따라오던 남편의 차가 안 보였다. 그녀가 두리번거리면서 남편의 차를 찾자 아들이 말했다.

"아버지 차는 주차할 자리가 없어서 바로 앞에 있는 공영 주차장에 주차했어요."

아들이 차에서 내려서 뒤 트렁크에 있는 짐을 엘리베이터 바로 앞 주차장 바닥에 내리기 시작했다. 짐을 거의 다 내릴 무렵에 사무용 다마스 차가 지하 주차장으로 들어왔다. 다마스에서 내린 젊은 남자가 엘리베이터 앞에 있는 짐을 보고 인상을 찌푸리면서 차와 짐을 빨리 치우라고 그녀를 향해 말했다. 그녀가 난처한 표정을 짓고 있는데 아들이 보고 다가왔다. 그녀에게 한 번도 보이지 않았던 약간은 거만한 표정으로 다마스 남자에게 말했다.

"아, 여기 6층 10호 건물줍니다. 이사를 하길래 왔습니다. 잠시 기다리시지요. 금방 짐 올립니다."

다마스 남자가 그녀에게 찌푸렸던 인상을 풀고 살짝 고개를 주억이며 알겠다고 하며 물러났다. 그녀가 아들에게서 처음 느끼는 생경한 모습이었다. 그녀가 엘리베이터에 먼저 들어가서 이삿짐을 받아들이고 아들이 마지막으로 탔다. 6층, 금방 도착했다. 다시 아들이 짐을 내릴 동안 그녀가 엘리베이터 문이 닫히지 않게 열림 버튼을 누르고 있었다. 6층 10호 초인종을 누르자 안에서 삑 소리가 들리고 문이 열렸다. 젊은 여자가 아들을 보고 인사를 했다. 아들도 눈인사하고 오피스텔 안으로 들어갔다. 이미 짐은 다 옮겨서 안은 비어 있었다. 아들이 도배해야 한다고 했는데 의외로 깨끗했다. 청소도 다 했는지 바닥도 깔끔했다. 아들이 화장실 싱크대 수도 벽장 보일러실을 꼼꼼하게 점검하고 나서 젊은 여자를 보고 말했다.

"네, 다 점검했는데 이상이 없네요. 사시는 동안 잘 관리해 주셔서 고맙습니다. 계좌번호 주시면 지금 보증금 바로 쏘겠습니다."

젊은 여자도 그동안 감사했다고 인사를 하고 계좌번호를 건넸고 아들이 핸드폰으로 이체를 했다. 보증금 입금 확인을 한 후 여자는 떠났다. 아들이 다시 아래로 내려가서 남편 차에 실려 있던 짐을 옮겨 왔다. 아들 뒤를 따라서 온 남편이 오피스텔로 들어와서 눈으로 휘 둘러보더니 툭 한마디 했다.

"아이구, 이 좁은 데서 어쩌려고 그래요? 난 벌써 답답하구먼."

그녀도 아들도 남편의 말에 답하지 않았다. 짐은 금방 정리가 되었다. 사실 뭐 별로 정리할 것도 없었다. 다행히 벽장이 있어서 옷 보따리 몇 개와 이불을 넣고 나니 짐 정리는 끝이 났다. 짐 정리도 끝났는데 방에 들어온 남편이 갈 생각하지 않고 아예 주저앉아서 움직이지 않았다. 어색한 침묵이 흘렀다. 할 수 없이 그녀가 남편 몰래 아들에게 문자를 했다.

'아들, 수고했어. 아버지 모시고 이제 가. 나도 좀 쉬고 짐 정리 다시 할래.'

아들이 문자를 확인하고 '아버지, 이제 그만 가시지요'라고 하면서 일어났다. 그제야 남편이 마지못해 몸을 일으켰다. 그녀도 남편에게 인사를 했다.

"이삿짐까지 옮겨 줘서 고마워요. 반찬이랑 다 냉장고에 있으니까 잘 챙겨 드세요. 운전 조심해서 가요."

남편은 그녀의 말에 대답하지 않고 아들 앞을 가로질러서 휘휘 걸어갔다.

8월이지만 차가운 물로 씻기엔 그녀에겐 추웠다. 오피스텔 한쪽 벽에 보일러를 켜는 스위치가 붙어 있었다. 그녀가 돋보기안경을 찾아 쓰고 보일러 스위치에 적힌 글씨를 읽어 봐도 어떤 것이 온수 스위치인지 분간이 가지 않았다. 그녀는 할 수 없이 찬물로 샤워를 했다. 차가운 물이 몸에 닿을 때 그 느낌은 정말 싫었다. 물기를 수건으로 닦았는데도 몸이 으슬으슬 추워 왔다. 침대 매트리스 위에 전기장판을 깔고 몸을 데웠다. 얼마의 시간이 지나자 몸에서 찬 기운이 사라진 듯했지만, 쉽사리 잠이 들지는 못했다. 그때 핸드폰이 울었다. 아들이었다.

"어머니, 책상 필요하시지요."

"응, 있으면 좋지."

"제가 책상 주문해 드릴게요. 방 크기를 좀 재서 얘기해 주세요."

"줄자가 없는데 어쩌지?"

"저기 어머니, 오피스텔에서 오른쪽으로 돌면 보이는 건물 2층에 모닝글로리라는 문구점이 있거든요. 지금 가서서 줄자 사 오세요."

"얘, 나 아직 여기가 어딘지도 몰라. 그리고 길눈도 어두운데 밤에 나갔다가 집 못 찾으면 어떡해. 내가 내일 아침에 날 밝거든 나가서 사 올게. 급하지 않으니까 내일 줄자 사 와서 재고 전화로 알려줄게."

"네, 어머니. 그럼 내일 일찍 알려주세요. 그래야 하루라도 빨리 책상이 집에 도착할 수 있어요."

"그래, 고맙다. 아들."

아들이 전화를 끊고도 쉽게 잠이 오지 않았다. 오피스텔은 그녀가 살던 산골과는 달리 방음이 되지 않아서 차 소리, 비행기 소리, 또 옆방에서 들리는 기침 소리까지 바로 옆에서 나는 것처럼 들렸다.

자다 깨기를 반복하고 날이 밝아왔다. 그녀는 작은 지갑만 들고 오피스텔 방을 나가기 전에 아들이 알려준 현관 비밀번호를 적어둔 메모지를 지갑 속에 넣었다. 오피스텔 건물 1층은 상가로 구성되어있었다. 미용실, 세탁소, 떡방. 통닭집, 규모가 작은 횟집까지 있었다. 건너편은 시에서 운영하는 공영 주차장이 있고, 그다음 건물에는 커피숍부터 마트, 과일가게, 김밥집 생활에 필요한 모든 것이 갖춰져 있었다. 더 반가운 것은 그녀가 늘 입에 달고 걸어서 5분 거리에 전철역이 있는 곳에 살고 싶다고 말했었는데 정말 걸어서 5분 거리에 전철역이 있었다. 그녀는 어제저녁을 굶었다는 생각이 들었다. 김밥천국에서 김밥 두 줄을 샀다. 커피숍도 이른 아침인데도 문이 열려 있었다. 아마도 출근하는 직장인들을 겨냥해서 일찍 문을 열어둔 것 같았다. 아메리카노 한 잔을 사서 오피스텔로 돌아왔다. 비밀번호를 외웠지만, 숫자의 배열이 뒤엉켜서 정확하게 기억나지 않았다. 그녀는 비번이 적힌 메모지를 꺼내서 숫자를 또박또박 눌렀다. 현관문이 열렸다. 그녀는 아직 온기가 남아 있는 김밥을 아메리카노와 함께 먹었다. 기분이 좋았다. 오늘부터 그녀는 그녀만을 챙기고, 그녀가 하고 싶은 것만 하면 된다고 생각하니 김밥 한 줄도 따뜻한 아메리카노 한 잔도 다디달았다.

소형 냉장고에 물 몇 개 넣으면 과일 하나 들어가기에도 자리가 모자랐다. TV도 있다가 없으니 무료했다. 그녀는 이명이 있어서 TV를 시청하지 않아도 볼륨을 작게 해서 온종일 켜두고 살았다. 바깥의 소리가 없어지면 귀에서 이상한 쇳소리가 나기 때문인데 라디오나 TV를 켜서 작은 소리를 나게 하면 그 쇳소리 나는 것을 느낄 수 없게 하는 하나의 치료 방법이기도 했다. 일일이 사러 다니기도 번거롭고 해서 쿠팡에서 검색해서 52인치 TV와 냉장고 L757 용량으로 주문을 했다. 아들이 사서 보낸 책상과 의자 두 개가 도착하고, 그녀가 주문한 TV와 냉장고도 속속 도착했다. 전부터 있던 냉장고를 버릴까 하다가 그냥 두기로 했다. 사람 일은 모르는 일이라 혹여 나중에 집을 옮길 일이 있으면 원래 있던 냉장고를 다시 구비해야 될 것 같기도 해서였다. DC 마트에서 자잘한 주방용품도 사고 했더니 어느 정도 살림 구색이 갖춰졌다. 그녀가 독립했다는 소식이 알음알음 나면서 여기저기서 구호물품이 택배로 보내져 왔다. 딸이 전자레인지, 원목 식탁 의자 두 개와 휴지, 식료품, 쌀, 치약, 샴푸, 빨래걸이, 며칠 먹을 식료품까지 사서 용달로 보내왔다. 용달 기사에게는 엄마 작업실에 보낸다고 했으니 그녀도 그리 말하라고 친절하게 전화로 알려주기까지 했다. 작업실이란 딸의 말이 그녀를 기분 좋게 했다. 그녀도 이사나 독립이라 하지 않고 아들의 오피스텔을 그녀의 작업실이라고 말하고 생각하니 한결 마음이 가볍고 편해졌다.

빨래해서 방에 빨래걸이를 펴고 널었더니 그러잖아도 좁은 원룸이 더 좁아서 불편했다. 창문에 커튼 봉이 있었는데 그곳에 빨래를 널었더니 자리도 차지하지 않고 햇볕도 많이 받아서 빨래가 빨리 건조되고 좋았다. 밤에 빨래를 널면 방이 건조해지지도 않고 해서 밤에 빨래했다. 그녀가 옷걸이에 세탁한 옷을 걸어서 딸이 보낸 원목 회전의자에 오르는 순간 회전의자가 휙 반 바퀴를 돌았다. 의자 위에 올라섰던 그녀가 방바닥으로 바로 떨어져 버렸다. 한 손에 빨래를 건 옷걸이를 잡고 있었던 그녀는 어디 붙잡지도 못하고 그대로 방바닥에 떨어진 채로 한동안 움직이지도 못하고 누워 있었다. 누워서 다리와 엉덩이를 만져봤다. 욱신거리고 아파서 일어설 엄두가 나지 않았다. 그녀는 전에도 넘어져서 세 번이나 골절상을 입은 적이 있었다. 그때는 손목이고 갈비뼈였지만 지금은 엉덩뼈였다. 만약에 골반이 부러지기라도 한다면 문제는 좀 심각했다. 움직이지도 못하고 방바닥에 누워 있는데 별의별 생각이 다 들었다. 왈칵 눈물이 났다. 혼잣말로 웅얼거리면서 엉엉 울었다.

"씨, 뭐가 이리 되는 게 없노? 아이구, 정말 내 팔자야!"

그녀는 엉거주춤 누운 채로 펑펑 울다가 잠이 들었다. 방바닥의 차가운 기운을 느끼면서 다시 잠에서 깼다. 여전히 골반 쪽이 욱신거리고 아팠다. 구급차라도 불러서 응급실에 갈까도 생각해 봤다. 이미 골절이면 응급실에 가도 소용없다는 생각이 들었다. 그냥 누워 있기로 했다. 자다 깨다 울다 웃다 그녀가 생각해도 실성한 것 같았다. 날이 밝았다. 여전히 엉덩이와 허리 다리가 욱신거리고 아팠다. 통증은 좀 오래갔다. 온수로 찜질을 하고 며칠을 걷지 않고 조심하고서야 천천히 아주 천천히 욱신거리는 통증이 없어졌다. 그 일이 있고 난 후부터 매사에 걸음 걷는 것부터 몸 움직이는 모든 것에 조심 또 조심했다. 이제 그녀를 지킬 사람은 그녀 자신밖에 없는데 건강이 더 나빠지지 않기 위해서 더 신경을 곤두세웠다. 몸이 회복되고 나서 오피스텔 주변을 산책하다가 근처에 근사한 산책 코스를 발견했다. 홍도평을 시작으로 우리병원이라는 병원 입구까지 2.2km의 산책로가 조성된 것을 알았다. 그녀는 오전 시간에 홍도평 산책길을 걷기 시작했다. 어떤 날은 산책로를 왕복으로 두 번 걷기도 했다. 당 조절에도 좋았고 밤에 잠자는 시간도 조금씩 길어졌다. 모든 것이 평탄하고 좋았다.

비가 올 것 같기도 했다. 그녀는 걷기를 그만둘까 하다가 옷을 챙겨 입었다. 한 번이 두 번 되고 그러다가 아예 아침 걷기를 팽개쳐 버릴 수도 있는 일이었다. 핸드폰으로 날씨를 검색했다. 최저 20도 최고 23도로 나와 있었다. 주황색 긴 소매 상의를 꺼내서 입었다. 바지는 보라색 골프복으로 골랐다. 숨쉬기 편한 황사용 마스크를 하고, 작은 손가방에 핸드폰, 열쇠, 비상약, 저혈당을 대비해서 가루 설탕 한 개까지 챙긴 다음 문을 나섰다. 벌써 부지런한 사람들은 운동을 마치고 들어오는 이도 있었다. 손에 우산이 들려 있었다. 순간 우산을 챙길까 하다가 하늘이 맑기에 그냥 건널목을 건넜다. 아파트마다 작은 공원이 있는데 가까운 공원 이름이 풍년공원이었다. 코로나19로 시설물을 당분간 개방하지 않는다는 문구가 입구에 공고되어 있었다. 초등학교를 건너편에 두고 반대로 돌면 바로 김포천이 나왔다. 2017년에 수로 사업을 하고 김포 신도시가 개발되면서 김포천을 재정비해서 초등학교를 기점으로 우리병원 앞까지 80m를 산책로로 만들고, 그 반대편으로 1,400m를 산책로를 만들었다. 우선 우리병원까지 갔다가 다시 풍무동까지 걸어서 돌아오면 4.4km를 걸을 수 있었다. 아침 운동으로 안성맞춤이었다. 아침이라서 자전거 전용도로에도 대부분이 도보로 운동하는 사람들이라 걷기엔 더 편했다. 산책로 중간중간마다 조형물이 있었다. 잠자리 모형도 있고, 운동하는 사람들의 모습도 조형물로 만들어져 있었다. 운동기구도 있었지만, 모르는 사람 사이에서 하는 것이 불편해서 그녀는 그냥 걷기만 했다.

걸을 땐 아무 생각도 나지 않았다. 그냥 걸을 뿐이었다. 산골 집에서 나올 때 신발 챙기는 것을 깜빡했다. 다음에 산골 집에 들를 때 잊지 말고 신발을 챙겨야겠다고 생각했다. 닥스 운동화는 외출용이라 오래 걸으면 발바닥이 아팠다. 그냥 걷다 보면 어느새 4.4km를 다 걸었다. 집으로 돌아올 때는 엘리베이터를 타지 않고 계단으로 6층까지 걸어서 올라온다. 현관문 비밀번호를 눌렀다. 삐삐삐삐삐삐삐삐. 오늘도 잊지 않고 한 번에 성공했다. 온수를 켜고 갈아입을 옷을 챙겨서 목욕탕으로 들어갔다. 산골 집보다 작아서 조심조심 샤워해도 온 목욕탕이 물 범벅이고 세탁기에도 비눗물이 튀어서 샤워 후엔 마른 수건으로 물기를 닦아내야만 했다. 아침 생각이 없었다. 전기 포트에 물을 데우고 단백질 가루 한 숟가락을 컵에 담고 커피 맛이 나는 다이어트 가루도 한 봉지 넣었다. 약간 더운 기운이 목젖을 타고 흘렀다. 그녀는 기분이 좋아졌다. 아니 사실은 산골을 나서는 그 순간부터 그녀는 지금까지 기분이 계속 좋았다. 그녀는 오늘 대상포진과 폐렴 예방접종을 할 예정이었다. 핸드폰으로 병원을 검색했다. 사우김포시청역 근처에 병원들이 여러 곳 있었다. 사거리에서 두 번째 건물이 가장 최근 지은 건물로 보였다. 그 건물 5층에 건강검진과 함께하는 내과를 선택했다.

병원은 5층 전체를 다 사용하고 있었다. 새 건물이라 깨끗하고 안내를 하는 사람들도 세련되고 멋졌다. 대기 번호표를 받고 잠시 서서 기다렸다. 그녀의 순서가 오고 안내하는 도우미에게 이 병원 처음 왔으며 폐렴과 대상포진 예방접종을 받기 위해서라고 말했다. 더불어 독감 예방접종도 신청했다. 독감 예방은 9월 말 즈음에 시작한다고 안내를 했다. 결제는 270,000원, 일시금으로 지불했다. 의사의 문진이 있고 난 뒤 주사실에서 양쪽 어깨에 대상포진과 폐렴 예방주사를 맞았다. 대상포진 주사가 더 아팠다. 주사를 맞은 후 10분 정도 대기하다 이상 없으면 집에 가란 안내를 받았다.

천천히 걸어서 집으로 왔다. 갑자기 허기가 몰려왔다. 냉장고에서 그저께 밥을 해서 플라스틱 용기에 담아 넣어 두었던 밥 하나를 꺼냈다. 아직 살림살이가 다 갖춰진 게 아니라서 없는 게 더 많았다. 가스레인지에 불을 켜고 프라이팬을 올렸다. 찬밥을 붓고 그 옆으로 표고버섯 먹다 남은 것과 무청 시래기를 넣고 같이 데워서 점심으로 때웠다. 노곤하게 잠이 몰려왔다. 정신이 들었을 때는 전화를 받고 있었다. 잠결에 전화벨 소리에 무의식적으로 전화를 받은 것 같았다. 남편이었다.

"뭐해요?"

"아, 네. 병원 가서 대상포진과 폐렴 예방접종하고 왔어요."

"참 잘했어요. 나는 한 7, 8년 전에 예방접종했어요. 당신은 좀 늦었네요."

남편이 아무렇지도 않게 말을 하는데 짜증이 훅 올라왔다. 그는 국가유공자라서 폐렴 예방접종은 무료였고 대상포진 예방주사만 실비로 접종을 했었다. 그때는 서로가 어떤 얘기도 하지 않고 지내던 시절이었다. 남편은 연금에 유공자연금, 그리고 직장에서 받는 월급까지 합치면 꽤 되는 액수였지만 그녀와는 아무 상관이 없었다. 그녀가 쓸 수 있는 돈은 50만 원이었다. 물론 그녀가 정했던 생활비는 조금 있다가 100만 원으로 그녀가 올렸고 또 얼마의 시간이 지나고 나서는 남편과 작은 언쟁 후에 170만 원으로 그녀 스스로 인상시켰다. 그녀의 생활비가 인상되기 전에는 늦은 나이에 학교를 다니느라고 교통비, 점심, 커피값을 제하면 빠듯했다. 거기다가 다른 사람들이 두세 번 사면 그녀도 한 번은 음식을 사거나 커피값을 내야 했기에 더 여유가 없었다. 다른 이에게 없다고 하면 보태주지도 않거니와 무시만 당할 뿐이란 알량한 자존심이 허락하지도 않아서 참 아슬아슬하게 보냈던 시절이었다. 그러니 대상포진과 폐렴 예방접종은 생각지도 못했었다. 이제 겨우 마음의 여유가 생기고 올겨울은 코로나19로 독감이 더 기승을 부릴 것이란 걱정에 늦었지만, 예방접종을 했다. 남편의 뇌는 참 편리했다. 자신에게 불리한 것은 아무것도 기억하고 있지 않았다. 그녀가 짜증 섞인 목소리로 말했다.

"저기요, 당신은 참 편리하게 말하고 생각하는 거 아세요. 그때 내가 어떻게 예방주사를 맞아요? 내 생활비 반이 넘는데요."

"아 그랬었나요? 아하하. 당신은 아직도 그건걸 기억해요? 이제 그런 건 좀 잊어버리세요."

"그걸 어떻게 잊어요? 저기요, 그런 걸 어떻게… 참 나, 기억 안 나요? 당신이 내게 줘서 쓰던 당신 이름으로 된 카드, 그 카드 당신이 분실 신고해서 내가 편의점에서 그 카드 사용하려다가 까딱 잘못했으면 경찰서 갈 뻔한 거 기억 안 나세요?"

"아이구 참, 이제 그만 잊어요. 당신, 그것도 병이요."

그녀는 '씨발, 그런 걸 어떻게 잊어. 너 같으면 잊을 수 있니?'라는 말이 목까지 올라오는 것을 삼키고 말을 했다.

"저기요, 왜 전화했는데요."

"아, 그냥 뭐하나 해서요."

"저기요, 다음부터는 그냥 전화하지 마세요. 꼭 필요할 때 아니면 가능하면 전화하지 않았으면 하네요. 우리 그냥 안부 전화할 수 있는 그런 사이 아니잖아요."

그녀가 그 말을 끝으로 전화를 끊었다.

남편은 시도 때도 없이 전화하기 시작했다. 어떤 날은 먹을 게 없다고 자기는 굶어 죽을 거 같다고 하기도 했다. 그녀가 핸드폰을 영상 통화로 전환해서 냉장고 안을 비추게 했다. 제일 위 칸은 장아찌 종류가 있고, 두 번째 칸은 고추장, 된장, 매실액, 머루 포도 엑기스, 호박즙, 돼지감자즙 등이 있고, 그 아래 칸은 고추 조림, 가시오가피나물 무침, 멸치볶음, 꽈리고추 볶음 등이 있다고 화면을 보면서 설명해줬다. 남편은 자기는 그런 거 찾아 먹을 줄 모른다고 억지소리를 했다. 그녀가 짜증 섞인 소리로 말했다.

"저기요, 언제까지 억지 부릴 건데요. 있는 것도 못 찾아 먹어요?"

"당신이 설명하니까 보이지 내가 찾으면 없어요."

"이제 그런 소리는 내게 안 통해요. 냉장고에 다 있으니까 잘 찾아서 드세요. 자꾸 나한테 전화하지 말고요."

"그래도 모르는 거 있으면 전화할 거야."

남편은 그 말대로 자기가 전화하고 싶으면 아무 때나 전화를 했다. 그녀가 부재중으로 계속 전화를 끊어도 여전히 받을 때까지 반복해서 전화했다. 나중에는 전화기 전원을 꺼버렸다. 그녀가 전화기 전원을 끈 지 정확히 1시간 후 오피스텔 문을 두드리는 소리가 났다. 그녀를 찾아올 사람은 아무도 없는데 하면서 현관을 향해 그녀가 누구세요, 라고 조심스레 말을 했다.

"나요."

"아니, 왜 왔어요?"

"당신이 전화도 받지 않고 나중에는 전원이 꺼져 있으니까 무슨 일 있나 해서요. 여보, 말만 하지 말고 문 열어요."

"나 아무 일 없어요. 지금 일이 있어 바쁘니까 그냥 가요."

남편은 오피스텔 문을 두드리면서 문 열어 달라고 엉엉 울었다. 방음도 되지 않는 오피스텔 복도에서 남편은 한동안 문을 두드리고 소리 내서 울고 소란을 피웠다. 그녀가 할 수 없이 현관문을 열었다. 남편이 현관 바로 앞에 무릎 꿇고 앉아 있었다. 황당하기도 하고 어이도 없어서 남편을 안으로 들였다. 남편은 방 안으로 들어와서도 다시 무릎을 꿇고 울었다.

"왜 이래요? 정말."

"여보, 내가 잘못했어요. 나 용서해줘요. 그리고 집에 들어갑시다."

"저기요, 뭘 잘못했는지 알기는 하고 용서해 달라고 하는 거예요? 지금."

"다, 다 모든 것 다, 내가 잘못했어요."

"저기요, 뭐? 어떤 거 용서해 줄까요? 그쪽이 잘못한 거 하도 많아서요. 처음에 나를 함부로 짓밟은 거요? 아님, 암 걸려서 죽을 거 지극 정성으로 간호해서 살렸더니 바람 핀 거요? 그것도 아니면 나 반신 마비됐을 때 방바닥에 내동댕이치면서 '씨발 등골 빠지네, 차라리 죽지 병신으로 살아서 괴롭한다'고 댁이 말한 거요? 그것도 아니면 그쪽이 바람피우고 나 맨몸으로 쫓아내려고 했을 때, 내가 헛살았다며 약 먹었는데 병원에 싣고 가지 않고 죽기를 3일씩이나 기다린 거요? 또 있다. 내가 넘어져서 갈비뼈 부러지고 왼쪽 팔 부러져서 입원했을 때, '다른 사람은 멀쩡한데 왜 당신만 넘어지고 부러져서 돈 들게 하냐'고 한 거요? 뭐, 뭐를 용서해 줄까요?"

"여보, 어째서 당신은 40년 전 일이나 지금 일이나 토시 하나 안 빠트리고 이야기해요. 좀 잊어버리지도 않나요."

"저기요, 왜 그런 줄 알아요? 한이 하늘에 맺혀서 그럽니다. 어떤 거, 어떤 거 용서해 줄까요."

"다 내가 잘못했어요. 다, 다 용서해 주세요."

"지금 뭐 하자는 건데요. 내가 그쪽이 나 함부로 짓밟을 때 무릎 꿇고 빌면서 한 번만 봐 달라고 울고 사정했는데 그때, 내 말 들리기라도 했어요? 말없이 있으면 잊히는 줄 아세요. 나는 그쪽이 나한테 저지른 그 모든 만행 하나도 안 잊었어요. 인제 그만 나가요. 용서도 이미 유효 기간 지났어요."

"여보, 그러지 말고 나 이제 용서해줘요. 당신도 맘 편하지 않잖아요."

"후후~, 그쪽이 비는 거 다 그쪽 맘 편해지자고 하는 건지 다 알아요. 그럼 나는요? 나는, 내 인생은요? 40년 동안 아무것도 없는 내 인생은요? 암울하고 초라했던 기억밖에 없는 내 인생은요."

"여보, 내가 정말 잘못했어요. 빨리 당신에게 용서 빌지 못한 것도 잘못했어요. 당신 마음 헤아리지 못한 것도 잘못했어요."

"저기요, 나는 이제 내 손에 쥐어지고 내 눈에 보이는 것 말고는 아무것도 안 믿어요. 정말 그쪽이 잘못했다면 내 손에 쥐어지는 것 가지고 와서 이야기하세요. 가요. 여기는 오피스텔이라서 방음도 안 돼요. 양 옆집에 우리가 하는 말 다 들려요. 가요, 가."

정말 그녀가 사는 오피스텔은 지은 지 오래돼서인지는 모르겠으나 옆방에서 하는 기침 소리도 바로 옆에서 하는 것처럼 들렸다. 전화 통화하는 소리도 너무 선명하게 들려서 가끔은 방에 다른 사람이라도 있나 해서 화들짝 놀라기도 했다. 남편은 다음에 다시 올 때는 자신이 정말 뉘우친 것을 알 수 있는 증거를 그녀의 손에 쥐여주겠다고 하고 돌아갔다. 남편이 나가자 그녀는 온몸에서 힘이 주르르 풀려서 침대에 풀썩 쓰러졌다.

일주일 후, 밤에 잠을 설친 그녀가 아침에 침대에서 일어나지 않고 있는데 현관문 두드리는 소리가 났다. 순간 남편이라 싶으니 짜증이 먼저 났다. 되도록 천천히 몸을 일으켜서 옷매무시를 가다듬었다. 그녀는 누군지 묻지도 않고 현관문을 열었다. 그녀의 예상대로 남편이었다. 하긴 그녀로서는 아는 사람도 없는 이곳에서 이른 아침에 문 두드리는 사람은 남편 이외에는 없는 게 당연했다. 그녀가 문을 연 채 남편을 가로막고 퉁명하게 물었다.

"아니, 이 아침에 뭐하러 여길 와요?"

"아, 내가 너무 일찍 왔나요. 미안해요. 우선 들어가서 얘기할게요. 나 좀 들어갑시다."

방으로 들어온 남편은 메고 온 가방을 내려놓고 방바닥에 무릎을 꿇고서 긴 기도를 했다. 그녀로서는 남편의 그런 모습도 싫었다. 길고 간절한 기도를 마친 남편이 꿇은 무릎을 양반다리로 고쳐 앉으면서 그녀를 향해 말했다.

"아침은요? 당신하고 같이 먹으려고 안 먹고 왔어요. 당신도 식사 전이지요. 나가서 먹을까요?"

"저기요, 내가 지금 그쪽하고 밥 같이 먹게 생겼어요? 그리고 이 밥 먹자고 이 아침에 여기를 와요? 대체 뭐 하자는 건데요."

"여보, 무조건 화만 내지 말고요. 내가 당신 하자는 대로 다 할 테니까 앉아봐요."

"아, 됐으니까 왜 왔는지 말해요. 그리고 여기 불쑥불쑥 오지 말아요. 그럼 나 전화기 없애버리고 연락 안 되는 곳으로 가버릴 거니까 그리 알아요."

남편은 그녀가 모질게 쏘아붙여도 화도 내지 않고 가방 안에서 서류 봉투 하나를 꺼내서 그녀 앞으로 내밀었다. 그녀가 어떤 반응도 보이지 않자 남편이 서류 봉투 안에서 서류들을 내밀었다. 그래도 그녀가 서류에 눈길을 주지 않자 말을 이어 갔다.

"당신이 그때 말했지요. 내가 정말로 잘못한 거 뉘우치면 증거를 보이라고요. 그래서 말인데요, 집하고 땅 다 당신 앞으로 해주려고 서류 다 준비했어요. 나 혼자 하려니까 잘 안되네요. 당신 오늘 나하고 같이 이 서류 정리해요. 집, 땅 다 당신 명의로 해줄게요."

"싫어요. 내가 왜 당신하고 같이 다녀요. 해주든지 말든지 당신 알아서 해요."

"여보, 화부터 내지 말고 내 얘기 들어 봐요. 내가 정말 당신한테 죽을 죄를 지었어요. 당신이 있을 때 아무렇지도 않던 것이 얼마나 힘든지 이제 알았어요. 나 시골집 혼자는 무서워서 못 있겠어요. 그 넓은 집이 답답하고 그래요. 당신 없으면 나 아무것도 못 하겠어요. 당신 하자는 대로 다 할 테니까 나 용서해줘요. 그리고 오늘 은행도 같이 가요. 당신 생활비 자동이체로 해줄게요. 법무사도 가서 서류 접수해서 명의 당신 이름으로 바꿔요."

"저기요, 그걸 이제 와서 알면 뭐해요. 있을 때 잘했어야지요. 아니 잘하지는 않아도 한이 맺히게는 안 했어야지요. 유효 기간 있는 거 아니요? 그런데요, 이미 유효 기간 지났어요."

남편은 싫다는 그녀를 사정사정해서 억지로 차에 태우고 은행으로 법무사 사무실로 다니면서 생활비 자동이체 시키고, 집과 땅 명의 변경 신청을 했다. 은행에서 은행직원이 보호자를 불러서 그녀가 은행 창구로 갔었다. 남편이 서명란에 자필로 서명을 해야 자동이체를 할 수 있었다. 남편의 손이 심하게 떨려서 사인이 정확하게 써지지 않고 시간이 지체되니까 직원이 보호자가 손으로 잡고서 사인을 하라고 해서 그녀가 남편의 오른손을 잡고 사인을 했다. 남편의 손은 심하게 떨렸다. 집에서도 식사하거나 차를 마실 때 보기는 했지만, 남편의 수전증은 중증이었고 그녀가 잡은 손은 야위고 주름져있었다. 법무사 사무실에서도 마찬가지로 해서 서류를 마무리했다.

아침 첫 시간 진료를 예약한 그녀가 내분비내과를 찾았다. 접수하고 빈자리가 있는지 둘러보는데 익숙한 목 기침 소리가 났다.

"으흐흐 흠."

40년 동안 시도 때도 없이 들었던 소리였다. 얼마나 듣기 싫은 소리였는데 병원까지 와서 듣다니 속으로 중얼거리면서 인상을 찌푸렸다. 아니나 다를까 남편이었다. 그녀와 눈이 마주친 남편이 그녀를 향해 활짝 웃으면서 손을 들어 보였다. 그녀가 속으로 중얼거렸다.

'아, 쓰바알. 여긴 또 뭐하러 와. 오늘 병원 진료 있는 거 우째 알았노?'

남편은 그녀의 중얼거림을 듣기라도 한 듯이 말했다.

"아, 이제 와요? 난 한 10분 전에 와서 기다렸어요."

"여기 어찌 알고 왔어요?"

"아하하. 달력에 병원 가는 날이라고 당신 글씨로 적혀있던데요."

그랬다. 병원 가는 날 잊어버릴까 봐서 매직펜으로 날짜에 크게 동그라미 치고 내분비내과라고 적어뒀었다.

"그러든지 말든지 뭐하러 와요. 내가 다 알아서 할거네요."

"여보, 얼굴 펴요. 다른 사람들이 보는데. 당신 걱정되니까 왔지요."

그녀는 남편의 말에 대꾸하지 않고 입을 다물었다. 간호사가 그녀의 이름을 불렀다. 그녀가 대답 대신 오른손을 번쩍 들었다. 간호사는 그녀에게 다음 차례라고 알려주고 진료실 앞에 있는 의자에 앉아서 기다리라고 안내를 했다. 그녀가 진료실 문을 열고 들어가자 남편도 따라 들어왔다.

석 달에 한 번씩 채혈해서 당뇨가 어느 정도로 진행되고 있는지 정기검진을 했었다. 주치의가 그녀의 진료기록을 보고 있다가 그녀와 남편을 번갈아 보면서 웃으면서 말했다.

"사모님. 이번 검사 결과가 아주 좋은데요. 전번 검사에서 당화혈색소가 8.2로 수치가 너무 높았거든요. 이번에도 당화혈색소 수치가 8대 이상으로 나오면 인슐린주사를 고려해야 한다고 저번에 제가 말씀드렸었지요. 그런데 이번 당화혈색소 수치가 6.7로 나왔습니다."

"와우. 정말요? 6대로 내려갔어요?"

"네. 지금 같이만 잘 관리하시면 인슐린주사는 생각하지 않아도 됩니다. 정상인 당화혈색소 수치는 4.5지만 당뇨환자의 수치는 6.4까지만 유지해도 잘 관리되는 수치입니다. 스트레스받지 마시고요. 운동도 꾸준히 하시고 물론 식이요법도 병행하시고요."

"네. 정말 감사합니다."

"자, 그럼 3개월 후에 금식하신 뒤 피검사 하시고 다시 뵐게요."

아무리 식이요법을 하고 운동을 해도 조절되지 않았던 혈당이 잡히고 있었다. 그녀는 주치의에게 급당이 온 이유가 약물 과다복용이라고 말하지 않았었다. 주치의도 그녀가 비만도 아니고 술도 마시지 않는데 혈당이 내려가지 않는다고 병원에 올 때마다 걱정했었다. 주치의로서 늘 하는 말이 같았다. 스트레스가 당에 많은 영향을 줄 수 있으니 될 수 있는 대로 스트레스받지 않고 즐겁게 생활하는 게 혈당을 내리는 데 도움이 된다고 말을 했었다. 그녀는 다음 내원할 날을 받으면서 검진 결과지를 복사해서 받았다. 그녀에게도 각성의 의미가 있지만 늘 듣고도 잊어버리고 스트레스를 주는 남편에게도 보일 수 있는 증거로 남기고 싶어서였다. 그녀가 속으로 말했다.

'그래, 잘했어. 버리고 비우기를 잘했어. 이제 채우기만 남았어.'

남편이 그녀의 생각을 아는지 모르는지 정말 축하한다고 말을 하면서 손뼉을 치고 웃었다.

병원 진료실 앞에서 순서를 기다리던 사람들이 의아한 듯 남편을 쳐다봤다.

말
고픈 날들

봄이 왔다. 하지만 봄이 오기까지 겨울은 참으로 혹독했다. 그녀가 오피스텔로 나와서 처음 맞는 겨울이었다. 건축한 지 20년도 넘은 오피스텔이라 방음이 안 되고 작아서 갑갑하기도 했다. 하지만 그녀가 누리는 자유로움이 사소한 불편함도 충분히 감수할 수 있게 해주었다. 가을도 참으로 근사했다. 아파트 단지마다 조성된 작은 공원은 울긋불긋 단풍으로 멋졌다. 그녀가 매일 만 보 걷기를 하는 홍도평 산책로도 예쁜 단풍도 그녀를 즐겁게 했다. 홍도평 산책로에 핀 울릉국화는 11월 중순이 지나서까지 꽃을 피웠다. 그녀가 살면서 지금이 제일 평온하고 행복했다. 밤에 잠이 오지 않아서 억지로 잠을 청하고 고생할 필요도 없었다. 잠이 오지 않으면 안 오는 대로 책을 읽거나 TV를 켜두고 있으면 될 일이었다. 산골에서는 다음 날 6시에 일어나서 아침 식사를 준비해야 한다는 강박 때문에 수면제를 복용하기도 했었다. 수면제 부작용으로 다음 날 오전 내내 몽롱한 채로 지내기도 했었으며 오전의 기억이 지워진 채로 있기도 했었다. 오피스텔로 오면서 공황장애, 수면제, 우울증약, 신경안정제 모두 끊을 수 있었다. 당뇨도 정상은 아니지만, 당화혈색소가 6.7로 내려가서 인슐린 처방을 받지 않아도 되고, 아침에 14알 먹던 약도 6개로 줄일 수 있었다.

겨울이 되자 오피스텔의 문제점이 드러나기 시작했다. 창문이 단창이라 방음이 안 되는 것은 이사 오는 날 바로 알 수 있었다. 김포 비행장과 가까워서 비행기가 지날 때마다 창문이 흔들렸다. 12월로 접어들자 웃풍으로 어깨가 시렸다. 방 안에 있을 때도 패딩을 입고 있었다. 여전히 칼바람이 어깨를 파고들었고 통증으로 잠을 이룰 수가 없었다. 서쪽으로 난 창은 오후가 되면서부터 해가 비춰들어서 눈이 부셨고 직사광선으로 그녀는 두통에 시달려야 했다. 긴 겨울을 웅크리고 버티면서 날들이 지나갔다. 그녀는 오피스텔 방에서 웅크리고 있기보다는 나가서 오전에 홍도평 산책로를 걸었다. 무릎까지 오는 긴 패딩 코트를 입고 모자를 쓰고도 다시 목도리를 둘러서 칼바람을 차단했다. 코로나로 마스크를 하면서부터 지긋지긋하게 따라다니던 감기도 물리칠 수 있었다. 1년에 서너 번씩 감기가 심해서 입원을 하곤 했었는데 다행히도 잔 감기도 없이 겨울을 지냈다. 서서히 겨울이 가고 있었다. 4월이 되자 조용했던 학원가의 학생들이 학원 수업이 끝나고도 집으로 가지 않고 도로변 나무 밑에서 재잘거리는 소리가 창을 너머서 들려왔다. 봄은 가로수에서부터 건너편 아파트 화단으로 번져왔다. 홍도평 산책로에도 산책 나온 사람들이 늘어났다. 봄은 예년보다 더 빨리 찾아왔다. 6층 창으로 내려다본 건너편 아파트 왕벚나무가 몽우리를 피우더니 드디어 꽃잎이 하나둘 열리기 시작했다. 수업이 끝난 학생들은 아예 벚나무 아래서 벚꽃처럼 웃고 떠들었다. 그녀는 한밤중 창을 넘어 들려오는 학생들의 웃음소리가 반가웠다.

4월 중순, 홍도평 벚나무가 꽃을 피우자 산책로는 활기를 찾았다. 그녀도 아침 간단하게 챙겨 먹고 보온병에 커피를 타서 담고 홍도평으로 출근하듯이 가서 걸었다. 걷다가 흔들의자에 앉아서 오래오래 시간을 보내기도 하고 점심때가 되면 다시 오피스텔로 와서 두부나 야채, 통밀빵으로 점심을 먹고 다시 홍도평으로 가서 벚나무 아래를 걷거나 잘려나간 나무 그루터기에 앉아서 지나는 사람들을 구경하기도 했다. 산책로 입구에 코로나로 2m 거리 두기를 할 것과 되도록 산책을 삼가 달라는 김포시의 플래카드가 걸려 있었지만, 사람들은 아랑곳하지 않고 몰려들었다. 벚꽃이 만개해서 절정을 이룰 때 즈음에 시샘이라도 하듯 비가 내렸다. 그녀는 이 봄비에 꽃이 다 질까 염려가 되어서 비옷을 입고 다시 우산을 쓰고 홍도평으로 달려갔다. 홍도평에는 그녀와 같은 생각을 하는 사람들이 많이 나와서 내리는 빗속에서 꽃 구경을 하고 있었다. 비는 벚꽃과 섞여서 꽃비가 되어 내렸다. 홍도평을 가로지르는 계양천은 꽃 강으로 변했다. 비가 와도 여전히 그녀는 이 자유로움이 좋았다. 5월의 첫날이었다. 산란을 하기 위해 한강에서 꽃 강으로 잉어 떼가 몰려 올라오기 시작했다. 그녀의 팔뚝보다 굵은 잉어들은 물가 풀숲의 좋은 자리를 차지하기 위해서 처절하게 몸부림치면서 자리다툼을 했다. 꽃 강은 잉어들을 받아들이면서 자리를 내주었다. 사람들은 2미터 거리 두기다 뭐다 조심조심 살얼음판인데 저 잡것, 잉어들은 서로 좋은 자리 차지하기 위해서 요분질에 난리들이다. 시퍼런 대낮에 아랑곳하지 않고 퍼덕였다.

벚꽃에 취하고 꽃 강에 마음을 빼앗기고 몰려든 잉어무리 구경하며 온종일 계양천에 있다가 해가 지고서야 그녀는 오피스텔로 돌아왔다. 오피스텔 복도에 남편이 장승처럼 서 있었다. 온종일 꿈길을 걸었던 그녀가 퍼뜩 현실로 돌아왔다.

'아이씨, 저 사람은 또 뭐하러 여기 왔나? 나 없음, 집에 가지.'

남편은 그녀의 중얼거림을 듣기라도 한 듯이 웃으면서 말했다.

"어디 다녀와요? 병원 왔다가 진료 마치고 가는 길에 들렀어요. 막 전화하려던 참인데요."

"무슨 병원을 이리 늦게 갔다 와요. 그리고 진료 마쳤으면 바로 집에 가지 뭐하러 와요?"

그녀가 퉁퉁 부은 소리를 해도 남편은 개의치 않고 그녀를 따라 오피스텔 안으로 들어왔다. 그녀가 질색하는데도 들어오자마자 가방을 내려놓고 무릎을 꿇고 한동안 기도를 하고 나서 그녀를 향해 말을 했다.

"어디 다녀오는데요?"

"내가 갈 데가 어디 있어요. 그냥 계양천 둘레길 걸었어요."

"온종일요?"

"그래요. 내가 온종일 어디 있든지 그게 뭐 그리 궁금한데요. 언제부터 나한테 그리 관심이 많았는데요. 왜 있을 때 잘하지 그랬어요."

"예, 내가 다 잘못했습니다. 화내지 말고 내 말 좀 들어 봐요. 오늘은 궁금한 게 있어서 왔어요."

"뭐가 궁금한데요. 뭐가?"

남편은 핸드폰에서 문자 하나를 찾아내더니 그녀 앞으로 핸드폰을 내밀었다.

"이게 뭔데요?"

"아니 왜 보험회사로 매달 내 통장에서 출금이 되는데요. 내가 다달이 생활비 당신 통장으로 자동이체 시켰는데요."

그녀는 속에서 화가 올라왔다.

"그건 애들 앞으로 나가는 보험이잖아요. 당신 아파서 입원해 있을 때 혹여 애들이라도 아프면 큰일이다 싶어서 들었다고 얘기했었잖아요. 기억 안 나세요?"

"아니, 애들 보험이면 애들이 이젠 시집 장가 다 갔는데 애들더러 가져가라 하면 되지 왜 아직도 애들 보험을 내 통장에서 나가게 해요."

"애들이 자기들은 필요 없다고 해서요. 해약하라는데 2년만 있으면 만기인데 해약보다는 넣어 두는 게 나을 거 같아서 유지하고 있었어요."

"아니, 그렇다고 왜 내 통장에서 나가게 하냐고요."

"좋아요. 그거 내 통장에서 출금되게 자동이체 시킬게요. 됐지요. 이제 궁금한 거 해결했으니 가세요."

"이봐요, 사람이 왔는데 커피라도 한 잔 주세요."

남편은 언제 그랬냐는 듯이 어물쩍 웃으면서 앉은 자리에서 꿈쩍도 하지 않았다. 그녀가 가방을 들고 파르르 일어나면서 말했다.

"저기요, 커피 나가서 마셔요. 여긴 우리가 하는 소리 옆방에서 다 들려요. 당신은 가면 그만이지만 나는 여기서 계속 살아야 해요. 일어나세요."

그녀가 먼저 현관으로 나가서 신발을 신고 남편이 나오기를 재촉했다. 남편이 주춤주춤 메고 왔던 가방을 주워들고 일어나서 현관 쪽으로 와 신발을 신었다. 그녀가 앞서서 휘휘 엘리베이터 있는 곳으로 가서 1층을 누르고 엘리베이터 문이 열리자 성큼 안으로 들어갔다. 1층에서 내린 그녀가 미용실 옆 카페로 들어갔다. 카페 직원에게 커피를 주문했다.

"따뜻한 아메리카노 한 잔 하고요."

주문하면서 남편을 향해 물었다.

"뭐요?"

"아, 나요. 나는 뭐어 카푸치노로 하지요."

남편은 뚱하니 그냥 서 있다. 그녀가 남편을 향해 조금 높은 톤으로 말했다.

"뭐 해요. 계산 안 해요?"

그제야 남편이 품속에서 지갑을 꺼내서 커피값을 계산했다. 카페 주인이 건네는 커피를 전해 받은 그녀가 몸을 돌려서 홍도평으로 향했다. 남편이 한쪽 다리를 약간 절름거리더니 그녀를 따라왔다. 홍도평에 다다라서도 말없이 한참을 걸었다. 김포천 변으로 둘이 앉을 수 있는 흔들의자가 비어 있었지만, 그냥 지나쳤다. 조금 더 가서 김포천을 향해 놓인 의자에 그녀가 앉았다. 남편도 옆으로 앉았다. 그녀가 카푸치노를 남편에게 건넸다. 커피를 건네받으면서 남편이 말했다.

"참, 당신도 대단해요. 커피값을 나보고 내라고 그래요."

"당연한 거 아닌가요. 내가 뭐하러 커피값을 내요. 난 집에서도 커피 맛있게 타서 마셔요. 왜 내가 쓸데없이 돈을 지출해요."

"참, 그깟 커피 한 잔 값 가지고 뭘 그래요."

"뭐가 어째요? 그깟 커피값요? 어디서 그런 말을 해요. 지금 그쪽이 애들 보험금 댁의 통장에서 나간다고 그거 따지러 왔잖아요."

"아이구, 여보. 내가 무슨… 따지기는요. 그냥 궁금해서 물어본 거지요."

"아니, 이게 벌써 몇 번째예요. 한두 번도 아니고 내 기억으론 열 번은 더 됩니다. 그래요 좋아요. 애들 보험 내 통장에서 나가게 할게요. 됐지요."

"당신은 좋게 말해도 되는 걸 화를 내더라. 참, 성격도 특이해요. 내가 좋게 얘기해도 그래요. 나는 평생 당신하고 애들 먹이고 입히고 공부시키고 하느라 늙어서 병든 사람이요."

"뭐, 성격이 특이해? 뭐 이런 사람이 다 있어."

"아니, 당신은 내가 번 돈으로 먹고 쓰고 하면서 살았잖아요."

"뭐요, 내가 놀고먹었어요? 여자도 돈 벌어야 한다면서 일하기 싫으면 먹지도 말라고 댁이 그랬었지요. 부지런함을 개미에게 배우고 지혜로움을 뱀에게서 배우라고 나한테 윽박질렀지요. 요즘은 남자만 벌어서는 힘들다고 하면서 나를 밖으로 내몰았었지요."

남편이 허허 웃었다.

"내가 댁이 번 돈으로 펑펑 먹고살았습니까. 그 쥐꼬리만도 못한 돈 타서 쓸 때마다 혀를 물고 죽고 싶을 만큼 자존심 상하고 치욕스러웠습니다."

"나도 나가서 돈 벌었잖아요. 첨엔 보일러 온수기 회사 경리, 또 보험회사, 이삿짐센터 경리, 선진운수 경리, 나중엔 그 싫다는데도 보수대 1종에까지 댁이 취직시켰었지요."

그녀의 속사포 같은 반격에 남편은 뜨악한 얼굴을 했다. 그랬다. 남편의 뇌는 참 편리하게도 자신에게 편리하고 유리한 대로만 기억하고 생각했다. 남편의 기억에 그녀는 집에서 팡팡 놀고먹는, 남편의 엄마 신 여사가 말하던 대로 밥이나 축내는 식충이었었나 보다.

"저기요, 나도 돈 벌었어요. 선진운수 경리로 다닐 때는 댁보다 월급 더 많이 받았잖아요. 그때도 왜 그 좋은 직장 그만뒀는데요. 일요일 공휴일에 출근한다고 하도 달달 볶으면서 그만두게 했잖아요. 그것도 기억 안 나세요?"

남편은 허허 웃으면서 그녀의 얼굴을 보고 말했다.

"참, 당신은 기억력도 좋아요. 그걸 다 어떻게 기억해요? 와 정말 대단해요. 정말 정말."

남편은 그녀의 화를 더 돋우기라도 하듯 손뼉을 치면서 웃었고 앞뒤도 맞지 않게 억지소리를 했다.

"당신은 내가 번 돈으로 잘 살았잖아요. 왜 근래에 갑자기 그러는데요?"

그녀는 이성을 잃고 버럭 고함을 질렀다.

"이봐요, 지금 나 놀려요. 내가 그쪽이 돈, 돈 할 때마다 얼마나 치욕스럽고 죽고 싶었는지 알아요. 그리도 아까운데 왜 결혼은 하고 왜 애들은 낳았어요. 혼자 살지 왜? 여자가 무슨 하녀로 보이세요. 밥하고 빨래하고 청소하고 애들 키우고, 아 또 있다. 저녁이면 그냥 안고. 내가 아직도 댁의 식모로 보이세요. 저기요, 식모도 월급 주고요, 밥 먹고요, 잠자고 그래요."

남편은 그녀가 큰 소리로 떠들자 황급히 그녀를 말렸다.

"여보, 여보, 여기서 왜 이래요. 지나는 사람들이 쳐다보잖아요. 이거 참, 창피하게시리."

"뭐가 챙피한데? 뭐가 창피해? 나는 댁이 더 창피해, 이 사람아. 저기 우리 보고 있는 저 사람 알아요?"

또 그녀가 계양천 건너편에서 보고 있는 사람들을 손가락으로 가리키면서 물었다.

"저기 건너편 저 사람 알아요? 모르는 사람이잖아요. 난 하나도 안 창피

해요. 모르는 사람이고 또 알아도 부끄러울 거 없어요."

"아, 이 사람 왜 이러나? 여보, 여보 내가 말 잘못 했어요. 내가 다 잘못 했으니까 화 풀어요. 소리 좀 낮추고요."

그랬다. 이 남자, 생각 없이 불쑥불쑥 말하고 감당이 안 되면 무조건 잘 못했다고 빌었다. 실은 뭐가 잘못되고 무엇을 사과해야 하는지도 몰랐다. 오늘도 어쩌면 통장에서 출금되는 돈은 그녀에게 오기 위한 핑계였을지도 모른다. 병원을 오면 병원엘 왔다고, 주일 날 교회를 오면 교회 와서 예배 가 끝났으니까, 또 토요일이면 밭에 푸성귀가 오이가 많이 달려서, 호박이 너무 실해서, 열무가 너무 싱싱해서라고 핑곗거리를 만들어서 그녀의 오피 스텔 앞 공영주차장에 차를 주차했다. 그녀가 조목조목 따지면 말문이 막 혀서 생각 없이 말을 뱉곤 했다. 말로는 당신을 못 당한다느니, 자기는 똑 똑한 여자 재수가 없다느니, 그냥 급한 대로 불쑥 말 먼저 하고 수습을 하 지 못했다. 그다음 순서는 뻔했다. 자기가 다, 다 잘못했다였다. 그녀가 더 화나고 억울하며 속상한 점이 바로 그 얘기인데도 남편은 알지 못했다.

어쩌면 남편으로선 참 피곤한 일이었을 것이다. 평생을 말대꾸 한번 하 지 않았던 그녀가 어느 날 갑자기 얼굴을 바로 세우고 또박또박 말을 하기 시작했으며, 구구절절 막힘이 없으니 남편 관점에서 기가 막힐 일이었다. 예전처럼 소리를 쳐서 윽박을 질러도 생활비를 끊겠다고 협박을 해도, 한 번 반기를 든 그녀는 도무지 기가 꺾일 기미를 보이지 않았으니, 남편으로 서는 황당하고 살다가 마른하늘에 날벼락 맞은 기분일 것이다. 남편이 또 갑자기 태도를 바꿨다.

"여보, 내가 어떻게 해야 당신이 마음 풀고 나를 용서해 줄 수 있어요? 나 정말로 옛날의 나 아니에요. 예전에 내가 정말 당신한테 못 할 짓 했어요."

"저기요, 이미 늦었어요. 진즉에 깨달았어야지요. 이제 우리 그만합시다. 지겹지도 않아요. 똑같은 소리 반복하고 또 하고."

"여보, 정말로 나 한 번만 믿어봐요. 지금 와서 생각해보니까 내가 나가서 돈 번 거는 아무것도 아니더라고요. 당신이 집에 없으니까 난 그냥 빈 껍데기라는 거 이제 알았어요. 집에서 살림하는 것도 보통이 아니더라고요. 내가 다 잘못했어요. 통장 이제 당신 다 가져요. 돈도 다 당신이 관리하세요."

"저기요, 늘 반복되는 이 지겨운 줄다리기 이제 그만합시다. 나도 당신도 이 끈 놓고 하루를 살아도 평안하게 삽시다. 이제 서류 정리해요. 네? 제발요."

남편이 또 태도를 바꿔서 소리를 높였다.

"이봐요, 내가 절대로 이혼은 안 된다고 했었지요. 당신도 내 말 못 알아들어요? 혹시 당신 밖에서 만나는 사람 있어요?"

"이 양반이 무슨 헛소리를 해요?"

"아니, 그렇지 않고서야 다 늙은 나이에 이혼은 무슨 이혼이요. 내가 주는 생활비로 사는 주제에."

"뭐 어쩌고 어째요? 뭐 눈에 뭐만 보인다고, 내가 댁 같은 줄 알아요?"

"그것도 아니면 뭘 믿고 큰소리치는 거요."

"어이가 없네! 정말. 이봐요, 나는 하늘 아래 아무것도 안 믿어요. 자식 나눠 가지고 40년 산 남편에게 배신당한 여자요, 내가. 그것도 모자라서 시어머니 암에다 남편 암수발까지 했어요. 그런 남자가 암 치료하고 나더니 바람을 피웁디다. 또 내가 죽겠다고 남편 보는 앞에서 약을 먹었는데 죽기를 바라며 마누라 머리맡에서 3일이나 기다린 남자를 남편으로 둔 여자요, 내가. 그것뿐인 줄 알아요. 30년이나 되는 고향 친구한테 야산 18,000평 사기당한 여자요. 그 앞엔 낮에 직장 가고 새벽엔 신문 돌렸어요. 그 와중에 시어머니는 암으로 자리를 보전해서 누워있었고요. 나는, 나는요. 아무도, 아무도 안 믿어요, 이 한심한 양반아.”

“그럼 왜 이렇게까지 집으로 안 들어오는 거요? 나는 정말 이해가 안 돼서 그래요.”

“댁이 이해하든 오해를 하든 나는 아무 상관없어요. 가요, 가. 다시는 말 섞고 싶지도 않으니까.”

그랬다. 남편과는 처음부터 말이 통하지 않았다. 그래서 그녀는 늘 말이 고팠다. 남편 앞에서 말을 하면 할수록 더 공허하고 말이 고팠다. 애들이 어렸을 때는 애들이 그녀를 잡는 족쇄로 발을 묶었다. 늘 입을 다문 채로 세월이 가기만 기다렸던 그녀는 말이 고파 허기진 채로 늙어 갔다. 다시는 그 시절로, 그 환경으로 돌아가고 싶지 않았다. 남편이 그녀를 이해해도 이해하지 않아도 그만이었다.

남편은 가방에서 주섬주섬 통장 두 개를 꺼내서 그녀 앞으로 내밀었다. 그녀가 어떤 반응도 보이지 않자 그녀의 손에 억지로 통장을 쥐여주었다. 그녀가 싫다고 통장을 남편 얼굴에 집어 던졌다. 남편이 순간 얼굴을 피해 은행 통장이 바닥으로 떨어졌다. 남편이 다시 통장을 주워서 그녀 앞으로 내밀며 말했다.

"여보, 화만 내지 말고 이것 좀 봐요. 이제 통장 당신이 관리해요. 나는 당신이 하라는 대로 할게요, 이번엔 정말이니까 나 한 번만 믿어줘요."

그녀가 통장을 펴 봤다. 기가 막히게도 통장 잔고는 마이너스였다. 그녀가 버럭 소리를 질렀다.

"저기요, 지금 나하고 장난쳐요? 대체 뭐 하자는 건데요."

"여보, 통장 당신이 가지고 관리하라니까요."

"참, 나 원. 기가 막혀서 말도 안 나오네. 통장 잔액이 마이너스로 된 걸 주면서 뭐 어째요? 관리? 이 사람이 나하고 장난해요. 아니, 군인 연금에 유공자 연금에 다달이 나오는 월급까지 받으면서 마이너스라니요. 그 많은 돈 다 어디에다 두고 뭐요. 내가 마이너스 된 통장 받아서 뭐하게요. 그 많은 돈 어쩌고 빈 껍데기 통장을 주면서 뭐? 나보고 관리? 가요, 가."

"그러니까 지금부턴 당신이 관리하라고 하잖아요."

그녀가 의자에서 벌떡 일어나서 옆에 있던 그녀가 들기에 좀 버거운 돌멩이를 집어 들었다.

"내가 살인내기 전에 내 앞에서 없어져요."

그녀가 돌멩이를 들고 부들부들 몸을 떨었다. 남편이 그녀의 돌발적인 행동에 놀라서 통장을 집어 들고 뒷걸음질 쳐서 도망을 갔다. 남편과 실랑이하는 동안 홍도평은 가로등이 켜지고 벚꽃은 더 화사하게 봄을 뽐내고 있었다. 꽃강의 잉어도 아랑곳하지 않고 가장자리 풀섶에서 푸덕거리고 꽃강은 봄의 절정을 이루고 있었다.

봄이 다 가고 벚꽃이 지고 있었다. 홍도평에 영산홍이 기다렸듯이 앞다
투어서 꽃잎을 열기 시작했다. 연분홍 꽃잎이 흐드러질 무렵, 남편에게서
전화가 왔다. 그녀가 두 번이나 수신거절을 했는데도 남편은 굴하지 않고
다시 전화했다. 할 수 없이 그녀가 전화를 받았다.

"왜 전화했는데요?"

"안녕하세요? ○○○님 보호자 되시지요. 여기 B병원 혈액종양내과
○○○님 담당의입니다."

"아 네, 안녕하세요. 근데 무슨 일이신지요?"

"네, ○○○님 알츠하이머 검사를 받으셨으면 하는데요. 보호자께서 같
이 오셔야 해서요. 환자분이 보호자님과 통화가 안 된다고 해서 제가 이
자리에서 보호자와 전화 연결하라고 했습니다."

"아 네, 언제 검사를 받는지요?"

"네, 환자분과 상의하시고요. 검진 날 뵙겠습니다. 환자분 바꿔드리겠
습니다. 통화하시지요."

그녀는 뒤통수를 심하게 맞은 듯한 느낌이 들었다. 남편이 알츠하이머라
니, 이 무슨 날벼락인가 말이다. 남편의 어머니 신 여사도 치매로 숨을 거
두는 순간까지 그녀를 괴롭혔었는데 남편까지 알츠하이머라니. 시모의 암
수발에 남편의 암 수발까지 하느라 그녀는 지칠 대로 지쳤었다. 다른 사람
들은 암수발 한 번을 하면 암 환자보다 병간호한 사람이 먼저 죽는다고들
했었다. 병간호한 보호자가 우울증에 걸리거나 다른 병으로 먼저 죽기도
했다는 이야기가 병원에서 들은 괴담 중 하나였다. 그녀는 암 수발을 한 번
도 아니고 두 번씩이나 했었다. 그리고 들은 말이 집안에 사람 잘못 들어

와서 줄줄이 암에 걸렸다는 분통 터지는 소리였다.

　남편이 검진하기로 한 날 B병원으로 갔다. 남편이 먼저 와서 기다리고 있었다. 속도 없는지 남편은 아주 반갑게 그녀를 보고 웃었다. 그녀가 이마를 찌푸렸다. 남편은 그녀의 감정은 아랑곳없이 그녀를 향해 웃으면서 걸어왔다. 남편은 아무렇지도 않은 듯이 그녀를 향해 말을 했다.

　"왔어요? 점심은요?"

　"먹었어요."

　"아, 그랬어요. 나는 좀 일찍 와서 당신하고 같이 점심 먹을까 생각하다가 당신 바쁠까 봐 전화 안 했어요. 나는 병원 앞에서 돈가스 사 먹었어요."

　그녀가 시큰둥한 표정을 짓자 더는 말하지 않고 어정쩡하게 빈 의자에 앉았다.

　"접수는 했어요?"

　"아니, 안 했어요."

　"병원에 왔으면 접수를 먼저 해야잖아요."

　"아, 난 당신이 와야 되는 줄로 알고요."

　"안내장 줘 봐요. 내가 접수할 테니까요."

　그녀가 남편의 서류를 들고 접수대로 가서 접수하고 다시 알츠하이머 검사실 앞으로 왔다. 잠시 후 검사실 문이 열리고 담당의인 듯한 남자가 남편의 이름을 불렀다. 남편이 대답하자 옆에 있는 그녀를 향해 물었다.

　"보호자이신가요?"

　"네."

"아, 보호자께 미리 알려드리는데요. 알츠하이머 검사비용이 좀 비쌉니다. 검사를 해서 이상이 있으면 의료보험이 적용돼서 검사비 일부를 환급해드리고요. 정상으로 이상이 없는 경우는 의료보험이 적용되지 않습니다. 여기 안내문 읽어 보시고 보호자 사인 해주시지요."

"아 네, 괜찮습니다."

그녀가 담당 직원이 내민 서류에 사인했고 잠시 후 남편이 검사실 안으로 들어갔다. 검사 시간은 2시간 정도 소요된다고 했다. 검사실 문밖으로 간간이 담당의 목소리가 새어 나왔다. 그녀는 남편이 검사 도중 말을 이해하지 못하고 있다고 직감적으로 느껴졌다. 예정된 검사 두 시간을 넘기고 한참이 지난 후에 검사실 문이 열렸다. 남편이 머리가 아프다고 하면서 머리를 두 손으로 움켜쥐고 나왔다. 그 뒤를 알츠하이머 검사원이 따라 나와서 그녀를 향해 서류 한 장을 내밀었다.

"저기, ○○○님 보호자분. 이 서류 가지고 원무과로 가시면 검사료 환급해줄 겁니다. 원무과 들러서 신경정신과로 가시면 됩니다."

"아, 그럼 이상이 있는 거네요."

그녀가 남편이 듣지 못하게 아주 조그마한 소리로 물었다.

"네, 약간."

남자는 짧고 간단하며 웅웅거리듯이 말하고 검사실로 들어갔다. 신경정신과로 가는 그녀의 머리는 복잡했다. 남편의 엄마 신 여사도 그녀가 결혼할 때부터 치매여서 그녀의 젊은 시절은 아무것도 없는데 남편이 또 알츠하이머라니 억장이 무너졌다. 신경정신과 의사를 만날 때도 남편은 계속머리가 아프다고만 했다. 의사의 말은 이랬다.

"○○○님이 고도의 집중력을 발휘했습니다. 정상인보다 집중력이 높게 나왔습니다. 그대신 불안증세가 심하고요. 지금은 아니라도 1~2년 후에 다시 병원에 내원하시기 바랍니다. 지금 알츠하이머라고 진단 내리기엔 좀 이릅니다."

남편은 알츠하이머가 아니라는 의사의 말을 곧이곧대로 받아들였다. 언제 머리가 아팠느냐는 듯이 헤헤 웃으면 병원 문을 나섰다. 원무과에 들러서 검사 전에 냈던 검사비에서 반을 되돌려받았다. 지금 진단을 내리지 못할 뿐이지 이미 시작되었다는 말을 남편은 알아듣지 못했다. 이게 옆에 있는 사람을 더 힘들고 괴롭게 한다는 것임을 남편은 알지 못했다. 그녀의 머리는 복잡해졌다. 비록 그녀가 이미 남편을 마음에서 정리했다고는 하나 아들딸의 아버지다. 미세하게 눈에 보이지 않을 만큼씩 증세가 나빠진다면 문제는 더 심각해질 수 있다. 운전 조심하고 집으로 가는 동안 운전하면서 절대로 운전 외에 다른 행동을 하지 말 것을 신신당부하고 남편을 산골 집으로 가게 했다. 그녀가 웬일로 부드럽게 말하자 입이 귀에 걸릴 정도로 웃으면서 남편이 차를 운전해서 떠났다. 몇 날 며칠을 고민하던 그녀가 결론을 내렸다. '그래 산골로 들어가자. 어차피 살아서는 저 남자와 갈라서지 못한다면, 좋다 들어가서 내가 내 것을 지키고, 살아서 못하는 거 죽어서 헤어지자.'

결론을 내리니 마음이 편해졌다. 그렇다고 남편과 한 지붕 각방도 이제는 불편했다. 다시 며칠을 생각하고 산골로 가서 남편에게 말했다.

"저기요, 나 집으로 올게요. 그 대신 조건이 있어요. 이 좁은 공간에서 같이 있는 건 내가 정말 힘들어요. 그래서 내린 결정인데요. 이 집 옆에 작은 작업실 하나 달아서 지을까 해요. 물론 당신이 싫다면 나는 여기 오지 않을 거예요. 정말 서류 정리하고 연락되지 않는 곳으로 가서 살 겁니다. 아들딸과도 연락 안할 겁니다."

남편이 멍하니 그녀를 멍하니 보다가 어이없다는 듯이 웃었다

"그게 무슨 소리요. 이 집이 좁다니요. 이 넓은 집이 좁다니 당신 어떻게 된 거 아니요?"

"그쪽은 넓은지 모르겠으나, 나는 좁아요. 그리고 내 방문만 열면 거실에서 TV 켜고 졸고 있는 모습도 불편하고요. 또 내 방문 닫고 들어가면 숨이 콱콱 막혀요."

"거 참 이상한 사람이네요, 이 넓은 집에서 좁다니. 그러면 내 방하고 당신 방하고 바꿔요. 그러면 되겠네요."

"아, 내가 실수했어요. 지금 한 말 없던 걸로 합시다. 내가 생각 잘못한 거 같아요."

파르르 하는 그녀의 모습에 남편이 황급히 손을 내저으며 그녀를 말렸다.

"아, 내가 말 잘못했어요. 그래요, 그래요. 당신 하고 싶은 대로 해요. 집을 짓고 들어와요. 근데요, 집 지을 돈은 있어요?"

"네, 있어요."

"돈이? 있어요?"

"네 은행에 알아봤어요. 이 집 담보로 넣으면 집 지을 돈 융자해 준다고 다 알아보고 왔어요."

"야~ 당신 정말 겁도 없네요. 융자하면 그건 어찌 갚을 건데요."

"그것도 알아봤어요. 4% 이자에 30년 동안 갚을 수 있는 게 있어요. 지

323
말 고픈 날들

금 융자가 힘든 상황인데 내가 산림조합 조합원이라서 조합원 융자가 아직 남았답니다. 사실 이건 내 집이고 당신 허락 없이도 진행할 수 있지만 그래도 그러는 건 아닌 거 같아서 당신 의견 들어본 건데 암튼 고마워요. 그럼 난 이대로 진행합니다. 나 이제 갈게요."

"정말 당신 무섭다. 와우."

그녀가 전화로 택시를 부르면서 속으로 중얼거렸다.

'흥, 나 무서운 거 이제 알았어. 진즉에, 첨부터 알았어야지. 입 다물고 말 안 하면 다 순한 줄 알았지. 한이 하늘에까지 닿으면 오뉴월에 서리가 내린다는 거 알았어야지.'

밖에서 택시가 왔다는 신호로 빵빵거렸다. 남편이 웃옷을 걸치고 따라 나오면서 허둥허둥 말했다.

"아니, 내가 태워다 줄 수 있는데 뭐하러 차를 불러요."

남편이 그녀를 다급히 부르는 소리를 무시하고 택시에 탔다. 백미러로 남편이 뛰어오는 모습이 보였다.

내려놓기

6시 알람이 울렸다. 자다 깨기를 반복하다 3시쯤에 잠이 든 듯했다. 6시 20분부터 동아 TV에서 방송하는 집에서 하는 운동 요가를 보면서 따라 하기 시작한 지 1년쯤 되어갔다. 처음에는 따라 하기도 벅찼는데 매일 반복해서 하다 보니 재미도 있고 그녀도 모르는 사이에 조금씩 근육도 생기기 시작해서 20분씩 두 번을 거뜬하게 따라 했다. 요즈음 와서 좀 힘이 들 때도 있고 20분을 다 채우지 못하고 그만둘 때도 있지만 매일 아침 알람을 해서 되도록 근력운동을 하려고 노력을 하고 있다. 그녀에게 일이라야 작은 원룸 작업실에서 사부작사부작 몇 번만 움직이면 청소도 끝이고 하니 시간 보내기엔 딱 맞았다. 느긋하게 아침 먹고 홍도평을 걷고 사우역까지 걸어가서 청년들이 하는 야채 가게에서 두부 한 모에 토마토나 오이, 당근 등을 사는 게 그녀의 하루 일이기도 했다.

요즘 별로 많이 먹거나 하지 않았는데 이상하게 배가 좀 나온 것 같기도 하고 체중도 2kg이나 늘었다. 며칠 전부터는 배가 살살 아프기도 했다. 배도 전날보다 더 부른 것 같기도 했다. 동네병원에서는 장염이라고 하면서 3일 치 약을 처방했다. 그녀가 배가 아프긴 해도 설사는 하지 않는다고 하는데도 의사는 장에서 요란한 소리가 난다면서 장염이란다. 3일을 집에서 앓고 다시 병원에 왔더니 의사가 이상하다면서 초음파를 했다. 초음파로 배의 여기저기를 자세히 보던 의사는 복수가 찼으니 빨리 종합병원 응급실로 가라면서 소견서를 써주었다.

그녀는 예전부터 다니던 B병원으로 가기로 했다. 택시로 병원에 도착해서 응급실에 소견서를 내밀었다. 응급실에서 한나절이 지나도록 이것저것 검사로 지쳐갔다. 저녁이 되어서야 11층 입원실로 올라갔다. 급한지 입원한 11층 처치실로 침대째로 옮겨져서 마취도 하지 않고 복수를 뺐다. 큰 대바늘로 왼쪽 아랫배를 찔렀다. 거무스레하고 탁한 오줌 색 물이 주사기를 통해 흘러나왔다. 입원 당시에도 3kg 늘어 있었는데 한나절 사이에 또 체중이 3kg 늘어났다. 복통으로 잠을 이룰 수가 없어서 수면제 처방을 받았는데도 뜬눈으로 지새웠다. 통합 간병인실이라 병실 안은 조용했다. 간호사가 보호자 사인을 받아야 한다고 보호자를 찾았다. 그녀는 또 막막해 왔다. 보호자, 이미 남편은 그녀의 보호자는 아니었다. 예전에도 남편은 보호자로 왔었다가 응급실에서 4시간 있다가 나올 것을 54만 원씩이나 돈을 냈다고 펄펄 뛰었고, 넘어져서 팔이 부러지고 갈비뼈에 금이 갔을 때도, 팔꿈치가 바스러져서 불구가 될 수 있다는 데도 다른 사람은 멀쩡하게 잘 걸어 다니고 또 어떤 사람은 1년에 병원 한 번도 안 가는데 왜 당신은 허구한 날 병원 가서 쓸데없이 돈을 허비하냐고 푸르륵 거리던 것이 생각났다. 생각, 생각하다가 아들에게 전화했다.

"아들, 잘 있나? 오늘 엄마 좀 만날래?"

"아, 예. 어머니, 지금 아기 목욕 시키려고 하는데 좀 늦게 만나면 될 거 같은데요. 어디서 뵐까요?"

"응, 여기 일산인데."

"일산까지 가셨어요. 일산 어디로 가면 될까요?"

"응, B병원으로 와."

"네? 어머니 어디 편찮으세요?"

"응, 배에 복수가 찼다고 김포 동네병원에서 빨리 종합병원 가라고 해서 왔다가 입원했다. 그냥 혼자 처리 하려고 했는데 입원을 하려면 반드시 보호자 사인이 있어야 한다네. 연락할 곳이 자네밖에 없어서 전화했네. 아들, 쉬는 날 미안하지만 와서 보호자 난에 사인 좀 해주고 가게. 정말 미안하네."

아들은 금방 왔다. 보호자 사인하고 손주가 아빠가 없으면 아빠가 올 때까지 울고 떼를 쓰며 운다고 하면서 다시 돌아갔다. 잠을 좀 청할까 하는데 대전 사는 딸이 전화했다.

"마미, 마미."

딸이 기분 좋을 때 그녀를 부르는 콧소리 섞인 애교다. 딸은 금방 그녀의 목소리를 듣더니 어디 아프냐고 물었다. 그간의 일들을 다 말했다. 돌도 안 된 아이가 있는 딸은 병원에 오지도 못하고 징징 울기만 했다.

일요일, 남편이 말하는 주일이었다. 오후 1시 40분, 남편은 어김없이 전화했다.

"아, 난데요. 교회 다 미치고 이제 당신 보러 김포로 가려고 출발했어요."

"저기요, 나 지금 김포 작업실에 없어요."

"아, 그럼 어디 가면 만날 수 있나요? 주일이라 시간 나고, 김포 가까이까지 왔는데요."

"나, 지금 김포 작업실에 없다니까요."

그녀는 남편에게 그녀가 병원에 입원했다는 사실을 알리고 싶지 않았다.

"친구하고 여행 갔어요? 어디인데요?"

화가 확 치밀어 올랐다. 남편은 편하게 자기 생각대로 생각하고 말했다. 늘 그랬다. 그녀가 친구를 만나러 가도, 동인지 출판 기념회를 가도, 파주에서 봉사활동을 하러 가도 꼭 전화해서는 식사하고 이제 노래방 가서 놀고 있냐고 으레 당연하게 물었다. 사람은 자기가 생각하는 범위에서 생각하고 말한다. 하지만 남편은 늘, 늘 그랬다. 그녀는 구구절절 설명하기도 싫고 짜증도 나고 해서 버럭 소리를 질렀다.

"어째서 그쪽은 노래방밖에 몰라요? 말하기 싫으니까 딸한테 전화해서 물어봐요."

전화를 끊었다. 얼마 후 딸에게서 전화가 왔다. 아빠가 전화해서 묻길래 엄마 입원했다고 얘기했단다. 다시 남편에게서 전화가 걸려왔다. 받지 않고 수신거절로 돌렸다.

배가 너무 심하게 아파서 오전과 밤늦게 진통제 처방을 두 번이나 받았다. 체중이 46.7kg으로 줄어들었다. 1월 17일 오전 11시 즈음에 복수를 빼서 정확한 검사를 해야 한다면서 간호실 담당 의사와 CT 전문의가 병실로 들이닥쳤다. 간호사들도 네 명이나 그녀가 누워 있는 침상주위로 둘러서 있고 칸막이를 치고 왼쪽 아랫배를 마취도 하지 않은 채 네 번이나 대바늘로 찔렀다. 그녀가 이를 악물고 바들바들 떨면서 버텼지만 복수는 나오지 않았다. 다섯 번째 찌르는데 그녀도 모르게 병실이 떠나가라 비명을 질렀다.

"씨펄."

그녀도 모르게 낮은 소리로 올라오는 욕지거리를 삼켰다. 온몸이 땀으로 젖었다. 11층 간호병동 담당 의사가 그녀의 손을 잡고 달랬다.

"우리 선생님들 다 이 분야에 전문가인데 정말로 복수가 없어서 뽑지 못한 거랍니다. 어머니 정말 잘 참으셨어요. 고생하셨습니다. 어머니께서 이해해 주세요."

씨펄, 속으로 욕이 올라왔지만 그녀는 후환이 겁나서 감정대로 말하지 않았다.

"알지요, 제 병 원인 찾으려고 한 건데요. 선생님들이 더 고생하셨어요. 수고하셨어요."

씨펄. 그래도 여전히 속에서 욕지거리가 올라오는 것을 간신히 밀어 넣었다.

오전 금식하고 오후 1시 25분에 MRI를 했다. 이어폰으로 들리는 음악이 머리를 더 아프게 했다. 방송으로 '숨 쉬세요. 숨 내쉬고 숨 참으세요'를 반복했다. 좁은 공간은 숨 막히게 했다. MRI 기계 공간의 하얀색이 더 차가워 보였다. 검사를 마치고 올라와서 허겁지겁 늦은 점심을 먹었다. 무염식, 헛구역질이 났다. 혈당이 240까지 올랐다. 늦은 밤, 트림이 올라오면서 배가 아팠다. 같은 병실 환자, 보호자가 나 때문에 다 잠을 설쳤다. 미안하다는 생각도 하지 못할 만큼 아팠다. 소화제를 먹고 진통제를 투여하고서야 간신히 잠이 들었다.

담당의가 오전 회진 와서 초음파를 다시 하면서 배에서 복수를 빼서 세포검사를 해봐야 알겠다고 하고 갔다. 또 배를 대바늘로 찔러서 나오지 않는 복수를 찾아 빼야 검사를 할 수 있다고 했다. 이르면 당일이라도 할 수 있다고 했다. 산부인과 협진을 다녀왔다. 초음파 검사를 했다. 그녀가 화면을 보니 자궁 주변에 복수가 가득 차서 물에 둥둥 떠다녔다. 정확한 것은 복수를 빼서 세포검사를 해봐야 알겠지만, 복막암일 수도 있다고 했다. 또 그녀가 속으로 중얼거렸다.

'씨펄, 뭐가 이리 개 같은 경우가 다 있노?'

11층 병실로 올라오자 산부인과에서 피검사를 하러 왔다. 먹는 것도 부실한데 또 피 한 대롱을 뽑았다. 어제는 4통이나 뽑았는데. 그녀는 잘 살아서 복수하고 싶었는데 어이없게도 복수가 가득 찼단다. 풍선처럼 부풀어 오른 배, 손톱으로도 누르니 툭 튕겨 나왔다. 대바늘로 대여섯 번을 찔러도 한 방울도 나오지 않았다. 찢어지는 비명이 나고 너덜너덜한 육신은 땀에 절어 흥건했다. 초음파로 찾아 뽑아낸 시커멓고 누르스름한 끈적이는 액체. 버리지 못하고 품고 있던 복수였다. 복수하고 싶었는데 복수가 나를 삼키고 있었다.

아침 해가 참 이쁘다. 입원병실이 동쪽 창가라 아침마다 해를 볼 수 있어 그나마 참 다행이었다. 무염식은 속이 울렁거려서 아침 식사를 양식으로 변경했다. 이것도 한 번이지 자주는 아니다 싶었다. MRI나 초음파로 확실한 원인이 아직 나오지 않는다고 회진 때 담당의가 말했다. 다행인 것은 암이 전이된 사진이 없으니 다행이라 했다. 하지만 그녀는 뭐가 다행인지 잘 몰랐다. 복수를 빼서인지 배가 조금 들어간 것 같기도 했다.

검사결과가 나왔다. 담당의는 암은 아니라고 정말 다행이라고 말했다. 결핵성 복막염이라 했다. 그래도 치료를 시작해야 더 확산하지 않고 치료 기간을 단축할 수 있다고 했다. 다행히 폐결핵이 아니어서 감염의 염려는 안 해도 되니 그것도 다행이라 했다. 결핵성 복막염의 처방 약이 무려 열 알이 넘었다. 부작용도 엄청났다. 관절염이 올 수 있으며 간경화나 간성혼수가 유발될 수 있다고 했다. 또 피부가 가려울 수 있고 황달이 올 수도 있으니 한약이나 인삼은 절대로 금하란 당부를 했다. 이건 당뇨보다 더 철저히 관리해야 하는 병이었다. 법정전염병이라 담당 보건소에 보고해야 하며 또한 관리대상이기도 하단다. 약 복용도 식전 30분, 시간도 철저히 지켜서 복용할 것을 숙지시켰다. 약을 띄엄띄엄 먹으면 내성이 생겨서 완치가 힘이 든다니 낙심이 됐다. 의사는 영양가 있게 먹고 잘 관리할 것을 말하고 또 말했다. 의사가 그 말을 하고 한 시간도 지나지 않았는데 파주시 보건소에서 전화가 걸려왔다. 퇴원 후에 반드시 파주시 보건소로 와서 복용 약을 받아갈 것을 말하면서 꾸준한 약 복용을 신신당부했다.

아침부터 바쁘게 움직였다. 6시 배 엑스레이를 찍었다. 대장내시경과 위내시경을 하기 위해서 7시부터 물 1,000L를 마셨다. 8시 영상 단층 촬영을 했다. 10시 산부인과 초음파 조직검사를 또 했다. 11시 대장내시경을 위한 관장 2회를 했다. 관장 약을 항문에 찔러 넣고 시간을 두고 관장 약이 흘러나오지 않게 하려고 거즈로 막고 웅크리고 있어야 했다. 12시 위내시경을 위한 각서를 받아갔다. 수면으로 위내시경 장내시경을 했으나, 위와 장엔 아무 이상도 없었다. 10층 간호사실 정미용 담당의가 오늘까지의 검사를 토대로 병명을 결론지을 것이라 했다. 종양내과 전문의 상담, 외과 수술 집도의와 회의를 한 후에 밤늦은 시간에 가퇴원했다. 퇴원 소식을 어찌 알았는지 남편이 입원실로 왔다. 간호사실로 전화해서 그녀의 근황을 물었더니 오늘 가퇴원한다고 해서 왔다며 웃었다. 남편의 승용차가 출발할 때 그녀가 작업실이 있는 김포로 가겠다고 말했지만, 남편은 그녀의 말을 듣는 둥 마는 둥 파주 쪽으로 차를 돌렸다.

"저기요, 나는 설이라고 해도 이제 일 못 해요. 그냥 김포 작업실로 나 데려다 주세요."

"알아요. 당신보고 일하라 않을 테니 파주 가서 쉬어요. 김포 작업실에서 어찌 혼자 있으려고 그래요."

"정말이지요?"

"아이구, 알았어요. 아픈 사람보고 내가 일하라 그러겠어요. 걱정하지 말고 가서 쉬어요."

온종일 검사로 지친 그녀가 차에서 깜빡 잠이 들었다. 잠결에 남편의 차가 주차하는 듯해서 눈을 떴다. 금촌역 뒤에 있는 큰 마트였다. 그녀가 화들짝 놀라서 남편에게 다급히 말했다.

"저기요, 왜 여기 차를 세워요? 나 아파서 아무것도 못 해요. 보름이나 입원해서 보름 내내 여기저기 검사하느라 금식해서 힘도 없어요. 뼈만 남은 거 안 보이세요, 일하기 싫어서가 아니라 정말 못해요. 장 봐서 뭐하게요?"

"아, 알아요. 당신보고 일하라고 안 할게요. 집에 먹을 게 아무것도 없어서 그래요. 요리 안 하는 거로 시장 볼 거예요. 그래도 설인데 먹을 건 있어야지요. 그냥 과일하고 즉석식품으로 장 볼 거니까 걱정하지 말아요."

남편은 그녀를 안심시키고는 캐리어 가득 설 장을 봤다. 과일도 샀지만, 즉석식품은 거의 없고 고기, 나물, 생선포 등등이 가득하였다. 그녀가 속으로 '씨발' 하고 중얼거렸다. 다시 흔들리는 차에서 잠이 들었다. 깨니 산골 집이었다. 시장 봐온 것을 식탁 위로 옮기면서 남편이 말했다.

"여보, 나는 설거지는 하겠는데 음식은 정말이지 못하겠어요."

이번에는 그녀가 남편이 들리게 "씨펄"이라고 중얼거리면서 그녀의 방으로 들어가 쾅 소리 나게 문을 닫았다. 온종일 검사에 시달린 데다가 영상단층 촬영으로 방사선에 노출되어서인지 속이 울렁거렸다.

설날이었다. 밤새 속 울렁거림에 시달려서 잠을 이루지 못했던 그녀가 먼저 일어났다. 부엌에서 부스럭거리며 소리를 내도 남편이 자는 안방은 열리지 않았다. 그녀가 떡국을 끓이고 시금치, 고사리, 도라지나물을 볶고 무치고 부침개, 표고버섯, 생선살, 호박을 부쳤다. 떡국을 끓이고 나서도 남편은 거실로 나오지 않았다. 그녀가 음식을 만드느라 몸에 밴 기름 냄새를 지우기 위해 샤워를 하고 옷을 갈아입었다. 남편은 그녀가 아침상을 차리고 나서야 부스스한 머리를 하고 거실로 나왔다.

"설음식 만들었어요? 깨우지 그랬어요. 내가 음식은 못 만들어도 도와줄 수는 있는데요."

그녀는 대답하는 그것조차도 싫었다. 앞 접시와 음식 덜어 먹을 집게를 남편 앞에 두고 아무 말 없이 아침을 먹었다. 남편은 긴 기도를 하고 수저를 들면서 그녀를 향해 말했다.

"잘 먹겠습니다."

또 제기랄 소리가 목을 밀고 올라오는 것을 떡국 국물을 한 수저 떠 마시면서 간신히 밀어 넣었다. 그녀가 고개도 들지 않고 떡국과 나물 몇 점을 목으로 밀어 넣고 일어섰다. 숭늉처럼 커피를 타서 그녀의 방으로 들어가서 침대에 누웠다.

오후 1시가 지나서 처가에서 있던 아들 내외와 손주가 왔다. 손주는 딱 아들 판박이였다. 낯선지 얌전하게 앉아 있다. 딸기를 내왔더니 딸기 노래를 부르면서 좋아하며 먹었다. 아들 내외 점심도 그녀가 차렸다. 식사 후 남은 음식은 다 음식 쓰레기통에 부어버렸다. 어차피 냉장고에 들어가 봤자 먹지도 않을 음식이었다. 다행히도 점심 설거지는 아들 내외가 했다. 손주는 좀 익숙해졌는지 공차기도 하고 웃고 거실을 뛰어다녔다. 3시 즈음에 졸린다면서 잠투정했다. 차에서만 잠든다는 며느리의 말에 그녀가 어서 가라고, 서둘러 가라고 말했다. 잘 키운 아들은 장모 아들이라더니 씁쓸했다. 아들이 처가로 가는 차에 그녀도 작업실로 가겠다고 나섰다. 남편이 몸도 회복되지 않았는데 뭐하러 힘들게 작업실로 가냐면서 말렸다.

"저기요, 내가 여기서 쉰 거 같아요? 내가 일 못 하겠다고 했더니 설음식 하지 않게 하겠다더니 캐리어 가득 장 봐와서 자기는 음식은 못 만들겠다고 했지요. 결국, 내가 설음식 만들었지요. 커피 하나까지도 내가 타야하고요. 여기선 쉰 거 없어요. 보름이나 입원해서 검사에 지친 내가 일했지요. 난 작업실로 가서 쉬렵니다."

그녀가 뒤도 돌아보지 않고 아들의 차에 탔다.

2월 7일 코로나 검사를 했다. 저녁 무렵 검사결과 음성으로 나왔다는 결과를 문자로 통보받았다. 입원해서 먹을 소고기, 닭가슴살, 양 토마호크를 샀다. 마스크, 화장품, 세면도구(비누, 클렌징폼, 샴푸, 치약, 칫솔), 수건, 속옷, 실내화, 태블릿 PC, 노트북, 단백질 가루 4종류와 사과, 배, 양념으로 고춧가루, 깨, 홍초, 참치, 액젓, 칼, 가위를 작은 가방에 넣었다. 입원해서 먹을 소고기, 닭가슴살, 토마호크를 구웠다. 배추김치, 고추 오이 절임, 핸드폰, 약간의 현금, 열쇠, 당뇨약 등등 입원해서 필요한 물건을 챙겼다.

2월 8일, 혹 빠진 게 없나 체크하면서 마지막 점검을 했다. 오전 10시 즈음에 창가 자리가 배정됐으니 3~4시 사이에 1층 원무과에서 입원 수속하라는 문자가 왔다. 캐리어 가방 두 개와 손잡이 가방 두 개에 입원 물품을 챙겨서 택시를 타고 병원으로 갔다. 처음 입원 땐 동네 의원에서 급히 응급으로 대학 병원 가라고 재촉하기도 하고 배가 너무 아파서 손에 쥔 가방 하나 달랑 들고 입원하는 바람에 너무 고생했다. 이번에도 툭하면 검사로 금식을 했으며 하루걸러 한 번씩 채혈해갔다. MRI 검사에서 결핵 수치가 높게 나왔다며 처음 진단명은 결핵성 복막염이었다. 약 부작용으로 먹은 거 다 토하고 팔다리가 저리고 쑤셨다. 눈도 침침해 안 보이고 일주일을 복막 결핵약을 복용했었다. 이번에는 복수에서 암세포가 검출되었다며 암으로 다시 가닥을 잡았다.

2월 14일, 산부인과 병동으로 이관했다. 골밀도검사, 가슴 초음파, 복부 아래 MRI, 산부인과 시티 검사로 3일이 지났다. 열어봐야 확실히 병명이 나겠지만 지금으로서는 복막암으로 본다고 담당의가 말했다. 이미 목 부분에 임파선으로 암 전이된 것이 영상 단층 촬영에서 나타났으며 아래로도 전이 되었을 가능성이 크다고 말했다. 지금으로서는 3기에서 4기로 추정된단다. 2월 17일로 수술 날짜가 잡혔다. 담당의는 계속해서 보호자가 올 것을 말했다. 그녀는 할 수 없어서 남편이 암 환자며 이 병원에서 18년째 치료를 받고 있고, 또 혈액종양내과 전문의사에게서 알츠하이머 검사를 권유받았고, 검사결과 지금은 아니지만 일이 년 후에 다시 알츠하이머 검사하라고 통보 받았다고 알렸다. 그러니 그냥 자신에게 직접 병명이나 예후를 말해 달라고 말했다. 그때야 담당의가 복막암은 예후가 좋지 않으며 수술 도중 깨어나 지 못할 수도 있고 또 중환자실로 갈 수도 있다고 말했다. 담당의는 수술해 봐야 암의 크기를 알 수 있으며 그때 눈으로 확인하고 잘라내겠다 말했다.

5층으로 전실을 해야 하는데 짐이 너무 많았다. 너무 처량했다. 맘 편 히 기댈 곳도 없었다. 남편은 아직도 사태의 심각성을 몰랐다. 아침부터 사 하제를 먹어서 계속 줄줄 흘리고 다녔다. 정신 나간 남자가 오늘도 제 맘 에 드는 글귀를 카톡으로 보내왔다. 정말 그녀가 죽어야 남편과 인연이 끊 어지는 걸까, 생각할수록 답이 없었다. 정말. 그녀 자신이 너무 처량했다.

2월 16일. 4L 8병 중 마지막 장 청소제를 마셨다. 처음 병은 어찌 단숨 에 먹었는데 두 번째부터는 목을 넘길 때마다 구역질이 났다. 두 번 세 번 에 나누어서 간신히 다섯 병까지 마셨을 때부터 배에서 신호가 오기 시작 했다. 삐져나오는 것을 참고 화장실까지 가기는 멀었다. 금식이라 단백질 영양제에 식염수 링거까지 달린 막대를 밀고 다니기가 쉽지 않았다. 그녀 의지와는 아무 상관 없이 줄줄 흘렀다. 호출기를 눌러 간호조무사에게 갈 아입을 바지를 부탁했다. 간호조무사가 눈치 빠르게 바지 두 개를 가져왔다. 마음을 다해서 깍듯이 고맙다고 인사했다. 장 청소 액체까지 아래로 쏟아졌다. 배선실까지 그녀가 직접 가서 정수기에서 받아 왔는데 여섯 번째 부터는 걸을 때마다 그녀 의지와 상관없이 새어 나오는 분비물 때문에 할 수 없이 간호조무사에게 부탁했다. 간호조무사가 받아 온 물은 미지근했다. 장 청소제를 넣고 잘 녹게 흔들어서 마셨다. 미지근한 온도의 물은 더 비위를 상하게 했다. 미안하지만 그냥 차가운 물만 받아 주시라 다시 간호조무사에게 부탁했다. 이제 3병만 더 마시면 되는데 장 청소 액체가 목구 멍을 타고 입으로 올라왔다. 그래도 여섯 번 일곱 번째까지 마셨다. 아예 여섯 번째부터는 화장실에서 나오지도 못했다. 변기에 앉아서 아래로 쏟으 면서 있다가 멈추면 마시기 시작하고 수도꼭지에서 물 쏟아지듯 쫙쫙 쏟고 마시기를 반복했다. 마지막 여덟 번째 사하제는 두 시간을 노려보기만 했다. 오후 세 시를 넘길 때 산부인과로 전실되었다는 전갈이 왔다. 처음 입원할 때는 그녀가 캐리어 들고 가방 메면 가능했었다. 짐이 점점 늘어 그녀 혼자 들기엔 벅찼다. 간호조무사 퇴근 교대 시간과 맞물려 난감했다. 막내 간호사가 캐리어를 밀고 병실로 들어왔다. 정말 고마웠다. 5층 간호사가 보더니 '와우 짐이 많네요' 하면서 웃었다. 그녀의 도움으로 5층으로 순적히 전실을 할 수 있었다. 짐을 내리고 보니 운동화를 두고 왔다. 그녀가 어쩌냐고 걱정을 했더니 짐을 가져다준 간호사가 다시 운동화와 함께 두고 온 캐리어도 가지고 왔다. 간호사 이름 장보영(확실한지 잘 기억이 안 남).

밤 7시경 춥고 떨리면서 배가 아파 왔다. 끙끙 앓다가 급기야 훌쩍이며 울었다. 호출기를 찾았으나 없었다. 한참을 헤매다 찾아서 호출 벨을 눌렀다. 내 기분 탓인지 간호사들이 10층 암 병동보다 더 사무적이었다. 장 청소제를 먹어서 아플 수 있다고 간호사가 말했다. 웃겨 정말, 7병을 마셨는데도 괜찮았다고 말했다. 듣는 둥 마는 둥 진통제만 링거에 주입하고서 나가면서 보호자가 있어야 될 거 같다고 말했다. '보호자 없어요'라고 말하고 속으로 '통합 간병인실에 있는 사람 누가 불러내래'라고 웅얼거렸다. 지금은 괜찮은데 수술 후 보호자 없는데 이를 어쩌나. 에이씨, 인생이 뭐 이따위로 개 같냐.

16일. 오후로 접어들어 금식이라 속도 울렁이고 노곤하게 잠이 들려는 순간 창문 쪽에서 갑자기 물벼락이 쏟아졌다. 옷장으로 흘러 내리고 순식간에 물바다가 되어버렸다. 급한 김에 호출 스위치를 눌렀다. 1~2분 후 간호사가 왔다. 첫 마디가 '왜요'였다. 그녀가 창 쪽을 가리켰다. 순간 병실은 아수라장으로 변했다. 시트를 가져와서 넘쳐나는 물을 흐르지 않게 막는데 시설 관리팀이 왔다. 그녀를 향해서는 침대를 문 쪽으로 옮기라고 말하면서 빤히 보고 누구 하나 도와주지 않았다. 참고 있던 화가 욱하고 치밀어 올랐다. 그녀도 모르게 언성이 높아졌다.

"아니 10층 동쪽 따듯한 병실에 잘 있는 사람을 싫다는데도 불러 5층으로 억지로 내리더니 추운데 배정하고 엊저녁에 추워서 온몸이 아프고 떨리면서 배 아프다 했더니 보호자가 있어야 할 거 같은데 보호자 부르라고 하고 뚱하니 가더만요."

간호사들이 놀란 눈을 하고 그녀를 봤다. 그녀가 언성을 더 높였다.

"누군 보호자 못 불러서 안 부르는 줄 알아요. 부를 보호자가 없어서 못 부르는 거지, 그리고 호출했더니 왜요라니요. 환자가 호출 벨을 눌렀을 때는 이유가 있어서 호출기 눌렀을 거 아닌가요? 어디 아프세요, 아니면 불편하신 데 있으세요, 이래야지. 왜요라니요. 어디서 왜요라고 해요? 또 내가 잘못했어요? 환자가 금식하고 링거 꽂고 한 손으로 짐 옮기는데 빤히 보고 있어요? 그녀가 언성을 높이자 간호사들이 서로 눈치를 주더니 간호사실로 싹 사라졌다. 그녀는 이미 이성을 잃었다. 더 소리를 높였다.

"이게 뭐하는 짓거리냐고요? 도망을 가요?"

그녀는 짐들을 내동댕이치면서 부들부들 떨었다.

"내가 공황장애 있다고 말했죠. 근데 환자를 이리 대해요. 반드시 민원 넣어서 짚고 넘어갈 겁니다."

몸이 사시나무 떨리듯 떨리고 감정제어가 되지 않았다. 다 숨어 버린 간호사들이 괘씸했다. 죄송합니다, 한마디면 되는 것을 구구절절 변명만 늘어놓았다. 그녀도 지지 않았다. 수간호사가 와서 백배사죄를 했지만 이미 몸이 부들부들 떨리고 화가 사그라지지 않았다. 신경안정제를 먹고도 한동안 떨다가 조금씩 누그러졌다. 내일 동쪽 병실 창가 자리를 주겠다고 수간호사가 약속했다. 수술을 마치고 나오면 옮겨져 있을 거라고 수간호사가 장담했다. 내일 가봐야 알 일이었다. 또 어떤 말로 헛소리할지.

잠이 든 듯했는데 남자의 목소리가 그녀의 이름을 부른 듯했다. 무의식 속에서 네라고 대답을 하면서 잠에서 깼다. 정신과 의사였다. 간호사실에서 정신과에 협진을 냈다. 또 화가 치밀었다. 간호사실에 가서 또 한바탕 퍼부었다. 그래 봤자 소용없는데, 다 그녀 손해인데 참을 수가 없었다. 건너편 침대 환자가 다시 원래 있던 침대로 자리를 옮겼다. 그녀 자리도 옮겨달랬더니 아직 공사 중이라 안 된다고 간호사들이 쌍으로 버텼다. 그녀도 물러서지 않고 당장 내 짐 원상으로 복구하라고 버텼다. 할 수 없는지 그녀의 원래 자리로 옮겨 주라고 수간호사가 지시를 내리자 퉁퉁 부은 연차 적은 간호사 둘이 투덜투덜 그녀의 짐을 옮겼다. 아래 서랍에도 짐이 있는데 다 했다며 휙 가버렸다. 욱 올라왔지만 누르고 남은 짐을 그녀가 옮겼다.

'쓰팔, 내일 대수술인데, 이래 봤자 내 손해인데.'

"엄마, 눈 뜨세요. 잠자면 안 돼요."

그녀는 아들이 깨우는 소리를 들으면서 잠이 들었다 깼다를 반복하다가 정신이 들었다. 다시 몽롱한 잠에 빠져들었다가 다시 눈을 뜨고 그랬다. 마취에서 깨어나면서부터 극심한 통증으로 마약이 첨가된 진통제를 계속 투입했다. 길었던 밤이 지나고 아침이 왔다. 담당의가 인턴과 간호사들을 거느리고 회진을 왔다.

"아, 어젠 정말 고생했어요. 좀 어때요?"

"아이구 선생님, 고생은 선생님이 하셨지요. 저는 잠만 자고 깼는데요, 뭐."

그녀의 대답에 담당의와 따라왔던 이들이 와하하 하고 웃었다. 그녀의 우스갯소리에 담당의가 밝게 웃으면서 말했다.

"아, 수술은 잘됐어요. 열었더니 예상대로 암이 복막 전체에 퍼져 있었어요. 맹장 주변에 유착이 심해서 맹장을 뗐고요. 임파선은 대동맥 주변까지 깊숙이 절제했습니다. 에 또, 장 사이 장간막에 전이된 덩이들은 손바닥 열 장 정도 잘라냈어요. 자궁, 난소, 나팔관 제거하고, 간, 위, 횡격막에 1~2mm 크기로 암세포가 전반적으로 깔려있는데 위험해서 그냥 두었습니다. 항암 치료는 약 2주 뒤부터 할 거고요. 회복은 통상 10일 정도 걸립니다. 지금 예상으로는 3기에서 4기 정도로 보입니다. 정확한 것은 조직검사 결과가 나오는 10일 후에나 알 수 있습니다."

그녀가 남의 일인 양 덤덤하게 듣고 '네 감사합니다'라고 인사하고 더는 아무 말도 안 했다. 간병을 하던 둘째 언니가 그녀의 눈치를 보면서 눈물을 훔쳐냈다. 간병인을 구하기 위해서 병원에서 소개받은 요양보호사 사무실에 전화했다. 환자의 상태를 묻길래 배를 수직으로 30㎝ 열었다고 했더니 지금 쉬고 있는 간병인이 없다고 했다. 세 곳 다 마찬가지였다. 수술 당일은 아들이 휴가를 내고 있었지만, 그다음부터가 문제였다. 친정 둘째 언니가 4일 병간호하겠다고 나섰다. 공무원으로 있는 막내 올케가 그다음 3일을 병간호하겠다고 휴가를 냈다. 코로나 때문에 극도로 몸을 사릴 때였는데 정말 고마웠다. 그 담엔 둘째 언니가 또 막내 올케가 병간호했다. 이제 더 부탁할 곳도 없는데 서울역사박물관 근무하는 초등학교 동창이 휴가를 내고 삼일을 병간호했다. 파주에서 같이 공부하던 분의 소개로 간신히 간병인을 구할 수 있었다. 그러는 동안 보름이 지나갔다. 수술 후 일주일이면 암의 원발점을 찾을 수 있고 병명도 나올 것이라 했는데 보름이 지나도록 원발점도 찾지 못하고 시간이 지나갔다.

"아, 병명이 이제야 나왔습니다. 좀 드문 경우이긴 하는데요. 난소라고 있지요. 그 난소 중에서도 난소를 잇는 관이 있습니다. 그 관을 난관이라고 하고요. 그 난관에서부터 암이 시작되어서 전이되면서 맹장, 난소 아래로 내려가는 임파선에서도 양성이 나왔구요. 위에 목 바로 아래 임파선에서도 잘라내기는 했지만, 그 위로도 양성이고요. 분포도가 좀 좋지가 않아요."

아침 회진을 온 담당의가 그녀의 최종 병명을 말했다.

"분포도가 뭔지요?"

"아, 분포도는 세포의 성질이에요. 성질이 나쁘단 이야깁니다."

"네, 그럼 얼마나 살 수 있는지요?"

"항암을 하면서 봐야겠지만 5년 생존율이 20~30%예요. 총 18회를 항암 할 건데 입원해서 6회 그다음부터 12회는 통원으로 할 거예요. 다음 주 월요일부터 항암을 시작할 거예요. 오늘 내일은 푹 쉬세요."

"네, 알겠습니다. 감사합니다."

그녀가 담담하게 담당의의 설명을 듣고 있을 때 간병인이 창 쪽으로 돌아서서 소리 없이 눈물을 손수건으로 닦아내고 있었다.

많이 움직여야 가스가 나온다고 해서 입원실 복도 간호사실을 둘레로 31바퀴나 돌았다. 허사였다. 저녁 회진에서 배를 마사지하듯 만져야 빨리 가스가 나온다고 해서 손으로 살살 만졌다. 병원에서 중간 정산을 하라고 통보가 왔다. 아들이 진료비 결제하라고 주고 간 카드로 결제했다. 생각보다 병원비가 너무 많이 나와서 아들에게 미안했지만 전화하지는 않았다. 아마도 아들 전화기로 결제했다는 문자가 갔을 것인데 아들에게서도 어떤 연락도 오지 않았다.

아침부터 죽이 나왔다. 연두부 두 수저 먹었다. 점심엔 백김치, 연근조림, 멀건 북엇국, 죽은 밍밍했다. 오전 열 시 화장실 다녀와서 걸었다. 걷는 길만이 장기유착을 막는 방법이라고 의사는 무조건 걷기를 추천했다. 언니가 아침에 나온 우유 데워서 조금씩 다 먹기를 권했다. 저녁 식사는 야채죽이었다. 뒤에 이불을 받쳐서 엉거주춤한 형태로 앉아서 죽을 떠먹었다. 땀이 소나기 오듯 쏟아졌다. 식사 도중인데 도저히 못 참고 화장실행을 했다. 배에 칼로 빙빙 돌리는 듯한 통증이 오더니 쫙쫙 아래로 쏟았다. 조금 시원한 듯했다. 다시 쏟았다. 정신이 아득했다.

남편이 5층 휴게실에 와 있다고 연락이 왔다. 3시에 신경과 진료가 있어서 왔다고 했다. 뭐 먹고 싶은 거 없냐고 물었다. 퇴원하면 요양병원 갈 거라고 그녀가 말했다. 그로선 생각지도 못했는지 의아한 얼굴을 했다. 그녀는 담당 의사가 말한 최종 병명을 녹음해둔 것을 남편에게 들려주었다. 남편은 다 듣고 나서 아무 말도 안 했다. 그녀가 물었다.

"녹음 잘 들었지요? 무슨 소린지 이해했어요?"

"네, 알아요."

"뭐라 그러는데요."

"4기 말의 말이고, 드문 암이고요. 분포도가 높고요. 5년 생존율이 20~30%라고요."

"그래요, 잘 들었네요. 들은 그대로예요. 이제 나는 당신을 위해서 아무 것도 할 수 없어요. 지금부터는 나에게 의지하지 말고 당신 스스로 모든 일을 알아서 하세요. 꼭 가야 할 곳 아니면 차 운전하지 말고요. 빵 부스러기로 끼니 때우지 말고요. 음식 못 하겠으면, 저녁 사 먹고 집에 가세요. 건강 잘 챙기고요. 약 꼭꼭 먹고요. 영양제도 빠뜨리지 말고 잘 먹어요. 나 가고 없어도 잘 살아요. 이제 그만 가세요. 운전 조심해서 가요."

남편을 보내고 아무렇지도 않은 얼굴로 병실로 돌아왔다. 병이 들어서야 남편에게서 놓여날 수 있음이 허망했다. 간병인이 그런 그녀를 보고 말했다.

"괜찮아요?"

그녀가 대답 대신 그냥 웃었다.

"자기는 의사가 폭탄선언을 해도 담담하고, 아파도 아프다 소리도 않고 그래서 참 강한 여자인 줄 알았어. 또 낮에 우스갯소리도 잘하고 잘 견디면서 보내는데 잘 땐 아니거든."

"밤에 제가 어쩌는데요?"

간병인이 그녀의 얼굴을 빤히 보면서 그랬다

"밤에 자면서 끙끙 앓고 소리 내서 엉엉 운다. 자기 몰랐어? 자기가 자면서 우는 거?"

그 소리는 간병하던 작은언니, 막내 올케, 초등 동창도 그녀에게 한 말이었다. 그냥 쓰러져서 죽을 수도 있었고, 수술 도중에 깨어나지 못할 수도 있었지만, 그 모든 순간을 통과했음이 감사했다. 얼마나 더 살 수 있을지는 모를 일이었다. 그래도 그녀가 올바른 정신으로 삶을 마무리할 수 있는 시간이 주어짐이 감사했다.

"여사님, 저는 뭐 강철인가요. 저도 무섭고 아프고 그래요. 근데 습관이 안 돼서 그런 거 잘 못 할 뿐이지요."

"자기, 이제부턴 그러지 마. 울고 싶으면 울고, 화나면 화내고, 아프면 아프다고 말하고 그래."

그녀가 또 공허하게 그냥 웃었다.

그 후

대수술하고 진단서에 7개의 암 병명이 올랐다. 하지만 정확한 암의 원발점을 찾기까지는 시간이 많이 지체되었다. 암세포의 분포도가 몹시 나빴다. 최종적으로 내린 암의 원발점은 난관암이었다. 난관 바깥에서 시작된 암이 복막 안으로 퍼지고 퍼져서 장기의 모든 바깥을 암이 모두 점령해 버렸다. 난관, 난소, 자궁, 림프샘, 대장 표피, 맹장, 횡격막까지 모조리 퍼져 있었다. 암 4기 말의 말이란 최종적 진단까지 그녀는 담담하게 받아들였다. 5년 생존율이 20%에서 30%라고 했다. 1차 항암까지 하고서야 퇴원을 했다. 퇴원 때 작은언니가 병원으로 와서 그녀를 김포 작업실까지 동행했다. 이튿날 아침 머리가 한 움큼 빠졌다. 머리카락은 좁은 작업실 구석구석을 파고들었다. 아무리 청소기로 빨아들이고 걸레로 닦아도 빠지고, 빠지고 또 빠지기를 반복했다. 5일을 속절없이 빠지는 머리카락으로 신경을 곤두세우다 아예 싹 밀어 버리기로 마음을 정했다. 그녀는 밀어 버린 머리카락을 버리지 못하고 비닐봉지에 담아서 작업실로 돌아왔다. 작은언니가 자그마하고 동글동글한 그녀의 머리를 보고 웃으면서 합장을 하고 말했다.

"아이구 스님, 나무아미타불."

그녀도 따라 합장을 했다.

"관세음보살."

둘은 아하하 눈물이 찔끔 나도록 웃었다. 그녀는 입덧보다 더 심한 헛구역질을 하고 음식 앞에서 생각지도 못한 변덕이 시작되었다. 억지로 삼키고 토하기를 반복하다가 식사 대용 영양식 가루와 단백질 가루를 타서 마시고 울렁거림이 조금은 진정 되는 듯했다. 언니는 친정식구 모두에게 전화해서 하나님, 천주님, 부처님, 삼신할미, 뒷산 소나무에까지, 믿는 모든 신께 그녀를 살려 달라고 기도하라고 신신당부를 하고 또 했다. 언니가 3일 동안 있으면서 냉장고 정리를 하고 버릴 것은 버리고 반찬 몇 가지를 해 주고는 언니 집으로 갔다.

작은언니가 집으로 간 다음 날 저녁 무렵에 작은언니에게서 전화가 왔다.

"아, 난데, 별일 없지? 내가 아침에 용하다는 점집에 갔다가 지금 집에 왔거든."

어쩐지 아침부터 잠잠하더라니, 그새 점집을 갔다 왔다니 암튼 작은언니 다웠다. 그녀가 수술 자국이 당겨서 아플 정도로 크게 웃었다.

"언니야, 어쩐지 아침에 전화를 안 한다 했어."

"가시나야, 웃지 말고 내 말 좀 들어 봐, 내가 니 사주 넣고 니 운세를 봤거든. 너 이번에 죽을 액땜한 거라 카더라."

"에구 언니, 니가 나 아프다고 말하니까 그런 소리 하지."

"그기 아이라, 나는 니 사주만 넣고 암 소리도 안 했는데 귀산 같이 다 맞추더라. 너 이번에 액땜해서 80세까지 산다 카더라. 그라고 너 혼자라고 하더라야. 아구야, 용하다 용해. 나 깜짝 놀랐어."

암튼 작은언니는 못 말린다.

"그니까 가시나야, 너는 죽네 마네 그딴 소리 하지 말고, 너는 지금부터 잘 먹고 잘 싸고 잘 자고 그래라이. 알았제?"

그녀는 언니 잔소리가 더 길어지기 전에 알았다고 몇 번이나 말하고 전화를 끊었다. 기분이 나쁘지 않았다. 또 이틀이 지나고 작은언니가 전화를 했다

"야, 오늘 용하다는 다른 점집에 갔었거든. 근데 이번 점쟁이는 너 78세까지 산다고 나오더라. 왜 같은 사주를 넣고 점을 봤는데 왜 다르게 나오지? 이유를 모르겠다."

"언니야, 78세도 맞는 거잖아."

"가시나야, 우째서 80하고 78이 같은 거고?"

"언니야, 요번 점집은 만으로 계산된 걸 거야. 그럼 점괘가 같이 나온 거잖아."

"아하, 그렇구나. 암튼 나보다 니가 더 똑똑해."

작은언니는 아하하 웃고 좋아라 했다. 주말에는 큰언니가 와서 청소도 하고 약간의 반찬도 만들어 주고 갔다. 그녀가 수술하고 병원에 있을 때 큰언니는 간병해 주지 못해서 몹시 미안해했었다. 큰언니네 조카들도 이모가 아픈데 엄마도 시간 내서 며칠이라도 간병을 해주라고 졸랐었는지 언니가 직장에 휴가 내고 온다는 것을 그녀가 말렸었다. 지금은 병원에서 간호사 의사가 다 지켜주니까 너무 걱정 말라고 큰언니를 안심시켰었다. 그때 그녀가 이렇게 말했었다.

"언니야, 지금은 별로 할 일이 없어. 병원에 안 와도 돼. 퇴원하고 나면 그 뒷감당은 다 언니 니가 해줘야 돼. 그러니까 지금 안달하지 말어. 나중에 내 작업실에 안 온다고 하지 마. 알았제?"

그녀의 말대로 퇴원해서는 큰언니의 손길이 절실히 필요했다. 주말마다 그녀의 작업실에 와서 말벗이 되어 주었다.

산골에 작업실을 증축한다고 작년 10월에 한 여사 남편으로부터 건축 업자를 소개받아서 계약서를 작성하고 계약금으로 오천만 원을 건넸었다. 시청에서 이것저것을 이유로 들어 증축허가가 쉽게 나지가 않았다. 차일피 일 밀리다가 한겨울 12월 중순이 넘어서야 증축허가가 났다. 영하의 날씨 에 기초공사하면 시멘트가 얼어서 갈라지고 부서진다면서 내년 봄이나 돼 야 공사를 시작할 수 있다고 했다. 그러는 동안 1월부터 그녀가 아파서 병 원에 한 달씩 두 번이나 입원하는 통에 작업실 증축은 기억나지도 않았었 다. 3월 중순쯤 증축사업자에게서 연락이 왔다. 이제 땅도 녹고 했으니 공 사를 시작하겠다고 했다. 그녀를 만나서 구체적인 계획을 의논하자고 연 락이 왔다.

그녀는 지금 병원에 있으며 병의 원인을 찾지 못하여 한 달을 입원해 있 었으며 여러 검사를 통해서 복막암일 가능성이 있어 우선 수술을 해서 개 복해 보고 상황에 따라 치료를 어찌할 것인지 의사가 정하자고 했다고 건 축업자에게 말했다. 이어서 개복하고 보니 복강 안 모든 곳에 암세포가 퍼 져 있으며 원발점은 난관암으로 시작해서 장기의 모든 바깥이 암으로 뒤 덮여 있어서 암 4기 말의 말이란 선고를 받았다고 업자에게 말했다. 그녀 는 이제 건축에 관하여 그 어떤 것도 관여할 수 없을 만큼이며 아무것도 바라지 않는다고 말했다

"사장님, 제가 이제 4기 말의 말이란 선고를 받았습니다. 아무것도 바라

지 않을 테니까 그저 비 안 새고 따듯하게만 지어서 준공검사까지 다 완공시켜서 주세요. 저는 그 이상 바라지 않겠습니다."

건축업자는 자신의 아내도 암이었지만 몇 번의 고비를 넘기고 암 선고 받은 지 18년이나 지났지만 건강하게 잘 살고 있다면서 아무 걱정하지 말고 병 낫기만 하시라고 하면서 그녀를 안심시켰다. 그녀는 정말로 감사한단 인사를 수없이 하고 전화를 끊었다.

밤낮이 구분되지 않게 잠이 깜빡 쏟아졌다가 풀썩 깨곤 했다. 그날도 살포시 잠이 들었나 했을 때 진동으로 둔 전화기 소리를 잠결에 느끼고 무의식적으로 여보세요, 라고 했다. 딸이었다.

"엄마, 나야."

딸은 그녀에게 전화하면 한 톤 높인 밝은 목소리로 "마미 마미"라 했는데 목소리에 기운이 없었다.

"아가 새야, 새야 엄마야, 오늘은 목소리가 다운됐네. 왜 무슨 일 있어?"

"엄마, 나 건강검진 받았는데 목에 혹처럼 커다란 게 있어서 정밀 검사했거든."

"어, 며칠 전에 얘기했잖아. 그게 왜?"

"엄마, 나 세포 조직검사에서 악성종양으로 나왔어."

딸이 갑상선 암이란 소리에 한 가닥 실오라기에 매달려 있던 바윗덩이 하나가 실이 툭 끊어지면서 한 바퀴를 굴러 그녀의 가슴으로 쿵 떨어졌다.

"뭐? 어이구, 이쁜 우리 아가야. 이 일을 어쩌누. 그럼 우째야 되노?"

"수술해야지 뭐. 여기서 검사한 서류 가지고 서울에 있는 종합병원 가려고 해 엄마."

"아가, 어서 예약하고 날짜, 시간 엄마한테 알려줘라. 엄마가 가 봐야지."

"엄마! 엄마도 아프면서 어딜 온다고 해요."

"우리 이쁜 아가, 엄마는 나이 들고 삭아서 어쩔 수 없는 거고 우리 이쁜 아가는 그럼 안 되지. 암, 안 되고말고."

"엄마, 히잉."

"아가, 새야 엄마야. 울 거 없어. 넌 젊고 건강하니까 수술만 하면 돼. 아무 걱정하지 말고 어서어서 병원 정하고 검진 날 잡아서 엄마한테 알려줘, 알았지. 엄마가 다 알아서 할 테니까 넌 엄마만 믿어, 알았지."

그녀는 배를 세로로 35cm 열고 대수술을 했다는 사실을 잊어버렸다. 아직 속 상처가 아물지 않아서 일어나고 누울 때마다 인상을 찌푸리는 데도 말이다. 딸이 한사코 말리는데도 그녀는 딸이 병원 예약한 날 아침에 서둘러서 외출 준비를 했다. 지독한 길치라 매번 가던 길도 갈 때마다 헤매고 진땀을 흘리고서야 찾아가는 그녀였다. 가방에 진통제, 소화제를 넣었다. 지갑도 가방에 있는지 몇 번이고 확인했다. 핸드폰으로 병원 검색을 하고 길 찾기로 안내를 받았다. 전철로 가기로 했다. 생각보다 전철은 더디게 갔다. 이대로 가다간 딸의 검진 시간보다 늦을 수 있다는 생각이 들었다. 그녀가 길 찾기에서 헤맬 때마다 하던 그대로 하기로 했다. 잠실에서 내려서 택시를 탔다. 신호에 걸려서 택시가 정차할 때마다 머리에서 진땀이 바작바작 났다. 병원 입구에서 내려서 뛰다시피 해서 병원으로 들어갔다. 그녀가 다니는 병원도 종합병원인데 규모부터가 달랐다. 안내 프런트에 가서 갑상선 내과를 다시 안내받았다. 모퉁이를 몇 번 돌고 에스컬레이터로 3층을 다시 올라서 몇 번을 헤매다 찾았다. 아슬아슬하게 딸의 검진 시간을 간신히 맞췄다. 딸이 복도 의자에서 차례를 기다리고 있었다.

"아가, 새야 엄마야."

"엄마."

딸의 얼굴에서 반가움과 놀라움의 표정이 묻어났다.

"엄마, 힘든데 뭐하러 왔어. 히잉."

"야야, 내 새끼가 아프다는데 우째 엄마가 안 오노. 하이고 시간 안에 와서 정말 다행이다."

간호사가 딸의 이름을 불렀다. 검진 결과지와 사진은 미리 제출해서 의사와의 문진은 금방 끝이 났다. 다시 복잡한 병원 사이를 요리조리 찾아다니면서 심전도, 채혈, 가슴 사진, 시간이 오래 걸리는 초음파까지 찍고서야 다시 담당의를 만나기 위해 진료실 앞으로 갔다. 진료시간은 한 시간이나 기다려야 했다. 검사를 하기 위해 여기저기를 돌아다니다가 가발 가게가 있는 것을 눈여겨 봐두었다. 의자에 앉아서 진료시간을 기다리느니 가발 가게를 가보자고 딸이 말해서 틈새 가발 가게를 찾았다. 암 환자들이 대부분인 암 병동에 가발 가게는 정말이지 기막힌 틈새시장이었다. 그녀를 본 점원이 진열된 모든 상품을 천천히 구경하고 착용도 해보라고 친절히 권했다. 그녀는 짧은 가발 하나를 골라서 거울 앞에서 모자를 벗고 써보았다. 점원이 다가와서 조금 삐뚤게 쓴 가발의 모양을 바로잡아 주었다. 정말이지 가발 같지 않고 잘 어울렸다.

"이건 얼마나 해요?"

"네, 자연산 머리로 제작한 작품이구요. 99만 원입니다."

가발 가게 직원이 친절한 미소를 띠며 하는 말에 그녀가 화들짝 놀라서 쓰고 있던 가발을 황급히 벗었다.

"저기요, 선생님. 미안해요, 가격이 너무 깜짝 놀라게 하네요. 제가 한번 착용한 거 용서해 주세요."

그녀가 가발을 직원에게 건네고 가게 밖으로 몸을 돌렸다. 딸이 당황해서 따라 나오며 그녀를 말렸다.

"엄마, 왜 그래? 진짜 머리로 하면 그 정도는 돼야 살 수 있는데."

"아이구, 야야. 가발은 무슨 가발이고, 시간 지나면 머리카락 자랄 건데 뭐하러 그 비싼 걸 사노."

"엄마, 이제 엄마도 사도 돼요. 내가 돈 낼 건데 왜 그래?"

"참, 니 돈은 돈 아이가. 그런 소리 마라 그리고 너도 수술하고 치료하려면 돈이 계산이 안 될 수도 있어. 됐어, 엄마는 가발 안 써도 괜찮고 모자도 안 써도 아무렇지도 않아."

"아이구, 암튼 우리 엄마를 누가 말려."

그녀는 정말로 그때부터 모자를 벗고 암 병동을 걸어 다녔다. 그녀 말고도 모자를 쓰거나 좀 어색한 가발을 착용한 환자들은 너무 많이 눈에 들어왔다. 민머리로 화장실도 가고 커피숍도 가서 커피도 한잔 주문하고 스스럼없이 돌아다녔다. 딸도 체념한 듯 그녀를 따라서 걸음을 맞추었다. 병동의 사람들이 그녀에게 말을 걸어왔다. '머리가 참 이쁘다, 어쩜 밝게 웃고 그럴 수 있냐, 암이 얼마나 됐냐' 등등. 그녀가 복막암이며 7개의 암이 있고 암 4기 말의 말 진단을 받았다고 말하면서 아하하 웃었다. 동병상련인지 물어온 그녀들도 자기들도 그렇다며 웃어주었다. 그런 그녀의 모습을 보고 딸이 어이없어했다.

"엄마, 참 멘탈 강해, 그래도 보기 좋네! 뭐. 사람들이 엄마 스타처럼 보더라, 하하하."

"야, 니 눈에도 암 환자 중에 엄마가 젤루 이쁘고 밝지. 민머리도 이쁘고."

"어이구, 엄마 그래 말하면 보는 나야 좋지만 엄마가 진짜로 그런지는 잘 모르겠네요."

"새야 엄마야, 엄마가 필요할 때 말고는 거짓말 안 하는 거 알지?"

"그래요. 엄마가 젤루 이쁘고 밝아요."

그녀를 따라서 딸도 소리 내서 웃었다.

병동을 두어 바퀴 돌고 웃고 하다 보니 진료시간이었다. 진료실로 들어가서 초음파 사진을 확인했다. 초음파에 찍힌 암 덩이는 예상보다 컸다. 수술을 해봐야 정확한 것은 알겠지만 우선 반 절개를 할 것이지만 절개 후 상태를 봐서 온 절개도 염두에 둘 수 있다고 의사가 말했다. 진료 후 다시 수술 날을 잡기 위해 수술 날짜를 정하고 관리하는 코디를 만나야 했다. 코디는 수술 날을 가장 빠르게 잡아도 8월이라 했다. 더 빠른 수술 시간을 부탁했으나 너무 많은 예약 환자들로 그보다 빨리는 안 된다는 대답이 돌아왔다. 그녀가 잠시 생각을 정리하고 모자를 벗으면서 코디를 향해 말했다.

"저기요, 선생님. 저 한 번만 봐 주세요."

코디는 컴퓨터를 응시한 채로 시선을 움직이지 않았다. 그녀가 다시 말을 이어 갔다.

"선생님, 저 좀 보세요. 저 암 4기 말의 말 환자입니다. 이미 제가 이 방에 들어올 때 아셨겠지만요. 근데 선생님, 저 담당의가 4개월에서 6개월

살 수 있다고 했습니다. 지금은 4개월째고요. 진단서에 암이 7개 기록되어 있습니다."

코디는 그녀의 말에 어떤 반응도 보이지 않고 컴퓨터만 응시했다.

"허엉, 선생님. 저보다 딸을 앞세울 수 없습니다. 8월이면 저는 어쩌면 이 세상에 없을 수도 있구요. 허어엉어으응."

그녀가 말을 하다 눈물 콧물 범벅이 되어 통곡했다. 코디가 그녀를 향해 또박또박 말했다.

"어머니, 이러지 마세요. 제가 일부러 수술 날짜를 늦게 잡지는 않습니다. 어머니, 어머니 진정하시구요."

한번 터져버린 울음이 그쳐지지 않았다. 딸이 그녀의 손을 잡으면서 따라서 울먹였다.

"엄마, 울지 말아요. 허어엉."

"선생님, 우리 딸이 엄마가 있을 때 수술할 수 있도록 해주세요. 허어엉 엉어엉. 저 이러고는 딸 두고 눈 못 감습니다. 어엉어허어엉."

그녀는 염치고 체면이고 없이 소리 내서 펑펑 울기 시작했다. 그녀의 돌출 행동에도 어떤 반응을 보이지 않던 코디가 당황한 듯 얼굴을 숙였다. 코디의 손가락이 컴퓨터를 빠르게 검색하다 고개를 들었다.

"어머니, 진정하세요. 진정하시구요, 금방 신장 내과에서 캔슬된 수술날이 하나 올라왔네요."

그녀가 울다가 눈물 콧물 범벅된 채로 코디를 바라봤다.

"어머니, 이런 경우는 참 드문데 캔슬된 날에 환자분 이름 올리겠습니다. 진정하세요."

말 고픈 날들

6월 17일로 딸의 수술 날을 변경하고 고맙다는 인사를 수도 없이 하고 코디의 방을 나섰다. 그때까지도 그녀의 어깨가 들썩이고 있었다. 딸이 오른손 엄지손가락을 들어 보이면서 말했다.

"엄마, 역시 우리 엄마야. 엄마, 진짜 최고다. 어쩜 그 기막힌 타이밍에 모자를 벗고 울 수 있어. 난 상상도 못 했어. 와우 우리 엄마, 만세."

"지지배야. 내 딸이 암이라는데 내가 뭘들 못하냐. 나 정말로 수술 날짜 안 나오면 그 자리에서 죽으려고 했다."

"엄마, 저 사람도 일부러 있는 거 없다고 하진 않아요."

"야, 됐고. 배고프다, 밥 먹으러 가자."

"엄마. 울다가 웃으면 똥꼬에 솔 나는 거 알지. 아이구 우리 엄마를 누가 말려."

그렇게 말하는 딸의 눈에도 물기가 그렁그렁했다. 그녀가 딸의 손을 잡고 물기 있는 눈으로 웃었다.

딸은 예정대로 6월 17일에 갑상샘암 수술을 받았다. 돌 지난 아이와 그 위의 손주는 사위가 휴가를 내고 위로 둘은 학교를 보내고 막내는 어린이집으로 데려다주고 오후에 다시 데리고 오기를 4일이나 했다. 딸은 간호병동을 입원실로 배당받았다. 그녀는 딸의 수술 날 병원에 가지 않았다. 간다고 한들 만신창이가 된 몸으로 아직 회복되지도 않아서 딸을 위해 해줄 것이 없기 때문이었다. 딸이 수술실 들어간다고 문자를 보냈다. 그로부터 8시간이 지나서야 다시 딸에게서 수술 마치고 회복실이라는 문자가 또 왔다. 긴 하루를 보내고서야 딸하고 통화를 할 수 있었다. 영상통화였다. 거

북목같이 퉁퉁 부은 모습이었다. 딸은 말은 못했고 그냥 영상만 볼 수 있었다. 그녀로서는 그래도 고마웠다.

"에구, 아가. 새야 엄마야, 고생했다. 잘 참고 수술 잘했다. 아가, 이쁜 우리 딸 고맙다."

딸이 얼굴이 두 배로 부은 상태였는데도 그녀는 마냥 고맙고 감사했다. 딸은 수술 후 3일 만에 퇴원하고 대전 집으로 내려갔다. 그녀는 무거운 돌덩이 하나 내려놓은 것 같이 가뿐하고 기분이 좋았다. 딸에게 나중에 들은 이야기로는 갑상샘에서 이미 목 부분으로 전이가 되었다고 했다. 다행히 크게 번지지 않아서 예후도 좋았으며 항암은 하지 않아도 된다고 했다. 물론 평생 약은 먹어야 한다고 했다. 목소리도 한동안은 잘 나오지 않을 것이라 했다. 딸이 전화로 그녀에게 말할 때도 약간의 쇳소리가 나면서 발음이 정확하지는 않았다. 딸이 수술 후 좀 쉬어야 하는데 애가 셋이니 쉴 수가 없었다. 특히 피곤하면 예후가 좋지 않은데 딸의 일손을 덜어줄 수가 없어서 그녀의 마음이 편치가 않았다. 그녀가 할 수 있는 것이라고는 딱 하나였다. 막내 손녀가 아침을 먹을 때 영상통화로 온갖 재롱을 부리는 일이었다. 손녀의 어린이집 등교 시간은 아홉 시였다. 그전에 위로 손주 손녀를 깨워서 밥 먹이고 씻기고 가방 들려서 현관문 밖으로 내보내면 딸은 또다시 막내와의 어린이집 등교 전쟁을 치러야 했다. 8시 40분 즈음에 딸에게서 영상 전화가 걸려온다. 그때부터 그녀가 전화기 속의 막내 손녀 앞에서 온갖 재롱을 다 부려야 했다. 옛말에 손녀 재롱 보는 재미로 산다는 말 그른 말이다. 그녀가 손녀에게 아침마다 재롱을 부렸다. 그래야 손녀가 아침밥을 한 수저라도 더 먹을 수가 있었다. 목소리를 한껏 높여서 새야 공주님

하고 인사를 시작으로 20~30분간 막내 손녀의 시선을 사로잡아야 딸이 손녀에게 밥을 먹이고 옷을 갈아 입히고 할 수가 있었다.

"새야 공주님, 안녕하세요. 백새야 공주님, 오늘은 어제보다 더 이쁘군요."

그 돌 지난 아이도 자기 예쁘다는 소리는 알아들었다. 까르륵 웃는다. 그 틈에 딸이 손녀의 입속으로 이유식 한 숟가락 넣는다. 그러기를 20분은 족히 해야 손녀의 아침 식사가 끝난다. 다시 그녀의 할 일이 끝났다. 쉴 새 없이 떠드는 것도 힘들었다. 그래도 영상으로나마 손녀를 볼 수 있어 그녀로서는 참 행복했다. 매일 아침 영상으로 딸이 잘 견뎌내고 있음을 확인할 수 있고 덤으로 그 이쁜 손녀의 얼굴도 맘껏 볼 수 있어서 좋았다.

그녀의 먹거리는 단백질 가루와 온갖 영양이 첨부된 영양식 가루 그리고 양 태반이었다. 처음에 병원에 입원할 때도 그녀가 소고기 스테이크를 구워가서 전자레인지에 데우고 사과와 배를 깍두기 해서 양념에 무쳐서 먹었다. 병원 밥을 먹기 힘들어서 대책으로 시작한 일이었다. 그녀 자신도 모르게 몸을 지키고 있었다. 처음 보름 동안 여기저기 검사를 했다. 검사하느라 금식을 했으며 채혈을 했는데도 버틸 수 있었던 원동력이 되었다. 그럴지라도 배를 35cm나 세로로 열고 수술 후 체중은 39kg으로 줄었었다. 거울에 비친 그녀 모습은 굶주림으로 뼈에 가죽만 남아 보기가 흉했다. 아프면 팔랑귀가 된다고 했던가, 그녀도 딱 그랬다. 배부른 소리겠지만 고기도 계속 먹었더니 딱딱한 나무껍질 씹는 것 같았다. 이번에는 소 꼬리뼈와 등뼈를 사서 고아 먹었다. 변덕이 콩 튀듯 팥 튀듯 해서 누린 냄새가 나고 먹기도 전에 구토했다. 어떤 날은 오밤중에 무의식적으로 일어나서 곰국을 데우고 김치를 꺼내서 국에 밥 말아서 먹었다. 아침저녁으로 체중을 재고 혈당 검사를 했다. 작은 노트에 기록했다. 그 날 먹은 음식도 빠짐없이 기록했다. 복용 약봉지도 먹고 난 빈 봉지를 버리지 않고 책상 위에 두었다. 다음 약을 먹을 때 전에 두었던 빈 약봉지를 버렸다. 그렇게 하지 않으면 약을 먹었는지 먹지 않았는지 기억을 할 수가 없었기 때문이었다. 지갑, 전화기, 약, 혈당 체크기, 그 외에 필요한 소소한 물건들도 책상 위에 보이게 진열해 두었다. 잘 둔다고 둔 것은 어디에 두었는지 기억이 나지 않고 아무리 찾아도 그녀가 찾을 수가 없어서 아예 책상 위에 늘어놓는 게 편했다. 어차피 혼자 있는 작업실에서 그녀만 편하면 되는 일이었다. 큰언니가 와서 보더니 자기도 잘 두지 않고서는 찾지 못한다고 해서 둘이 보고 웃었다.

인터넷 검색을 하고 여기저기 귀동냥을 해서 양 태반, 바디 키, 생 착즙 올리브유, 감식초를 주식으로 먹었다. 간식으로 그때그때 입에 당기거나 먹고 싶은 것이 생각나면 밤 12시에도 나가서 사 먹었다. 그녀의 원룸 1층은 상가여서 가능한 일이었다. 한 번은 거의 먹지 않는 컵라면이 생각났다. 참으려고 해도 자꾸만 생각이 나서 24시에서 컵라면을 사서 그 자리에서 뜨거운 물 부어서 먹은 적도 있었다. 약간 꼬들꼬들한 게 너무 맛있었다. 머리에 모자 깊게 눌러 쓰고 펑퍼짐한 옷 걸치고 24시 편의점 구석에서 컵라면 걸신들린 듯 먹는 모습이 그녀로서도 웃을 수도 울 수도 없는 일이었지만 그 밤 모처럼 꿀잠을 잘 수 있었다. 기분 좋게 먹어서인지 그날은 소화도 잘 시켜서 배도 아프지 않았다. 체중도 조금씩 늘어 갔다. 체중이 갑자기 늘어나면 복수가 차거나 하는 나쁜 징조이므로 체중계에 올라갈 때마다 그 앞의 몸무게를 확인하고 올라갔다. 아주 조금씩 체중계의 숫자가 늘어났다. 수술한 지 5개월이 될 때 즈음에 그녀의 몸무게는 정상으로 돌아왔다. 6개월에 접어들면서는 46kg으로 평상시보다 1kg이 늘었다.

5개월 때부터는 그녀의 고등학교 동창들부터 시작해서 알음알음 소문이 났는지 마지막 인사를 하기 시작했다. 밥 먹자고 해서 나가면 위로금이라고 봉투를 찔러 줬다. 민망하기도 하고 해서 그녀가 아무렇지도 않게 웃으면서 받았다.

"이거 조의금이라 생각하고 받는다이. 근데 야들아, 내가 죽기 전에 조의금을 다 받는다. 참 내가 그 힘든 일을 해요, 아하하."

친구들도 그녀의 젖은 농담에 눈 흘기면서도 같이 웃어주었다. 그녀는 또 한술 더 보태서 말했다.

"야들아, 내가 잭기장에 다 적어 놓고 우리 아들한테 줄 거니까, 나 죽거들랑 너거들은 조의금 내지 마라이."

그녀는 정말 일기장 뒤편에 고마운 마음들을 기록해 두었다. 일부러 그러는 것은 아닌데 모든 것을 기록하는 그녀의 오래된 습관이었다. 꼬맹이 시절 그림일기 숙제로 시작한 것인데 나중에 어른이 되어서도 딱히 마음 열어 보일 곳이 없어서 일기를 기록했다. 그녀의 책장 깊숙한 곳에는 별거 아닌 일도 소소하게 기록해 둔 노트가 꽤 많았다.

의사가 말한 6개월이 지나갔다. 항암도 6회까지는 입원을 했고 7회부터는 외래로 가서 항암추적 주사를 맞았고 부작용도 거의 없었다. 코로나로 집에서 제자리 걷기만 했었는데 6개월이 지나면서부터 마음을 바꿨다. 방에만 있지 않고 혼자서도 잘 놀기로 했다. 6개월 후 1일이 되는 날, 장릉 둘레길을 걸었다. 휴대전화기에 12,000걸음을 걸었다고 나왔다. 2일째는 근처 트레이더스에 가서 매장을 돌았다. 에어컨 시원하게 나오는 곳에서 음식 시음도 하고 커피 시음장에서는 넉살 좋게 한잔 더 리필도 했다. 올 때 크루아상 빵과 예쁜 수입품 유리잔 두 개를 샀다. 10,000보를 걸었다. 3일째 되는 날은 더 멀리 나갔다. 덕수궁 돌담길을 걷고 입장권을 끊고 들어가서 덕수궁을 산책했다. 집에 와서 저녁거리가 마땅치 않아서 검색해서 내비로 길 안내를 받아 토종 순대를 사 와서 집에서 먹었다. 아직은 코로나로 매장에서 먹는 것은 자신이 없었다. 그날은 19,000보를 걸었다.

그녀는 하루하루 감사히 살았다. 초저녁에 쪽잠을 자고 일어나도 불안해하지 않았다. 사람은 누구나 죽는다. 단지 그녀는 조금 더 일찍 알았을 뿐이다. 낮에는 잘 견디다가도 밤이면 배가 많이 아팠다. 수술 때 대장 바깥에 수없이 붙은 암 조직을 제거하기 위해서 대장 바깥 껍질을 남자 어른 손바닥 열 장 정도를 벗겨 냈다고 의사가 말했었다. 6차 항암하고 퇴원했다. 극심한 통증으로 이튿날 재입원을 했었다. 그때 위내시경과 대장내시경을 계획했다가 위내시경만 했다. 대장의 막이 얇아서 찢어질 위험요소가 있으므로 대장내시경은 취소되었다. 먹기는 하는데 배출이 되지 않았다. 배출을 위해서도 그녀는 부지런하게 움직여야만 했다. 하루를 더 살아도 그녀는 선물이었다. 단지 걱정되는 것은 너무 고통 중에 죽지 않기를 바랄 뿐이었다. 마지막을 준비할 수 있는 맑은 정신이 있음도 감사했다.

아무리 용감한척해도 밤이 되면 통증이 조금 더 심해지고 아팠다. 새우

잠 조금 자고 깨서는 밤새 화장실 들락거려야 했다. 배변이 시원하게 나오지 않아서 생각 끝에 비데를 설치했다. 조금은 도움이 되지만 변비를 해결할 수는 없었다. 배변에 좋다는 것은 다 찾아서 먹었다. 변비약도 병원에서 처방한 것 외에 홈쇼핑에서 파는 것도 구입해서 3~4가지를 먹었다. 여전히 해결되지 않았다. 그냥 변비하고 친구하고 같이 가기로 맘 편히 생각했다. 여전히 해결하지도 조율하지도 못하는 것은 남편이었다.

남편은 카톡으로 좋은 문구가 있으면 보냈고, 여전히 하트 문구를 날렸다. 남편이 말하는 주일 날이나 병원에 오는 날이면 전화를 해서 그녀의 작업실에 오겠다고 했다. 이러 저러한 이유로 거절하고 어떤 때는 모질게 말을 해도 개의치 않고 와서 거룩하고 길게 기도를 했다. 기도가 끝나면 자기는 몸이 아프지 않은 곳이 없고 집에 먹을 것이 없어서 아침에는 빵에 우유를 먹고 출근하고 저녁은 라면으로 저녁을 때운다고 아무렇지도 않은 밍밍한 얼굴로 그녀에게 말을 했다. 그녀가 참다 참다 버럭 소리를 질러도 가라고 밀어내도 여전히 맑은 얼굴로 왜 자기에게 화를 내느냐고 되물었다. 그런 날 밤이면 그녀는 더 심한 통증으로 긴 밤을 보내야 했다. 한밤중에 아픈 배를 움켜잡고 울다가 남편에게 전화했다. 신호음이 가도 전화를 받지 않았다. 다시 또 발신음을 눌렀다. 한참 만에 잠에서 덜 깬 남편의 목소리가 수화기 속으로 들려왔다. 그녀가 악을 썼다.

"야! 내가 아프니까 좋지. 나 빨리 죽으라고 카톡으로 사랑하네! 어쩌네 하고 문자 보내지. 그것도 모자라서 내 작업실에 와서 길게 길게 기도하지. 왜 오는데? 나 죽었나 안 죽었나 확인하러 오니? 그쪽이 안 그래도 나는 죽어. 그것도 못 기다리니."

입에서 나오는 대로 퍼부었다. 여전히 배가 칼로 가르듯 아팠다.

"미안해요, 미안해요."

남편은 잠에 취한 목소리로 미안하다는 말만 되풀이했다. 허탈했다. 이게 무슨 소용이 있는가. 그 사람은 그때그때 상황에 진심으로 대응할 뿐인데. 자기 기분이 좋으면 좋다고 상대방 기분 상관없이 말하고 나쁘면 나쁘다고 말하고 행동했을 뿐인데, 모든 상황에 진심인 사람하고 무슨 말을 할까. 젊은 시절 그녀에게 행했던 그 모든 일들도 남편은 다 기억하지 못했다. 그녀만 끌어안고 아파했을 뿐이었다. 그녀도 몇 날 남지 않은 시간을 남편하고 있었던 상처를 안고 고통스러워 하고 싶지 않았다. 그 남자는 기억하지도 못하는 것을 말이다. 긴 밤이 더 길고 어두운 밤이 지나갔다.

의사가 생존 예상 기간이 4~6개월이라 했었다. 그녀는 6개월을 넘기고도 20일을 더 살아 내는 중이다. 가능하면 좋은 생각을 하려고 노력을 했다. 김포 생태공원을 걷기도 하고 장릉을 물어물어 걸어서 다녀오기도 했다. 체중이 47kg까지 늘었다. 아프지 않았을 때보다 1kg이 더 늘었다. 그녀 자신도 모르는 사이에 아주 미세하게 근육도 생기기 시작했다. 6개월을 넘겼으니 그 후부터는 보너스로 사는 거였다.

해제되다

    딸이 이번 추석에 어디서 보낼 것인지 물어 왔다. 그냥 김포 작업실에서 지낼 거라고 했더니 딸이 사는 대전으로 내려오는 건 어떤지 그녀의 의향을 조심스레 묻는다. 추석 연휴 앞날 선약이 있어서 오후에나 시간이 나는데 기차표가 이미 매진되고 없었다. 좀 시간을 두고 생각해보자고 하고 전화를 끊었다. 며칠 후 딸이 다시 그녀에게 전화했다. 광탄 산골에 가면 청소도 다시 해야 하고 엄마가 일해야 하니 김포나 강화 쪽 펜션을 알아보고 예약할 거니까 올 추석은 펜션에서 지내자 한다. 그녀도 그러마 하고 승낙했다. 지난 설날에 병원에서 바로 퇴원해서 광탄 산골 집으로 갔다가 아픈 몸으로 설음식을 했던 기억도 나고 해서 차라리 펜션이 나을 것 같았다. 딸하고 통화한 그 뒷날 아들이 그녀에게 전화했다. 아들도 추석에 그녀가 어디서 보낼 것인지가 궁금해서였다.

    "어머니, 좀 어떠세요?"

    "나야 늘 그날이 그날이지 뭐. 여전히 당 조절 잘 안 돼서 먹는 거 벌벌 떨고 먹고 배변이 안 돼서 변비약을 먹으면 기별 없이 쏟아지고 변비약을 끊으면 가스가 차고 배가 아파서 쩔쩔매고 그러고 있어."

    "네, 걱정이네요. 어머니 추석에 어디 계실 거예요?"

    "응, 니 동생이 김포 쪽에 펜션을 예약한다고 하더라. 그럼 난 거기서 있을 거야."

"아, 네. 알겠습니다."

아들이 전화를 끊고 잠시 후 딸에게서 연락이 왔다.

"엄마, 오빠도 내가 예약한 펜션에서 같이 추석 보낼 거라는데, 엄마하고 통화했다면서요."

"응, 그러자고 했어."

"잘 됐어요. 산골 가서 아빠가 혼자 있는 집 대청소 안 해도 되고요. 엄마 내가 장 봐서 미리 가 있을 테니까 엄마는 일 보고 와요."

"그래, 고맙다. 새야 엄마야."

딸이나 아들 생각엔 어쩌면 그녀와 지내는 마지막 추석일 수도 있다고 생각을 한 것 같았다. 그녀도 아들, 딸, 손주들과 마지막 보내는 추석이라는 느낌이 들었다. 먼저 의견을 낸 딸도 고맙고 아들이 흔쾌히 같이해준다고 한 것도 고마웠다.

음력 8월 13일, 그녀가 명동에서 볼일을 보고 김포 작업실에 들러서 김장 김치 두어 쪽과 명태포 뜬 것, 며칠 전에 담가 둔 파김치를 챙겼다. 핸드폰, 지갑, 약 등을 챙겨서 딸이 예약한 펜션으로 출발했다. 전철을 3번 갈아타고 다시 좌석버스 3000번을 기다려서 탔다. 지독한 길치인 그녀는 핸드폰에서 길 안내를 검색해서 딸이 있는 펜션 바로 앞에서 내렸다. 버스정류장에 펜션으로 가는 표지판이 있었다. 펜션으로 오르는 양쪽 길가로 코스모스가 피어있고 하늘은 파랬다. 그녀의 발걸음은 가볍고 경쾌했다. 펜션은 그림처럼 예뻤다. 딸이 있는 203호에서 현관문을 열기도 전인데 손주들의 목소리가 새어 나왔다. 벌써 그녀의 기분이 붕붕 하늘을 날았다. 얼마나 보고 싶었던 손주들인지, 목소리만으로도 반갑다. 문을 열고 그녀가 방으로 들어서자 손주 셋이 그녀를 향해 우르르 달려와서 품에 쏙 안겼다.

"할머니, 이거 할머니 선물."

둘째 손녀가 선물이라면서 학교에서 만들었다며 종이꽃 두 송이를 내밀었다. 그녀도 화들짝 크게 웃으면서 두 손으로 색종이 꽃을 받았다.

"아구, 이뻐라. 우리 공주님이 만들었어요, 고맙습니다."

"응, 할머니. 더 크고 이쁘게 만들었었는데 새야가 찢어서 다시 만든 거예요."

"할머니는 작은 꽃이 더 좋아요. 할머니도 쪼끄마하잖아요. 너무 크면 할머니가 꽃 속에 파묻혀요."

셋째가 언니를 밀어내고 그녀의 무릎에 앉았다.

"우리 새아 공주님, 안녕하세요. 아유 어제 핸드폰으로 볼 때보다 더 이뻐졌네요."

새아가 일어나서 궁둥이를 뒤로 내밀면서 두 손을 앞으로 모아서 배에다 놓고 그녀를 향해 인사를 했다. 큰 손주는 컸다고 멀쑥하게 서서 꾸벅 인사를 했다.

"엄마, 이게 다 뭐야. 무겁게 뭐하러 들고 왔어요. 몸살이라도 나면 어쩌려고요."

딸은 그녀의 짐을 풀면서 좋으면서도 걱정스러운 말을 했다.

"야, 너는 장도 봐오고 그 먼 데서부터 꼬맹이 셋을 달고 운전해서 왔는데 엄마가 이것도 못 하냐? 너나 나나 다 같은 암 환잔데."

"아이구 엄마, 비교할 걸 비교하세요. 나는 엄마에 비하면 아무것도 아니지요. 난 수술로 다 끝냈고 엄마는 장기를 7개나 떼고 항암을 18번이나 하는데요."

"그래, 그래. 알았다. 암튼 수고했데이."

둘째가 할머니 할머니하고 연신 좋알거리고 새야는 언니 뒤를 졸졸 따라다니고 그녀의 입이 저절로 귀에 걸렸다.

"엄마, 그렇게도 좋아요? 얼굴색이 환하게 변하네. 우리 애들이 특효약이구먼."

"그래, 엄마는 너무너무 좋다. 고맙다. 우리 딸이 기특한 생각을 다 하고"

딸은 어깨를 으쓱해 보이며 웃었다. 딸이 얻은 방은 방안에 또 작은 방이 하나 있었다. 그녀가 작은 방을 쓰기로 하고 짐을 풀었다. 손주 셋이 그녀를 따라 쪼르르 작은 방으로 들어왔다. 새아가 그녀를 타 넘고 이쪽저쪽으로 옮겨 다녔다. 시큼한 땀 내음도 아기의 특유 내음도 그녀를 즐겁게 했다. 돌 지난 새아의 고사리손이 그녀를 짚고 넘어 갈 때의 감촉은 너무 부드럽고 포근했다. 큼큼한 분유 내음도 아기 특유의 살 내음도 좋았다. 둘째 윤하가 자기는 할머니랑 잘 거라면서 그녀 옆에 착 붙어 누웠다. 막내 새아가 아아하 웃으면서 그 가운데를 비집고 파고들었다. 그동안 혼자서 작업실에서 배앓이 하며 아파하고 외로움에 진저리를 치던 그 모든 것들이 꿈 같았다. 행복감에 노곤한 피로가 몰려들었다. 살포시 잠이 들었다 깼다. 서로 할머니 옆에서 자겠다더니 그녀 혼자였다. 작은 방문을 열고 나갔다. 손주들은 잠이 들었고 일 때문에 같이 출발하지 못했던 사위가 와 있었다. 흔쾌히 딸의 의견에 따라준 사위가 고마웠다. 딸이 애들 자니 주무시라고 손짓으로 애들을 가르치면서 들어가 주무시라고 아기에게 하듯 손 신호를 했다. 다시 방으로 들어와서 수면제를 먹고 다시 잠이 들었다.

잠에서 깨서 핸드폰 시계를 봤다. 5시다. 아직 애들이 일어나려면 멀었는데 너무 일찍 잠에서 깨어났다. 하긴 수면제 효과가 4시간이니 많이 잔 거다. 김포 작업실이라면 일어나자마자 TV를 켠다. 보든지 말든지 조용한 게 싫어서 습관처럼 TV 혼자 떠들게 켜둔다. 작은 방안에서 할 일이라고는 핸드폰뿐이다. 핸드폰으로 여기저기 검색하고 쿠팡으로 들어가서 레이스 원피스 구경을 하고 일기장도 읽은 것 또 읽고 쿠팡에 들어가서 레이스 원피스 아이 쇼핑도 하고 시간이 더디게 흘러갔다. 그때 그녀의 방문을 드르륵 열리고 큰 손주가 웃으면서 들어 왔다.

"아구, 우리 오빠가 일찍 일어났네요."

"할머니 일어나신 거 같아서요."

손주가 그녀의 옆에 누웠다. 말은 안 해도 핸드폰으로 게임이 하고 싶어서였을 거다. 그녀가 손에 쥐고 있던 핸드폰을 큰 손주에게 내밀었다. 손주의 입이 귀에 걸리면서 감사합니다라고 인사를 하고 손이 빠르게 움직이더니 게임을 하기 시작했다. 초등학교 5학년인데 머리에서 사춘기 내음이 났다. 우리 손주 다 컸네 하면서 그녀가 궁둥이를 툭툭 쳐도 좋아라 웃으면서 게임 속으로 빠져들었다. 다시 눈을 감고 있는데 이번엔 둘째 손녀가 그녀의 방으로 들어와서 할머니 하면서 그녀 품으로 파고들었다. 이쁜 공주님 잘 잤어 하면서 그녀도 윤하를 품에 폭 안았다. 따뜻했다. 둘째가 그녀의 방으로 들어온 지 얼마 되지 않아서 새도 깼다. 오빠와 언니가 보이지 않자 자동으로 그녀 방으로 뛰어들었다. 그녀의 방이 그득해졌다.

"다들 나오세요. 추석 음식 할 겁니다."

거실 방에서 딸이 크게 아이들을 불렀다. 손주들이 딸의 소리에 쪼르르 밖으로 나갔다. 그녀도 모자를 쓰고 아이들 뒤를 따랐다.

"엄마, 안녕히 주무셨어요."

이어 애들을 향해서 말했다.

"자, 애들아. 추석 음식 만들 테니까 손 깨끗이 씻고 오세요. 검사할 겁니다."

손주들이 쪼르르 화장실로 가서 물만 적시고 후다닥 뛰어서 딸 앞으로 앉았다. 딸이 이미 장을 봐 온 추석 음식 재료를 식탁에 늘어놓고 있었다. 손주들은 집에서도 부엌 음식 만들기 놀이를 많이 해봐서인지 전 꽂이를 집어 들었다.

"자, 보세요. 엄마가 시범을 보일 테니까 예쁘게 꽂으세요."

햄, 피망 썬 것, 단무지, 버섯, 어묵을 순서대로 꽂았다.

"여기 앞을 가지런하게 해서 쟁반에 놓으세요."

손주들은 참새 짹짹하듯이 네네 어머니라고 노래하듯 대답하고 꽂이에 꼽기 시작했다 새아도 하겠다고 덤볐다. 잘되지도 않지만, 언니 옆에 앉아서 거들었다. 사실은 망치기만 했다. 그래도 예뻤다. 딸이 고구마를 썰어서 전자레인지에 돌려서 내놓았다. 그녀가 명태살에 밀가루 달걀 물을 입혀서 부침을 시작했다. 명태, 두부, 고구마 부침을 만들어냈다. 그사이에 딸이 꽂이를 부쳐내고 만두소로 바나나와 견과류를 넣어서 만두를 만들어 부쳐냈다. 바나나 견과류 만두는 손주들이 좋아하는 음식이라고 했다. 그녀가 가져온 김장김치, 파김치와 아침에 만든 부침개로 아침상을 차렸다. 손주들은 밥투정하지 않고 잘 먹었다. 새아도 수저를 잘 사용하지 못하니까 아예 한 손에는 부침개를 들고 다른 한 손으로는 밥을 집어 먹었다. 동하, 윤아는 재미있다고 깔깔 웃으면서 경쟁하듯 밥을 먹었다. 그 모습을 보고 그녀가 말했다.

"아이구, 내 새끼들 밥 먹는 것도 이쁘고 복스럽네."

새아의 궁둥이를 톡톡 쳤다. 새아가 좋다고 궁둥이를 뒤로 뾰족 내밀었다. 윤아가 할머니 나도 하고 그녀 쪽으로 궁둥이를 내밀었다. 딸이 아하하 웃으면서

"엄마, 애들 다 내 새끼거든요."

"아이구, 그래. 다 니 거다."

윤아가 거든다.

"할머니, 할머니는 엄마의 엄마니까 다 할머니 거야."

밥 먹다가 다 아하하 방이 떠나갈 듯 웃었다.

아침을 먹고 커피 한 잔을 마시고 있는데 아들 내외와 손주가 도착했다. 친손주는 두 돌이 지나서 의젓했다. 말도 곧잘 해서 어른들이 깜짝깜짝 놀라기도 한다고 했다. 그 뒤를 이어서 남편이 들어왔다. 아침 차릴까 물었더니 다들 먹고 왔단다.

손주들이 수영하겠다고 해서 다들 수영복으로 갈아입었다. 가족이 다 풀장으로 이동했다. 풀장은 파란색으로 칠해져 있어서 하늘처럼 파랬고 깨끗했다. 아직 펜션에 손님이 우리 가족뿐이라서 풀장 전체를 우리 가족만

사용할 수 있어서 더 편했다. 동하, 윤하는 튜브를 가지고 놀고 새아는 사위가 안고 들어가서 물에서 찰박거리고, 친손주 현이도 아들이 튜브로 밀어주면서 놀았다. 풀장 밖 데크에서 남편과 며느리, 그녀가 커피를 마시고 과일을 깎아서 두면 손주들이 쪼르르 와서 한잎 먹고 물속으로 다시 돌아갔다. 싫증이 난 새아는 풀장에서 나와서 엄마 아빠의 손을 잡고 풀장을 천천히 돌았다. 참 평온한 하루의 시간이 흐르고 있었다. 하늘은 파랬고 날은 따뜻했다. 늦은 점심을 먹었다. 펜션 주인이 숯불을 피우고 삼겹살 목살을 구워줬다. 다들 술은 마시지 못해서 콜라로 건배를 하고 느긋한 오후를 보냈다.

추석을 이렇게도 지낼 수 있는 것이 그녀는 평안하면서도 허무했다. 시집와서 평생을 허둥거리며 추석 음식 준비를 하고 종종거렸는데 이리 평안한 추석도 있었구나 싶었다. 저녁은 그냥 간단하게 빵하고 커피 우유 등으로 먹겠다고 해서 무난하게 또 지나갔다. 손주 넷이서 이 방 저 방으로 쪼르르 거리며 몰려다니다가 잠이 오는지 다들 제 엄마 품으로 파고들었다.

추석날 아침은 어제 남은 음식에 라면 끓이고 밥 말아서 간단하게 먹었다. 그녀는 그래도 좋았다. 만약 산골이었으면 그녀가 아프든지 말든지 음식을 장만해야 하고 청소에 빨래에 지쳤을 것이 뻔했다. 먼저 펜션을 예약한 딸이 몹시 고마웠다. 동생의 의견에 그러자고 응해준 아들도 고마웠다. 아침을 먹고 짐 정리를 하면서 이부자리를 정리하는데 홑이불이 무거웠다. 그녀는 피곤해서인가 생각하고 손에 쥐었던 홑이불을 그냥 놓았다. 그녀로서는 처음인 휴식 같은 추석이 끝나가고 있었다. 딸네 식구는 시댁으로, 아들네는 김포 처가로 남편은 산골로 각자 타고 왔던 차로 떠났다. 그녀는 아들 차로 김포 작업실로 돌아왔다. 노곤한 피로감이 몰려왔다.

깜빡 잠이 들었다 깨어났다. 몸이 바닥으로 가라앉는 듯하고 열이 나면서 추웠다. 몸살인가 해서 상비약으로 구비해 둔 감기몸살약을 먹고 다시 침대에 누웠다. 머리가 깨질 듯이 무겁고 아파 왔다. 밤을 꼬박 새우면서 끙끙 앓았다. 아침에 단백질에 바디케어 가루를 타서 아침을 대신했다. 또 하루가 지났다. 여전히 열이 났다. 해열제를 먹어도 열이 내리지 않았다. 또 하루가 지났다. 추석 연휴가 끝이 나서 약국도 병원도 다 정상 근무를 하는 날이다. 그녀가 혹시나 해서 작업실 건너편 보건소를 가서 코로나 검사를 받았다. 검사를 마치자 보건소 직원이 검사결과가 나올 때까지 집에서 격리할 것을 알려주었다. 작업실로 가기 전에 마트에 들러서 조리하지 않고 데워서 먹을 수 있는 즉석식품 몇 가지를 구입했다. 현관문을 잠그고 침대에 누우면서 TV를 켰다. TV는 저 혼자 떠들어도 늘 집에 있으면 켜두었다. 늘 그녀 혼자 있었기 때문에 결과가 나올 때까지 집 밖으로 나가지 않는 것은 그녀로서는 어려운 일도 아니었다. 끙끙 앓으면서 또 하루가 지났다.

9월 14일 오전에 보건소에서 문자가 왔다. 코로나19 감염자이며 7일간 집에서 격리하라는 내용이었다. 그녀는 난감했다. 코로나19 감염은 그녀 혼자만의 문제가 아니었다. 딸네로 아들에게로 또 남편에게도 전화해서 그녀가 코로나 19에 감염되었음을 알리고 모두 다 PCR 검사를 받으라고 알렸다. 다시 보건소에서 전화가 걸려왔다. 그녀가 4기 말의 말 암 환자임을 말하고 병원까지 타고 갈 구급차를 부탁했다. 구급차 오기를 기다리면서 혹시 몰라서 입원할 경우를 대비해서 여행용 가방에 입원 시 필요한 약과 간단한 물건을 챙겼다. 구급차와 대원들은 그녀의 전화번호로 검색해서 금방 도착했다. 3명이 왔는데 정말 TV에서 보던 것 같은 복장을 했다. 그녀에게도 비닐 옷을 입게 하고 가까운 병원으로 이송해서 일반 환자와 다른 통로를 통해서 곧장 코로나 병동으로 들어갔다. 그냥 진료만 하고 다시 집에서 격리될 수도 있을까 하여 여행용 가방을 작업실에 두고 구급차에 올랐었다. 막상 코로나 전담 병원에 도착하자 그녀의 의지대로 되는 것은 없었다. 진료도 인터폰으로 했다. 의사는 그녀가 말기 암 환자라고 밝히자 입원을 권유했고 바로 일반 병자와 분리된 통로로 이동해서 코로나 병동 입원실로 올라왔다.

입원실은 4인실인데 환자는 그녀를 포함해서 3명이었다. 그녀를 제외하고는 움직일 수 없는 환자들이었다. 당장 저녁부터 먹을 당뇨약도 없고 잠을 잘 수 없어 처방받았던 수면제, 세면도구 등등이 다 여행용 가방에 챙겨두고 몸만 와서 몹시 난감했다. 그녀는 생각하다가 며느리에게 전화해서 미안하지만, 작업실에 가서 여행용 가방 좀 가져다 달라고 부탁을 했다. 한참 후에 며느리에게서 전화가 왔다. 여행용 가방을 가지고 병원에 왔는데 병실까지는 올라갈 수가 없다고 한다. 여행용 가방에 들어 있는 내용물도 일일이 검사를 해서 당뇨약, 수면제는 간호사실에서 보관해서 그녀에게 전달하겠다고 하며 영양제, 당뇨 체크기, 전기방석 등은 반려되어서 다시 작업실에 가져다 두겠다고 했다. 그녀는 며느리에게 고맙고, 수고했다고 말하고 전화를 끊었다. 머리가 부서질 듯이 아파져 왔다. 긴긴 시간이 아주 느리게 기어서 지나가고 있었다. 큰일이다. 여기서 빨리 나가야 9월 21일 10차 항암을 할 수 있는데 입원해서 7일 격리된다면 항암 치료에 차질이 생길 수도 있겠다는 생각으로 마음이 복잡해졌다. 그녀는 간호사에게 사정을 말했다. 간호사는 담당 의사에게 전한다고만 하고 가버렸다. 저녁 식사가 배달되었다. 하얀 비닐에 담겨서 배달되었다. 병원 밥도 못 먹는데 한 수저 뜨자 욱하고 올라왔다. 그대로 다시 비닐에 넣어서 꼭 묶어서 두었더니 간호조무사가 와서 쓰레기통으로 툭 던져 넣어 버렸다. 병동에서 나오는 모든 것은 분리 배출되었다. 그래도 시간이 흘러 밤이 깊어져 갔다. 잠은 오지 않았다. 간호사에게 수면제 처방을 부탁했지만, 담당 의사의 처방이 있기 전에는 집에서 가져온 수면제라도 내어 줄 수가 없다고 했다. 암병원에서 처방한 거라고 사정을 해도 자기들 마음대로 수면제를 줄 수는 없다고 하고 가버렸다. 억지로 하고 간신히 잠이 들었다. 잠결에도 건너편 치매 환자의 웅얼거리는 소리가 들렸다. 혼곤한 잠으로 들어가려는데 갑자기 큰 소리가 들렸다.

"어르신! 기저귀 갈아야 할 시간입니다."

그녀는 자신에게 하는 소리라고 생각지 못하고 눈을 감고 있었다. 다시 큰소리가 두 번씩이나 들려왔다.

"어르신! 어르신 기저귀 갈 시간입니다."

"어르신! 기저귀 갈 시간입니다."

그녀가 눈을 떴다. 간호조무사 두 명이 그녀의 침대 앞에 서 있었다.

"저요?"

"네, 어르신 기저귀 갈게요."

"저기요, 선생님. 저 기저귀 안 하거든요."

"아, 그래요."

"저기요, 선생님. 병실에 오시기 전에 그런 건 숙지하고 오셔야지요. 잠이 안 와서 간신히 억지로 잠들었는데 집에서 가져온 수면제도 안 주고서는 뭔 일을 이렇게 하세요?"

"어르신 죄송해요."

간호조무사 둘이 병실을 나갔다. 그녀는 깜빡 잠든 약간의 시간이 다였다. 꼬박 뜬눈으로 아침을 맞았다. 생각할수록 기분이 나빴다. 그녀를 보고 어르신이라고 하는 소리에도 그녀를 속상하게 했다. 간호조무사의 눈에는 머리 짧게 깎은 그녀도 같은 병실에 누워있는 노인들과 같이 보였을 것이었다. 아침에 병실에 온 간호사에게 그녀가 또 퍼부었다. 간호사는 밤사이 있었던 이야기를 듣고 알겠습니다라고 하고 병실을 나갔다. 그녀를 제외하고는 침대에서 움직이지 못하는 환자였으니 간호조무사들이 오해할 수도 있는 일이 기기도 했다. 아침부터 머리도 아프지 않고 견딜만했다. 입원할 때 달아준 링거는 아주 미세하게 들어가서 손가락 두 마디만큼 내려갔다. 약 처방 말고는 아무것도 해주지 않았다. 담당 의사 면담을 신청했더니 또 인터폰으로 연락이 왔다. 이제 아프지 않으니까 퇴원시켜 달라고 말했다. 항암보다 코로나가 더 위험하며 암보다는 코로나로 죽을 수 있으므로 격리 기간 안에 퇴원은 할 수 없다고 단호하게 말하고 인터폰은 끊어졌다. 그때부터 그녀는 침대에 누워있지 않고 병실 안에서 서서 움직였다. 점심시간이 될 무렵 간호조무사가 그녀의 옷장에 "기저귀 안 찹니다"라는 글씨가 쓰인 종이를 붙이고 갔다. 어이가 없다. 정해진 시간마다 병실에 들어오는 간호사가 그녀에게 왜 침대에 누워있지 않고 서서 계시냐고 물었다. 그녀는 입원하던 첫날에는 아팠는데 이튿날부터는 아프지가 않다고 들어오는 간호사에게 계속해서 말했다. 그 말 속에는 이제 아프지 않으니 퇴원시켜달라는 무언의 시위가 포함된 행동이기도 했다. 계속 누워있으면 실눈만큼 밖에 남아 있지 않은 근육이 다 풀릴 것 같은 걱정을 덜기 위함도 있었다. 입원한 지 4일째 되는 날 간호사에게 또 말했다.

"저기 선생님, 저 정말 안 아파요. 퇴원해서 집에서 나머지 격리할 수 있게 담당 선생님께 지금 제 상태를 잘 좀 전해주세요."

간호사가 말은 해보겠다고 하고 병실을 나갔다. 얼마 후 인터폰으로 연락이 왔다. 담당 의사가 그녀의 상태를 진단하더니 퇴원을 승낙했다. 인터폰을 놓고 빠르게 캐리어를 챙겼다. 퇴원도 일반 택시로 갈 수 없고 방역 택시를 호출하고 입원할 때와 같이 비닐 옷을 입고 작업실까지 올 수가 있었다. 그제야 숨이 트이는 것 같았다. 3일 남은 격리 기간 그녀로서는 별로 어려운 일도 아니었다. 어른이 되면서부터 늘 혼자였던 그녀는 군인아파트에 살 때도 치매 걸린 시어머니가 눈만 뜨면 군인아파트를 휘젓고 다녀서 꼭 나가야 할 때 말고는 거의 집에만 있었다. 산골로 집을 지어 가서는 고립된 곳에서 늘 집안이나 마당이 그녀의 놀이터였었다. 김포 작업실로 와서야 비로소 밖으로 나갈 수 있었다.

택시에서 내려 작업실로 들어섰다. 좁은 작업실은 그대로인데 작업실이 무척이나 반가웠다. 문제는 격리 3일 동안 먹을 게 없었다. 난감했다. 생각 끝에 아들에게 전화했다.

"아들, 나 퇴원했어."

"네, 어머니. 고생하셨어요. 이제 쉬세요."

"응, 근데 아들 먹을 게 없네. 아직 격리 기간이 3일 남았는데 어쩌누?"

"아, 네. 어머니 배달 시켜 드릴게요."

얼마 후 음식이 배달되었다는 문자가 왔다. 작업실 문을 열었더니 비닐에 묶인 음식이 있었다. 추어탕, 순댓국, 해장국이다. 밥까지 있었다. 그녀는 속으로 하루에 하나씩 보낼 것이지 하고 중얼거리면서 작업실 문을 닫았다. 그래도 고맙다. 먹거리가 해결되니 마음이 놓였다. 아들에게 문자를 보냈다.

'아들 고맙다. 음식 배달왔어. 잘 먹을게.'

'네, 어머니. 맛있게 드세요.'

답이 왔다. 먹거리가 해결되니 한결 마음이 편해졌다. 침대에 누워서 TV를 켰다. TV 혼자 떠들게 하고 눈을 감았다. 혼곤한 피로감이 몰려왔다. 코로나 19에 감염되면서부터 잠을 제대로 잠들지 못했으니 1주일은 넘게 심한 피로감으로 시달렸던 것 같다. 무사히 작업실로 돌아왔다는 안도감에 더 평안한 잠에 빠져들 수 있었다. 꿈도 꾸지 않았고 가위에 눌리지도 않았다. 잠속에서도 웃고 있는 그녀 자신을 느낄 수 있었다.

그녀가 밀렸던 잠에서 깨어났다. 몸이 가뿐했다. 마음도 더 평온했다. TV에서는 여전히 코로나19 뉴스가 떠돌아다녔지만, 그녀에게는 어떤 영향도 주지 못했다. 약국에서 코로나 검사지를 구입해서 자가 검사를 했다. 음성으로 나왔다. 다행이었다. 12차 항암을 할 수 있게 되었다. 마음 졸이고 불안해했었는데 순적히 항암을 할 수 있어 감사했다.

산골 집 900평에 비하면 손바닥만 한 작업실인데 이제 적당히 넉넉하고 평안했다. 산골 작업실 증축 공사가 중단된 지도 4개월째인데도 그녀는 괜찮았다. 그녀에게 작업실은 어디나 존재했다. 병원에서 원인을 몰라 한 달 동안 입원해 있을 때도 그녀는 병실 좁은 침대에서 핸드폰에 글을 저장했었다. 수술하고 일어나지 못했을 때도 누워서 글을 썼다. 산골 적막강산에서도 그녀는 마음을 혼자서 글로 담았었다. 5년 생존율 20~30%라는 말을 들었을 때도 글을 끄적였다. 그녀는 이제 산골 작업실이 완공되지 않아도 좋았다. 어쩌면 산골 작업실이 완공되면 다시 울타리 없는 굴레 속에 갇혀 살지도 모를 일이었다. 어디든 이제 그녀가 자유로운 곳이 그녀의 작업실이었다. 스스로 갇혀 있었던 굴레를 벗어난 느낌이 들었다. 창문을 열어 집안 공기를 환기했다. 바람이 시원했다. 그녀는 아직 살아있고 끄적이는 수준이지만 여전히 글에 마음을 담아내고 있다. 그것이면 아주 족했다.

그녀를 아는 지인들이 자주 연락을 하다가 차츰 연락이 뜸해져 갔다. 특히 그녀의 고등학교 동창들이 그녀의 암 투병에 마음 아파했다. 그녀를 만나서 자기들의 생각과는 달리 밝은 그녀의 모습에 놀라워했다. 그녀는 여전히 가벼운 농담을 했고 소리 내서 웃었다. 그녀를 만나는 지인들도 암 앞에서 당당한 그녀를 보고 고마워했다. 그녀를 만나고 돌아갈 때면 맛난 거 사서 먹으라고 봉투를 손에 쥐여주곤 했다. 처음에는 극구 사양했으나 너무 빈번하게 일어나는 일이라 그녀도 받아들이기로 했다. 그녀가 소리 내어 크게 웃으면서 그녀를 위로하러 온 지인들을 향해 말했다.

"아이구, 내가 참 어려운 일을 합니다. 살아서 조의금을 받아요. 고맙습니다. 그 대신 나 죽거든 조의금 내지 말아요. 내가 잭기장에 적어 두었다가 죽기 전에 아들한테 전해줄게요. 그리고 원래 정승 집 개가 죽으면 문상 가도 정승이 죽으면 문상 안가는 법이거든요. 그니까 나 죽거든 혹시 문상 오더라도 조의금 내지 말아요. 나 살아서 얼굴 봤으니 문상 안 와도 괜찮아요. 살아있어 이리 얼굴 봤으니 고맙고 감사합니다."

그녀의 가볍지 않은 농담에 어이없어하면서도 병문안 온 이들과 서로를 보고 깔깔 웃고 안심하며 돌아들 갔다 그녀의 말이 진심임이 전해졌으리라 그녀도 생각했다. 모든 게 고마웠다. 어쩌면 수술실에서 깨어나지 못할 수도 있었던 상황이었다. 하지만 수술실에서 나와 삶을 마무리할 수 있는 시간이 주어짐도 감사했다. 모든 것이 순적했다.

딱 한 가지 해결하지 못한 것도 있었다. 남편이었다. 남편은 여전히 그녀에게 전화했으며 그녀의 작업실 문을 두드렸다. 그녀가 더 견디지 못해서 병원에서 발급한 진단서를 남편에게 카톡으로 보냈다.

'수술명: 개복 전자궁절제술, 난소 난관 절제술, 골반 림프종 절제술, 대동맥주위 림프절 절제술. 충수돌기 절제술. 대망 절제술. 수술 일자 2020년 2월 17일.'

이 많은 장기를 절제하고도 대동맥 안의 림프절과 아래쪽 림프절, 횡격막에 있는 암은 절제하면 생명이 위험해서 보고도 잘라내지 못하고 그냥 덮었다고 의사가 한 말도 전했다. 그래도 남편은 여전히 그때그때 진심이었다. 어떤 날은 반찬이 없다고 전화하고, 또 어떤 날은 자기가 그녀보다 더 아프고 힘들다고 하소연하고, 추위가 다가오는데 밭에 배추가 80포기나 있으니 김장을 해야 한다고 전화를 해왔다. 그녀가 그냥 말없이 전화를 끊어도 여전히 그때그때 진심이었다. 여전히 말간 얼굴로 그녀의 작업실에 와서 무릎 꿇고 간절히 기도했다. 남편에게 그녀가 독하게 말을 했다.

"저기요, 나는 어른이 되면서부터 변하지 않는 딱 한 가지 소원이 있었어요. 빨리 시간이 흘러가서 늙어서 죽는 게 내 소원이었어요. 이제 그 소원이 이루어지려고 합니다. 내가 더 욕심을 부린다면 너무 고통 속에서 죽지 않는 게 내 바람이거든요. 제발 제발 인제 그만합시다. 부탁해요."

남편은 어이없어하는 표정을 지었다. 남편은 죽었다 깨어나도 그녀의 그 소원을 이해할 수 없으리란 것도 그녀는 안다. 남편이 이해하든지 말든지는 그녀가 알 바가 아니었다. 응어리진 말을 토하고 나니 속이 시원했다. 남편이 멍해진 표정으로 그녀의 작업실 문을 나섰다. 그것도 그때뿐이었다. 여전히 해맑은 목소리로 전화해서 잘 잤어요라고 안부를 물었다. 밤이면 배변을 못 해서 배가 부풀고 통증으로 잠을 이루지 못한다고 수없이 말해도 남편은 여전했다. 버티다 버티다 관장을 하고 그러고도 다 쏟아내지 못해서 밤을 지새우면서 그녀가 느끼는 자괴감을 남편은 몰랐다. 남편이 말하는 주일 날 예배가 끝나는 시간이면 그녀의 작업실에 오겠다고 전화를 했다. 오지 말라고 해도 여전히 그녀의 작업실 문을 두드렸고 음식 냄새로 먹지 못하는 그녀에게 장어를 사주겠다고 하거나 같이 밥 먹자고 말간 얼굴로 졸랐다. 어떤 날은 아들이 마련해준 김포 작업실, 다시 아들에게 돌려주고 그녀의 삶이 무너진 산골에 들어오라고 마지막 조언이라며 협박을 하기도 했다. 그녀가 바들바들 떨면서 죽어서도 그런 일은 일어나지 않을 것이라 피를 토하듯 말을 뱉어내도 남편은 아랑곳하지 않았다. 정말 그녀가 죽어야 이 지긋지긋한 인연의 고리를 끊어 낼 수 있을 것 같았다.

작은언니가 카톡으로 문자 하나를 보내왔다. 암 환자들에게 기적의 중입자 치료가 개발되었다고 한다. 3,000억을 들여서 중입자 기계를 도입해서 하루에 50명씩 치료를 한다는 기사였다. 치료비는 억대 수준이라고도 했다. 그녀는 자신은 물론 자신을 걱정하는 다른 이들도 너무 고통 속에서 죽지 않게 해달라고 기도해 왔다. 중입자 치료는 받지 않기로 했다.

그녀는 어른이 되면서부터 행복하지 못했다. 그 시간에서 이제 걸어 나올 차례였다. 많이 늦었지만, 남은 시간이 얼마나 주어졌는지는 모르겠으나, 자유로운 시간 속에서 살기로 했다. 다시는 얽매이지 않을 것이다. 그녀는 이제야 자유였다.

《말 고픈 날들》에 관한 주석

구효서(소설가)

1. 말

말은 음성기호로 나타나는 사고의 표현수단이다. 구강에서 나오는 소리를 통해 자신의 생각을 표현한다는 뜻이다.

그냥 소리가 아니라 자음과 모음으로 분절된 소리다. 분절이 가능한 소리다. 동물의 소리는 자음과 모음으로 분절될 수 없다. 으르렁, 멍멍, 야옹 등 우리의 자음과 모음을 빌려 분절음으로 기록하기는 하지만 실제로 호랑이나 강아지나 고양이는 그렇게 울지 않는다. 받아 적을 수 없다. 오래전부터 사람의 필요에 따라 습관처럼 문자기호로 그렇게 쓰면서 살아왔기 때문에 그러려니 할 뿐이다.

문자기호는 소리에 불과한 음성기호를 글로 적은 것이다. 우리말을 글로 적으려면 14개의 자음과 10개의 모음이 필요하다. 복합자음과 이중모음까지 다 합하면 40개의 자음과 모음이 있어야 한다. 40개의 자음과 모음으로 2,350개의 글자를 만들 수 있고, 거의 쓰지는 않지만 어쨌든 조합이 가능한 글자까지 합치면 모두 11,172글자가 된다.

한 글자에 한해서 그러할진대 두 글자를 합쳐서 만들 수 있는 말은 얼마나 많겠는가. 셀 수 없게 되며, 세 글자를 합쳐서 만들 수 있는 말은 그야말로 말할 필요조차 없이 많다. 거기다가 해바라기, 쑥버무리떡 같이 네 글자 다섯 글자 이상으로 이루어지는 말들도 있지 않은가. 그 수는 무한은 아니지만 무한에 가까워진다. 그래서 무한에 가까운 우리의 생각을 말로 표현할 수 있다고 믿는 것이다. 하지만 무한에 가까울 뿐 무한은 아니어서 호랑이와 개와 고양이 울음소리를 고작 으르렁, 멍멍, 야옹이라고밖에 표현할 수 없다. 좀 다르게 써 봤자 어흥, 왈왈, 니야옹인데 그 또한 호랑이, 강아지, 고양이 울음과 같다고 할 수 없다. 말이란 이렇다. 모든 걸 표현할 수 있을 것 같지만 그렇지 않다. 다만 모든 걸 표현할 수 있다고 '믿을' 뿐이다. 그러하므로 말을 갖고 장난을 치거나 조작하거나 사람을 기만할 수 있다.

말은 표현을 위해 존재한다. 표현이란 나의 생각과 마음을 전달하는 행위이다. 이왕이면 잘 전달해야 한다. 그러기 위해서는 말하는 자와 듣는 자가 표현의 매뉴얼을 공유해야 한다. 표현법이다. 말로 할 때는 어법이라고 하고 글로 할 때는 문법이라고 한다. 법이라고 말했거니와, 그것은 지키지 않으면 안 되는 것이다. 지키지 않으면 헷갈리고 결국 전달이 되지 않아 오해를 사기 때문이다. 그리하여 말하는 자나 듣는 자나 법을 지키려고 스스로 노력한다. 법을 다른 말로 약속이라고도 하고 질서라고도 한다. 어기면 불이익을 당한다.

우리의 무의식 안에는 수많은 말들이 어법에 의해 촘촘하게 자리 잡고 있다. 그것이 대화를 할 때 부지불식간에 흘러나온다. 계산을 하고 조합하고 그러지 않고도 술술 나온다. 실은 빠르게 계산하고 조합하는 것이다.

우리가 의식하지 못할 뿐이다. 1, 2초 만에 수조 개의 문서 정보를 찾고 분석하고 종합하여 우리의 질문에 답하는 Chat GPT와 같다. 다시 말해 이미 저장된 문서에서 정보가 제공된다는 것이다. 이처럼 입력된 문서 없이는 정보가 제공되지 않듯, 사람에게도 입력된 언어가 없으면 사고도 표현도 가능하지 않다.

자유라는 언어가 아직 없는 부족에게는 자유라는 언어가 입력될 수 없으며 그리하여 자유를 사고하지도 표현하지도 공유하지도 못한다. 그들에게는 자유가 없는 것이다. 심지어는 있던 자유라는 말도 없애 버리거나 다른 말로 바꿔치기도 한다. 일본의 교과서에는 침략이라는 말이 진출로 바뀌었고 한국의 교과서에서는 동무라는 말이 사라졌다. 노동절이 근로자의 날이 된다. 말이란 그런 것이다.

내 안에 촘촘하게 자리 잡은 말을 운용하는 것은 어디까지나 나이기 때문에 내가 그 언어의 주인이다. 하지만 입력은 내가 하지 않았다. 바꾸거나 없애버린 것도 내가 아니다. 태어나기 전부터 이미 세상에 존재하던 바깥 언어가 입력된 것이므로, 그것으로 사고하고 표현하는 것이므로 내가 주인이라고 할 수 없다. 내 생각과 표현이 내 것이 아니라니! 결국 나는 내가 아닐 수 있다는 말이다. 내 생각과 표현이 내 것이 아니라는데 어찌 나를 나라고 할 수 있겠는가. 끔찍한 일이다. 밖에서 들어온 언어가 나의 주인이었던 것이다. 누가 부여한 언어인가. 그리고 바깥 언어가 아닌 내 안의 언어, 나의 말, 나의 존재는 어디에 있는 걸까.

이 물음이 경숙의 고통이 출발하는 지점이다.

2. 고픈

속이 비어 음식이 먹고 싶을 때 고프다고 한다. 필요한데 부족한 것이다. 음식이 부족하면 배가 고프고 사랑이 부족하면 사랑이 고프며 말이 부족하면 말이 고프다.

'말하는 데 돈 안 든다, 입은 말하라고 있는 것이다'라는 말이 있다. 하지만 돈 안 든다고 말을 다 할 수 있을까. '입이 열 개라도 할 말이 없다'는 말도 있지 않은가.

말이 고픈 사람은 말을 안 하는 게 아니라 하고픈 말을 못 하는 것이다. 두 가지 경우가 그렇다. 들어줄 사람이 없을 때와, 있을 때. 앞의 말은 들어줄 사람이 나타나기만 하면 언제라도 나올 말이다. 뒤의 말은 들을 사람이 있어도 나오지 않거나 나오지 못하는 말이다. 말을 안에다 가두는 것이다. 비밀이라면 스스로 말을 가두는 거겠지만, 두려워 못하는 거라면 말이 갇히는 것이다. 하고픈 말이 내 안에 갇히는 걸 말이 무의식에 '억압' 된다고 한다.

그렇게 억압된 말은 사라지지 않고 슬프게도 무의식의 세계를 중음신처럼 떠돈다. 때로는 그 말이 꿈으로 재생되기도 하고, 스스로도 이해할 수 없는 충동적 행동으로 나타나기도 하면서, 언제든 의식의 표층을 뚫고 튀어나오려고 한다. 하지만 강력한 억압 장치가 출구를 틀어막고 있다. 그러니 말이 고파지는 것이다. 이때의 말고픔은 숨 막히는 몸부림이며 고통이다. 경숙의 통증이 이것이다.

소설 구성으로만 보자면 경숙의 고픔은 아버지의 죽음에서 시작된다. 아버지의 죽음으로 인해 경숙은 이른 나이에 남편을 만난다. 그 만남의 고리에 오빠가 있다. 작가는 시침을 떼고 있으나 아버지와 남편과 오빠가 동일선상에 놓여 있다. 모두 남자. 이른바 프로이트의 팔루스(phallus: 남근)다. 물론 여기서 남자란 생물학적 남성을 뜻하지 않거니와 팔루스도 생물학적 페니스(penis)를 뜻하지 않는다. 프로이트가 자신의 정식분석학 이론을 정립하기 위해 가져온 비유들에 가깝다. 팔루스란 한 개인이나 집단, 혹은 사회에 작용하는 지배적 세계관이나 가치관, 혹은 억압기제라고 할 수 있다.

세계는 전통적으로 남성들에 의해 다스려져 왔다. 그들이 법을 만들고 '아버지의 이름'으로 언어를 관리해 왔다. 그래서 억압과 통제의 주체를 아버지나 남성으로 비유하는 것이다. 그러니까 나에게 바깥의 언어를 입력한 주체는 비유적으로는 아버지 남편 오빠와 같은 남성이고 비유를 빼자면 나를 둘러싼 강력한 전통과 인습의 세계인 '사회구조'라고 할 수 있다.

우리는 그 구조로부터 자유로울 수 없다. 여성뿐만 아니라 피지배층인 남성과 어린이 등 모든 약자가 여기에 속한다. 그런데 여기서 하나 주목해야 할 것이 있다. 바깥의 말에 의해 자기의 말이 억압당하는 사람이라고 해서 늘 억압하는 대상을 향해 적대감이나 분노를 표출하지는 않는다는 점이다. 태어나면서부터 시작된 언어 가스라이팅이랄까, 그에 의한 스톡홀름 증후군 같은 것이 누구에게나 숙명처럼 엉겨 있기 때문이다. 그래서 평생의 상당 부분 혹은 생애 전부를 한편으로는 팔루스에 대해 분노하면서 다른 한편으로는 연민하는 자기모순의 혼란 속에서 보내기도 한다. 경숙 또한 어느 정도 그러했음을 우리는 소설을 통해 알 수 있는데, 이제 더는 그리할 수 없다는 전환의 순간을 맞이함으로써 고통의 서사는 비로소 터져 나오는 '나의 말들'과 함께 본격적인 흐름을 형성하게 된다.

팔루스로서의 모순이 경숙에겐 남편이라는 존재로 극대화된 것이다. '아버지의 이름'으로 소환하는 남편의 세 가지 억압 전략이 기실은 모든 팔루스들의 공통전략이다. 그 점이 비로소 경숙에게 확연해지는 것이다. 첫 번째 전략은 가부장 의식의 주입이고, 두 번째 전략은 언어(말씀)에 의한 억압이다. 이 두 요소가 함께 남편의 대화에 그대로 노출되는 구절이 있다.

> "성경에 아브라함의 아내 사라가 남편에게 한 말이요. 내 주여, 계집종에게 말씀하시옵소서. 주의 계집종이 듣겠나이다. 그런데 당신은 남편의 말을 무시하는 거요? 또 여자는 남자의 갈비뼈를 취해서 만든 거 모르오? 어디라고 여자가 남편의 말에 말대꾸하는 거요."　　　　　 － 〈버리고 비우기〉

나머지 세 번째 전략은 시도 때도 없이 경제권으로 생색을 내면서 반복해 목을 조르는 치사한 방법이다.

> "아니, 당신은 내가 번 돈으로 먹고 쓰고 하면서 살았잖아요."
> 　　　　　　　　　　　　　　　　　　　　　 － 〈말 고픈 날들〉

남편은 아내를 끔찍이 존중한다는 식으로 꼬박꼬박 존댓말을 쓰지만, 그 기망에 경숙이 이제 더는 속아 넘어가지 않는다는 사실을 미욱한 남편만 모른다. 이 바윗돌처럼 단단한 미욱함의 공포로부터 벗어나기 위해 경숙은 무엇을 해야 하는지 안다.

버리고 떠나는 것이다.

실제로 경숙은 홀로 집을 나와 버린다. 그런데 무엇을, 어디까지 버려야 하나? 이 질문에 벼락같은 또 다른 질문이 가혹하게 덧붙으며 그녀를 후려

친다. 갑작스런 암 진단. 난관, 난소, 자궁, 림프샘, 대장표피, 맹장, 횡격막 까지 뒤덮은 참혹한 질문 덩어리들. 게다가 병기는 4기 말의 말.

고통의 서사는 이처럼 절체절명, 즉 몸이 끊어지고 명이 끊어지는 절박함을 동반함으로써 더욱 극적이고 처절하게 전개된다. 그녀에게 이제 말이라는 것은 언어라기보다는 숨이 되었다. 말이 고프고 숨이 고파 마침내 터져 나온 경숙 자신의 첫 회생의 언어가 있었으니 "쓰벌"이 그것이다.

3. 날들

이미 황정은 작가의 장편 《야만적인 앨리스씨》와 단편 〈누가〉에서 멋지고 시원스럽게 실험되었던 '씨발'의 사회학이 경숙의 '쓰벌'에서 한 번 더 후련하게 환기된다. 한때 '말 없는 작가'에서 '말 잘하는 작가'가 된 황정은처럼 이동숙도 도무지 소설 숙제를 안 해오는 사람이었다가 어느 날부터 봇물이 터지듯 글문이 터진 작가다.

이동숙에게 있어 무녀리 같은 말이 '쓰벌'이었는지도 모른다. 무녀리라는 말은 '문열이'라는 말이 변한 말인데, 여러 마리의 새끼가 태어날 때 맨 처음 문을 열고 나왔다고 해서 그 맏이를 문열이라고 했다. 산도를 처음 헤치고 나오려니 고생도 많았고 해서 몸이 작고 모양도 변변치 않았다. 하지만 무녀리가 문을 엶으로써 문장들이 쏟아져 나온 게 아니겠는가.

'쓰벌'이 아름답지도 점잖지도 않은 말이라고 구시렁거릴 쪽은 아무래도 저 팔루스들이 아니겠는가. 밖으로는 윤리의 탈을 쓰고 인격을 강제하면서 자신들은 허구한 날 시시덕거리며 지저분한 짓거리나 일삼았으면서. 그러니 경숙이 반복해서 발화하는 '씨바알' '쓰버얼' '씨펄'은 억압되고 은폐되었던 자신의 진리를 만천하에 드러내는 역방향의 포효가 아니겠는가.

그것을 우리는 탈(脫)승화의 승화라고도 할 수 있겠다. 조신함과 우아함을 강요하는 저 팔루스들의 위선에 맞서 쌍말로 엿을 먹이면서 역으로 시원해지는 게 진짜 승화가 아니겠는가. 한번 터진 말은 거침이 없다.

"어이가 없네. 정말! 이봐요. 나는 하늘 아래 아무것도 안 믿어요. 자식 나
눠가지고 40년 산 남편에게 배신당한 여자요, 내가. 그것도 모자라서 시어머
니 암에다 남편 암 수발까지 했어요. 그런 남자가 암 치료하고 나더니 바람
을 피웁디다. 또 내가 죽겠다고 남편 보는 앞에서 약을 먹었는데 마누라 죽
기를 머리맡에서 3일이나 기다린 남자를 남편으로 둔 여자요, 내가. 그것뿐
인 줄 알아요. 30년이나 되는 고향 친구한테 18,000평 사기당한 여자요. 그
앞엔 낮에 직장 가고 새벽엔 신문 돌렸어요. 그 와중에 시어머니는 자리를
보전해서 누워있었고요. 나는, 나는요, 아무도, 아무도 안 믿어요. 이 한심
한 양반아." ― 〈말 고픈 날들〉

경숙의 말은 거기서 그치지 않는다. 원고지로 무려 1,500매가 넘도록 말은 쉬지 않고 이어지고 이어진다. 글쓰기다. 비로소 '내 말' 하기다. 해도 해도 좀처럼 허기가 가시지 않을 말일 테지만 회생의 입을 열어 말 고프고 숨고팠던 날들을 이야기하기 시작했다. 이것은 시작이며 총론에 지나지 않는다. 각론의 들불은 이제부터다.

탈승화의 '쓰벌'과 원망의 토로가 말하기의 목적은 아니다. 그것은 억압된 진실의 휘장을 힘껏 거둬내는 퍼포먼스일 뿐이다. 그녀가 도달하고자 하는 곳은 고요한 물빛의 심연이다.

원망과 토로의 시간이 지난 뒤 그녀의 눈앞에 펼쳐지는 저 4월의 홍도평을 보라. 벚꽃 섞인 꽃비가 내리고, 홍도평을 가로지르는 계양천은 꽃강

으로 변한다. 산란을 위해 올라오는 팔뚝 같은 잉어들을 품어내는 의연한 강의 모습은 경숙이기도 동숙이기도 하다.

그녀의 날들은 이쯤에서도 멈추지 않고, 웃음으로 이어진다. 웃음이라니. 그러나 웃는다.

"복수(復讐)하고 싶었는데 복수(腹水)가 나를 삼키고 있었다." – 〈내려놓기〉

항암치료로 경숙의 머리가 빠지니 작은 언니가 "아이구 스님. 나무아미타불"이라 하고, 경숙은 합장을 하며 "관세음보살"이라고 능청스레 받는다. 둘은 눈물이 나도록 웃는다. 딸이 말한다.

"엄마. 울다가 웃으면 똥꼬에 솔 나는 거 알지. 아이구 우리 엄마를 누가 말려."
– 〈그 후〉

슬픔을 이기는 슬픔을 웃음이라고 해야 할까. 슬픔에 성찰의 거리를 두는 유머를 그래서 젖은 농담이라고 할 수밖에 없다.

그러면서도 그녀의 날들은 아름다움과 고마움의 순간들을 하나도 놓치지 않는다. 그녀는 하늘과 들판이 주는 은총, 아들과 딸과 손주들이 그려내는 미래의 평화를 귀하고 반짝이는 말들로 씻어 자신의 가슴에 고이 담아낸다. 그리고 모든 고픔에서 시나브로 해제되어가는 자신을 오늘도 가만가만 다독인다.

말 고픈 날들

펴낸날 2023년 6월 12일

지은이 이동숙
펴낸이 주계수 | **편집책임** 이슬기 | **꾸민이** 김태안

펴낸곳 밥북 | **출판등록** 제 2014-000085 호
주소 서울시 마포구 양화로7길 47 상훈빌딩 2층
전화 02-6925-0370 | **팩스** 02-6925-0380
홈페이지 www.bobbook.co.kr | **이메일** bobbook@hanmail.net

© 이동숙, 2023.
ISBN 979-11-5858-931-8 (03810)